CADA SEGREDO

LAURA LIPPMAN
CADA SEGREDO

tradução de **MÁRCIA ALVES**

EDITORA RECORD
RIO DE JANEIRO • SÃO PAULO
2011

CIP-Brasil. Catalogação na fonte
Sindicato Nacional dos Editores de Livros, RJ.

L743c

Lippman, Laura, 1959-
Cada segredo / Laura Lippman; tradução de Márcia Cláudia
Reynaldo Alves. – Rio de Janeiro: Record, 2011.

Tradução de: Every secret thing
ISBN 978-85-01-08583-2

1. Ficção americana. I. Alves, Márcia Claudia Reynaldo. II. Título.

11-1159

CDD: 813
CDU: 821.111(73)-3

Título original em inglês:
Every secret thing

Copyright © 2003 by Laura Lippman
Publicado mediante acordo com Lennart Sane Agency AB.

Editoração eletrônica: Abreu's System

Texto revisado segundo o novo Acordo Ortográfico da Língua Portuguesa.

Todos os direitos reservados. Proibida a reprodução, no todo ou em parte, através de quaisquer meios. Os direitos morais da autora foram assegurados.

Direitos exclusivos de publicação em língua portuguesa somente para o Brasil adquiridos pela EDITORA RECORD LTDA.
Rua Argentina 171 – Rio de Janeiro, RJ – 20921-380 – Tel.: 2585-2000
que se reserva a propriedade literária desta tradução.

Impresso no Brasil

ISBN 978-85-01-08583-2

Seja um leitor preferencial Record.
Cadastre-se e receba informações sobre nossos lançamentos e nossas promoções.

EDITORA AFILIADA

Atendimento e venda direta ao leitor:
mdireto@record.com.br ou (21) 2585-2002.

Para Vicky Bijur e Carrie Feron

Fim do discurso, ouvidas todas as coisas: teme a Deus e observa seus mandamentos, eis o que compete a cada ser humano. Quanto a todas as coisas que se fazem, Deus chamará em juízo tudo o que é oculto, seja o bem, seja o mal.

— ECLESIASTES 12:13-14

AGRADECIMENTO

Esta é uma obra de ficção. Agradeço a Bill Toohey, Gary Childs e David Simon pela ajuda com relação aos aspectos técnicos do trabalho da polícia. Joan Jacobson e Lisa Respers sinalizavam quando eu estava certa (e quando eu errava) a respeito da nossa cidade natal e de seus habitantes. Susan P. Leviton, diretora do Maryland Advocates for Children and Youth, colaborou de forma fundamental com informações sobre o sistema estadual para menores infratores. Mas usei todas essas fontes de pesquisa com o propósito de escrever uma obra de ficção. Se houve um caso parecido com o que descrevo aqui, na história do estado de Maryland, não é, nem nunca foi, do meu conhecimento.

Agradeço especialmente a Sally Fellows e, por extensão, ao clã virtual ao qual pertencemos, pelos incentivos para escrever este livro.

CADA SEGREDO

17 de julho,
sete anos atrás

PRÓLOGO

Estavam descalças quando foram mandadas para casa, os pés ensopados deixando pegadas que evaporavam na hora. Era como se nunca tivessem estado ali. Caso fosse possível reproduzir suas passadas — o que muitos tentaram fazer nos dias que se seguiram —, a trilha teria começado ao redor da piscina, onde a área das mesas da festa tinha sido demarcada por balões decorativos da Mylar, passado pelo bar, subido as escadas e terminado no estacionamento. E cada nova pegada teria ficado menor que a anterior — primeiro desapareceriam os dedos, depois o estreito tendão ao longo do arco do pé, em seguida os calcanhares e finalmente a parte gordinha de seus pés de criança — até sumir de vez.

Sentaram-se no meio-fio para calçar os sapatos-tênis de Ronnie e as novíssimas sandalinhas de plástico de Alice, que costumava gastar todo o dinheiro que conseguia para acompanhar os modismos ditados pelas alunas do sexto ano do colégio St. William of York. Sandálias de plástico eram o *must* daquele verão, em 17 de julho, sete anos atrás.

A pavimentação do estacionamento era preta e reluzente, o que fez Alice lembrar-se do mar agitado e borbulhante dos contos de fadas, uma visão que poderia evaporar ao mais leve toque.

— Parece o deserto de Oz — disse Alice, lembrando-se dos livros que sua mãe lia quando ainda era pequena.

— Não há nenhum deserto em Oz — disse Ronnie.

— Há sim, quero dizer, mais tarde, nos outros livros, há um deserto que queima a gente...

— Não é num livro. É num filme.

Alice resolveu não discordar, embora fosse Ronnie quem normalmente cedia quando se tratava de algum assunto ligado a livros e fatos e escola.

Essas eram as três coisas que Alice chamava de *cultura*, uma palavra que ela visualizava em letras azuis luminosas, pois estava escrita no quadro de avisos da sala de aula do sexto ano naquele período: *"Um homem inteligente é forte; um homem culto é ainda mais forte."* As provas que recebiam nota A eram afixadas abaixo desse provérbio e Alice sofria, em silêncio, toda vez que sua prova não ia para o quadro. Ronnie, que nunca tirara um A, dizia não se importar.

Mas hoje Ronnie estava num mau humor descomunal e não suportaria ser contrariada.

— Eu devia chamar a mãe de vocês — disse a mãe de Maddy, preocupada, enquanto as expulsava da festa e da piscina. — Vocês não deveriam atravessar a Edmondson Avenue sozinhas.

— A minha mãe *deixa* — respondeu Ronnie. — Tenho uma tia que mora em Stamford e vou à casa dela quando meus pais estão no trabalho. A casa é neste lado da Edmondson.

Então, com um olhar desafiador para as outras garotas, que estavam aterrorizadas e boquiabertas, Ronnie acrescentou:

— Minha tia tem na despensa aqueles biscoitos Oreos com recheio duplo de chocolate e cereais Rice Krispie e na casa dela posso assistir ao que eu quiser em todos os canais a cabo, até os programas para maiores de 13 anos.

Alice sabia que Ronnie tinha uma tia que morava ali por perto, mas duvidava que fosse em Stamford. E também não acreditava nessa história de Oreos e Rice Krispies — afinal, nunca tinha nada de gostoso para comer na casa dos Fuller. A única coisa que não faltava era refrigerante. Também pudera! O Sr. Fuller era motorista de caminhão da Coca-Cola e Ronnie não estava mentindo quanto aos programas a que assistia na TV. Os Fuller não pareciam se importar nem com o que ela via nem com o que ela fazia ou dizia. O que parecia tirar o Sr. Fuller do sério era o barulho da TV, pois a única coisa que ele sempre dizia para Ronnie e seus três irmãos mais velhos era: *"Abaixa o som, abaixa o som."* E, às vezes, tinha um extra: *"Abaixa o som, pelo amor de Deus."* Na semana anterior, numa tarde chuvosa, Ronnie estava vendo um daqueles filmes em que adolescentes são assassinadas e, à proporção que os assassinatos vão acontecendo, os métodos usados ficam cada vez mais elaborados e as vítimas gritam sem parar. Alice ficara tão apavorada que enfiara a cabeça debaixo das almofadas do sofá, sem se incomodar com o mau cheiro, as migalhas e o lixo que machucavam seu rosto. Foi com certo alívio que viu o Sr. Fuller entrar na sala e reclamar:

— Puxa vida, Ronnie, diminua isso. Como é difícil viver com você!

— Saia da frente, pai — foi tudo que Ronnie respondeu. Mas ela devia ter encontrado o controle remoto, pois os gritos vindos da TV foram sumindo e Alice pôde botar a cabeça para fora.

A mãe de Maddy não acreditou na tal história da tia de Ronnie. Alice podia ver a desconfiança estampada nos lábios entreabertos e pintados de gloss cor-de-rosa e nos olhos estrábicos e cansados. A mulher parecia dividida entre o desejo de desmascarar Ronnie e a vontade de ver aquela criança pelas costas — afastar-se das duas, embora Alice não tivesse feito nada, nada mesmo, a não ser pegar carona com o irmão de Ronnie para ir à festa.

A mãe de Maddy passou a língua pelos lábios; removendo um pouco do rosa e quase todo o gloss. "Está bem." Mais tarde ela contaria para todo mundo que Ronnie havia mentido para ela, que jamais teria deixado duas menininhas irem embora se soubesse que estariam sozinhas, se soubesse que iriam atravessar aquela avenida desacompanhadas. Isso era a pior coisa que alguém em Southwest Baltimore poderia imaginar fazer às 14 horas do dia 17 de julho, sete anos atrás: atravessar a Edmondson Avenue sozinho.

A subida até a Edmondson era longa e gradual. Alice não sabia ao certo se existiam mesmo dez morros neste bairro que — apropriadamente — se chamava Dez Morros, mas era tanto sobe e desce que suas pernas curtas estavam cansadas. Como não carregavam nenhum agasalho, as duas garotas se envolveram nas toalhas de banho, presas com um nó na altura dos seios, que impediriam que a toalha caísse. Mas elas não tinham seios: apenas dois inchaços que, neste ano, começaram a se insinuar debaixo do sutiã. Então as toalhas iam escorregando e acabavam arrastando pela calçada e se enroscando nas pernas das meninas. A toalha de banho de Ronnie, que um dia fora branca, era lisa e toda vez que ela descia pelo corpo, Ronnie soltava um palavrão. Depois de tropeçar pela quarta vez, resolveu amarrá-la no pescoço, pouco se importando se seu corpo ficasse de fora. Alice não conseguiria andar pela rua daquele jeito, mesmo usando um maiô. Ronnie estava de biquíni vermelho e branco, mas ela era tão magrela que o pouco tecido que lhe cobria a bunda sobrava nos fundilhos. A única curva no corpo de Ronnie era o estômago, um pouco estufado. "Como uma criança de Biafra", havia dito Helen, a mãe de Alice, que logo em seguida acrescentou: "Epa! Estou namorando a mim mesma." Alice não fazia a menor ideia do que a mãe estava falando: seria uma coisa boa ou não? Como é que alguém poderia namorar a si mesma? Sua única certeza era a de que a mãe jamais lhe dissera que ela também se parecia com uma criancinha de Biafra.

O maiô de Alice tinha um recorte em formato de margarida na altura da barriga. Ronnie lhe dissera que aquilo era ridículo e repetiu isso todas as vezes que viu Alice com o maiô naquele ano, que, na verdade, foram três: durante um passeio ao Sandy Point, em outra festa à beira da piscina e hoje.

— Quem quer ver uma margarida bronzeada num barrigão branco? — foi o que ela disse quando a mãe de Alice deixou a filha na casa dos Fuller esta manhã, antes de ir para o trabalho.

— É vintage — explicou a mãe de Alice, e repetiu: — É vintage.

Como Ronnie não sabia do que se tratava, não retrucou. Ronnie gostava da mãe de Alice e sempre fazia um esforço para se comportar bem na frente dela. Alice também não sabia o significado de *vintage*, mas tinha certeza de que era uma coisa boa. Sua mãe tinha um extenso vocabulário de palavras complicadas que lhe fugiam ao entendimento. Vintage. Clássico. Retrô. Nouveau. Quando tudo mais falhava, quando Alice se recusava a vestir alguma roupa com medo de que as outras meninas pudessem rir dela, Helen Manning encarava a filha através do espelho e dizia: "Bem... para mim é requintado." Essa era a palavra que punha um ponto final em qualquer questão e, naquele jeito meigo da mãe, ficava subentendido: Nem-mais-uma-palavra! Minha-paciência-está-se-esgotando. Re-quin-ta-do. Na única vez em que Alice tentara usar essa palavra, Ronnie perguntou: "Quem quer requin... quê?"

Mesmo assim era Helen quem insistia para Alice brincar com Ronnie, que era amiga apenas durante o verão. Uma amiga do bairro, a única que também não tinha sido mandada para uma colônia de férias nem era sócia de um clube com piscina. Durante o período de aulas, Alice tinha suas melhores amigas, garotas mais parecidas com ela mesma, que liam livros e andavam com os cabelos penteados e faziam o máximo para estar na moda. Ela torcia para que o outono chegasse depressa e as aulas recomeçassem, para poder se encontrar com suas amigas de verdade.

Só que não neste outono. Agora que era hora de passar para o ensino fundamental dois, muitas das meninas da turma delas foram matriculadas em colégios particulares. "Colégio particular de verdade", havia dito Wendy, sem maldade, mas com certa indiferença, esquecendo-se de que Alice não se incluía nesse seleto grupo. Para Alice, o St. William of York era um colégio particular de verdade. E era mais do que verdade que a mãe de Alice não tinha como continuar pagando os estudos da filha. No próximo ano, Alice teria de ir para o West Baltimore Middle. Ronnie também. Segundo a mãe de Alice, não era por dinheiro, e sim porque Alice precisava conhecer "todo tipo de pessoa", ser exposta a "novas experiências" e, o que era pior, se ela estudasse num colégio católico por mais tempo, "talvez se tornasse uma católica, Deus me livre!".

Mas Alice sabia que era uma questão de dinheiro. No final, tudo se resumia a dinheiro — na casa dela, na casa dos Fuller, até nas casas das crianças ricas. O fato é que os pais usavam palavras diferentes — algumas rebuscadas, outras diretas — e modos diferentes de falar sobre o assunto. Ou de não falar sobre isso, dependendo de quem se tratava.

Os Fuller gritavam e esbravejavam sobre dinheiro e até roubavam uns aos outros. No início do verão, Ronnie pegara um dos irmãos mais velhos remexendo no seu cofrinho e reagira com uma mordida. Ele a empurrara e, pegando um martelo, quebrara o cofrinho que era a Bela, do filme *A bela e a fera*, que tinha uma tampinha embaixo do pé, sendo, portanto, desnecessário destruí-lo para apanhar o que havia dentro. E mesmo depois que o dinheiro havia saído — a maioria moedas de 1 e 5 centavos, mas também de 25, e algumas daquelas moedas de 1 dólar que vinham com o rosto de uma mulher e ninguém queria — Matthew continuara martelando os cacos da Bela até transformá-la em um monte de pó.

Alice e a mãe não discutiam sobre dinheiro, nem mesmo falavam diretamente a respeito, nem quando os avós vinham de Connecticut para visitá-las e diziam coisas como: "Bem, foi a vida que vocês escolheram." Certa vez, o avô de Alice, Da, deu-lhe uma nota de 5 dólares quando ela lhe disse que não tinha o tipo de pregador de cabelo que todas as outras meninas usavam. Foi a única vez em que a mãe deu uma surra em Alice. Ambas choraram depois e concordaram que isso não se repetiria: a mãe não iria mais bater nela, nem Alice inventaria mentiras para conseguir dinheiro de Da.

Isso tudo aconteceu quando ela estava no quarto ano, quando pregadores de cabelo de néon eram importantíssimos e Alice ainda não havia aprendido a ser uma boa menina. Agora a moda era ter sandálias de plástico e foi por isso que Alice guardou sua mesada até poder comprá-las na loja Target. Ela mostrou a sandália para sua melhor amiga da escola, Wendy, quando chegou a hora de abrir os presentes e a outra deve ter aprovado, pois abriu espaço para Alice se sentar no banco em que ela estava com mais duas colegas de turma.

A festa de aniversário de Maddy fora arrumada perto da piscina dos bebês, não porque elas fossem bebês, mas porque ficava atrás de uma grade e precisavam dela para amarrar os balões. Em algum momento, Alice contou os presentes. Ela estava sempre contando. Degraus das escadas, faixas de rolamento das estradas, pássaros migrando para o sul no verão. Havia 14 presentes sobre a mesa, e apenas 13 meninas na festa. Será que a mãe de Maddy também trouxera um presente? Ou teria sido de uma colega da colônia de férias que mandara um presente de lá? Quatorze presentes, 13 meninas. O dela era o mais bonito — por fora. A mãe de Alice o havia embrulhado em papel azul brilhante. Mas o formato denunciava o conteúdo. Um livro, apenas um livro, e Maddy não era uma garota que ficava feliz em ganhar um livro. Ela queria uma das camisetas da moda, bem curtinhas, que deixavam a barriga à mostra, pulseiras emborrachadas e esmalte de unhas que podia ser removido todo de uma só vez. Embora fosse a mais nova da turma, era Maddy quem mais entendia de maquiagem. Ela estava o tempo todo usando brilho nos lábios e sombra verde, até que as freiras notaram e a mandaram lavar o rosto no banheiro.

Alice imaginara que a mãe de Maddy fosse bonita, bonita mesmo. Mas não tinha nada de especial: esbelta o bastante para usar duas peças, mas com uma fisionomia cansada, como se ser tão magra e tão bronzeada a tivesse exaurido. Até o cabelo dava a aparência de abatimento, parecido com o "antes" daqueles anúncios de condicionadores. Havia basicamente dois tipos de mães no St. William of York: as que trabalhavam e as que não trabalhavam. Mas a mãe de Maddy era a Mãe Que Trabalhava. Foi assim que ela se apresentou à mãe de Alice, quando ligou para fazer perguntas sobre Ronnie. Alice sabia o que havia sido dito entre elas porque ouvira toda a conversa na extensão. Às vezes ela fazia isso.

— Aqui quem fala é a mãe de Maddy. Eu trabalhava na Piper & Marbury.

A mãe de Alice fez "ah", como se isso fosse uma coisa boa. Ela aprovava "qualquer coisa criativa", como sempre explicava à filha. Alice ficou surpresa ao descobrir que a mãe de Maddy era flautista. Até onde sabia, ela era advogada. Na sua inocência, ficou imaginando a mãe de Maddy de chapéu verde com uma pena, igual ao personagem Pied Piper da fábula *O flautista de Hamelin*, saindo da cidade ao som de seu cachimbo que se transformava em flauta mágica. Atrás dele, uma fila de crianças e de ratos. Não... os ratos vinham na frente; Pied Piper pegou as crianças depois. E, além disso, a mãe de Maddy deve ter sido flautista de orquestra, para atrair aquele "ah" de Helen. Não uma artista qualquer que só tocava nas ruas e nos circos. Deve ser divertido ter uma mãe música...

Mas a Mãe Que Trabalhava de Maddy dava a impressão de ter sido acometida por uma dor de cabeça no instante em que a festa começou. Quatro rugas na testa, formando nitidamente dois sinais de soma, e mais um par de parênteses na ponte do nariz. Esses aparentavam ficar cada vez mais profundos à medida que a festa prosseguia. Quando chegou a hora de abrir os presentes, o rosto dela já se assemelhava a uma equação bem complicada.

O St. William of York não tinha um programa especial para superdotados, mas a irmã Elizabeth estava começando a passar para Alice dever de casa valendo pontos extras em matemática. Isso era segredo. A menina não sabia bem o motivo. Talvez porque ela não soubesse muitos segredos da mãe, que sempre parecia saber exatamente o que passava pela cabeça da filha. Outras vezes ela achava que a mãe ficaria desapontada se soubesse que ela gostava de matemática; afinal, não era nem um pouco criativo e significava a possibilidade de ganhar dinheiro, o que para Helen Manning era a raiz de todo o mal — não exatamente ganhar dinheiro, mas se preocupar com ele, viver fazendo contas. A primeira vez que ouvira falar na "raiz de todo o mal", Alice havia perguntado: "Essa raiz fica perto da Rota 40?" E a mãe, chorando de tanto rir, abraçara a filha e respondera: "Não, fica longe de lá, isso posso lhe garantir." Mais tarde, Alice tentou fazer a mãe rir da mesma maneira, repetindo a brincadeira sem parar, até que Helen a repreendeu: "Não seja tão puxa-saco, Alice. Você não veio à Terra para fazer as pessoas felizes. Nem mesmo a mim. Sobretudo a mim."

O presente que Ronnie dera foi o penúltimo a ser aberto. Vinha embrulhado em papel vermelho com vincos nos lugares errados, revelando já ter sido usado antes, depois dobrado em quatro e guardado para ser reutilizado. Não se tratava de papel de Natal — não havia nenhum Papai Noel, nenhum raminho de azevinho, nenhuma bengalinha de enfeite: era apenas vermelho —, mesmo assim todos desconfiaram. A menina ao lado de Wendy sussurrou alguma coisa e essa se virou para passar adiante para Alice. Os lábios de Wendy fizeram cócegas na orelha de Alice quando o presente foi entregue à aniversariante e depois todos se calaram. Por isso, o segredo nunca chegou aos ouvidos de Alice.

— Olha que legal — repetiu a mãe de Maddy pela décima terceira vez com a mesmíssima inflexão na voz.

O presente de Ronnie era uma Barbie, mas ninguém do sexto ano do St. William of York brincara de Barbie — pelo menos em público — no último ano. E caso brincassem, seria colocando a boneca em situações clichês que só acontecem nas novelas. Chamavam a brincadeira de Novela da Barbie. O Ken engravida Barbie, então eles têm várias conversas sérias sobre o que vão fazer, se é errado fazer tanto sexo e que nunca mais fariam sexo se Deus levasse o bebê embora. O interesse em brincar de Novela de Barbie se resumia ao início, quando o Ken era colocado sobre a boneca e fazia uns ruídos engraçados. Mas essa era uma brincadeira secreta. Em público, a única reação a uma Barbie era de tédio, um tédio cortês que disfarçava para o que ela servia, como se nunca tivessem colocado a boneca sob Ken nem soltado gritinhos: Oh! Oh! Oh!

Por isso, ganhar uma Barbie não era legal. Mas essa era uma Barbie negra, o que era muito estranho, porque Barbies negras eram para garotas negras. Simples assim. Não tinha nada a ver com preconceito que, como bem sabiam as alunas do St. William of York, era errado. Se uma das meninas tivesse, por exemplo, dez Barbies, uma delas seria negra, porque assim a dona das bonecas poderia diversificar e brincar de casinha com Barbies de todos os tipos. Maddy, na verdade, era o tipo de garota que talvez tivesse uma cidade de Barbies para brincar. Os pais dela eram ricos. Então, muito embora ela já tivesse passado da idade, e a Barbie fosse negra, não era o pior dos presentes.

Não... o pior era ser uma Barbie de Natal. Em julho.

O vestido da boneca era vermelho e por cima vinha uma capa de pele. Até Alice, que às vezes levava um tempo para captar o que as outras meninas pareciam ter nascido sabendo, percebeu se tratar de ponta de estoque da loja Toys for Tots. O pai de Ronnie sempre levava para casa coisas desse tipo: caixas de bala em formato de coração no fim do mês do Dia dos Namorados; coelhos de chocolate em maio; mobília para jardim no fim do verão. Alice ouvira sua mãe dizer que o caminhão da Coca-Cola dirigido pelo Sr. Fuller vinha para casa mais cheio do que quando saía. Ela não entendia muito bem o que isso significava, mas desconfiou de que não era bom e muito menos elegante.

— Muito bonita — disse a mãe de Maddy, soando verdadeira. — Diga obrigada, Maddy.

— Obrigada, Ronnie.

Maddy era o tipo de garota que poderia fazer com que a frase "Que vestido lindo" ou "Você ficou ótima com esse penteado" soasse mais cruel do que qualquer coisa que se ouve num filme proibido para menores. No colégio, tinha o hábito de fazer com que as palavras "Sim, irmã" retumbassem como palavrões. Alice, que às vezes se metia em encrencas por falar as coisas certas, havia refletido sobre Maddy, na tentativa de descobrir como é que ela conseguia se safar, mesmo sendo tão grosseira. O truque era fazer com que a boca e os olhos não combinassem, de modo que uma — a boca — parecesse bela e aceitável e os outros — os olhos — tivessem um brilho duro, nada além disso. Sem piscar, sem arquear as sobrancelhas. Ao seu lado, Ronnie fazia o contrário: os olhos sempre escancarados e parecendo atordoados e a boca torta e zombeteira.

Ronnie sabia que Maddy estava debochando dela.

— É uma droga de uma boneca pretinha — disse Ronnie, arrancando-a das mãos de Maddy e atirando-a na piscina dos bebês. — Foi minha mãe quem escolheu.

— Ronnie! — A mãe de Maddy teve de se esforçar para lembrar o nome de Ronnie, ou foi o que pareceu a Alice. — Por favor, tire o seu presente da piscina.

— Eu que não entro na piscina dos bebês! — reagiu Ronnie. — Tem tanto xixi lá dentro que minhas unhas dos pés vão cair.

Doze meninas olharam para as unhas dos pés, pois a maioria delas havia caminhado pela piscina pelo menos uma vez naquele dia. As unhas dos pés de Alice estavam azul-esverdeadas, o que combinava com as sandálias azuis. As de Wendy estavam pintadas de rosa. Ronnie não passava esmalte nas unhas desde o dia em que tentara pintar as unhas das mãos e apareceu no colégio com respingos de vermelho em todos os dedos.

— Ronnie, por favor. — A mãe de Maddy pousou a mão no punho de Ronnie.

Instintivamente, Ronnie deu um safanão, erguendo o braço com toda força. Alice percebeu que fora um acidente, nada além disso: a mão de Ronnie fechou-se com o movimento e acidentalmente foi parar, com um soco, debaixo do queixo da mãe de Maddy.

A mulher gritou mais alto do que uma criancinha do jardim de infância, como se o soco tivesse doído mesmo, e as meninas berraram como se tivessem visto um carro saltando a grade que cercava a área da piscina rasinha.

— Você bateu na minha mãe! — disse Maddy. — Meu Deus, ela bateu na minha mãe!

— Desculpe — disse Ronnie. — Desculpe, desculpe, sinto muito mesmo. Foi sem querer.

— Você bateu na minha mãe. Você bateu num *adulto*. — As vozes das outras garotas iam num crescendo, histéricas e escandalizadas, mas também um pouco excitadas.

Quando a mãe de Maddy falou, foi com aquele tom baixo e assustador que os adultos sabem usar com grande eficiência:

— Acho que devemos chamar alguém para levá-la para casa.

— Eu pedi desculpas. Minha intenção não era bater em ninguém. Foi um acidente. Você me tocou primeiro.

— Você deve estar cansada do sol e de toda a agitação. Há alguém na sua casa que eu possa chamar para vir buscá-la? — O telefone celular pronto para ser usado enquanto falava.

— Eu vim com a Alice — disse Ronnie, agarrando o braço da coleguinha. — Temos de voltar para casa juntas.

Pega de surpresa, Alice não estava preparada para se livrar da investida. De fato, técnica e presumivelmente, elas voltariam para casa juntas, mas não no caso de Ronnie se comportar mal. Por que ela teria de sair da festa só porque a outra fora malvada? Ela titubeou e foi aí que Ronnie veio com a história da tia e dos biscoitos e de tudo o mais.

— Então está bem — disse a mãe de Maddy. — Fico menos preocupada sabendo que vão juntas. Mas vocês vão para a casa da sua tia, certo? Deste lado da Edmondson? É isso, não é?

Não estava certo e não estava bom e não era justo. Alice desceu do banco, pegou a toalha e as sandálias. O olhar de compaixão de Wendy só fez com que se sentisse pior. Ronnie entrou na piscina e apanhou a boneca, deixando-a cair duas vezes ao voltar para perto do grupo. Havia entrado água na caixa de papelão. O vestido estava grudado ao corpinho duro da boneca, gotas de água salpicavam as coxas marrons. Alice desejou poder enfiar os pés na piscina dos bebês para lavá-los, pois sabia que o que Ronnie havia dito era mais ou menos mentira. As criancinhas faziam mesmo xixi na água, mas isso não faria com que as unhas dos pés caíssem. E sua mãe havia ensinado que xixi era bom para frieira e queimadura de água-viva.

E elas se foram, deixando para trás dois pares de pegadas molhadas, um deles um pouquinho à frente, unidos — ainda que isolados — pela total injustiça da vida, pelos acidentes normais do dia a dia. Escada acima, depois o vasto e sombrio estacionamento, a longa subida até a Edmondson, onde Ronnie apertou o botão prateado para acionar a luz verde dos pedestres, embora todos soubessem que a troca das luzes do sinal aconteceria em intervalos prefixados e que o botão estava lá apenas como enfeite.

— Pensei que íamos para a casa da sua tia — atreveu-se Alice, e Ronnie encarou a amiga, com cara de quem não se lembrava da mentira.

— Minha tia trabalha — disse. — No verão, trabalha num restaurante que vende caranguejo na Rota 40. E ela também não gostaria de me ver aqui por esses dias. Ela e meu pai brigaram por causa de sei lá o quê.

Atravessar a Edmondson foi fácil, pois o sinal de pedestre ficou aceso o tempo todo em que as duas caminharam de um lado ao outro da larga e congestionada avenida. Alice tinha consciência de que estavam desobedecendo uma ordem, mas foi emocionante, um aperitivo do que estaria por vir, ao trocar o St. William pelo ensino fundamental dois. A mãe prometera deixar que ela usasse maquiagem — bem... só batom — e levá-la ao cabeleireiro para fazer um corte de verdade, pois estava acostumada a aparar as pontas em casa mesmo. Embora ainda faltasse muito tempo para o início das aulas, já ficara ansiosa para ir à loja Office Depot comprar material escolar. E roupas — precisaria de roupas, já que não usaria mais uniforme.

Já do outro lado da Edmondson, Alice presumiu que caminhariam na direção oeste, até o trecho irregular de Nottingham, onde as duas moravam. Mas Ronnie disse que queria cortar caminho — o que não era verdade —

passando por mansões com vastos gramados na frente, onde placas amarelas advertiam que crianças e cachorros deveriam se manter afastados por causa dos produtos químicos usados na grama.

Estavam na metade da descida da Hillside, a mais imponente das ruas com mansões, quando Ronnie parou e disse:

— Olhe!

Era um carrinho de bebê estacionado no topo da uma escada. O sol que batia nas partes de metal faiscava centelhas de luz.

— O metal deve estar pegando fogo debaixo desse sol.

Ela parecia à espera de uma resposta e, por isso, Alice disse:

— E está perto demais da escada. Vai acabar despencando lá de cima.

— E parar aqui embaixo.

— Pode ser que o freio esteja acionado — sugeriu Alice.

— Mesmo estando acionado, não está certo — insistiu Ronnie. — Não se deve abandonar um bebê assim.

— Vai ver que a mãe está bem ali dentro.

Ronnie agarrou o cotovelo de Alice e deu um beliscão bem na pontinha. Alice analisou o roxeado de um outro beliscão anteriormente dado por Ronnie, lembrou-se do tinido dos dentes da mãe de Maddy quando levou um soco. Francamente, aquele não era o dia de contrariar Ronnie.

— Nem por um segundo — disse Ronnie. — Podem acontecer um milhão de coisas. Alguém tem de cuidar daquele bebê.

Aos poucos, as duas se aproximaram da porta. A tela de metal era de uma malha tão pesada e fina que impedia que se enxergasse muito do interior da casa fresca e sombreada. Não ouviram nada: nem passos, nem vozes. *Vocês chamaram por alguém?* Mais tarde, essa pergunta lhes seria feita inúmeras vezes e de todas as formas possíveis. *Vocês bateram na porta? Tocaram a campainha?* Tinha vezes que Alice respondia que sim; noutras, que não. E tanto numas como noutras, era a pura verdade no momento em que respondia. Em sua mente havia montes, centenas, milhares de versões para aquele dia. Elas chamaram por alguém. Elas tocaram a campainha. Tentaram abrir a porta e, por estar destrancada, entraram e usaram o telefone para chamar por socorro. A mãe da criança ficara tão agradecida que lhes dera 20 dólares e ligara para os jornais e canais de televisão e elas apareceram como heroínas na TV.

Durante a maior parte do tempo, Alice tinha duas certezas: que tinham batido na porta e que a malha da tela era muito fechada, tornando quase impossível ver qualquer coisa dentro de casa mal iluminada. Havia duas telas sobrepostas formando um intrincado desenho de metal que lembrava um castelo encimado por ponteiras altas e finas, mais altas do que as cabeças delas. Elas chamaram: "Oi? Oi?", talvez não muito audível, mas chamaram sim.

— Este bebê está sozinho — disse Ronnie. — Temos de tomar conta dele!

— Somos muito crianças para ser babás — retrucou Alice, que havia perguntado à mãe sobre isso no começo do verão, quando procurava descobrir um jeito de ganhar dinheiro suficiente para comprar as sandálias de plástico e outras coisas que queria. — Só quando estivermos no ensino médio.

Ronnie fez que não.

— Nós temos que cuidar deste bebê.

A criança em questão dormia, mergulhada de lado no carrinho, de modo que as bochechas estavam achatadas de um lado e cheias e inchadas do outro, como um balão d'água. Vestia um macacão rosa de listrinhas, meias cor-de-rosa combinando e uma touca rosa do mesmo tecido listrado.

— Da loja Baby Gap — disse Alice, que adorava a Baby Gap.

— Nós temos de cuidar deste bebê.

Mais tarde, a sós com a mãe e a mulher de rosto sardento — requin... quê? —, Alice finalmente entendeu a piada da Ronnie — elas iriam perguntar inúmeras vezes como Ronnie dissera isso. NÓS temos que cuidar deste bebê. Nós temos que CUIDAR deste bebê. Nós temos que cuidar DESTE BEBÊ. Contudo, por mais boa vontade que tivesse, Alice não conseguia se lembrar se Ronnie teria colocado alguma ênfase especial. Seis palavras que não demoram mais de cinco segundos para ser faladas. Nós temos que cuidar deste bebê. Nós temos que cuidar deste bebê. Nós temos que cuidar deste bebê. Nóstemosquecuidardestebebê. Elas queriam ser boas meninas, queriam ajudar. As pessoas gostam de crianças educadas e boazinhas. Era isso que Alice explicava o tempo todo. Elas estavam tentando ser boas meninas.

O que foi que Ronnie disse para os adultos — seus pais e o bonitão de terno com cabelos louros sedosos, que tinha um nome engraçado. *Dândi*, tinha dito a mãe de Alice, observando o homem do corredor. Dândi. Alice desconfiou, pelo tom da voz, que era positivo, tão positivo quanto clássico ou vintage, ou mesmo requintado. O que foi que Ronnie teria dito para o Sr. Dândi? Em que ele acreditava quando tudo terminou?

Mas isso foi uma coisa que Alice nunca soube, nunca poderia saber e ainda não sabia, passados quase sete anos, ao ganhar a liberdade, de acordo com a lei do estado de Maryland, por sua participação no assassinato de Olivia Barnes.

PARTE I

Os acontecimentos normais do dia a dia

Segunda-feira,
6 de abril

CAPÍTULO 1

— *Interessante* — disse o oftalmologista, afastando-se de Cynthia Barnes em sua cadeira de rodinhas, tal qual um percevejo-d'água deslizando em busca de esconderijo, ao acender repentino das luzes no meio da noite.

— Essa não é exatamente minha palavra favorita num consultório médico — observou Cynthia, tentando ser engraçada.

Ela sentia, contra o próprio rosto, o frio e pesado aparelho de metal e, embora não estivesse realmente presa a ele, não tinha como evitar a sensação de estar sendo espremida num torno. Cada vez que o médico trocava de lente — *Melhor assim? Ou agora? Assim? Ou este aqui?* — parecia que a pressão contra seu corpo aumentava.

— *Bem* interessante — disse ele, deslizando de volta. — Está nítido com o primeiro ou... — o médico mexeu em alguma coisa, encaixou outra. Ela não atinava com os procedimentos que ele realizava. — ...ou com este aqui?

— Posso ver de novo? — soou insegura, até aos próprios ouvidos, e ficou sem graça. Cynthia ainda se recordava de quando era segura de si e não hesitava com relação a nada.

— Com certeza. Este... — a letra *O*, em negrito mas um pouco embaçada, como se estivesse dentro d'água — ... ou este aqui? — Agora o *O* não estava tão brilhante, mas, em compensação, estava mais nítido.

— O segundo?

— Não há respostas certas aqui, Cynthia. Um exame de vista não é um concurso. — E ele riu da própria observação espirituosa.

— O segundo.

— Muito bem. Agora vamos adiante: está melhor com este aqui? Ou... — fez outra substituição — ... ou com este?

— O primeiro. Sem a menor dúvida, o primeiro.

— Ótimo.

Ela sentiu uma pontada de orgulho e, logo em seguida, vergonha por ter-se importado com isso. Ao entrar no consultório, trouxera consigo — prontinha — uma enxurrada de desculpas por ter faltado ao checkup anual, nos últimos três anos, apesar dos carinhosos cartões que lhe foram enviados, avisando da necessidade dos exames. Situação idêntica acontecia em relação ao dentista. E teria perdido o exame de vista, não fosse o comentário de sua irmã mais nova, de que Cynthia estava o tempo todo apertando os olhos. "Se ficar forçando a vista, vai acabar com pés de galinha", disse Sylvia, que nunca perdoou Cynthia por ser a única da geração delas a herdar olhos verdes. "Mais vale óculos de leitura do que Botox."

Por pouco, Cynthia não lhe deu um passa-fora: *"Não enche, são minhas rugas e gosto delas assim."* Preferiu, porém, marcar consulta com o Dr. Silverstein, cujo consultório agora era em um bairro afastado.

Findo, assim, o exame, o Dr. Silverstein girou o aparelho e devolveu a Cynthia as lentes de contato e também lhe entregou um lencinho de papel para enxugar as lágrimas que lhe escorriam pelo canto dos olhos. Conforme ela pôde perceber, o médico era mais novo que ela. Então, devia estar no início da carreira de oftalmologista quando ela viera se consultar pela primeira vez, 13 anos atrás. Ela ficou se perguntando como teria sido a vida dele nesses anos, se tudo aconteceu do jeito que ele esperara e planejara.

— Bem, é preciso dizer que já vi isso antes — disse o Dr. Silverstein, com um sorriso largo que revelou duas covinhas —, mas poucos tão acentuados quanto o seu.

O sorriso, porém, não lhe trouxe consolo algum. Conhecera pessoas demais cujas expressões não tinham nada a ver com o que estavam prestes a falar.

"Como assim? *O quê? Vou ficar cega! Tenho um tumor no fundo do olho! Taí o motivo das dores de cabeça.*" Mas ela não tinha dito nada ao Dr. Silverstein sobre as dores de cabeça. Será que deveria?

— Sua visão está *melhorando*, Cynthia. É uma particularidade que vemos às vezes em pessoas que usam lentes de contato por longos períodos. Melhora a miopia. Você vem tendo dificuldade para focar porque suas lentes são antigas e estão contaminadas, e não porque precisa de uma nova receita.

— E que tal uns óculos para leitura?

— Ainda não precisa.

— Que bom! Ouvi dizer que assim que se começa a usar óculos para leitura, a visão de perto vai piorando.

— Ah... isso é conversa fiada. Não é bem assim que acontece.

O Dr. Silverstein apanhou um modelo de olho humano, que Cynthia achou repulsivo. Ela detestava visualizar o que fica debaixo da frágil camada de pele. Era assim desde pequena. Ficava enjoada só de ver bichos, como esquilos e gatos, atropelados nas estradas, e bastava uma rápida visão daquelas cirurgias exibidas na TV a cabo para quase desmaiar.

— Há um músculo que controla o cristalino do olho. E que vai ficando rígido com... a... idade... — A voz dele foi sumindo ao se dar conta de que Cynthia olhava por cima dos ombros dele, recusando-se a fitar não só o médico, mas também o olho de plástico. — Em resumo, nada de óculos de leitura por enquanto, bastam novas lentes de contato. Ficarão prontas em uma semana, mais ou menos. Quer que a secretária ligue para a sua casa ou para o seu trabalho?

— Para casa. Há anos que não trabalho.

Dr. Silverstein sentiu-se meio constrangido. Ele fora uma das pessoas que nunca tiveram a chance de manifestar seu pesar pela tragédia ocorrida quase um ano após tê-la visto no último checkup. A vida de Cynthia era repleta dessas pessoas bem-intencionadas que nunca lhe enviaram condolências devido à falta de intimidade: médicos, mecânicos, contadores. Lembrava-se do mês de abril seguinte ao encontro, em que Warren perguntara ao contador como seriam os cálculos referentes a um dependente morto durante o ano. Receberiam dedução integral ou a morte de Olivia significava que seria proporcional? Para Warren e Cynthia, que já haviam feito milhares de perguntas que jamais imaginariam perguntar — sobre enterro e caixões e cemitérios e feridas consequentes da necropsia — tudo isso não passava de mais um triste post-scriptum. E as pessoas com quem falavam ficavam tão chocadas que Cynthia chegava a cogitar em consolá-las.

Mas agora ela havia superado essa fase.

Cynthia chegou piscando à rua banhada por um sol reluzente. Como sempre acontecia quando saía do consultório do oftalmologista, vieram-lhe à lembrança os primeiros óculos, aos 10 anos. O deslumbramento de finalmente ser capaz de ver o mundo com nitidez foi tomado pelo medo das piadinhas das coleguinhas de classe. As alunas da Dickey High Elementary, e até as que se diziam amigas, ficavam o tempo todo inventando maneiras de espicaçar a autoestima da filha mais velha do juiz Poole. Talvez outra garota tivesse implorado à mãe para permitir que levasse os óculos na caixinha, usando-o somente quando necessário. Mas o fato de pôr e retirar os óculos seria prova de fraqueza. Por isso, Cynthia usava os óculos com armação de tartaruga aonde quer que fosse e sempre de nariz empinado.

— Ô quatro-olhos! — implicavam.

— Quatro é melhor do que dois — respondia Cynthia. E assim foi.

Entrou no carro, um utilitário esportivo BMW X-25, escolhido não por causa do status que representava, mas por causa do peso. Com mais de duas toneladas, superava o Lexus e até o Mercedes e era mais fácil de manobrar do que o Lincoln Navigator, que não interessava por ter fama de ser exclusivo de uma minoria. Cynthia estava querendo um carro menos glamouroso, porque utilitários de luxo eram alvo dos ladrões da região. O BMW, por sua vez, tinha os mais altos padrões de segurança e, por isso, ela o comprou, mesmo sabendo que as pessoas comentariam sua paixão pelo luxo. Verdade que em outros tempos ela se encantava com luxos como sapatos caros e joias finas, dando motivo às observações dos parentes de que se julgava estar, se não no centro do universo, a alguns poucos centímetros à esquerda dele. Mas aquela Cynthia não existia mais, mesmo que ninguém se desse conta disso.

O celular tocou. Não havia lei em Maryland que obrigasse o uso de fones de ouvido, mas essa foi a opção de Cynthia. Ela se impressionava toda vez que pensava que havia dirigido pela cidade num BMW menor e esportivo, sem dar a mínima importância ao fato de estar sem os fones.

— Cynthia?

— É. — Reconheceu a voz. De maneira nenhuma daria a essa pessoa qualquer tipo de intimidade.

— É Sharon Kerpelman.

Cynthia não respondeu. Concentrava-se exclusivamente em ultrapassar os carros que entravam na via expressa, vindos da tumultuada saída 1-83. O jornal *Beacon-Light* havia divulgado recentemente uma lista dos cruzamentos mais perigosos da cidade e esse estava entre os cinco primeiros. Sem perceber, Cynthia memorizara a lista.

— Do escritório da Defensoria Pública.

— Pois não — disse Cynthia

— Esta talvez seja uma ligação de cortesia.

Ora essa... como se Sharon Kerpelman alguma vez tivesse percebido o que cortesia significa...

— Bem... — disse Cynthia — se você não sabe, como é que eu vou saber?

— Ah... Você vai bem? — perguntou Sharon, como se estivesse lendo um roteiro.

Será que afinal ela recebera um exemplar dos livros de Dale Carnegie, de que tanto carecia? Mas Sharon, exatamente por ser Sharon, pularia a parte sobre como fazer amigos e iria direto para o capítulo sobre como influenciar pessoas.

— Tudo bem — Cynthia falou arrastado. Não que Sharon fosse alguém capaz de perceber algo tão sutil quanto um tom de voz. — Estou dirigindo e não gosto de falar quando estou na estrada, a menos que seja urgente. Então...

— Bem... não é urgente, mas é importante.

— Do que se trata? — Ora... fale logo, Sharon.

— Alice Manning está voltando para casa na quinta-feira.

— Vem de visita?

— Não, para sempre. Foi solta.

— Como pode ser isso?

— Ela fez 18 anos. E serão sete anos, em julho...

— Não precisa me lembrar — disse Cynthia —, sei muito bem quando aconteceu.

De repente, sentiu os fones de ouvido lhe pressionando as têmporas. Apertavam com tanta força que teve a sensação de que os músculos atrás dos olhos estavam ficando duros, prontos para saltar da cabeça. Que injustiça! Que *injustiça!* Essa queixa infantil era sua reação instintiva, sempre que esse assunto vinha à tona. O pai dela, que em geral considerava essa reação uma grande idiotice, por ter dedicado sua vida profissional e pessoal a estabelecer padrões de justiça, a exemplo de Salomão, não podia deixar de concordar com ela.

— É, é verdade — dissera ele naquele fatídico dia, o dia que nunca será esquecido, quando o acordo fora fechado na frente do juiz. — Distorcemos a lei o máximo que podíamos. Se não pararmos por aqui, correremos o risco de infringi-la. Aos olhos da lei elas não passam de crianças.

— E aos olhos de Deus? — perguntara ela ao pai.

— Suponho que sejam igualmente crianças. Pois Deus assume a responsabilidade por todos nós, mesmo pelos monstros que vivem entre nós.

Hoje, dava vazão à sua raiva com crueldades infantis:

— A Alice era a gorda ou a maluca? — Jamais esquecera nomes e rostos, mas sempre tivera problemas em atribuir nomes aos rostos. Era um tipo de dislexia seletiva, igual à tendência de confundir sobrenomes como Thomas e Thompson, Murray e Murphy. Cynthia pensava nas garotas como duas grotescas gêmeas siamesas ligadas pela cintura, as quatro pernas tropeçando umas nas outras enquanto caminhavam pela sua rua, subiam até a varanda e adentravam sua vida.

A voz de Sharon era afetada, pretendendo funcionar como uma crítica, como se Cynthia pudesse, de alguma forma, ser humilhada em se tratando desse assunto.

— Alice era a de cabelos louros penteados para trás com uma tiara. É só se lembrar da *Alice no país das maravilhas*.

— O quê?

— Um truque de memória, é o que quero dizer. Ou Ronnie-Aran, se preferir, as Ilhas Aran, já que ela tinha cabelos escuros e olhos puxados. O tipo que em geral denominam de irlandês negro. — Uma risadinha de constrangimento. — O que quero dizer é que não chamo ninguém de irlandês negro, mas é o que às vezes a gente escuta de pessoas de uma determinada geração... o que quero dizer...

— Sei bem o que você quer dizer.

Sharon havia dito coisas muito piores para Cynthia, sempre da forma mais displicente e sem sentido do mundo, e agora era engraçado vê-la preocupada com uma gafe tão boba. A última vez que as duas se falaram fora por acaso, na saída de um shopping, e, naquela hora, tudo o que Cynthia queria era poder tapar os ouvidos. Mas as filhas do juiz Poole não usavam os punhos como arma.

— É isso, só queria que você soubesse. Caso você a visse... visse Alice, quero dizer.

Agora tudo se encaixava: sua visão estava melhorando porque ela precisava ver. Pensando bem, sua audição também estava mais afiada; tão mais apurada que o menor barulho a acordava de seu sono sem sonhos. Ela deixara de ir à academia; agora parecia uma idiotice caminhar numa esteira ou subir e descer de um step. Nunca, porém, estivera tão musculosa, tão magra e tão cheia de disposição quanto agora. Talvez devesse escrever um livro *A dieta do café e do cigarro: como o luto pode lhe dar um corpo perfeito*. Título chamativo... iria anotá-lo num caderninho para esfregar na cara da irmã, Sylvia, na próxima vez que se falassem. Sylvia era a única pessoa na vida de Cynthia que não dava bola para o seu sarcasmo.

O significado do telefonema de Sharon finalmente a atingiu em cheio.

— Ela... está... voltando... para... *casa*. Para o meu bairro.

— Tecnicamente, acho que Helen e Alice Manning não moram em Hunting Ridge; moram a alguns quarteirões fora dos limites de seu bairro.

Tecnicamente. Como Sharon apreciava detalhes técnicos, fossem legais ou não!

— Ela está voltando para casa — Cynthia repetiu. — Para uma casa que fica a seis quarteirões da minha.

— Helen Manning é professora do município e mãe solteira. Ela não tem dinheiro para se mudar.

Com que rapidez Sharon substituiu o tom de desculpas pelo tom de metida a santa! A defensora pública na posição defensiva, foi assim que Warren referiu-se a ela. *Você tem que entender, Cynthia... Qual o propósito disso, Cynthia... São crianças, Cynthia... Sua tragédia, por pior que seja, Cynthia... Sempre haverá alguma questão que admita interpretações diferentes, Cynthia. Você, dentre todas as pessoas, deve valorizar o senso de justiça, Cynthia*, Cynthia. Cynthia. Cynthia.

Dava a impressão de que Cynthia queria algo mais do que justiça. Ela permitiu que eles a persuadissem a não perseguir a justiça.

— Não dá para emitir uma ordem obrigando-a a morar em outro lugar?

— Claro que não.

A voz de Sharon era de ressentimento, de pesar. Na experiência de Cynthia, esse era o traço paradoxal da pessoa agressiva: se ofender com muita facilidade. Os únicos sentimentos que Sharon protegia eram os seus próprios.

— Quando aquele sujeito da North Avenue foi absolvido, a condição era a de que ele não poderia retornar ao bairro onde havia atirado numa criança.

— Não é a mesma coisa.

— Claro que não! Ele matou um menino de 13 anos. Aqui nós estamos falando de um bebê de 9 meses. E ele foi *absolvido.* — Cynthia não acrescentou que, naquele caso, um *negro matara uma criança negra. No nosso, crianças brancas mataram uma criança negra.* Preferiu deixar que seu silêncio falasse essa parte por si, que o que não foi dito fizesse Sharon se contorcer em seu cubículo, naquele melancólico prédio funcional do governo do estado. Mesmo com todas as maquinações, com todo o planejamento minucioso, hoje ela está sentada no mesmíssimo lugar de sete anos atrás. Para que tudo isso?

— Vocês habitam mundos diferentes — disse Sharon. — O mais provável é que nunca venham a se encontrar de novo.

— Habitávamos mundos diferentes sete anos atrás, também.

— Você sabe que sempre achei que a única maneira de compreender o que aconteceu era considerar aquilo tudo como um desastre natural, tanto quanto um furacão ou um raio. — A voz de Sharon soava tão racional, tão segura de si..., como a voz de uma garota que participara da equipe de debates do colégio e ainda considerava esse fato uma grande realização. — Sequências de eventos se combinaram e geraram algo terrível, algo destruidor. Será que não faria você se sentir melhor se visse sob esse ângulo?

Respostas congestionaram a língua de Cynthia e escorregaram garganta abaixo. Sentiu que estava a ponto de se engasgar com elas. *Não faria você se sentir melhor? Você sempre tentou jogar dos dois lados e nem assim vai me deixar pensar do meu jeito.*

Os faróis do carro da frente piscaram; o trânsito, por uma razão qualquer, estava parando e sua atenção estava voltada para a conversa no telefone. As duas toneladas do BMW guincharam e trepidaram, até parar a alguns poucos centímetros de um velho Escort enferrujado à sua frente, uma lata-velha prestes a se desintegrar, em cujo para-choque havia um adesivo do parque temático Kings Dominion e outro da bandeira dos Estados Confederados do Sul. Cynthia não ligava a mínima para bandeiras dos Confederados. O que ela gostaria mesmo é que aprovassem uma lei obrigando todos os brancos pobres e caipiras a receberem uma tatuagem com a bandeira na testa. Aí todo mundo poderia vê-los se aproximando.

— Será que posso conseguir uma ordem judicial proibitiva?

— Não creio que Alice gostaria...

— Não perguntei o que alguém *gosta* de fazer. Perguntei o que posso *ter*. O que a lei vai me *dar*.

Sharon soltou um suspiro, ressentida.

— Os tribunais não podem garantir nada para situações que ainda não ocorreram. Mas posso lhe garantir que Alice será aconselhada a ficar longe de Ronnie Fuller e de sua família.

— Minha família? Você está dizendo que ela sabe? Você contou para ela? Por que você tinha de contar para ela coisas a meu respeito? — Cynthia estava aos gritos, desvairada, fora de controle, até perceber que alguém no carro ao lado olhava para ela com curiosidade.

— Não falei nada para ela. Quando digo família, estou me referindo à família da forma mais geral possível.

Família da forma mais geral possível. Só uma solteirona sem filhos poderia falar sobre família da forma mais geral possível. Cynthia bateu o telefone na cara de Sharon Kerpelman. E não foi a primeira vez.

Foram necessários 45 minutos para percorrer o anel viário. E isso poria um ponto final nas consultas com o Dr. Silverstein, o que era uma lástima. Mas médico nenhum valia tanto tempo. Somando o tempo do trajeto, mais a espera para ser atendida, dava quatro horas. Era demais! Estacionou na área atrás da casa e entrou pela porta dos fundos, sendo recebida pelo bip do sistema de segurança.

— Olá, mãezinha.

— O que foi que houve?

A capacidade de visão de Cynthia podia continuar melhorando por mais dez, vinte anos, mas nunca chegaria a ser tão sagaz quanto a da mãe. Paulette Poole podia prever o futuro dentro dos olhos verdes. Paulette pressentira problemas quando Cynthia e Warren compraram a casa. "Para que vocês querem morar ali? A quem estão querendo impressionar?" E Paulette pressentiu, desde o primeiro momento, que o sistema judiciário, que tinha dado tantas coisas boas à família Poole, iria desampará-la quando houvesse real necessidade. Paulette era uma bruxa, no melhor sentido da palavra.

— Apenas o trânsito, mãezinha. A hora do rush está começando cada vez mais cedo nesta cidade.

— Mas também você foi inventar de ir até Towson para fazer um exame de vista...

Paulette nem se deu ao trabalho de terminar a frase. A filha sabia a opinião dela. A mãe achava o cúmulo que Cynthia tivesse trocado o Dr. Hepple, vizinho delas no Forest Park, por um médico branco e judeu, só porque o consultório dele ficava perto do trabalho dela na prefeitura.

— Onde está a...?

— Lá em cima. Assistindo a um vídeo.

Justamente por sua mãe estar lá, Cynthia caminhou bem devagar, preferindo subir as escadas da frente. Escutou o som de latas vindo da rua; mas o tinir desapareceu tão rápido que ela se perguntou se o conhecido *plinc, plinc* da carrocinha de sorvete era apenas em sua imaginação. *Ao redor da bancada do carpinteiro/O macaco corria atrás da doninha/Para o macaco era uma brincadeira.* Lembrou-se de um sorriso, um sorriso horroroso e desconcertante, e da dor que sentiu ao esticar a mão para afastá-lo do rosto da criança, com toda a força.

O nicho do quarto principal deveria ser um quarto de vestir, mas Cynthia o reformara três anos atrás, insistindo que era grande demais. Agora que fizera a transição de uma espécie de berçário para quarto de dormir havia deixado de ser tão grande. Mesmo assim, resistia aos carinhosos apelos de Warren, fingindo não entender que ele queria que o quarto deles fosse — de novo — exclusivo do casal.

Rosalind estava sentada no chão, os olhos fixos na Bela Adormecida, cantarolando com sua vozinha de neném: "La-la-la. La-la-la." Desde seu nascimento, Rosalind fora uma criança muito dócil, que vencera a difícil fase dos 2 anos praticamente sem uma birra. Nunca sentiu cólicas — um sofrimento para Olivia — e poucas foram as vezes em que pegou um resfriado. É bem verdade que uma criança amamentada no peito até os 2 anos levava vantagens quando se tratava de imunidades.

Rosalind também nasceu com uma cor da pele surpreendentemente clara e assim permaneceu. A mãe de Cynthia insistia que era herança de seus ancestrais, embora ninguém nunca tivesse ouvido falar de um branco na família. Difícil acreditar naqueles cabelos cacheados cor de âmbar. Os olhos da menina, porém, eram castanhos, como quase todos dos clãs dos Poole e dos Barnes. Olivia havia herdado olhos verdes e, segundo rezava a tradição familiar, apenas uma criança por geração nasceria com essa cor de olhos.

"Quem neném?", perguntara Rosalind havia algumas semanas, notando, pela primeira vez, a fotografia num porta-retrato oval, sobre a penteadeira de Cynthia. "Quem aquela?"

Quem seria? Ela e Warren sabiam que um dia teriam de contar tudo a Rosalind. Mas jamais lhes ocorreu que uma criancinha fosse iniciar a conversa com uma pergunta básica, existencial: Quem aquela? Ela era sua irmã. Exceto que ela não era, porque você e ela nunca existiram no mesmo plano. Ela não é nada para você e nunca será. E se ela não tivesse morrido, talvez você não existisse, porque sua mãe tinha outros planos para sua própria vida e ter um bebê aos 41 anos não fazia parte de nenhum deles.

Rosalind, porém, ficara satisfeita com a mais pura das verdades: "Olivia." Ela repetiu o nome, fez um carinho na foto e isso foi tudo. O propósito de Rosalind era apenas categorizar, identificar. Aquela é uma vaca e aquele é um cachorro e aquela é Olivia. A vaca faz mu; o cachorro au-au; e Olivia faz... "Livii". A primeira palavra dela, "Livii" — a única que ela chegou a pronunciar, alguns dias antes de ser levada embora. Na ocasião, todo mundo achou engraçado, comentando como a filha era igualzinha à mãe, convicta de seu lugar no centro do universo, ou a apenas alguns centímetros dele, à esquerda.

Agora Cynthia não tinha como deixar de pensar que fora como se Olivia soubesse que jamais chegaria a pronunciar o próprio nome de outra forma.

No vídeo a que Rosalind assistia, a fada malvada lançava um feitiço sobre o convite dela, que estava perdido em algum lugar. Sem convite, mandada para casa mais cedo... tudo termina da mesma maneira, não é mesmo? A fada malvada fez Cynthia se lembrar não de Alice ou de Ronnie, mas de Sharon e do último encontro que tiveram do lado de fora do Columbia Mall, havia dois verões.

Cynthia estava atrapalhada com o carrinho de bebê de Rosalind, um modelo europeu que era um tormento: pesadão, não muito portátil, difícil de manejar. Sharon ali ao lado, as mãos livres, no maior papo, sem nunca se oferecer para ajudar. E você está com saudades da prefeitura? E o que você acha do prefeito? Depois de muito tempo, Sharon mudou-se para um bairro residencial afastado do centro, apenas para ter certeza de que teria uma vaga para estacionar depois de um dia de trabalho estafante. Será que era pedir muito? Será que isso fazia dela uma hipócrita?

Então, aquela mulher apalermada reclinou-se sobre o carrinho e pronunciou sua maldição: "Mas olhe, Cynthia, não sabia que você tinha tido um bebê para substituir Olivia."

No instante em que emitiu essas palavras, a própria Sharon se deu conta de que havia passado do limite. O sangue lhe subiu ao rosto de tal forma que as marcas estranhas no lado esquerdo de seu rosto desapareceram. E ela saiu às pressas, se desculpando.

Menos de uma semana depois, uma jornalista ligou para Cynthia, a voz carregada de falsa emoção, perguntando se ela gostaria que os leitores do *Beacon-Light* ficassem sabendo do amargo final feliz, de seu triunfal segundo ato — essas foram as palavras da jornalista —, se ela gostaria que o povo de Baltimore fosse informado de como ela e Warren se recuperaram da terrível, terrível tragédia. Estas foram as palavras exatas, *terrível, terrível*, como se a repetição da palavra servisse para provar que realmente entendia a desventura de Cynthia. Este foi também o termo usado pela repórter. *Desventura.*

Cynthia não se deixou enganar. Ela era uma aberração, a mãe do bebê substituto, igual a qualquer idiota que volta a morar no mesmo camping depois que um tornado levou pelos ares seu primeiro trailer. Eles queriam exibi-la na mídia, para que os leitores do jornal se sentissem seguros e tranquilos: seus bebês jamais seriam roubados, seus bebês nunca seriam assassinados, porque Cynthia Barnes tinha assumido a responsabilidade por todos eles.

Terça-feira, 7 de abril

Capítulo 2

Muito embora o cheiro de gordura que pairava no ar nos fundos do Nova York Fried Chicken, na Rota 40, estivesse mais do que rançoso, ainda assim atiçava o apetite de Nancy Porter, enquanto ela ia e voltava entre a porta dos fundos do restaurante e a caçamba de lixo, analisando manchas de sangue. Havia começado uma nova dieta na véspera e já estava desesperada por comida, principalmente por fritura. Segundo ela, não havia nada neste mundo — nenhum legume, nenhuma carne, nenhum naco de pão — que não desse uma incrementada depois de mergulhado em gordura quente.

Nesses lados da Rota 40, perto de onde começava o parque estadual, o cheiro de fritura se mesclava ao perfume das plantas, comum numa manhã de abril. Cheiro de grama recém-cortada, suave fragrância de lilases e algumas essências selvagens e adocicadas. Juntos, os cheiros de fritura e os que vinham do parque suplantavam outras emanações sustentadas pela brisa: restos de comida em decomposição e remanescentes da morte de um jovem.

— Afinal, o que há de tão bom nesse Nova York Fried Chicken? — Nancy perguntou ao parceiro, Kevin Infante. — Já ouvi falar do frango frito à moda do Sul, do Kentucky Fried Chicken e até do frango frito de Maryland, mas o que é exatamente um Nova York Fried Chicken?

— É um jeito de avisar que é melhor — respondeu Infante, com um sorriso maroto.

Ele nascera no Bronx e esse seu bairrismo era uma piada gasta entre eles. Quer se tratasse de comida ou beisebol, sempre caçoavam um do outro, uma brincadeira que funcionava como um estratagema de que lançavam mão para driblar a diferença de dez anos de idade entre eles e também para neutralizar qualquer lance de homem-mulher. Não que ele fizesse o tipo dela, não mesmo. Infante tinha cabelos negros e brilhantes e olhos castanhos que sempre pareciam estar lacrimejando; se o avô polonês de Nancy fosse vivo, nada neste mundo o impediria de se aproximar por trás e, fingindo correr os dedos pelo cocuruto da cabeça de Infante, xingar: "Seu burro." Na velhice, Josef Potrcurzski pode ter conseguido conviver com italianos e gregos em Highlandtown, mas nunca aprendera a gostar muito deles.

— Sei não... — disse Nancy, entrando na brincadeira. — Gosto da pizza à moda de Chicago, com aquela crosta grossa, igual à que eles preparam lá na Pennsylvania Avenue. Você sabe... daquele restaurante que frequentamos, nos dias em que temos que comparecer ao tribunal.

— Aquilo não é pizza — reagiu Infante. — É mais... uma quiche com calabresa. A pizza de Nova York é a melhor e os cachorros-quentes de Nova York, as delicatéssens de Nova York, as roscas de Nova York, os motoristas de táxi de Nova York, o beisebol de Nova York...

O último era inegavelmente verdade, restando a Nancy dizer:

— Ora, vá se foder!

— Se o sargento soubesse as baixarias que você fala quando ele não está presente, ah... coitado... ficaria tão desapontado com a sua queridinha Nancy.

— Foda-se ao quadrado!

— Será que é como biscoito Oreos com recheio duplo?

Nancy sentiu o sangue subir. Essa era a desvantagem de trabalhar com um parceiro. As fraquezas vêm à tona e os mais íntimos detalhes aos poucos vão sendo revelados. Kevin Infante sabia de coisas sobre Nancy que o marido dela nem desconfiava, e olhe que Andy fizera parte da vida dela — com algumas idas e vindas, é preciso ser justo — desde o ensino médio.

Mas, por outro lado, Nancy também sabia quais eram as fraquezas de Infante: uísque J&B, cigarros Merit Lights, o time dos Mets e ruivas. Ruivas de verdade.

— Chega de falar de comida, Ok?

— Foi você quem começou!

— Estou sabendo. Oh, céus! Que raiva! Droga de esfaqueamento. Por mim, todos seriam com arma de fogo.

Infante lançou-lhe um olhar esquisito, mas ficou de bico calado. Nancy sabia que nunca passaria pela cabeça dele ter preferência por um método de assassinato. Para Infante, que havia cinco anos trabalhava na Delegacia de Homicídios, só existiam dois tipos de casos: os que chamava de moleza e os que denominava de destruidores de carreira e que, por enquanto, não tinham aparecido. E esse não seria um deles.

Este era, visivelmente, uma moleza. A cena do crime gritava estupidez — ausência de sangue-frio, sinais reveladores de um plano que dera errado e um bocado de provas, suficientes para clonar toda a gangue. Não que alguém, salvo um cientista aloprado, fosse se interessar em replicar uma turma como essa.

Infante se agachou perto de uma mancha de sangue especialmente grande.

— Que formato estranho, não acha? Será que houve perseguição? Ou será que ele tentou fugir? Mas, nesse caso, o normal seria ele ter ido na direção da Rota 40. Aqui nos fundos é que ele não acharia quem o ajudasse...

— Ele lutou — disse Nancy. — Instintivamente a pessoa tenta se desvencilhar quando alguém vem para cima com uma faca.

— Não as mulheres.

— Ele não era uma mulher! Era o Funcionário do Mês do Nova York Fried Chicken, prêmio que ganhou sete vezes em 12 meses. Talvez ele tivesse conseguido tirar a arma deles. Talvez tivesse tentado enfiar a faca neles, mas eles a tomaram de volta.

— Você disse "eles"?

— Claro que "eles". Se fosse um contra um, acho que ele teria tido chance de se safar.

Franklin Morris fora encontrado na caçamba de lixo pelo pessoal do turno da manhã, por cima de toda a sujeira da véspera. Teria a aparência tranquila, não fossem as várias feridas a faca e os fluidos que lhe escorreram do corpo durante a madrugada. Ele era, segundo a opinião de seu chefe, um funcionário modelo em todos os sentidos. Talvez um pouquinho sério demais, mas não um "caxias", nem o tipo de cara cuja atitude frente à vida pudesse ser um convite ao que dava a impressão de ter sido uma morte com requintes de crueldade, mesmo se tratando de esfaqueamento. Mais tarde, o médico-legista catalogaria a quantidade de facadas e anotaria todas as medidas com exatidão, o que era sua especialidade. Definiria também quais feridas eram de natureza defensiva, especificando os cortes superficiais e os letais. Também dissecaria os órgãos, para examiná-los e pesá-los. A necessidade de toda essa minúcia sempre escapara a Nancy. Vasculhando a cena do crime, a imagem que lhe vinha era a de um show em que o mágico enfiava uma espada, não uma, nem duas, mas centenas de vezes, através de um cesto de vime.

O patrão da vítima, um senhor branco, de mais de 60 anos, caiu de joelhos no meio do estacionamento e chorou após tê-lo identificado. "Há três anos que ele trabalhava para mim...", disse ele, "o melhor funcionário que já tive".

Nancy, ciente da quantidade de fotógrafos, qual um pelotão ao longo do perímetro da fita amarela que os separava da cena do crime, levou o patrão para dentro do restaurante, fazendo com se sentasse a uma mesa, longe do caminho dos peritos criminais. Os repórteres não davam trégua e insistiam em chamar a atenção de Nancy com sinais, ávidos por uma migalha de informação ou por uma declaração. Ela, porém, os ignorou solenemente. Essa era a regra extraoficial do Departamento de Polícia do município: ninguém falava com a mídia; nem com, nem sem autorização, nem em off ou qualquer outra denominação que os repórteres usassem como arma de persuasão. Nem morta Nancy seria pega conversando com um repórter.

Iam dar 11 horas. As caminhonetes das TVs estavam prontas para transmissões ao vivo durante os noticiários do meio-dia. O repórter do *Beacon-Light* aparecera e fora embora; certamente à espreita da mãe do rapaz assassinado. Nancy avistou o porta-voz da polícia — policial graduado, bem jovem e bem alto —, o único responsável por falar com a imprensa. Seu nome era Bonnie... alguma coisa. Nancy e Bonnie tinham mais ou menos a mesma idade; porém, Nancy começara a carreira na DP do centro da cidade e Bonnie sempre estivera no município. Diziam que ele era um bom policial, bastante íntegro e um atirador de primeira, embora os policiais do município não tivessem de sacar as armas com tanta assiduidade. Mesmo assim, ela havia se oferecido para trabalhar no Departamento de Comunicações quando abrira a vaga para subporta-voz. Mas Nancy não se poderia imaginar interessada em um trabalho que se resumisse em conversar com a imprensa. Nem mesmo conseguiria sentir orgulho desse tipo de trabalho, como Bonnie demonstrava sentir. "Policial de Comunicações?", Infante não perdoava: "Grandes merdas!"

A barriga de Nancy roncou. Estava azul de fome. Mal se sentara para tomar o café da manhã — uma deprimente mistura de semente de girassol e suco de cenoura — e o telefone tocou. Ela teve de sair às pressas, deixando para trás a bebida. Para falar a verdade, aquela poderia ser chamada de uma saída estratégica, uma desculpa para escapar daquela gororoba horrorosa.

— A estômago de avestruz ataca de novo — reagiu Infante, com um sorriso de lado.

Ela aceitou a zombaria, que na cabeça dele funcionava como um cumprimento. Na verdade, a policial se preocupava com o fato de nunca ter sentido nojo por causa do tipo de trabalho que fazia, nem mesmo na presença de um cadáver. E se isso não lhe dava ânsias de vômito, então o quê?

— Ainda não tomei café da manhã.

— Bem... podíamos comprar uns pãezinhos para viagem — provocou Infante. Ele sabia que ela estava de dieta, porque na véspera o detetive fora testemunha da dificuldade que a colega teve para engolir uma salada de alface sem molho, no Applebee's. — Tenho certeza de que o pessoal aqui conseguiria preparar um creme de ovos para você. Vamos dar mais uma volta. Estou com a sensação de que deixamos escapar um detalhe.

E foi isso mesmo que aconteceu. Na vez seguinte em que cruzaram o estacionamento, Nancy viu um cartucho de bala. Era sua marca registrada, seu dom — e, por vezes, seu defeito — nas palavras do chefe, que a chamava de a Deusa das Pequenas Coisas. Nancy não conseguia ligar o título a nada que conhecesse, mas o sargento insistia que tinha algo a ver com um livro que a esposa dele havia lido. E era assim mesmo: Nancy sempre tinha um olho para detalhes. Antes, na Delegacia Central, acreditavam que ela fosse dotada de poderes paranormais e até sobrenaturais. No município, esse seu olho clínico era percebido como uma competência no mesmo nível da capacidade de Infante de arrasar as pessoas nos interrogatórios e de Lenhardt dar os palpites mais inacreditáveis. Mas... como tudo na vida é relativo, essa qualidade também era tida como deficiência. Alegavam que a atenção demasiada aos detalhes pode levar o detetive a lugar nenhum. E era sobre isso que o sargento vivia advertindo-a.

— Pode ter relação com outro contexto, prova de outro roubo... — sugeriu Infante.

— É... pode ser — concordou Nancy.

— Afinal, quem haveria de trazer um revólver, disparar um tiro e acabar retalhando o infeliz?

— Idiotas! — disse ela. — Uma cambada de idiotas!

O rapaz assassinado era dono de um Nissan Sentra de 4 anos, cujas prestações, de acordo com os registros do Departamento de Trânsito de Maryland, tinham sido integralmente pagas fazia um ano. Isso era praticamente tudo que se podia inferir dos documentos oficiais; Nancy, contudo, seria capaz de preencher algumas lacunas com o que o gerente lhe contara sobre o empregado. O carro era imaculadamente limpo; do espelho retrovisor pendia um desodorante de ambientes com aroma de pinho; na bolsa do assento, um mapa rodoviário dobrado; e um adesivo no vidro traseiro, talvez da faculdade que ele frequentava durante meio período — a Coppin — ou da fraternidade de estudantes, se é que ele pertencia a alguma. O palpite de Nancy era o de que, sim, ele fazia parte de uma fraternidade e que o dia da iniciação fora um dos mais felizes de sua vida.

De repente, um Ford Taurus emparelhou com o carro deles e de dentro saiu o chefe, sargento Harold Lenhardt. Nancy se perguntou se era o caso de ficar aborrecida. Afinal, não se lembrava de o chefe ter mostrado as caras, assim do nada, num caso em que Infante era o detetive responsável. O município de Baltimore tinha em média trinta homicídios por ano, e esse era apenas o seu quarto nos oito meses em que trabalhava na Homicídios. Ainda assim, o fato de ver Lenhardt por ali a deixava irritada. Ele viera para observá-la.

— Os policiais da Central encontraram o carro — disse Lenhardt, em vez de cumprimentá-la. — Quem quer que tenha usado o carro preferiu estacioná-lo no terreno de um shopping, perto do cruzamento da Walbrook, em vez de abandoná-lo por aí. Parece que queriam dificultar as coisas para nós. Só que o dono da Laundromat notou que o carro estava ali parado havia mais de seis horas e chamou o reboque.

— Será que o outro garoto, o que trabalhou aqui ontem à noite, mora por acaso perto de onde o carro foi encontrado? — perguntou Nancy.

— Não. Mas o estranho é que, conforme me disse o diretor da Southwestern High School, onde esse rapaz estuda, neste semestre ele só apareceu um dia em cada cinco. E... surpresa! Não é que ele marcou presença justamente hoje, depois de uma semana de ausência?

— A que horas terminam as aulas nos colégios da Prefeitura?

— Às 14h30 — respondeu Lenhardt. — Mas não dá para esperarmos. Infelizmente, teremos de privar o tal sujeito deste seu dia de "intenso aprendizado".

— Tem razão! — disse Nancy.

É... o garoto estava se achando muito esperto, aparecendo no colégio. Devia estar contando com a complacência dos policiais por estar em aula, contando com que esperariam para falar com ele na saída. Mas até lá já teria arranjado um jeito de se mandar na hora do almoço, encontrado um lugar para ficar na moita por uns tempos, evitando os policiais ao máximo. Um dia seria encontrado, mas, aí, a situação seria outra e os policiais não estariam mais tão ansiosos — como hoje — para botar as mãos nele.

— A deusa achou um cartucho — disse Infante. Nancy lhe lançou um olhar furioso. Deboche do sargento ela aguentaria calada. Mas do parceiro?

— Mas não creio que o médico-legista vá achar uma bala naquele garoto. Para mim foram só facadas.

— Canalhas — praguejou Lenhardt. — Corja de marginais filhos da...

Lembrou-se da presença de Nancy e calou-se. Jamais iria xingar diante de Nancy, nem de mulher alguma. De jeito nenhum. Embora Nancy tivesse resolvido aceitar essa atitude de Lenhardt como um sinal de educação, preocupava-se com tudo o mais que o chefe deixava de falar na frente dela, já que há certas coisas que por si só soam grosseiras, por mais que se tente ser educado. E quem sabe não seriam justamente essas coisas não ditas que fariam a diferença para ela realizar o sonho de ser uma boa policial da Delegacia de Homicídios?

— Esfaquear leva tempo — disse Lenhardt. — Tem que gostar do que se está fazendo, tem que ter prazer em furar um ser humano até a morte.

Até Nancy sabia disso.

O celular dela tocou. Estranho, pois só Andy e sua mãe sabiam o número. Os detetives ainda usavam pagers para assuntos de trabalho, com acesso só em casos de extrema necessidade. Nancy tirou o celular da bolsa. Quisera poder se livrar da bolsa, mas não podia acomodar sua vida em bolsos, como os homens. Suas saias não tinham bolsos e apenas alguns blazers que comprava vinham com bolsos na altura do peito. Atendeu. Não havia ninguém na linha; apenas uma curta mensagem de texto no visor:

ESTOU INDO PARA CASA

E daí?, pensou. Claro que Andy estava indo para casa. Hoje era seu dia de folga. Quando ela saíra para o trabalho esta manhã, ele estava a caminho da academia. Mas por que ele ligaria para isso? Não, não é dele. Seria da mamãe? Da mamãe, não! Nem pensar! Ela jamais saberia mandar uma mensagem de texto, nem que fizesse um curso de um ano de duração. Bastava lembrar que o videocassete da casa dos pais há décadas piscava 12:00.

O chato é que ela vinha recebendo uma porção de ligações que seriam para uma garota da Kenwood High, cujo número era diferente do dela por um único dígito. Essa era a primeira mensagem de texto. Mas não havia muito a fazer. Embora tivesse apenas 28 anos, Nancy tinha pegado a mania dos mais velhos de balançar a cabeça dizendo: "Essas crianças..." Que espécie de prazer era esse de estar conectado 24 horas por dia, sete dias por semana? Sem falar na necessidade de estar sempre ligado a algum aparelhinho, ao que quer que fosse.

Sua barriga roncou novamente. Dessa vez soou como um bocejo estridente. Lenhardt e Infante soltaram uma gargalhada, mas não deram nem um pio.

— Será que teremos tempo para uma paradinha? — perguntou Nancy.

— Vai depender de onde — respondeu Lenhardt. — Os guardas municipais estão de prontidão, esperando para nos levar à Southwestern. Não podemos nos demorar.

— Um lanche rápido, na Dunkin' Donuts? Ou no Burger King?

— E isso faz parte da dieta do tipo sanguíneo, Nancy? — gracejou Infante, com ares de santo de pau oco. — Ou é hora da sopa de repolho? Será que eles têm rosquinhas de repolho?

Nancy esperou que Lenhardt virasse de costas, para falar entre os dentes:

— Vá se foder, Infante.

A resposta de Infante foi um gesto indecente. Tudo isso não passava de uma brincadeira inocente. Comportavam-se como duas criancinhas implicando uma com a outra, pelas costas do pai. E assim conseguiam tornar tolerável o trabalho que faziam. E quando percebiam que teriam um dia estafante, ou uma semana inteira de trabalho duro pela frente, aí é que as brincadeiras pegavam fogo mesmo. O caso do rapaz assassinado podia ser moleza, mas até os casos ditos *moleza* tinham seu preço. Foi na Academia de Polícia que Nancy aprendeu que não seriam os criminosos profissionais que a manteriam acordada à noite; mas sim os que não estão nem aí para nada, pouco se importando em ocultar pistas, tanto as literais quanto as figurativas. Ou que eram estúpidos demais, ou jovens demais, ou os dois juntos.

Resolveu pôr um fim a essas divagações: precisava se concentrar em escolher o tipo de rosquinha que iria pedir em homenagem ao fato de ter abandonado a dieta, após 36 horas. Míseras 36 horas!

— Então — disse Lenhardt, usando um tom supercasual —, deixou o Bonnie cuidar da imprensa?

— Isso aí! — respondeu Nancy. — Deixei tudo nas mãos dele.

— Boa menina!

Ela amava essas palavras. Que Deus a perdoasse! Mas ela adorava ser chamada de boa menina.

Quinta-feira,
9 de abril

Capítulo 3

No subsolo do Tribunal de Justiça Clarence Mitchell, as estações do ano passam sem serem notadas. Não foi uma nem duas vezes que Sharon Kerpelman precisou dar uma olhada na roupa que vestia para se lembrar de que condições climáticas tivera de enfrentar para vir de casa para o trabalho. Sem verão nem inverno, sem variações de temperatura, sem percepção da passagem do tempo. A data de hoje só estava vívida em sua mente por causa das manobras que tivera de fazer para tirar a tarde de folga. À exceção dos dias com compromissos agendados, os outros nada tinham de real: nenhuma conexão com a estação do ano, nem com o dia da semana, que insistia em escapar-lhe. Ela morreria de vergonha caso alguém descobrisse o número de sábados em que se arrastara da cama até o chuveiro e, com um esforço sobre-humano, começara a se vestir antes de perceber que a voz do locutor do rádio sobre a mesinha de cabeceira anunciava Notícias do *Fim de Semana*, em vez de Notícias da *Manhã*.

Hoje — uma quinta-feira, definitivamente uma quinta-feira, fato confirmadíssimo pela agenda apoiada no colo — estava em reunião com um cliente, mais a mãe e a irmãzinha dele no corredor. De repente, viu alguém passar por eles carregando uma cestinha com ovos coloridos e barras de chocolate. *Páscoa!* Puxa vida! Já teria passado ou estava por vir? E isso não significava também que a Páscoa Judaica era por esses dias? Será que a perdera? Certamente não; sua mãe jamais deixaria que isso acontecesse. Vai ver, a Páscoa Judaica será mais tarde este ano, visto que ainda não havia recebido a ligação anual da mãe falando sobre a cerimônia do Seder de Pessach, perguntando se iria acompanhada e o que ela achava de convidarem o filho dos Kutchner, que voltara a morar em Baltimore e era uma pessoa bem legal.

A irmã de seu cliente, de 5 ou 6 anos, acompanhou, com os olhos repletos de desejo e culpa, a cesta com chocolates. Ela dava a impressão de que sabia que não devia almejar nada. O cliente, de 12 anos, que agora enfrentava a segunda condenação por venda de drogas, tinha o olhar pregado no chão, entediado com a própria desgraça. A mãe dele olhava duro para Sharon, com as mãos nos quadris. Parecia à beira de um ataque de nervos, de tão ansiosa por acender um cigarro.

— Como assim? O Cullen? Vão mandá-lo para o Cullen? — reclamou a mãe. — É muito longe. Como poderei vê-lo? Não tenho carro. Achei que ele seria mandado para o Hickey, se é que seria mandado para algum lugar. Você falou em condicional, talvez prisão domiciliar. Você *prometeu*!

— Prometi que ia tentar. É a segunda vez. E tem a agravante de ter sido no colégio.

— Então, por que não o Hickey?

— O Cullen tem um leito disponível no pavilhão para jovens viciados em drogas. Gordon só vai parar de vender drogas quando deixar de usá-las. E, além do mais, ele é menor. Ele... ele seria comido vivo se fosse mandado para o Hickey.

— Não vai dar certo. Lá no Cullen... — insistiu a mãe do menino, achando que sua opinião mudaria alguma coisa.

Ela estava irritada; com aquela fúria típica de quem utiliza a justiça gratuita. Após uma década como defensora pública, Sharon se conscientizara de que as pessoas que não podem pagar um advogado particular partem do pressuposto de que a assistência jurídica que recebem gratuitamente do Estado é da pior qualidade. Na opinião delas, os defensores eram basicamente um bando de inúteis disfarçados de bonzinhos.

— É apenas a segunda vez — disse a mãe, naquele chiado peculiar do pessoal que vive nas montanhas e que, não se sabe bem por que, sobreviveu por décadas em Baltimore.

Eram descendentes da massa de emigrantes vindos do estado de West Virginia durante a Segunda Guerra. Sharon — e isso só em pensamento — os imaginava como uns branquelos azedos, que retardavam a evolução hibernando nos últimos distritos de brancos. Ela conhecia essa gente mais do que gostaria: durante um tempo, tentara viver num dos bairros preferidos deles, seduzida, por um lado, pelas antigas casas de moinho feitas de pedra e, por outro, pelos baixos aluguéis dos apartamentos. Acabou que seus vizinhos fizeram de tudo para que ela fosse embora. Revoltada, Sharon desistira dali e fora morar num bairro residencial afastado do centro, num condomínio sem graça, cercado de grades por todos os lados. Pelo menos ela havia tentado.

— Olha, seu filho começou cheirando tinta spray aos 8 anos. Desde os 10 fuma maconha. É só uma questão de tempo para ele se viciar em anfetaminas ou em morfina.

— Não uso, não. Apenas vendo um pouquinho — disse Gordon, instruído a mentir o tempo todo.

Ideia dele ou da mãe? Sharon gostaria de saber. Impossível a mãe não estar ciente de que o filho era usuário de drogas. Todas as vezes que Sharon o vira, Gordon tinha os olhos úmidos e vermelhos, e estava fora de si, com uma atitude de total alheamento, como estivesse se lixando para o que estava acontecendo. Mas Sharon não achava que tudo fosse culpa do menino.

Afinal, com uma mãe daquelas, quem não seria alienado?

Sharon ignorou as desculpas automáticas do menino.

— Compreendo que não será fácil, Sra. Beamer, o fato de ele ser mandado para longe. Mas é a melhor opção. Vai ser bom para ele ficar longe da cidade. Os meninos do Hickey não passam por choque cultural, não se sentem deslocados. E além do mais, Hickey é muito... muito...

Foi interrompida pelo oficial de justiça que veio convocá-los para a audiência. Sharon se levantou, concluindo o pensamento para si mesma. Mais e mais, Hickey lhe parecia um campo de concentração para adolescentes, o lugar em que Maryland guardava seus inimigos em potencial, até que alguma guerra não declarada finalmente terminasse. Ela detestava ter de mandar alguém com menos de 15 anos para o Hickey. Mas faltavam opções de instituições: o Boys Village, perto de Washington D.C., era pior; o Middlebrook, o pior de todos.

Sharon se levantou e alisou os vincos do vestido. Ficara sentada por tempo demais. Seu vestido cor de açafrão tinha a cintura alta, e a saia longa e volumosa descia até os tornozelos. O tecido de algodão era pesado, mais condizente com o clima de inverno do que o de primavera. A previsão do tempo devia ter sido de um dia excepcionalmente frio para a estação, ou então teria escolhido outra roupa. Ou será que queria estar mais arrumada para o encontro desta tarde? A mãe de Gordon estudou o modo como os dedos de Sharon alisaram a saia, dando a nítida impressão de estar se deliciando ao toque de um tecido de qualidade.

— Está grávida?

A intenção da pergunta era mesmo magoar, e nisso foi bem-sucedida. A mãe de Gordon queria punir Sharon e essa foi a maneira que encontrou para se vingar. *Onde já se viu mandar o meu menino para o Cullen? É guerra, é? Então vou fazer com que se sinta uma obesa.* Na verdade, Sharon tinha um corpo legal. Apenas preferia escondê-lo até que tivesse a oportunidade de tirar a roupa e sentir-se absolutamente recompensada pela expressão de surpresa nos olhos do parceiro.

— Não... não... — balbuciou meio sem graça — o vestido é largo.

— Ah... pensei que estivesse. Não por causa do vestido, mas pela sua cara.

Um insulto vai, outro vem. Se Sharon não estivesse ocupada em apanhar a pasta e o processo de Gordon, teria levado a mão ao rosto. Mas não havia textura na marca de nascença, nada que se pudesse sentir ao tato. No rosto, apenas o calor do sangue subindo com a raiva.

— Pensei que estivesse. Você está com... você sabe, aquela espécie de mancha de gravidez que as mulheres às vezes adquirem. Ouvi dizer que as pílulas anticoncepcionais também causam isso.

— Não, é só... o tipo de pele.

— Uma marca de nascença?

— Bem, nasci com ela, então presumo que se possa chamar assim.

Para Sharon, a mancha tinha tanta importância quanto os olhos, que eram bem separados, e quanto as orelhas, bem coladas ao couro cabeludo. Quer dizer, pouco se lembrava dela e quase achava bonitinha essa sua marca com aparência de um fragmento de renda, que descia da lateral da bochecha até o queixo. E Sharon se convencera de que ninguém tinha nada a dizer contra aqueles pontinhos claros e delicados que por pouco não formavam um jogo da velha. Há anos que ninguém falava disso.

Pensando bem, fora há quase sete anos, e neste mesmíssimo corredor, depois que o juiz anunciou a sentença de Alice Manning e de Ronnie Fuller.

Desnecessário cerrar os olhos para relembrar aquele dia. Elas caminhando rápido, tentando escapar dos jornalistas que, proibidos de entrar na sala de audiência, corriam no encalço delas. O restante do pessoal do tribunal, ocupado em tirá-las o mais rapidamente possível, para pegarem as vans que esperavam do lado de fora. A intenção era também a de dar alguma cobertura aos pais, cujas fotos tinham sido exaustivamente divulgadas, já que publicar imagens das meninas estava fora de cogitação.

Alice estava em estado de choque e tomada de tal pavor que nem conseguia chorar. Porém Ronnie, que estivera em surto quase catatônico na maior parte da audiência, perdeu as estribeiras quando a sessão terminou. Brigou com seu advogado e enfiou as unhas com toda a força no rosto dele. Depois chutou um dos oficiais de justiça no peito, obrigando o advogado a segurá-la bem firme até que se acalmasse. Ela mordia e unhava, dando a impressão de querer ser algemada, de querer que eles confrontassem a mentira que permeara todo o processo. Ninguém, nem mesmo o jovem e zeloso advogado de Ronnie Fuller, acreditava que ela fosse qualquer outra coisa a não ser uma assassina fria e cruel. Mas a Justiça concordou em tratá-la como criança, como um ser humano, embora todos que a vissem se perguntassem como ela conseguia ser tão pouco humana: sorria na hora errada, ria do que não tinha graça nenhuma, dizia o que lhe passava pela cabeça.

Ainda assim, Ronnie era uma menininha, pesava menos de 40 quilos. Eles não podiam reagir, nem usar os métodos convencionais para controlá-la. Percebendo a perplexidade dos adultos, a indecisão deles, Ronnie começou a agitar braços e pernas de um jeito que parecia multiplicá-los: quatro braços e quatro pernas, depois oito, depois 16... Lembrava o desenho animado do Demônio da Tasmânia, um redemoinho em ação. O espanto era geral. Todos estavam paralisados, à exceção dos fotógrafos, que, ávidos por capturar a cena sem mostrar a cara de raiva de Ronnie, se agitavam, se esbarravam, até que acabaram empurrando o advogado, que perdeu o equilíbrio e relaxou os braços. Ao se ver livre do advogado, Ronnie desandou em disparada pelo corredor afora; porém, tomada por uma fúria cega, acabou encurralada num canto, sem ter para onde escapar. E foi assim que duas policiais conseguiram controlá-la.

Assistindo a tudo, a mão pousada no ombro de Alice, Sharon reconheceu que tivera muita sorte de não ter sido encarregada de defender Ronnie. Mas logo se arrependeu de ter pensado isso e, cheia de culpa, sentiu-se na obrigação de confortar a pequena.

Enquanto as policiais disparavam com a menina pelos corredores — os pés de Ronnie mal tocando o chão — Sharon sussurrou-lhe algumas palavras de estímulo. O que disse valia mais pelo tom reconfortante do que pelo conteúdo, pois parecia que estava falando com um cachorro: *Tudo vai ficar bem, não tenha medo, estamos tentando ajudá-la.* Aproximavam-se da porta de saída, a luz do sol produzia clarões nos alizares, lembrando imagens de um conto de fadas ou de um filme futurista: uma porta se abrindo para outro universo. Ao cruzar a soleira, Ronnie, ainda que meio suspensa pelas policiais, conseguiu virar a cabeça e deu uma cusparada em cheio no rosto de Sharon:

— Sai fora, sua puta com pintas horrorosas. É tudo culpa sua.

O advogado de Ronnie tinha um ano de prática com clientes particulares, defendendo "criminosos de verdade", conforme ele mesmo contou a Sharon na vez seguinte em que se encontraram no restaurante Au Bon Pain, quando seus respectivos pegadores de salada se esbarraram sobre uma travessa de aço cheia de vagem.

— Quando digo "criminosos de verdade", estou me referindo... a adultos — ele se explicou. — Eles são menos assustadores.

Ambos riram. Um riso disfarçado, fingindo que ele não estava falando sério.

Sharon voltou o olhar para o cliente atual, Gordon Beamer: 12 anos e, a menos que um milagre acontecesse lá no Victor Cullen, praticamente ferrado para o resto da vida. Com menos de uma década de serviço, Sharon já começava a atender a segunda geração, os filhos das crianças que havia defendido assim que começara a trabalhar na Defensoria Pública. As únicas coisas que mudaram para valer foram as drogas. Crack estava em baixa; agora eram mais heroína e morfina, e um pouco de ecstasy para os ricos moradores dos bairros afastados, que vinham à cidade para comprar droga. Quanto tempo demoraria para ela ver a terceira geração, os netos dos primeiros clientes? Caso Sharon fosse mesmo bem-sucedida no trabalho, será que isso interromperia essa desastrosa sequência?

Curioso... seu primeiro — e último — caso de homicídio tinha sido, comprovadamente, de autoria de Alice. Agora fazia parte da rotina do estado "promover" criminosos violentos para o sistema carcerário dos adultos: acima de 15 anos era praticamente automático; raro ver uma criança, menino ou menina, ser considerada culpada de homicídio se tivesse menos idade. Sendo assim, jovens assassinos não tinham contato com ela e para eles toda a competência de Sharon servia para nada.

— Vamos rolar esta pedra até o cume da montanha — disse Sharon suspirando, numa menção ao mito de Sísifo, cujo trabalho, como o dela, fora transformado em algo inútil e sem esperanças.

— Que pedra? — perguntou Wanda Beamer. — Eles têm pedras em Cullen?

Mas a mulher não esperou pela resposta, pois viu a filha se afastar para olhar uns quadros pintados por crianças, que supostamente trariam alguma alegria para esse sombrio corredor. E gritando o nome da filha, Amber, correu para agarrá-la e deu-lhe uma surra. A menina chorou sem emitir um som sequer. Gordon Beamer agora mirava o teto; Sharon também, imaginando que dali a apenas algumas horas finalmente veria Alice mais uma vez.

Capítulo 4

11h35

Helen Manning saiu do prédio levando consigo o prato de comida. A ideia era encontrar um banco, ou quem sabe uma mureta, para se sentar. Mas fazia frio, aquele friozinho típico do início da primavera, e acabou indo para o carro. Mal provou a comida escolhida com tanto cuidado: salada de frango, à qual acrescentou estragão e noz-pecã, espalhada numa baguete de trigo integral, aspargos frios em molho vinagrete, acompanhados de uma garrafa pequena de água com gás.

Como seu trabalho exigia que desse aulas em várias escolas primárias do município, Helen normalmente fazia questão de aproveitar o almoço para conhecer outros professores. As pessoas tinham a tendência de ficar inventando coisas sobre quem tinha uma atitude mais reservada, mesmo que só um pouquinho. Helen havia se conformado — fazia um tempão — com o fato de que precisava se esforçar para convencer os outros de que não era arredia, muito menos esnobe.

Hoje, porém, Helen estava deprimida demais, incapaz de reunir forças para encarnar a personagem educada e superinteressada que vinha cultivando para si. Ao contrário, preferiu sentar-se sozinha no carro e engolir o sanduíche, com os olhos vidrados no para-brisa. Aquele era um bairro bom, um enclave *yuppie* com longas sequências alinhadas de árvores frutíferas em flor, lembrando uma alameda de um conto de fadas. Todavia, por mais belo que fosse, Helen percebeu um quê de sombrio, comparável ao clima *dark* dos contos dos irmãos Grimm. Crianças! Ou melhor, a falta delas, descobriu afinal. Logo que começavam a ter filhos, os jovens executivos bem remunerados se mudavam dali. Assim, os alunos que frequentavam a escola pública vinham de bairros afastados e mais violentos, que nada lembravam essa área abastada.

Helen, que crescera em Connecticut e viera para Baltimore para cursar a faculdade, nunca se acostumara à primavera daqui. Não que sentisse saudades da casa batida pelo vento ou do jardim milimetricamente planejado pela mãe, no qual praticamente nada brotava na maior parte do ano. Mas a primavera chegava sempre tão *depressa* em Baltimore... hoje fazia um frio danado; daqui a uma semana a cidade poderia estar exuberante como uma floresta tropical, repleta de azaleias, as folhas das árvores gordas, inchadas. Uma época espalhafatosa, chegando às raias da obscenidade, igual à explosão de hormônios que brotava em alguns alunos. Essa transformação era mais marcante para Helen, porque como ela dava uma aula por semana em cada escola, uma menininha do sétimo ano que tinha aparência desajeitada, descuidada, saltitando pelo playground, na semana seguinte estava cabisbaixa, preocupada consigo mesma enquanto seu corpo revelava formas arredondadas, mais atraentes.

Helen não conseguiria provar cientificamente, mas tinha certeza de que as garotas não se transmutavam em mocinhas assim tão rápido na sua época. E não ficaria nem um pouco surpresa caso fosse provado que essas mudanças tinham a ver com o consumo de fast-food ou dos hormônios de crescimento bovino encontrados no leite. Ela ouvira histórias de meninas de 7 anos que já tinham seios e já menstruavam. E sabia também que havia médicos do Johns Hopkins Hospital trabalhando numa pesquisa para deter a puberdade dessas meninas sem transformá-las em anãs.

Helen sempre tivera hábitos alimentares saudáveis. Não era exatamente natureba, fanática, mas preferia grãos integrais, legumes, hortaliças e frutas frescas, na esperança de que Alice seguisse seu exemplo. Mas como era de se esperar, Alice passara a suplicar pelo pior que havia em *junk food* e Helen rendia-se, levando a filha ao McDonald's ou ao Arby's pelo menos uma vez por semana, na esperança de que pequenas gratificações livrariam Alice de ser uma pessoa obsessiva. A fome tinha sido a única necessidade incontrolável da filha; no resto Alice era bastante cordata.

Onde será que Alice pediria para almoçar hoje, depois que Sharon a apanhasse em Middlebrook? O mais provável, uma comida rápida e gordurosa.

A advogada, contudo, estaria mais animada a transformar o almoço numa festa, numa comemoração — uma formatura — algo mais importante do que na verdade era.

— Sei que você não pode tirar folga no meio da semana — disse Sharon ao ligar para Helen e informar-lhe o dia em que Alice seria libertada. — Mas eu poderia ir à audiência em seu lugar e depois levá-la para casa. Não seria mesmo nenhum problema, realmente.

Será que Helen teria inventado uma mentira se a outra não lhe tivesse feito essa oferta? Não tinha como saber. Mas, partindo do pressuposto de que ela não poderia estar presente na audiência, fora com prazer que aceitara a oferta. Era óbvio, porém, que isso significava que ficaria devendo um favor a Sharon. Pois quando essa dizia que algo não era um problema — *realmente* — significava que era um problemão, mas que faria mesmo assim. A advogada nunca se afastara das Manning, para horror de Helen. Todo mundo queria esquecer, seguir adiante, enterrar o passado; só Sharon Kerpelman parecia alardear a lembrança daquele verão, como se dele se orgulhasse. É verdade que ela fora ferrenha na defesa de Alice e muito astuta. Mas Helen nunca deixara de se sentir insegura por não ter aceitado a oferta dos pais de contratar um advogado criminalista de renome, que poderia ter salvado sua filha, apesar dos pesares.

Mas não, isso seria um erro. Logo de início ela decidira que não poderia tentar arrumar justificativas para a participação de Alice no crime, afirmando que a atuação dela fora meramente indireta, que ela teria sido a ingênua, a figurante involuntária. Havia um princípio básico em jogo. Sua filha deveria ser considerada tão culpada quanto Ronnie.

A menina compreendera. Alice sempre compreendia. Ela era a confidente de Helen, seu fã-clube de um único membro, sua melhor plateia. Mesmo quando percebia que a mãe estava mentindo — e Alice, diferentemente de Sharon, saberia que Helen poderia ter tirado o dia de folga se realmente quisesse —, ela a perdoava. Era uma menina muito atenciosa com os outros.

Menina? Que menina? Uma mulher, Helen repetiu para si mesma. Alice era uma criança quando saíra de casa; agora era uma mulher perante a lei, com direito de votar e até de beber. Helen recordou-se de uma canção de sua época de escola: *Girl, you're a woman now*, cujo intérprete — ela de repente se lembrou — era o mesmo que em outra canção tinha implorado para que a menina saísse de sua mente. Mas olha que curioso! As músicas de Gary Puckett and the Union Gap apareciam numa charmosa progressão: *Young girl. Girl, you're a woman now*". *Lady Willpower*, terminando, como não poderia deixar de ser, em *Woman Woman*. Puxa vida! Mas não é que seguia o curso de um romance? O da danada Madame Bovary! Interessante. Queria conhecer alguém que gostasse dessa descoberta.

Helen havia sido uma adolescente atraente, embora tivesse esperado até estar na faculdade para explorar sua beleza. A brincadeira entre suas colegas do ensino médio era a de que ela não poderia fazer sexo no mesmo estado em que seus pais moravam. E a piada por trás dessa pilhéria era a de que se tratava da mais pura verdade. Aos 18 anos e virgem, ela começara o curso no Maryland Institute College of Art, em Baltimore. Algumas semanas depois já era conhecida como a Piranha do MICA. Não que alguém a chamasse de puta, pois todo mundo estava ocupado fazendo a mesmíssima coisa, e os estudantes de artes, especialmente os de artes, eram os menos críticos quando se tratava de sexo.

Que sorte! Sua geração pegara a onda na hora certa. Era a fase de ouro, a era pós-herpes-e-pré-Aids, em que todos abriram mão do amor livre, mas o sexo era barato e abundante, como a maconha de cada dia. Tudo mudara, radicalmente. Os traficantes de erva agora estavam matando uns aos outros, conforme Helen vira num "programa especial" exibido na televisão no inverno passado. E para a professora isso fora mais impressionante do que qualquer ato terrorista. Tão incrível quanto a própria vida.

Tinha 24 anos, e estava a meio caminho do mestrado, quando se deparou com a notícia de que estava grávida. Foi como ganhar a loteria do impossível, uma única chance em cem. Mas... nem mesmo uma gravidez era considerada grande coisa naqueles dias. O aborto era uma opção aceitável entre suas amigas, um método contraceptivo alternativo, quase um rito de passagem. Ninguém perdia tempo em profundas elucubrações sobre o assunto. Somando o resultado azul do teste a uma relação sem amor e que não tinha chance alguma de prosperar, então a mulher resolveria tudo. E o mais magnânimo era não contar nada para o suposto pai, salvo se morassem juntos, porque aí seria perder-perder: ou ele tentaria escapar do relacionamento como uma enguia escorregadia — quando se teria de encarar o fato de que o cara com quem você estava saindo era um babaca — ou, pior ainda, sem grandes interesses, ele iria pedi-la em casamento, que seria encarado como uma intimação judicial, uma obrigação como cidadãos. Mas ambos estariam loucos para sair dessa.

Então, era legal ter um bebê. Mostrava coragem. Especialmente quando o pai era Roy Durske, que trabalhava como leiturista da companhia de gás e energia e a quem ela conhecera na piscina do prédio de um amigo. Namoraram durante todo o verão. "Namorar" era um eufemismo que Roy insistia em usar. Helen não tinha nenhum problema em classificar os encontros que tiveram como trepadas, e ponto final. Nas primeiras vezes foi bom; mas logo o tesão acabou. Era o máximo a que o entusiasmo, e só, poderia levar.

Os sinos da igreja católica badalaram anunciando o meio-dia. Helen deu uma olhada no relógio do painel do carro. E assim se foram os 25 minutos: almoçar cedo e rápido era um dos antibônus de seu emprego, cumprindo a serventia de manter viva na mente dela a insignificante valorização da profissão que escolhera. Amassou a folha de alumínio que usara para embrulhar o sanduíche, tampou a garrafa vazia, fechou o Tupperware e enfiou tudo na marmita de alumínio, daquele tipo bem antigo usado pelos operários e que havia conseguido comprar numa feira de artigos de segunda mão, no ano anterior. Todos ficavam deslumbrados com seu bom gosto: "Em você tudo fica estiloso!", foi o que dissera uma das colegas de trabalho. Mas Helen estava cansada da própria originalidade, de tanta irreverência. O que havia ganhado com isso? Vinte anos ensinando arte a criaturas desprovidas de pendor artístico, uma vida solitária e uma filha que lhe atirava na cara que ela não passava de um blefe. *Quer ser ousada, mãe? Quer ser uma radical de verdade? Então experimente ser mãe de uma menina de 11 anos que matou um bebê.* E não um bebê qualquer, mas a netinha de um famoso e estimado juiz negro.

E, então, deixe sua mãe enfrentar o julgamento do mundo.

Eles não podiam usar o nome de Helen, pois aquilo significava identificar Alice, mas a mídia provavelmente percebera alguma coisa, pois o rosto de Helen era frequentemente exibido nos noticiários enquanto ela entrava e saía cabisbaixa de inúmeros prédios do governo naquele verão. Ela sempre aparecia de óculos escuros, os cabelos puxados para trás, num penteado que nunca antes havia usado e nem usaria depois. Todos sabiam, é claro, quem eram as garotas que tinham sido mandadas embora da festa na piscina por causa de um incidente que veio a ser registrado como uma "questão racial" e sabiam também quem eram as meninas que sumiram do bairro, como se nunca tivessem existido. Mas ninguém abria a boca para falar sobre isso. E, pensado bem, sobre o que falariam? *Vi seu rosto nos jornais. Que pena que sua filha matou aquele bebê, não?* ou *O que você vai fazer no próximo fim de semana?*

Helen retornou ao prédio da escola e começou a se preparar para a aula seguinte. Prendeu folhas de jornal para proteger as carteiras, arrumou as cadeirinhas... ah, essas cadeiras, iguaizinhas àquelas da sua sala do sexto ano. Tanto quanto ela sabia, essas cadeiras deviam estar lá havia mais tempo do que isso. A infraestrutura educacional do município era bem ruim. Podia se lembrar das tonalidades das cadeiras: cores dos anos 1970 e que expressavam promessas de modernidade. Água-marinha e o tom de laranja da moda. o curioso é que essas eram agora as cores usadas nos iMacs, supermoda entre os alunos do ensino médio. Recordou-se de um vestido comprado para sua primeira viagem de avião: listras laranja, azuis e marrons, com um lenço de pescoço combinando, tudo da antiga loja Best & Co. Sua mãe havia guardado todas as suas roupas de menina, as quais ela conservou numa caixa, que foi aberta quando Alice chegou à idade de usá-las. Mas não serviram: Alice era muito maior. Hormônios. Só podiam ser os hormônios!

Que bom que as aulas da tarde seriam para o quinto ano! Os alunos ainda eram uns anjinhos, bem diferentes dos do sexto. As crianças do quinto faziam com que se recordasse de Alice. Da Alice perdida. Em suas lembranças, Helen sempre imaginava a filha de costas; via o cabelo repuxado em duas mariaschiquinhas, arrematadas por laçarotes de fitas de Natal ou com as fitas que Helen costurava com retalhos de tecido. Recordou-se dos cheiros, sempre mais acentuados na nuca e que variavam dependendo do dia e do tempo: ora de giz, ora de sabonete, grama, bronzeador, cloro, pasta de amendoim, picles.

Quantas e quantas vezes Helen viu aquele pescocinho inclinado sobre a mesa da cozinha, absorto num projeto — um presente de Natal, um cartão de Dia do Amigo — e, murmurando para si mesma, com certeza copiando a mãe: "Feito em casa é bem melhor." Ela era tão *boazinha*... não havia outra palavra que lhe caísse melhor.

Mas a bondade de Alice, a ausência de maldade fora a própria causa de sua desgraça.

— Fiz uma coisa horrível — dissera nos últimos dias em que estiveram juntas, no fundo torcendo para que a mãe não concordasse com ela. — E quando você faz alguma coisa ruim, tem de ser punida.

— Sim, baby — Helen respondera.

Mostre a eles como você é forte e então, um dia, eles vão compreender que você é mesmo uma menina boa, que o que aconteceu foi um erro. Foi um erro, não foi, baby? Um engano. Um acidente. Quem teve a ideia, baby? Você pode me dizer. Conte para sua mamãe o que aconteceu. Sei que a verdade é triste, mas é importante dizer a verdade. Sempre, sempre! É melhor que tudo venha à tona. Talvez possa mudar alguma coisa. Nada está concluído, nada foi decidido. Por enquanto. Diga apenas a verdade, Alice.

Mas Alice fez que não, recusando-se a contar a Helen tudo o que aconteceu.

— Agora está tudo acabado — dissera ela. — Tenho de ir embora.

Isso se passara na véspera do fim do julgamento, da determinação da sentença. Para complicar mais as coisas, Alice ficou mocinha. Elas estavam no banheiro, providenciando um absorvente e lavando a calcinha em água fria. Menstruada aos 11 anos e nem havia começado o sétimo ano. Helen ficara mocinha aos 13 e a mãe dela achou que *viera* cedo demais.

Helen teve o cuidado de ir conversando aos poucos com a filha sobre sexo, de modo que a mocinha não ficasse assustada. Ela estava tão tranquila, tão comportada, que Helen não se conteve e tentou animá-la, fazendo com que tratasse aquilo como um momento importante da sua vida.

— Na minha época não l.avia esses absorventes com adesivos. Tínhamos de usar um cintinho — Helen explicara. — Com dentes.

A descrição espantou Alice, sentada no vaso sanitário e segurando o absorvente.

— Dentes? Que mordiam? — perguntou de olhos arregalados, e Helen arrependeu-se do comentário.

— Não, não eram dentes de verdade. Eram pequenos prendedores para os absorventes. Você tem sorte. Mas lembre-se de que daqui para a frente tem de ser responsável. Embora ainda seja uma menininha, seu corpo pensa que é uma mulher. Não se esqueça disso, viu?

Aquela porcaria de música apareceu de novo, alojada na mente de Helen, daquela maneira que só uma canção indesejada fica encravada. Menina, agora você é uma mulher! Estranhamente, a música trouxe consigo lembranças.

Não de quando Helen a ouvira pela primeira vez, mas viu a si mesma sentada na pontinha daquela piscina em formato de feijão, no conjunto de apartamentos na saída I -83, no verão seguinte ao seu primeiro ano de bacharelado. De repente, as lembranças ficaram nítidas: o maiô roçando contra a aspereza da mureta de concreto em que estava sentada, o sol nas costas, o óleo para bebês formando uma pocinha na palma da mão, pronto para passar em seus lindos ombros sardentos. Foi então que Roy saiu da piscina sacudindo os cabelos — longos para os padrões de hoje — gotas de água escorrendo-lhe pelo peito musculoso, quase tão bonito quanto ele mesmo imaginava ser.

— Você mora por aqui? — perguntou ele.

Ela apenas achou graça daquela cantada idiota, feliz por ele ser bobão, porque assim ela não iria se apaixonar por ele e, então, poderiam trepar durante o verão e seguir adiante, feliz e despreocupada. Pelo menos até ali ela acertara: não se apaixonou por ele. Não seria surpresa ter cruzado com ele sem tê-lo reconhecido.

E o contrário? Será que ele teria reconhecido Helen por trás dos óculos escuros e dos cabelos presos no cocuruto da cabeça, sete anos atrás, atravessando a tela da televisão dele? Teria ele se dado conta de que uma das "duas assassinas de 11 anos", mencionadas ininterruptamente nos jornais — até que a frase perdesse o impacto — era sua filha? E mesmo se ele tivesse sacado tudo isso, Helen não o teria culpado por não mostrar a cara e admitir ser o pai de Alice.

Provavelmente ela também não teria mostrado a sua, se tivesse tido a chance.

Capítulo 5

14h

— Não vai querer sobremesa? Os sundaes daqui são demais.

Alice olhou para o prato. Nele, metade de um cheeseburger e uma porção quase intocada de batatas fritas. Ela não estava tentando impressionar Sharon com sua força de vontade — essa jamais fora sua preocupação — nem dava muita importância ao que comia ou deixava de comer. Simplesmente não estava gostando nem desse cheeseburger, que viera acompanhado de queijo cheddar, em vez de queijo prato, nem das batatas, que eram autênticas demais para o gosto de Alice: com casca, encaroçadas e nadando em óleo.

— Aposto como não tinha nada parecido com isso em Middlebrook — disse Sharon quando a comida chegou, unindo as mãos como numa prece.

É verdade, pensou Alice. A comida de lá era bem melhor. Batatas fritas bem fininhas e crocantes, que iam direto do freezer para a frigideira. Não tão gostosas quanto as do McDonald's — as imbatíveis — mas melhores que estas coisas molengas aqui. No geral, a comida do Middlebrook era muito boa. Talvez tivesse a fama de ser a pior instituição do estado, mas em termos de comida sem dúvida era a melhor.

— Realmente — disse Sharon —, peça um sundae.

Sharon adorava essa palavra: Realmente. Realmente, Alice, você tem que confiar em mim. Realmente, Alice, isso é para seu bem. Realmente, Alice, acredito em você. Mas o que realmente significava quando dito por Sharon? Será que tudo o mais que Sharon dizia era mentira? Ou a intenção era mostrar que o que vinha em seguida era extrarrealmente, realmente-real, real tamanho GG?

— Não preciso de um sundae — disse Alice. — Realmente.

— Hoje não é dia de se preocupar com calorias. Coma à vontade.

Ah..., então ela deveria se preocupar com as calorias, mas não hoje.

— Acho que preciso fazer uma dieta — disse Alice, a cabeça inclinada sobre o prato, mantendo contato com os olhos castanhos de Sharon, tão simpáticos quanto os de um cachorrinho, através das pontas dos cílios claros.

— Não, não, de jeito nenhum. Não foi isso que eu quis dizer. Claro que todos nós temos de nos preocupar com as calorias. Só que não todos os dias. É importante ter um dia para comer o que nos dá prazer.

— Mas estou gorda. Você não notou? Fiquei muito gorda no Middlebrook.

Ela adorava essa palavra, adorava denegrir a própria imagem. Sou gorda. Sou feia. Sou desajeitada. E a intenção não era ouvir que não era nada disso. Afinal, sua autoestima não era assim tão baixa. É que ela sentia prazer em ver os adultos entrarem em pânico quando ela criticava a si própria e também achava divertido vê-los se esforçarem como loucos para lhe transmitir confiança. Quando se é criança, os adultos ensinam, através da cantiga infantil, que paus e pedras podem quebrar ossos, mas que palavras nunca vão machucar. E não é que, ao fim e ao cabo, são eles que têm medo das palavras?

— Oh, não, querida, você não devia falar assim. Você, você... tem os ossos largos. Igual a mim. E a comida lá era puro carboidrato, e você não tinha como se exercitar e, bem..., e por causa disso tudo você acabou ganhando o que chamam de os sete quilinhos dos calouros.

— Só que não sou nenhuma caloura. Já me formei.

— Estou falando do primeiro ano de faculdade — disse Sharon —, quando os adolescentes ficam longe de casa pela primeira vez, fazem as próprias escolhas... — sua voz foi desaparecendo num triste sussurro.

— Então sou precoce.

— É — disse Sharon, sem pescar a ironia. — Você é mesmo.

— Já ganhei 20 quilos dos calouros, e olha que só vou começar a faculdade no outono.

— Ah, então vai para a faculdade, hein? — disse Sharon aprovando com a cabeça. Era tão fácil agradá-la, não havia nenhum motivo para ficar contente. — Qual? Vai estudar o quê?

— Vou para uma faculdade comunitária. Mas preciso arrumar um emprego de meio expediente para ajudar a pagar os estudos — disse, mirando

Sharon com um olhar manhoso. — É dificílimo conseguir bolsa de estudos quando se sai de Middlebrook.

Sharon considerou essas palavras uma crítica, e essa fora mesmo a intenção de Alice. Incrível, mas ninguém nunca quis tanto a aprovação de Alice quanto Sharon Kerpelman. À menor insinuação de que a vida da menina era pior do que poderia ter sido significava um tormento para a advogada, que parecia achar que sua cliente lhe devia gratidão, afeição e até amor. Sharon se importava com Alice e sempre dizia isso com orgulho. Mas era exatamente esse orgulho de uma que impedia a outra de retribuir-lhe a afeição. Sharon não podia se dar muito valor por manter-se fiel a Alice, como se ser fiel fosse a coisa mais bizarra do mundo.

— Sabe o que você deveria fazer? — perguntou Sharon, mudando de assunto.

Apesar de tudo, Alice ficou interessada. Sempre se preocupara com o que deveria fazer. E não era de hoje. Adorava aqueles artigos de revistas que sugeriam regras e listas para se dar bem. Ela os recortava e se esforçava para segui-los à risca; mas não era nada fácil. Sempre havia um detalhe — ora um ingrediente, ora um pressuposto — que a impedia de fazer tudo exatamente recomendado. Sal do tipo Kosher, por exemplo, para cuidar dos pés em casa. Sal Kosher? Será que é diferente do sal-sal, o sal de todo dia? Nem é preciso dizer que não lhe permitiriam fazer qualquer tipo de embelezamento dos pés em Middlebrook, mas queria estar preparada para quando saísse dali.

Sharon inclinou-se para a frente:

— Você deveria caminhar — disse, com ares de quem acabara de descobrir a pólvora. — Vai se surpreender com as mudanças no seu corpo. Caminhe, caminhe o tempo todo. Todas as vezes que vou a Nova York visitar uns amigos, posso comer o que me der vontade, porque para todo lado que vou, sempre vou a pé.

Riu da própria esperteza, à espera de qualquer tipo de resposta. Alice se sentiu paralisada, sem saber o que dizer. E sempre que conversava isso acontecia. Tinha a sensação de estar sobre uma lasca de gelo flutuante, tendo de pular para outra. Toda a sequência de temas a deixara perplexa: caminhadas, amigos. Então Sharon tinha amigos? E não um amigo qualquer, mas em Nova York. Mas por que cargas-d'água ela teria amigos em Nova

York? Ela era de Baltimore, não? E não foi ela mesma quem contou a Alice, uma centena de vezes, que havia crescido a menos de 1,5 quilômetro da casa das Manning, ali do outro lado do parque, naquele bairro que tinha um nome idiota?

— Meus avós moram em Connecticut — disse Alice, por fim.

Connecticut ficava pertinho de Nova York. Se tivesse que sustentar uma conversa, essa seria sua contribuição. Ela nunca os tinha visitado, mas ouvira a mãe falar a respeito. E o símbolo do estado de Connecticut era a nozmoscada.

— É... eu me lembro de seus avós. Vocês têm se falado ultimamente?

— Não. — Sharon fez cara de pena. — Mas também eu nunca... nunca tive muita intimidade com eles. Eu os via uma vez por ano, antes. Eles vieram algumas vezes, no começo, mas depois minha avó disse que era muito complicado para ela.

— Que egoísta! — Sharon estava praticamente aos gritos. Pegas de surpresa, as pessoas das outras mesas se voltaram para elas, como se um copo houvesse caído no chão.

Alice ficou matutando sobre a palavra egoísta, revirando-a na mente. Determinadas palavras exerciam um efeito quase hipnótico sobre ela. A sempre honesta Helen havia conversado com Alice sobre suas "experiências da juventude" — uma frase de Helen — com maconha e outras drogas e como uma única palavra podia se transformar na coisa mais engraçada do mundo sem nenhuma razão específica. Mas a pessoa não precisava estar drogada para ficar absorto em uma palavra. Egoísta. Ego tinha a ver com a própria pessoa, é claro. Mas *ista* está reservado para alguém que segue um princípio.

— Alice? Oi, Alice! Tudo bem?

— Eles não são egoístas — disse, depois de refletir bem sobre a palavra. — É que moram muito longe...

A explicação de Helen para a filha era, na verdade, uma tentativa de convencimento de si mesma para aquela ausência; eles eram velhos, mais velhos que a maioria dos avós; o avô detestava andar de avião e a avó, que o avô dirigisse; e era um tormento pegar o auxiliar na Grand Central Station e fazer conexão na Penn Station para pegar o principal; enfim, era impraticável visitá-la com frequência. Alice compreendia.

— Estou certa de que eles a amam muito.

— Amam sim.

— Foi o que acabei de dizer.

— Mas, da maneira como disse, deu a impressão de que não é isso que você acha.

Alice encarou Sharon duramente, até que essa finalmente desviou o olhar, fingindo esquadrinhar os aviõezinhos que decoravam o teto do restaurante. A advogada mudara muito pouco nesses últimos sete anos; já Alice... foram tantas e tão profundas metamorfoses que qualquer mudança nos outros perdia a relevância. Mesmo vendo a mãe com mais frequência do que Sharon a via, Alice conseguira notar algumas diferenças sutis no rosto da mãe. Helen se mantinha nas alturas. Essa era uma outra frase de Helen que grudara na mente de Alice, pois sugeria a imagem da mãe em andaimes, homens trabalhando com tinta e pincéis. Ela se mantinha nas alturas.

Mas nos últimos dois anos, Helen começara a aparentar a idade que tinha — nem mais, nem menos. Consciente dos efeitos do tempo, ela se dizia tranquila e satisfeita consigo mesma. Na última visita que fizera a Middlebrook, disse a Alice: "A atriz francesa Catherine Deneuve declarou que a mulher que passa dos 40 tem de optar entre o rosto ou a bunda. Escolhi a bunda." E alisou os quadris estreitos, o "bumbum de ioga", como costumava chamá-lo, e caiu na gargalhada. Alice aproveitou a deixa e deu uma risada prolongada; afinal, aquela era a versão da mãe de que mais gostava: alegre, meio maluquinha, falando sobre coisas que ninguém da Nottingham Road conseguia captar.

E enquanto estivesse ocupada com a própria aparência, negligenciava a da filha. Quando essa começara a engordar, há uns dois anos, Helen buscou justificativas filosóficas: que o corpo conhecia as próprias necessidades e que o mais provável era que estava instintivamente reagindo a determinadas carências que nem mesmo Alice sabia que tinha.

— É como se o corpo percebesse você como um urso em hibernação. E isso talvez porque o reformatório a mantém sob rígidos horários. Você não se alimenta quando está com fome, é obrigada a comer quando eles querem, então seu metabolismo desacelera, no caso de começarem a privá-la de alimento.

Alice, porém, tinha outra teoria. Acreditava que tinha um tumor. Alguém havia deixado para trás um jornal — um jornal de verdade, nada daquelas coisas vergonhosas que estão à disposição nos supermercados — com uma reportagem sobre uma mulher internada no Johns Hopkins Hospital, que tinha um tumor de mais de 80 quilos no estômago. Ninguém entendia por que ela não parava de engordar. Quando finalmente ficou livre do tumor, a mulher voltou ao peso normal.

O jornal não divulgava a foto do tumor, mas o repórter o descrevia como — as palavras ficaram gravadas para sempre na memória dela — "uma massa de tecido no formato de uma cebola, da cor de ovo caipira e coberto de pelos finos e sedosos". Alice pegou a mania de pressionar o abdome, à procura de algum caroço. A pele era macia, sem calombos, mas mesmo assim ela encasquetou que havia algo terrível sob as dobras da pele. Por fim, foi à enfermaria e perguntou se havia um teste de identificação de tumores. A médica foi superatenciosa, ouviu o que Alice tinha para dizer sem esboçar nenhuma reação no rosto cansado, tomou notas, examinou por inteiro o corpo de Alice e fez várias perguntas.

— Acredito que seja apenas... hum... um caso comum de aumento de peso, relacionado a circunstâncias — disse em tom de desculpas, como se ela também tivesse preferido encontrar um tumor. — É a simples aritmética: calorias ingeridas menos calorias gastas.

— Sou boa em matemática — disse Alice à médica. — Sempre fui. Estou estudando álgebra II, mas se estivesse num colégio normal, com certeza faria trigonometria e até cálculo.

— Não duvido nada. Então vamos fazer o seguinte: num bloquinho, anote o que você comer. Vai ver, está consumindo mais calorias do que imaginava. Continue comendo aquilo a que está habituada. Apenas observe a si mesma.

— Como a mulher que estuda os macacos? — Alice havia assistido a um programa especial sobre uma famosa antropóloga, embora não se lembrasse de quando nem a que resultados a pesquisadora chegara depois de analisar os dados coletados.

— Sim. Bem, não... A ideia é que você faça anotações por uma ou duas semanas, inclusive sobre como você se sente quando se alimenta. Aprenda a conhecer os padrões do seu corpo e faça os ajustes necessários. O controle da porção é meio trabalho andado. O importante não é o que comemos em demasia, mas o fato de que comemos demais desse alimento.

Desapontada por não ter um tumor, com ou sem pelos finos e sedosos, Alice nunca chegou a fazer as anotações recomendadas. Mas agora, estimulada pelo ambiente descontraído do restaurante e pela companhia, ficou pensando se não era hora de começar. Afinal, as personagens femininas da literatura sempre faziam anotações em cadernos, agendas. É... talvez pudesse... Não. Sabia que não faria, e não por falta de disciplina. Afinal, era superdisciplinada. Mas não queria revelar a ninguém, nem mesmo a um caderninho, tudo sobre si mesma. Sabia que mal começaria a escrever e já camuflaria informações. Sempre havia o risco de cair nas mãos de alguém. Na verdade, nunca ouvira falar de uma agenda que não tivesse sido lida, às escondidas, por outra pessoa.

— Então, o que fará primeiro quando chegar em casa? — perguntou Sharon de repente.

— Abrir a porta?

Sharon jogou a cabeça para trás e riu alto, uma trovoada assustadora. A intenção de Alice, porém, não era fazer piada.

— Essa foi boa! Ponto para você, Alice. O que eu queria saber é se vai procurar emprego ou matricular-se num curso de verão. Já aprendeu a dirigir? Eu poderia ensiná-la, se quiser. Vai precisar, viu?

— Precisar? Por quê? Temos apenas um carro que minha mãe usa para ir trabalhar. Ela dá aulas de arte num programa especial de verão, está sabendo?

— Um dia será a sua vez de trabalhar e vai precisar de um carro.

Alice pensou um pouco e respondeu:

— Posso ir de ônibus.

— Claro. Por enquanto. Mas vai depender de onde irá trabalhar. Você tem vontade de aprender a dirigir?

Ela deveria responder que sim. Sim seria a resposta normal, e Alice estava louca para fazer e falar coisas normais, que eram as prováveis e desejáveis. O que não significava que representavam a verdade, no sentido de serem realmente as que ela queria. Lá estava ela de novo se equilibrando sobre um bocado de gelo flutuante, procurando um lugar firme para pular. Ou talvez as conversas fossem parecidas com o jogo Twister, que Helen às vezes jogava com ela e Ronnie nos fins de semana chuvosos. Braço direito-vermelho; perna esquerda-azul. Era preciso encontrar um jeito de se equilibrar, de não cair enquanto seguia as instruções. Dava para se contorcer um pouco, mas não muito.

— Gosto dos novos fusquinhas.

Por alguma razão, isso alegrou Sharon. Deu gritinhos de felicidade enquanto dizia:

— Eu também! — Em seguida seu semblante mudou e os olhos se alargaram, um sinal de que estava prestes a ficar muito séria. — O que você *não* vai fazer, Alice?

Então era mesmo verdade, Alice matutou. Os olhos de Sharon não são do mesmo tamanho: o direito era bem maior do que o esquerdo.

— Alice?

— Não vou fazer nada... nenhuma maldade. Nunca mais.

— Sei disso. Mas, especificamente, o que é que você não vai fazer de jeito nenhum?

Não matar ninguém? Mas nem mesmo Sharon faria essa pergunta a Alice. A advogada acreditava em Alice, desde o começo. Não havia necessidade de se compreender uma pessoa para acreditar nela.

— Eu não vou... — Alice se esforçava tentando descobrir qual seria a pior coisa que poderia fazer — ficar à toa.

— É uma boa ideia. Mente vazia, oficina do diabo... — Sharon riu, mais parecendo um pedido de desculpas, embora Alice não conseguisse entender o motivo. — Acho que o mais importante é que você não veja Ronnie nem fale com ela.

Alice levantou os olhos, espantada. Como alguém poderia imaginar que ela quisesse ver Ronnie?

— A família dela se mudou. Minha mãe me contou.

— Verdade, mas não para muito longe. Foram para perto da Rota 40, para aquela fileira de casas perto do antigo Korvette's.

— Korvette's?

— Agora é a loja Metro. Mas quando eu era criança, era uma loja de departamentos com preços populares, como a Kmart ou a Target. Foi lá que comprei meu primeiro disco.

Dava a impressão de que Sharon iria engrenar numa daquelas histórias sobre sua infância que não acabavam mais, histórias que deixavam Alice perplexa, pois pareciam ser criadas para mostrar como as duas eram parecidas. Contudo, elas sempre acabavam provando o contrário.

Por sorte, desta vez Sharon não sucumbiu a um daqueles seus bizarros devaneios.

— Olhe, Ronnie teve problemas realmente sérios. Daí a razão por ter sido mandada para uma instituição diferente da sua.

— Harkness.

— O quê?

— Ela foi para Harkness, não é? Aquele perto de Washington. — A antiga injustiça ainda a atormentava: Ronnie ter sido mandada para Harkness, enquanto ela ficara confinada em Middlebrook.

— No início ela foi para Harkness. Depois foi mandada para outro lugar. Mas o que estou querendo dizer é que, tanto quanto você, ela merece um novo começo. Mas não recomendo que se tornem amigas de novo.

— Nós não éramos amigas — disse Alice.

Mesmo passados todos esses anos, ela não podia deixar que essa afirmação ficasse sem resposta. Dependendo de quem era, ela nem se incomodava que essa pessoa entendesse tudo errado e achasse que tinha matado Olivia Barnes. Ah..., mas ficar conhecida como a amiga de Ronnie Fuller? Essa não!

— Está certo — disse Sharon, com um sorriso apaziguador. — Então, tem certeza de que não quer um sundae?

— É... vou querer sim. Afinal, a partir de amanhã vou caminhar um bocado.

— Vai mesmo? Ah, que legal, Alice. Muito bom. Realmente.

Legal? Seria legal porque lhe faria bem? Ou porque fora um conselho de Sharon? Alice aprendera havia muito tempo a não fazer esse tipo de perguntas em voz alta. Mas nunca deixou de elaborá-las mentalmente. Por vezes, tinha a sensação de que sua gordura era como uma caverna e que vivia escondida lá dentro, vendo o mundo com olhos brilhantes.

Sábado,
11 de abril

Capítulo 6

Ronnie Fuller costumava acordar com desejos bem estranhos e nunca lembrava que agora estava em condições de satisfazê-los. Pelo menos alguns deles.

Havia quase um mês retornara para casa, pois seu aniversário era em março, algumas semanas antes do de Alice, o que nunca ninguém lembrava: Ronnie também completaria mais um ano e seu aniversário vinha antes. Ainda assim, mesmo após um mês em casa, tinha de pensar por um instante ao abrir os olhos, antes que pudesse se localizar no mundo. Seu quarto novo, o do meio, não tinha janela e era escuro como um submarino e parcamente mobiliado. Sua mãe havia dito que ela podia arrumá-lo do jeito que quisesse, mas Ronnie não conseguia decidir como.

Neste sábado, acordou com desejo de chupar o néctar de madressilvas, mas ainda faltavam uns dois meses para que os primeiros botões desabrochassem e mais tempo ainda para que pudessem ser chupados. Resolveu procurar um substituto na loja de conveniências ao pé da longa e sinuosa estrada que levava à colina onde seus pais moravam agora. Era seu dia de folga, de modo que foi diretamente para lá depois de se vestir. Olhou através do vidro embaçado para ver o que havia de interessante e escolheu um refrigerante Mountain Dew. O gosto não era de madressilva, mas a cor, parecida.

Atrás do balcão, um homem de pele escura usando um turbante pegou o dinheiro dela sem dizer uma palavra.

— Terrorista — disse ela. A intenção era ser apenas uma indagação mental, mas a palavra acabou escapando de seus lábios. A toda hora aconteciam essas coisas: queria guardar para si seus pensamentos, mas eles se revelavam, o que significava encrenca. Não era justo.

— Seek — respondeu ele, contrariado, apontando para a testa. — *Seek*.

Seek o quê? Ronnie se perguntou. Puxa vida, do que será que ele está falando? E de tão entretida com essa dúvida, Ronnie se confundiu e saiu da loja pela porta errada, a mais perto de sua antiga casa. Força do hábito. Ou foi a justificativa que deu a si mesma.

Ronnie chegara ao limiar da porta nova — nova para ela — da casa dos pais, num dia de temperaturas acima da média para o mês de março, carregando a sacola de viagem de náilon preto, que lhe arriava o ombro direito. A casa estava vazia: os pais no trabalho e o último irmão a sair de casa havia se mudado no mês anterior. Conforme combinado, achou a chave debaixo de uma pedra achatada no canteiro de flores da frente e entrou.

Os mesmos móveis de antes davam à nova casa o sentido de "lar" — o que quer que isso significasse — e ela era bem mais bonita do que a anterior, a de Nottingham, a que o pai costumava dizer ser feita de caixas de cereal: úmida e frágil, com paredes que cediam a qualquer encontrão, a qualquer murro. E com os três filhos por ali, essas coisas aconteciam o tempo todo. Esbarrões. Socos.

Naquele dia quente de março, nem passou pela cabeça de Ronnie ficar desapontada por não haver ninguém para lhe desejar boas-vindas. Os pais trabalhavam: fato e desculpa plausível para a resposta negativa a todos os tipos de pedidos: voltar tarde do colégio, doces para festas, passeios. Mas se faltaram boas-vindas, a despedida foi legal — não uma festa, o que teria sido esquisitíssimo, mas apertos de mão da sua médica e abraços de alguns funcionários. Uma das orientadoras lhe dera uma caixa embrulhada em papel de presente, que Ronnie enfiou rapidamente na sacola, um gesto automático de quem queria deixar para abrir mais tarde. Nos últimos anos, ela não tivera oportunidade de dar muitos presentes, de modo que não sabia que as pessoas gostavam de ver seus presentes abertos na hora. E se alguém lhe explicasse sobre isso, teria ficado surpresa. É mais importante dar do que receber, não é isso? Então o ato de dar devia bastar em si mesmo.

— Tente não apertar muito — havia dito a orientadora.

— Quebra?

— Não exatamente. Mas... bem, você verá depois. Quando chegar em casa.

A orientadora gostava de Ronnie. E todos os funcionários também, pois ela fora uma das crianças mais bem-comportadas da unidade. A maioria dos menores infratores encaminhados para a instituição Shechter era de adolescentes mal-humorados, cujos crimes, como furto e roubo de carro, vinham conjugados a problemas como dependência de drogas. Mas Ronnie só faltou dar um show para conseguir um leito na Shechter, tentando convencer as pessoas certas de que era uma doida varrida e devia cumprir sua pena lá.

As manobras da campanha pela transferência começaram meio por acidente: por volta do aniversário de 14 anos, Ronnie cismou de ferir o corpo com uma caneta esferográfica. Golpeou todos os lugares em que a pele era mais macia: articulação dos cotovelos, parte interna das coxas e posterior dos joelhos. As feridas começaram a comichar; ela coçou; a infecção se espalhou; e Ronnie teve febre altíssima, o que significou ser levada ao setor de emergência de um hospital. O médico atendente a encaminhou para o Shechter, a fim de ficar em observação. Depois foi mandada de volta para Poolesville. Mas enquanto esteve hospitalizada, Ronnie observou alguns detalhes e Shechter era o lugar para se estar.

Ela não poderia dizer que gostava de lá. Era uma instituição para crianças malucas e a família dela havia lutado com todas as forças contra a hipótese de ela ser uma doente mental, incapaz de discernir o certo do errado, talvez retardada. Os pavilhões de Poolesville eram novos e asseados e Ronnie em geral preferia o novo ao velho. Apesar disso, era para a antiga escola transformada em centro de detenção para menores que ela queria ir. Talvez fosse a ausência de grades ou os extensos campos que circundavam a instituição. Talvez por causa dos dormitórios de uma faculdade próxima, que propiciavam uma visão da vida que a Ronnie parecia tão repleta de glamour quanto qualquer show na televisão. Do gramado da frente ela conseguia enxergar as alunas da faculdade e observava as roupas que vestiam, o que elas carregavam.

Mas ela percebeu que não podia esboçar o desejo de ir para Shechter; muito pelo contrário: precisava fingir obediência às regras e ao sistema de Poolesville, precisava negar as provas da loucura que ela mesma fabricara.

Com toda a paciência do mundo, Ronnie começou a se cortar com todo tipo de objeto que lhe caía nas mãos, a furar o próprio corpo com lapiseiras e lápis, a morder o próprio corpo. Mas como isso tudo não provocou o efeito planejado, começou a enfiar as unhas, a se arranhar até sangrar, até que suas panturrilhas fossem duas purulentas feridas. E agora? O que eles podiam fazer? Tentaram lhe cortar as unhas no sabugo, elas voltavam a crescer. Experimentaram cobrir as pontas dos dedos com esparadrapo, cingir-lhe as mãos à cama durante a noite, nada era solução. Seria preciso arrancar-lhe as unhas pela raiz e extrair-lhe os dentes para desarmá-la.

— Você é mais esperta do que Yossarian — disse o médico, quando finalmente arranjou-lhe uma vaga permanente em Shechter.

— Quem?

— *Ardil-22*. "Eu não sou o bombardeiro?"

Ronnie não esboçou nenhuma reação.

— Deixa pra lá... não faz a menor diferença — garantiu ele.

Ela gostava do médico, do mesmo jeito que gostava de qualquer um que lhe dissesse o que deveria fazer e decidia quando ela estava certa ou errada. Ele parecia jogar no time dela. Mas isso não significava baixar a guarda, pois sempre havia a possibilidade de ele também se voltar contra ela. Para Ronnie, mentir era uma coisa que as crianças se viam forçadas a fazer porque viviam sob as regras de outras pessoas. Na cabeça dela, crescer significava mentir menos, mas até aquele momento ainda não acontecera. Fato é que viver na Shechter foi muito bom. Mas ela seria totalmente biruta se não tivesse ficado feliz em ir embora dali.

Lar. Essa foi a palavra que disse bem alto assim que entrou na nova casa. Então este era meu lar. A planta era a habitual para casas geminadas. Ah... que bom! Máquina de lavar louças. Menos uma tarefa para fazer. E um micro-ondas também! Podia visualizar o pai entrando em casa carregando o micro-ondas e a mãe perguntando, num misto de prazer e irritação: "De que caminhão isso caiu?" Ronnie não captara a intenção da pergunta quando era mais jovem, mas agora...

Subiu as escadas, já calculando como seria a distribuição dos cômodos: um quarto principal na frente da casa — o que receberia sol — mais um quarto escuro no interior, um pequeno quarto nos fundos e um banheiro comum.

O quarto dela era o que ficava no meio. Cama, cômoda e um pequeno abajur. Só. Pegou o dinheiro que guardara no bolso traseiro e procurou um lugar para escondê-lo. Não era nada fácil fazer com que alguma coisa sumisse das vistas num quarto tão despojado. Tirou as roupas da sacola e arrumou-as numa das gavetas; o dinheiro, ela o camuflou nas dobras de uma camiseta. Não! Esse não era um bom lugar. A mãe poderia mexer ali. Sobre a cama, uma colcha nova, branca, com bolinhas em relevo. Quando ela saíra de casa, a cama era coberta por uma colcha com estampas do Scooby-Doo, que, agora, poderia parecer um disparate. Mas Ronnie não conseguia se decidir se gostava mais da branca. Levantou o protetor de colchão e enfiou, o mais afastado que seu braço conseguiu, as notas — uma de dez e uma de vinte — entre o colchão e a cama.

O dinheiro era para ser gasto com o táxi para casa e no início eram duas de dez e uma de vinte, notas surradas cuja própria deterioração carregava em si uma advertência: que Ronnie não se esquecesse de que o dinheiro dos pais era surrupiado de bolsos e bolsas e carteiras, não apanhados no banco. No instante em que viu o dinheiro emergir do envelope, Ronnie resolveu que daria um jeito de embolsá-lo: pegaria um ônibus ou uma carona, tentando poupar o máximo dos 40 dólares.

Claro que os funcionários da instituição não permitiriam uma coisa dessas; então planejou uma encenação: pediu um táxi e entrou no carro. Foi aí que a orientadora lhe deu o presente, que, por sinal, ainda estava guardado. Enquanto o táxi se afastava, sentiu-se importante, como uma atriz de cinema que fazia o papel de uma garota que acabara de saber que era uma princesa.

Assim que o táxi saiu do terreno do Shechter e afastou-se alguns quarteirões, pediu ao motorista para parar. Queria sair.

— O quê? — disse ele aos gritos. Era branco, mas estrangeiro, com um sotaque esquisito, e seu corpo exalava um odor ácido. — Você pediu uma corrida para a Saint Agnes Lane, para o lado da Rota 40. Não pode descer aqui.

— Por que não?

— É ilegal.

Ronnie tinha quase certeza de que ele estava mentindo, mas ela se equivocou ao demonstrar insegurança:

— Se eu pedir, você tem de me deixar sair?

— Não, é perigoso. Terei de pagar uma multa se deixá-la aqui.

— Então pare aí no estacionamento da loja 7-Eleven.

— Não! Você contratou uma corrida longa. Ou vamos até lá ou você vai ter que pagar.

Ela desconfiou, pelo modo como ele mudara o discurso, de que era tudo armação. Ele estava trapaceando. Ronnie nunca tivera muita habilidade para discutir, menos ainda com pilantras.

— Faça o favor de parar.

— Vai ter que pagar.

— Pare!

Ele bufou tão alto que mais parecia um berro, mas parou. O taxímetro marcava US$3,50. Ronnie entregou-lhe uma nota de dez e esperou o troco. O homem pegou a nota e a enfiou no bolso.

— Você não pode ficar com 10 dólares numa corrida de três e cinquenta — reclamou ela.

— Um dólar extra pela chamada — disse, apontando para uma luzinha vermelha no taxímetro.

— Então são quatro e cinquenta.

Ele estava se aproveitando dela, tirando proveito do fato de ela ser mulher e jovem. Houve uma época em que esse tipo de atitude enfurecia Ronnie, que reagia com insistência. Mas agora fora orientada a se manter focada nas soluções. Infelizmente, os exemplos das aulas do hospital sempre supunham a presença de uma pessoa bondosa e imparcial que iria intervir: um médico ou o diretor, um professor, um parente. Use uma voz alegre. A raiva e o perigo caminham de mãos dadas.

No estacionamento da 7-Eleven não havia ninguém para bancar o árbitro entre Ronnie e o motorista do táxi.

— Só atendi o chamado por causa da corrida longa. E ainda falta a minha gorjeta.

Ela saiu do carro assustada com o que estava sentindo, assustada com a encrenca em que estava metida. Agora só lhe sobravam 30 dólares; e trinta dólares talvez não fossem suficientes para pagar um táxi até sua casa. Podia ir de ônibus, mas seriam no mínimo dois ônibus. E quais seriam eles? Além do mais precisava de trocado para o ônibus e ninguém trocaria o dinheiro a menos que comprasse alguma coisa, o que significava gastar um ou 2 dólares dos 30. Sentindo que o motorista a continuava observando, entrou decidida na loja 7-Eleven, fingindo que aquele era seu destino desde o início. Depois se embrenhou entre os corredores da loja até ter certeza de que o táxi fora embora.

De volta à rua, sua única opção era pegar carona. Seria a primeira vez, mas seus irmãos costumavam pegar carona. E havia uma garota em Shechter que se gabava de ir de carona para todo lado.

— E nem precisa fazer nada — dizia a garota, Victoria.

— Mas o que você faz se eles... você sabe?

— Você tem que escolher bem a pessoa que vai dar carona.

Victoria estava adorando que Ronnie lhe pedisse conselhos. Nenhum dos internos sabia direito o que Ronnie havia feito, mas corriam rumores desbaratados em Shechter, porque ela não era obrigada a frequentar nem o Alcoólicos Anônimos nem o Narcóticos Anônimos. Situação que, em Shechter, em geral significava que alguém era realmente maluco, doido de pedra. Uns diziam, com ar de entendidos, que Ronnie havia assassinado toda a família, apesar de a mãe visitá-la regularmente. Outros espalhavam o boato de que Ronnie tomara parte do jogo eletrônico thrill-kill, que o namorado a havia induzido a matar alguém por diversão.

Ronnie achava o máximo que a tivessem ligado a um namorado. Também sentia um orgulho estranho, ressentido, pelo fato de ninguém nunca ter chegado nem perto de adivinhar por que realmente ela estava ali. Qualquer um que morasse em Baltimore naquele verão provavelmente se lembraria do caso do bebê desaparecido, que foi encontrado morto, e teria ouvido a insistente insinuação de que o crime tinha sido cometido por duas meninas de 11 anos — duas meninas de 11 anos. Duas meninas de 11 anos, dá para acreditar? Agora, ela e o evento flutuavam livres um do outro, sem vínculos entre si. Victoria não fazia a menor ideia de quem ela era nem do que havia feito.

Ronnie insistiu, pouco se incomodando em deixar transparecer sua pouca experiência de vida:

— Escolher *como?*

— Procure homens engravatados.

— Homens usando gravata?

— Isso, e carros sem graça, como os do seu pai.

O pai de Ronnie era motorista de caminhão da Coca-Cola e o carro da família era um velho AMC Hornet, até onde sabia, quando foi levada embora de casa. Mas ela percebia o que Victoria queria dizer.

— Um executivo, coisa assim. Um cara que vai endoidecer se você gritar ou disser que vai contar para todo mundo, que vai à polícia. Já se for um jovem, mais ou menos da sua idade, ele não está nem aí por se meter em encrenca, então você não tem... qual a palavra mesmo?

— Que palavra?

— A que se usa para dizer que você controla outra pessoa.

Ronnie deu de ombros. Não fazia a menor ideia do que Victoria queria dizer.

— Enfim, não pegue carona com ninguém com menos de 30 anos. Oh... e não levante o dedo.

— Mas não é assim que se pede carona?

— Não é o seu *dedo* que faz com que lhe deem carona — disse Victoria.

— Dê as costas para o sentido dos carros e caminhe como se sua intenção fosse mesmo caminhar. Mas rebole.

E Victoria mostrou como fazer. Grandona e banhuda, de calças jeans justíssimas. A bunda ia de um lado para o outro, mas parecia desconfortável, como se não quisesse ficar naquele aperto.

Ronnie seguiu o conselho de Victoria e caminhou como se tivesse um destino. Mas não tentou rebolar. À sua direita, um campo de golfe repleto de jogadores, mesmo não sendo fim de semana. Seriam ricaços ou trapaceiros que escaparam do trabalho alegando doença? O pai era conhecido por faltar ao trabalho, mas ele dizia que dava azar dizer que estava doente. Segundo ele, o truque era inventar uma história que não pudesse ser checada e que não faria mal a ninguém. Mas ele nunca contara quais eram essas mentiras — não para ela.

Quase depois de passar pelo campo de golfe, alguém lhe ofereceu carona. Assim de relance, o rapaz era um gato e dirigia um tipo de jipe compacto, que a própria Ronnie gostaria de ter, se algum dia viesse a aprender a dirigir. Quanto mais ela o observava, mais pressentia que havia algo de desagradável no rosto dele e as dicas de Victoria tinham peso de lei. *Não, obrigada. Realmente não. Estou bem, estou bem, estou bem.*

O seguindo era um sujeito mais velho, que dirigia uma van com o nome de uma empresa de pintura escrito na lateral e ele estava salpicado de tinta. Nada de van, Ronnie sabia, embora Victoria nunca tenha se lembrado de avisar sobre isso. Nunca uma van. Ela se sentia como se estivesse tentando ir para a frente naqueles jogos com níveis de obstáculos com que brincava quando criança, como o Candy Land, ou aquele em que tinha de subir escadas. Precisava escolher com muito critério se quisesse chegar em casa com seus 30 dólares.

O terceiro era tudo de bom, tudo que Victoria aprovaria. Usava gravata e o carro era preto e de quatro portas, nem novo nem caindo aos pedaços. O rosto era suarento e vermelho, embora de dentro do carro tenha escapado um frescor do ar-condicionado quando ele abaixou o vidro para falar com Ronnie.

— Quer uma carona?

— Bem... estou indo para o ponto de ônibus.

— Está indo para onde?

— Bem longe. — Ronnie teve de admitir. — Saint Agnes Lane, para os lados da Rota 40.

— Fora do anel rodoviário?

— Não, dentro. Perto... — Seria perto do quê? Seus pais haviam se mudado, mas Ronnie desconhecia os pontos de referência que haviam sobrevivido ao longo do corredor da Rota 40. Arby's? High's Dairy Shop? The Crab King? — Sabe aquele outdoor que diz que está entrando na cidade de Baltimore?

— Ah... então é no limite entre a cidade e o município?

— Pertinho, no município. — Sua mãe estava tão orgulhosa por ter cruzado aquela linha...

— Mas então não fica tão longe assim. Se pegar os atalhos corretos. Entre aí.

Ela entrou e ajeitou a sacola de viagem no colo.

— Pode botá-la no banco de trás.

— Está bom assim.

— Ou na mala do carro.

— Está tudo bem.

— Tem certeza?

— Absoluta.

Foi só quando estavam a caminho que Ronnie reparou num problema com o qual não havia atinado: como responder às perguntas do sujeito, por mais inocentes que fossem? Sobre estudos? Na verdade se formara em janeiro por causa dos créditos obtidos no curso de verão, mas de qual escola era o diploma? Fora de cogitação revelar que se formara na Unidade Shechter. E ainda por cima tinha uma agravante, pois se dissesse que havia terminado a escola, seria pega na mentira dos 14 anos, que, segundo Victoria, era o que esfriava as más intenções da maioria dos homens. Quatorze anos.

— Eu frequento... a Towson — disse ela na esperança de que houvesse mesmo uma escola com esse nome.

— É mesmo? Minha prima também estuda lá.

Ele disse um nome, mas é claro que ela não conhecia. Ele tentou outros nomes. E ela apenas abaixava a cabeça e dava de ombros. Vai ver era melhor ele achar que ela fosse meio burrinha e não conhecesse ninguém.

— Mas como é que funciona? — perguntou ele, finalmente mudando de assunto. — Você estuda na Towson High, mas seus pais moram na zona sudoeste de Baltimore?

Ronnie lembrou-se da resposta que o médico lhe sugerira usar quando lhe indagassem sobre o passado:

— É realmente complicado.

— Ah, acho que entendi: usa-se um endereço falso para se matricular numa escola melhor. Veja o meu caso: estudei no Calvert Hall. Já imaginou uma coisa dessas? — Ele parecia todo prosa. Mas para Ronnie isso não significava absolutamente nada.

Eles iam para o oeste e ela sabia disso por causa da posição do sol e o padrão das residências, que iam variando do muito rico ao muito pobre. Passaram por um hospital e o hipódromo. Ela estava prestando atenção aos pontos de referência do caminho, pois, de acordo com Victoria, nunca se sabe onde a carona termina. Agora passavam por um bairro que parecia o mesmo em que Ronnie crescera, exceto que todos que estavam na rua eram negros.

O motorista, que dissera se chamar Bill, entrou e saiu de várias ruas, até chegarem a um caminho estreito ao longo de um riacho. O carro foi parando e Ronnie se certificou de que estava com a mão na maçaneta, mas como não havia acostamento, ele seguiu adiante. Depois passaram por um bairro em que todas as casas eram pintadas de branco e Ronnie as reconheceu. Estava perto. As casas foram ficando mais espaçadas e o carro passou por um denso corredor ornado de árvores no comecinho da floração. De repente, o riacho estava do lado esquerdo. Quando será que o cruzamos? Ronnie não viu nenhuma ponte. E depois apareceram uns cavaletes e um aviso imenso informando que a estrada estava fechada. Sem previsão de abertura.

— Mas olhe... esqueci completamente que esta estrada estava fechada.

Mas ele não fez menção de fazer a volta; colocou a alavanca de câmbio no ponto morto e esticou-se para o lado de Ronnie. Abriu o porta-luvas e retirou de dentro uma pequena garrafa contendo um líquido transparente. Se não fosse pela sacola preta sobre as pernas, ele teria roçado o braço nos seios de Ronnie. Ele teve de se contentar em se esfregar no náilon.

— Este é o Leakin Park — disse ela. — Minha casa fica exatamente do outro lado desses morros.

— Isso mesmo, mas vamos ter de dar meia-volta e pegar o caminho mais longo ao redor da via Forest Park.

— Por que será que está fechada?

Ele tinha uma das mãos no colo e a língua salientando-se por entre os dentes; fora isso continuava o mesmo homem de rosto suarento que lhe dera carona, que dizia se chamar Bill, que estudara no Calvert Hall e que tinha uma prima que se formara na Towson High.

— Eles estão construindo uma espécie de via para pedestres. Dizem que é uma trilha ecológica, mas o nome certo seria Jungle Land. Ou Baltimore Safari. Caminhe pelo Leakin Park e tente sair viva de lá. Eles podiam gravar um desses reality shows sobre o parque.

— Por que é tão perigoso?

Até mais ou menos os 7 anos, Ronnie havia brincado ao longo dos limites do Leakin Park; porém, conforme ia crescendo, mais se aventurava para o interior do parque. Claro que os pais não permitiam, mas nunca sentira medo nenhum por andar por aquelas bandas.

— Por causa de um bairro perigoso lá em cima daquele morro.

— Oh... pensei que fosse porque... bem, ouvi falar de uma coisa horrível que aconteceu aqui...

— Uma história de fantasmas? Quer me contar uma história de terror, amorzinho? Sente-se aqui no meu colo e me conte sua história. Conte tudo para o tio Bill.

Ronnie apertou a sacola contra o peito.

— Mostre-me seus peitinhos, Alice. — Pois esse foi o nome que ela lhe dera, quando ele perguntou sobre a escola. Alice Manning. Alice Manning,

Alice Manning, Alice Manning. Aquela foi a primeira vez que Ronnie inventara um nome para si e automaticamente disse: Alice Manning.

— Me deixa ver seus peitinhos e levo você até a porta de casa. Só precisa levantar a camiseta, me deixa ver esses peitinhos gostosos. Não vou tocá-los. Prometo, não vou tocá-los.

— Tenho 14 anos.

— Hã! Essa é boa! Acho que não. Você anda como se já tivesse sido fodida uma ou duas vezes. Você é uma danadinha, não? Conte tudo pro tio Bill. Conte pro tio Bill o que você deixa os meninos fazerem com você.

A mão dele se movia contra o próprio colo, mas a voz continuava sonhadora e gentil.

— Você é uma danadinha, uma garota muito malvada — sussurrou. — Sei de tudo sobre você.

— Não sou *não*! — Sua voz era aguda e rude, o tom mais raivoso que se permitiu usar em muito, muito tempo. Tentou se controlar. — Mas conheço alguém que foi. Que é. Vou te contar o que ela fez.

— Conte pro tio Bill, gatinha. Conte pro tio Bill.

— Havia duas garotas...

— Ah, esta vai ser boa, Alice.

— E elas encontraram um bebê. Um bebê que não era amado pela mãe, que o havia deixado sozinho na varanda da frente. Elas o levaram para longe da mãe e prepararam um... lugar seguro para ele. Mas o bebê estava doente, sempre esteve, e iria morrer de qualquer jeito. Então as garotas... bem, uma das garotas ficou com medo e disse que elas tinham de levar o bebê de volta. Mas a outra disse que não, que não podiam, que tinham de matar o bebê porque ninguém acreditaria nelas.

A mão do homem ficou imóvel.

— Aconteceu de verdade — garantiu Ronnie —, aqui mesmo, sete anos atrás. Conheço essas garotas. Estudávamos juntas.

— Entendi que você estudou na Towson.

— Na minha outra escola — disse Ronnie, encarando os olhos do homem. — Ensino fundamental.

De avermelhado, o rosto do homem virou branco-acinzentado. Lívido e suarento. Esfregou a mão nas calças, virou a chave na ignição e perguntou a Ronnie:

— Onde é mesmo que você mora?

E foi assim que ela chegou em casa no dia mais quente de março — um recorde histórico de temperatura — e ainda por cima 30 dólares mais rica, sem ter de fazer absolutamente nada. Sentara-se na cama pensando no que fazer em seguida: descer e ver o que havia na geladeira; ligar a televisão do quarto dos pais e se deitar de bruços sobre a cama do casal; dar uma volta; ir à loja de conveniência no fim da rua, que ficava no cruzamento da sua antiga rua com a nova. A conjunção entre a vida passada e a futura.

Dessas opções, preferiu retirar a caixa de presente da sacola e abri-la. Sobre a caixa havia um adesivo: *Port Discovery: The Kids'Museum*. Ronnie não tinha lembranças desse lugar de quando era criança. Naquela época, todos os museus eram lugares chatos para adultos, repletos de vasos.

Depois de retirar camadas e mais camadas de estopa, apareceu uma coleção de chaveiros, todos enfeitados com pequenos bonecos de brinquedo. Uma minúscula réplica do antigo jogo Operation, o tabuleiro do jogo Life, um homenzinho careca com cabelo magnético para ser penteado e despenteado. O último era de uma miniatura do Traço Mágico. A orientadora deve ter tido um trabalhão para escrever "Boa sorte, Ronnie" naquela diminuta superfície.

Havia também um bilhete: "Como não sabia de qual você iria gostar mais, peguei uma porção para você." Que legal! Ela era bem legal. Mas por que chaveiros? Estranho! Então Ronnie captou a ideia: pela primeira vez em sete anos ela teria chaves, para abrir e fechar as próprias portas.

Agora era abril e o chaveiro do Traço Mágico, cujas palavras de incentivo há muito tinham se apagado, estava em sua mão, fechada, de modo que as chaves — apenas duas: da porta da frente e uma de quatro pinos — estavam coladas à palma da mão. Ela estava no antigo quarteirão, diante da casa das Manning. Não poderia se arriscar a diminuir o passo, ou ficar olhando com insistência. Era cedo, ainda, e Helen muitas vezes dormia até o meio-dia, aos sábados. Mas... se por acaso seus caminhos se cruzassem, se ela visse Ronnie e dissesse oi, então Ronnie poderia perguntar, como se fosse algo que acabara de lhe passar pela cabeça, como se ela não tivesse pensado nisso quase todos os dias dos seus últimos sete anos: Você se lembra da madressilva?

Ela sabia que Helen se lembraria.

Capítulo 7

O Wagner's Tavern tinha se tornado o bar preferido dos detetives da Delegacia de Homicídios por ter sido palco de um episódio policial. Uma caminhonete, com cinco adolescentes na maior algazarra a 160 quilômetros por hora, não conseguiu fazer a curva na esquina diante do bar, na véspera do Natal. Pelo menos essa foi a velocidade estimada após o acidente, quando os peritos rastreavam os arredores de três partes fumegantes de uma Isuzu Rodeo vermelho cintilante que foram parar dentro do Wagner's, a apenas uns 30 centímetros da mesa de sinuca. A velocidade máxima poderia ter sido de 140 ou 145 quilômetros, mas 160 era um belo número e os repórteres da televisão tendiam sempre para um número mais alto quando se tratava de velocidade ou de volume de neve.

— Salvo no caso de queda de temperatura — disse Lenhardt, interrompendo o próprio discurso. — Aí eles usam o número mais baixo. Sabe como é, não? "A temperatura é de menos 3 graus Celsius, *mas a sensação de frio está em torno de menos 7 graus Celsius. O Radar Doppler do Centro Metereológico de Hoo-Haw garante a pior previsão de tempo de toda a Baltimore ou, então, seu dinheiro de volta.*"

Lenhardt passava por ali a caminho de casa quando viu os carros de polícia e um enxame de policiais uniformizados. Milagrosamente, foram poucas as vítimas — as ambulâncias socorreram dois dos jovens que estavam no carro e, como Lenhardt comentou mais tarde daquele jeito bem Lenhardt de ser, "nada tão apavorante assim". A atendente ruiva do bar teve a perna quebrada e algumas pessoas foram atingidas por estilhaços de vidro e de alguns enfeites da árvore de Natal, a primeira coisa que o Isuzu atingiu ao derrubar a parede e parar lá dentro.

Mas o bar sobreviveu para contar a história e a única alteração que se podia notar era uma grade de segurança na curva. Em noites de serão, Lenhardt podia ser visto na esquina do bar reformado ou sentado a uma mesa coberta por uma toalha de plástico, em geral pagando uma rodada para seus detetives.

— Então é por isso que você frequenta este lugar.

Era a primeira vez de Nancy no Wagner's, já que normalmente ela recusava o convite e ia correndo para casa, direto para os braços de Andy. Mas nesta noite ela precisava agir como policial, mesmo se arriscando a fazer o marido ficar uma fera.

— O quê? — disse Lenhardt, bancando o desentendido. Para ele nada saía barato. — Está tentando insinuar algo a respeito da minha preferência por bares?

— Você escolheu este lugar como seu, porque presumiu que não vai acontecer de novo. Isso é que é ser supersticioso!

— Eu diria que é a lei das probabilidades.

— Só que as chances não se alteraram! A curva continua bem ali.

— Quê? — resmungou Infante, não entendendo absolutamente nada. Mas Lenhardt sorriu satisfeito.

— Não que exista uma probabilidade padrão para um bar ser atingido por um carro — recomeçou Nancy. — Um bar numa curva como esta será atingido mais vezes do que um bar que não está numa curva, com ou sem grade de segurança.

— Probabilidade padrão. — O sargento virou-se para o outro detetive: — Preste atenção, Infante. Estamos perdendo tempo aqui. Vamos para os cassinos de Atlantic City para que a nossa senhorita Nancy ponha à prova seus conhecimentos sobre probabilidade padrão nas mesas de vinte e um.

— Então por que você *vem* aqui?

Nancy tinha perdido o interesse no assunto, mas ela não devia fugir dele; precisava mostrar a Lenhardt que era uma mulher de fibra, capaz de defender seus pontos de vista.

— Venho aqui porque a cerveja é barata, porque eles abrem a cozinha para um funcionário público que trabalha até tarde e porque fica no caminho de casa. Não analise demais as coisas, Nancy. Quantas vezes vou ter de lhe dizer isso?

Infante tapou a boca para disfarçar um risinho de zombaria e Nancy pôde sentir no rosto um rubor que se foi espalhando como um borrão. Às vezes ela odiava ter a pele tão clara, ser tão loura.

Lenhardt sentiu pena dela.

— Vá cuidar da sua vida, Infante.

Nancy mordeu um pimentão, a comida mais próxima de um vegetal que comia em três dias.

— E... que coisa é essa de ele ser chamado de Infante e eu ser sempre Nancy, ou senhorita Nancy?

— Por De... — Mas Lenhardt nunca clamaria pelo nome do Senhor diante de Nancy, de modo que não passou de "Por De". A maioria das vezes não chegava nem na metade da frase, mas aquele dia não tinha sido nada fácil.

— Você não vai dar uma de feminista pra cima de mim, vai? — indagou Lenhardt.— Que mer... — cortou o que ia dizer. — Que coisa! Quer que eu a chame de Porter? Tudo bem! Vou chamá-la de Porter. Posso até tentar aquele sobrenome que herdou ao nascer, aquele amarrado de consoantes: Padrewski, Portrotsky. Mas cara... — outra interrupção. — Dá um tempo! É só uma maneira de falar, Nancy. Quero dizer, Porter. Desculpe, Porterchinski.

— Potrcurzski. Está tudo bem, sargento; também tenho um nome especialmente pensado para você.

— É mesmo? E qual é?

— Elevê!

— E como você consegue tirar Elevê de Harold Lenhardt?

— Não tem nada a ver com Lenhardt, nem com Harold — Nancy sorriu —, mas com a letra "L" de lenda e a inicial "V" de viva. Todos me dizem que trabalho para uma "lenda viva". Meus tios, Andy... Pelo menos uma vez por semana ficam repetindo que meu sargento é uma verdadeira lenda viva.

Ela supunha que a sua história o faria cair na gargalhada, mas Lenhardt apenas fez que não com a cabeça e argumentou:

— Não existem lendas vivas, Nancy. Todas estão mortas.

Naquela mesma noite solucionaram o assassinato do Nova York Fried Chicken. Agora estava nas mãos do promotor público. Foram necessárias 12 horas de interrogatório com quatro jovens, mas, ao fim, os policiais prenderam todos: três por homicídio e um por um delito menor, porque esse foi o acordo que ele selara. Em certos aspectos, Nancy achou o informante o mais canalha dos quatro, mas não era sempre assim? Eram eles os que sempre trocavam de lado.

Lenhardt interpretou mal o que Nancy dissera, achando que ela estivesse sentindo pena de si mesma:

— Você é uma boa policial de homicídios.

Boa, mas não excelente, captou Nancy. Depois ficou imaginando por que ela estava sempre na defensiva. Nos últimos quatro dias ninguém lhe fizera nenhuma crítica, nem insinuara que agira de forma inadequada. Até recebera elogios por conta do trabalho que tinha feito. Mesmo assim se sentia inferior, burra, vulnerável. Um garoto vira como ela era por dentro, um assassino irrequieto, descontrolado como um rato sob efeito de Ritalina, que a deixou nervosa.

Seu Nokia apitou. Uma mensagem de Andy:

DIA MUITO LONGO. VOU DORMIR.

A mensagem — embora escrita — soava zangada. Às escondidas, por debaixo da toalha da mesa, Nancy digitou a resposta:

FAÇA COMO QUISER.

Arrependeu-se e quis apagá-la. Tarde demais.

Entre idas e vindas, ela e Andy estavam juntos desde o ensino médio. Ultimamente, porém, tinham pegado a péssima mania de se tratar com rispidez. A mãe dela garantiu que era apenas uma fase, que ia passar, e olhe que sua mãe tinha total credibilidade, pois era casada há 35 anos. Mas o que sua mãe sabia sobre dias de trabalho de 12 horas, que a deixavam ao mesmo tempo se sentindo vitoriosa e envergonhada? Simplesmente não dava para ir direto para casa depois de um dia como este. Se alguém pudesse entendê-la, esse alguém era Andy, que fora policial e agora estava trabalhando para os federais e fazendo faculdade de direito à noite.

— A sensação que tenho é de que sabemos *o que* aconteceu — disse Nancy — mas não *o porquê*. A suposição é de roubo à mão armada.

— O *porquê* não é problema nosso — garantiu Lenhardt. — Esqueça isso.

Mas ela não conseguia.

— De acordo com o informante, eles planejaram usar máscaras e enfiar o gerente e seu cúmplice no freezer para confundir os policiais. A arma seria só para assustar, para pegar o dinheiro.

O informante, o colega de trabalho da vítima, dera a impressão de ter ficado aliviado quando foi pego. Afinal, ele — melhor do que ninguém — conhecia a força vingativa dos comparsas, todos ex-empregados do Nova York Fried Chicken. O sujeito assumiu sua participação, mas seu principal crime, na opinião de Nancy, fora ter sido idiota o bastante para acreditar que destrancar a porta do restaurante que dava para a Rota 40 e permitir a entrada de três sujeitos sem máscara, mas empunhando uma arma, resultaria apenas em roubarem o dinheiro e, na saída, educadamente darem adeus com um leve toque no chapéu e um agradecimento. *Leve toque no chapéu* era outra das invencionices de Lenhardt:

— Olá, bom-dia, obrigado por essas notinhas de dez e de vinte e será que você poderia me preparar uma porção de frango supercrocante à moda de Cajun? Para viagem, viu? Ora, Nancy, não estamos falando aqui de filmes com Gary Grant, passados na Riviera francesa. Se fosse o caso, então roubar seria o ponto alto. E se ninguém mais matar ninguém, ficamos sem trabalho.

— É, sei disso — disse Nancy.

Ela teve a impressão de que Lenhardt queria deixar tudo para trás, inclusive um longo dia, mas ela não. Precisava aprender. Tinha sido tão fácil pegá-los; mas muito duro quebrar a resistência deles. Eles eram de uma insolência tão grande que a deixava pasma. Até seu avô polonês, que escapara da Europa apenas com a roupa do corpo, sobrevivera ao naufrágio de um transatlântico e se recusara a adotar um dos muitos sobrenomes mais pronunciáveis que fora pressionado a aceitar quando chegou no porto de Baltimore, em 1916, ficaria assustado com essa trinca. E olha que Josef Potrcurzski era um sujeito valente: carregava a própria faca, mais tarde substituída por um revólver, com a qual protegia seu quarteirão como um xerife no Velho Oeste americano.

— O assassinato *era* o ponto principal — disse Lenhardt. — Muito mais do que a grana, que talvez durasse uns dois dias, e mesmo assim só se tivessem um analista financeiro da Merrill Lynch para ajudá-los a investir. Eles não mataram uma pessoa num assalto. Eles assaltaram para poder matar uma pessoa.

— Então por que levaram uma arma? — indagou Nancy. — Afinal acabaram usando uma das facas da cozinha.

Lenhardt apertou os olhos com as palmas das mãos e esfregou-os com força, daquele mesmo jeito que a atendente ruiva do bar roçara a borda do copo de margarita quando Nancy pediu que ela colocasse um pouco mais de sal.

— Não sei, senhorita Nancy. Simplesmente não faço a menor ideia. Você encontrou a cápsula de uma bala no estacionamento. Talvez o garoto que carregava a arma tenha atirado e se assustado com o barulho. Talvez tenham atirado, mas erraram o alvo, com a vítima empunhando a faca e cortando com ela o ar; e isso se presumirmos que falavam a verdade quando declararam que o infeliz morreu defendendo a honra do Nova York Fried Chicken.

— Então, eles queriam matar alguém. Mas por que uma pessoa à qual seriam imediatamente relacionados?

— Eles não são tão meticulosos. E não sabem nada a respeito de probabilidade padrão.

— Estou falando sério!

— Talvez o tenham matado porque algum dia ele fora chefe deles. Porque ele os mandara limpar a frigideira, jogar fora os guardanapos e cuidar para que as mesas estivessem limpas. Porque ele os obrigara a usar uma rede de cabelo. Eles o mataram... — Lenhardt fez uma pausa. É... ele sabia como contar um caso, como manter o suspense na plateia, atenta a cada palavra — porque o cara se importava, porque para ele fazia diferença que o restaurante Nova York Fried Chicken da Rota 40 tivesse banheiros limpos, óleo novo na frigideira e estivesse sempre cheio. O fiel adepto do fast-food bateu de frente com o Clube Existencialista do West Side e os existencialistas levaram a melhor.

Lenhardt revirou os olhos. *Será que falei isso?* E Infante deu uma gargalhada, repetindo existencialista naquela fala pastosa dos bêbados, como se a palavra fosse engraçada e talvez um pouco obscena.

— Oito quilômetros para leste e o caso estaria fora da jurisdição do município — disse Infante. — Na minha opinião, não é o local do crime que deveria determinar a jurisdição, mas onde o panaca mora. Seus traseiros, seus dólares dos impostos, seus detetives.

— Merda! A valerem as suas regras, a única coisa que teremos para pegar serão discussões entre marido e mulher na cidadezinha de Dundalk. Além do mais, nós representamos as vítimas, está ligado? Trabalhamos para os cidadãos do Município de Baltimore.

O estado de espírito de Lenhardt oscilava desde que haviam chegado ao Wagner's. Depois da euforia inicial de ver um caso resolvido, tinha tendência a ficar deprimido e atribuía essa predisposição ao que chamava de "hipoglicemia homicida". Nancy sentia o mesmo, mas não com a mesma intensidade. Era muito bom elucidar um crime; mas o desenrolar das etapas do processo cobrava seu preço. Ela descobriu que obtinha as confissões da mesma forma que assistia a um filme de terror, ansiosa para chegar ao fim, instigando os atores para fazerem o que quer que precisava ser feito para que o filme terminasse em cinco plácidos minutos. *Não abra a porta. Não confie naquele homem. Não atenda o telefone.*

— Anime-se, Sarge — disse Infante. — Esse round nós vencemos.

— Campbell morreu na semana passada — comentou Lenhardt.

— Campbell? — indagou Nancy, enquanto Infante assentia com um gesto.

— H. Grayson Campbell. H. Grayson Campbell Terceiro, ou talvez Quarto. Morreu na clínica de repouso. Na última vez em que passei por lá para bater um papo com ele, não me reconheceu e até me confundiu com o enteado. Não tinha mais controle sobre o intestino, sobre a bexiga, sobre a mente... e ainda assim não quis me dizer onde ela está.

— Eu conheço Campbell? — perguntou Nancy.

O nome não lhe era estranho. Talvez tivesse visto uma pasta antiga com esse nome sobre a mesa de Lenhardt. Era comum ele remexer o arquivo morto. O sargento não perdia oportunidade de aprender, de estudar. E ela nunca parava de observá-lo.

— Apenas um sujeito rico que tinha o costume de espancar a mulher com tudo que achava que tinha direito, mesmo depois de o casal estar separado. Até que... bem... uma noite, ela não resistiu, foi ao chão e nunca mais se levantou.

— Foi o que você *alegou* — disse Infante, imitando a voz impostada dos advogados de defesa.

— É... foi sim. E os filhos que ela teve no primeiro casamento também alegaram. A família alegou. Éramos verdadeiras bestas selvagens empilhando nossas suspeitas sobre esse... hã... pobre coitado e mal compreendido cidadão, porque sua ex-mulher foi até a casa dele conversar sobre a fatura do Visa e nunca mais foi vista: nem viva nem morta. Agora que o canalha está morto, me permito dizer alto e bom som para o mundo inteiro ouvir, embora já não faça a menor diferença: foi ele. E agora o infeliz partiu sem me dizer onde havia escondido o corpo.

— E você faz ideia de onde está? — indagou Nancy.

— Nada! Nem desconfio onde os caras do município desovam seus cadáveres. Se ele fosse um imbecil da cidade, eu diria para esquadrinharem o Leakin Park. Mas ele não era nenhum tolo e, mesmo depois de dez anos que trabalho por aqui, jamais consegui atinar onde os assassinos do município se desfazem dos corpos das vítimas. A área é muito ampla.

Nancy olhou para o prato de comida à sua frente. Uma orgia de alimentos fritos em gordura bem quente: cogumelos, abobrinha, pimentões recheados com queijo. Ai, ai, ai... ela precisava voltar a fazer dieta. Abrira mão dos planos de emagrecer por causa do corre-corre que se impõe quando um crime está em vias de ser solucionado, significando que, durante essa fase, a vida seria uma sucessão de fast-food para viagem. Calculou as calorias e os carboidratos ingeridos e considerou comprar uma bicicleta ergométrica. Pensou em tudo, pensou em qualquer coisa que pudesse bloquear as lembranças que teimavam em pipocar em sua cabeça quando alguém dizia "Leakin Park".

Lenhardt olhou na direção do bolso das calças e Nancy percebeu que o bip dele apitara.

— Hora da madame — disse Infante, com um gracejo.

— Vejam só quem fala! Ao menos Nancy e eu estamos no primeiro casamento... — disse, levantando-se para procurar um telefone.

Infante e Nancy ficaram sozinhos. Caiu um silêncio constrangedor. Embora tivessem passado um bocado de tempo juntos, raramente conversavam sobre amenidades.

— Um tempo atrás trabalhei num caso — Infante quebrou o gelo — em que parti do pressuposto de que o marido tivesse trucidado a mulher com uma serra. O cara sabia de tudo sobre jardinagem. Nunca tinha visto tanto adubo. Para qualquer lado que me virasse, havia pilhas de estrume.

— Isso é ridículo! — reagiu Nancy, com uma paixão desproporcional ao que se poderia esperar.

— Quê?!

— Ora, se havia uma serra, você poderia ter averiguado a presença de sangue. Não dá para transformar uma pessoa em adubo sem deixar rastros e muito menos limpar todas as evidências de uma serra.

Infante olhou para ela como se quisesse dizer: *O que você acha que fiz?* Nancy não teria nada para responder, porque ele não havia examinado absolutamente nada. Mas criticar Infante era, de certa forma, um jeito de ir à forra pelo que acontecera quando o último dos quatro envolvidos estava sendo algemado e em seguida seria levado para a cadeia do município. E esse era o principal acusado, aquele que empunhara a faca e furara a vítima infinitas vezes. O delinquente era franzino e pesava menos do que Nancy. Mas havia algo de ameaçador mesmo se considerando o esqueleto mirrado. Poderia se imaginar que o sujeito era o que sobrara no fundo do caldeirão depois que um rapaz grandalhão tivesse sido cozido até quase evaporar. Um sumo concentrado de fúria e amargura.

Ele também havia irritado Lenhardt, sem que se desse conta disso. E não perceber quando o ódio se incorporava em Lenhardt era um erro imperdoável.

— Nós te pegamos, viu? — Lenhardt não conseguira se abster de dizer ao tal sujeito, depois de ele ter assinado a confissão na linha tracejada. — Seus amigos te entregaram. Bateram com a língua nos dentes. E contaram mais do que o necessário, está sabendo? Eles! Os seus amigos, seus cupinchas, seus confederados.

Confederados: essa era outra palavra do vocabulário de Lenhardt que ele usava a toda hora e que, conforme explicara a Nancy, por causa das associações que inferia: Confederados-Confederação-Guerra Civil Americana-Escravidão. Pois para os jovens negros de Baltimore, as maldades sofridas pelos ancestrais não representavam nada além do estigma da vergonha. Ter sido escravo era sinônimo de fraqueza. Ser descendente de escravo era igualmente ruim. Mas só Lenhardt teria essa percepção.

Por uma fração de segundo, o jovem pareceu surpreso com as palavras do sargento; mas logo fechou a cara. Com base nesse encadeamento de emoções, Nancy conjecturou que esse mesmo fluxo de reações também deveria ter existido na sequência de fatos que culminara em assassinato, no restaurante. Pego desprevenido pela coragem do antigo chefe, reagiu atacando, punindo-o. Perseguiu o gerente do turno da noite desde a cozinha até o estacionamento, cada vez mais desesperado e menos preocupado em ser pego do que ser ridicularizado pelos cúmplices. E tudo por causa da coragem pueril da sua vítima. Com o assassinato provou aos comparsas qual o preço a pagar por um ato de heroísmo.

De repente o marginal investiu contra Nancy, agarrando em cheio a bunda dela.

— Gostosa — disse o bandido — para uma branquela.

Lenhardt desferiu-lhe um soco tão forte no estômago que o rapaz se dobrou e caiu de joelhos. O sargento sorriu para Nancy, feliz por ter tido a oportunidade de ver aquele corpo prostrado no chão e, de certa forma, convidando-a para também desferir um chute ou um murro, se lhe apetecesse. Quando ela se recusou, ele a olhou de um jeito curioso e então se serviu, aplicando o castigo que achava justo. Ao rapaz só restou ficar lá caído e apanhar.

Ele havia atingido uma policial. Por seu lado, Nancy não pôde deixar de reconhecer que havia falhado, que um policial mais experiente não teria sido tocado e muito menos agarrado. E Lenhardt deixou passar em branco a falha da colega, por estar feliz pela chance de estapear aquele criminoso antes do fim do dia.

— A serra — retomou Nancy, e tinha consciência de que iria despejar em Infante toda a raiva dirigida ao infeliz do garoto.

É... a vida não passa de uma prolongada brincadeira de pique-esconde: só que o que se ia passando de pessoa a pessoa era uma emoção negativa. Mas antes que pudesse desabafar, seu Nokia apitou e apareceu uma mensagem de texto direta, contundente.

ESTOU EM CASA

As palavras davam a impressão de tremer na tela, provavelmente algum defeito do aparelho. Ora, mas não é que a Rainha da Comunicação ataca de novo! Por que ela não vai a um canal de TV a cabo e pede para dar um depoimento sobre suas façanhas? É o melhor jeito para manter os amigos atualizados 24 horas por dia, sete dias por semana. Que aporrinhação!

— O maridão? — indagou Infante.

— Acho que não. Ele está uma fera comigo. Além do mais, sei onde ele está.

A mensagem a encarava com insistência. Será que tinha a chance de a mensagem ser mesmo para ela? De jeito nenhum! E nada lhe teria despertado para a conexão, se não fosse por um comentário casual de Lenhardt, no papo desta noite: *"Se ele fosse um imbecil da cidade, eu diria para esquadrinharem o Leakin Park."*

Leakin Park. Mesmo uma palavra que soasse parecido, como Lincoln por exemplo, a deixava de cabelo em pé. Leakin Park. O nome sempre a fazia se lembrar do pequeno alpendre no meio da floresta, ou a silhueta do colega de turma da academia de polícia, Cyrus Hickory, de pé, na porta. Ele lhe avisara para se afastar, mas Nancy precisava provar que podia fazer as mesmíssimas coisas que ele; assim, cruzou o riacho e dirigiu-se para a casa em ruínas...

Não. Durante esses sete anos, Nancy compreendera que tinha o direito de escolha, o livre-arbítrio de optar por não entrar naquele casebre, se não estivesse disposta a ver o que havia lá dentro. Então, esta noite, ela fez o que não havia feito naquele episódio: recuou. E, em sua imaginação, foi se afastando da casinha na floresta, respingando para trás a água poluída do riacho, avançando pela borda da colina com nada nas mãos enluvadas. Mãos abençoadamente vazias.

Lenhardt retornou à mesa, jogou umas notas, afastando com as mãos o dinheiro com que Nancy e Infante tentavam contribuir.

— Mais um drinque e vai haver divórcio — disse. — Marcia não é tão severa quanto um bafômetro, mas também não dá para exagerar. Você também deveria ir para casa, Nancy.

— E quanto a mim? Não vai falar nada? — indagou Infante.

— Nem a Dra. Joyce Brothers conseguiria dar um jeito na sua vida amorosa, Kevin.

— Vá lá, isso é verdade — concordou o detetive, se divertindo mais do que qualquer um com a sucessão de Sras. Infante que vieram e se foram, nos últimos vinte anos.

A atendente do bar mancava um pouquinho, mas continuava sendo ruiva e bonita, apesar daquele cabelo duro de laquê, usado pela maioria das garçonetes dos bares do município. De repente, do nada, Lenhardt perguntou:

— Você pensa em um bebê?

— Um bebê? — *Ele sabe,* pensou Nancy. *Todo esse tempo! Ele sabia e nunca falou nada.* Claro que ele saberia. Os policiais são tão fofoqueiros quanto as vovós polonesas. *Você sabe dos antecedentes da Porter, não? A sobrinha dos Kolchak? Uma lástima, mas ela fez por onde. Você imaginaria que ela teria um outro tipo de reação, considerando o passado dela.*

— É, ter um bebê. Já pensou nisso?

— Ah... — Ela ficou tão aliviada que nem se incomodou com que Lenhardt lhe fizesse perguntas pessoais. — Quem não pensa? Mas ainda falta um semestre para Andy terminar a faculdade e estou começando na Homicídios.

— Os filhos são mais importantes do que qualquer uma dessas suas desculpas.

— Será? E quantos filhos você tem?

— Três — respondeu Lenhardt. — Que eu saiba! — Esbugalhou os olhos e deixou o queixo cair, mas estava cansado demais para soltar uma de suas estrondosas gargalhadas. — Se comportem, hein? — disse de repente, e foi embora a passos pesados.

Se comportem? De onde ele tirou isso? Mesmo assim aceitou o conselho nos mínimos detalhes. Foi direto para casa, acordou o marido, fez amor com ele — o que ele presumiu que fosse a maneira que ela encontrara de pedir desculpas, e talvez tenha sido mesmo, embora ela não imaginasse que tivesse algum motivo para pedir desculpas. A vida era curta demais e ela não queria entrar em conflito com a pessoa que a conhecia melhor do que ninguém, a pessoa que a amou antes e que a amou depois, a pessoa que jurou que sempre a amaria.

Andy voltou a dormir, mas Nancy, não; não naquela noite. Ficou encarando o teto, a mente funcionando em círculos.

Aquela mensagem tinha de ser um engano.

Quinta-feira, 16 de abril

CAPÍTULO 8

A primeira criança desapareceu na drogaria Rite Aid do Ingleside Shopping Center. Ela estava presa pelo cinto de segurança a um carrinho de compras no corredor 11 — o de Produtos para Bebês, Cuidados com os Pés, Higiene Feminina — quando a mãe, Mary Jo Herndon, lembrou-se de um novo gel para cabelos que vira num anúncio ainda naquela manhã. Na mensagem da propaganda, garantiam que o gel eliminava o *frizz* e dava brilho. Imaginou-se com cabelo liso e sedoso, jogando-o de um lado para o outro enquanto se divertia conversando com um homem. Será que esse homem seria Bobby? Com certeza não, pois ele valia menos do que uma mecha reluzente de cabelos ondulando ao vento — como no anúncio — e o sol quente batendo em seus ombros.

Os produtos para cabelos ficavam a dois corredores dali, mas havia uma mulher entre Mary Jo e o fim do corredor. A mulher, com uma bunda descomunal, estava totalmente concentrada examinando os produtos do Dr. Scholl, e seu carrinho de compras, meio atravessado, impedia a passagem de outro. Mary Jo não quis pedir para a mulher liberar a passagem, porque havia algo de tinhoso naquele bundão, algo que lhe dizia que a dona daquilo tudo era alguém sempre disposta a entrar numa confusão. Mais fácil, então, deixar o carrinho ali mesmo, passar por trás da bunduda e chispar até onde estavam os produtos para cabelo. E era pegar o gel e ir direto para o caixa, pois já tinha passado dos limites nessa ida ao shopping: da lista de compras constavam apenas papel higiênico e carvão para churrasco; agora o carrinho estava quase cheio.

A drogaria Rite Aid não tinha a marca de gel do anúncio, mas oferecia uma variedade incrível de produtos e Mary Jo resolveu dar uma parada para avaliar o que estava à venda. Havia nas prateleiras uma linha completa em elegantes frascos cor de lavanda, mas o fabricante informava que seus produtos formavam um *sistema*, sugerindo que ou se compravam todos ou nenhum. Um lado do cérebro de Mary Jo dizia que isso não passava de uma estratégia de venda, pura conversa fiada. Que coisa mais sem cabimento essa de ser induzida a comprar toda a linha de produtos para obter as vantagens do gel!

Mas... — sempre há um "mas" — Mary Jo acreditava que uma compra cara poderia significar uma transformação. O produto nem precisava ser melhor, mas optar pelo de preço mais alto era uma maneira de informar que quem o adquiria era merecedor de um pouco de luxo e, em se acreditando nessa lógica, o resultado podia ser mesmo positivo. Será que ela não merecia tudo do melhor? Ou pelo menos alguma coisa melhor? E não era exatamente isso que todos viviam lhe dizendo? "Você merece coisa melhor." Claro que quem falava assim — seus amigos e parentes — estava se referindo ao Bobby e às circunstâncias em que ela vivia; mas infelizmente não havia produto neste nosso planeta que desse um jeito em Bobby. Pegou um frasco do tal gel e correu de volta para o corredor 11.

O corredor 11 estava vazio. Nada de Jordan, nada de carrinho, nada da mulher cadeiruda examinando os produtos do Dr. Scholl. Mary Jo calculou que devia ter se equivocado e ido na direção errada: virado à direita quando deveria ter sido à esquerda. Sem problema. Refez o caminho, indo para o corredor 9.

Também estava vazio.

A visão do primeiro corredor vazio deixou-a nervosa. Era, contudo, um nervosismo contido, pois continuava achando que errara o caminho e que Jordan estaria esperando por ela na próxima virada. A sensação era igual à que sentira ao subir, no arranque, a montanha-russa do parque Adventure World: com medo — porque essa era a expectativa — mas se sentindo segura, pois sabia que a subida acidentada fazia parte do suspense e que as minúsculas letras do aviso de advertência no tíquete estavam ali só para constar.

Ao chegar ao segundo corredor, perdera a noção do que estava acontecendo e de como tudo isso terminaria. E, então, esgotados todos os palpites, suprimidos todos os pressentimentos, saiu correndo pelo longo corredor diagonal que dividia a loja em duas metades, gritando o nome de Jordan e tentando imaginar o pior: porque se pensasse o pior, então significava que não iria acontecer.

Uma criança dá um grito alto, assustado, e Mary Jo dispara — agradecida e aliviada — na direção daquele som. Mas a criança que encontrou no corredor 3 era um menino com o rosto vermelho pelo tapa que acabara de levar. A mãe do garoto encarava Mary Jo, pronta para se defender. Mary Jo foi embora pensando: *feliz é você que tem um filho para estapear.* Não, isso não era certo. Prometeu a Deus que nunca mais bateria em Jordan, que nunca levantaria a mão para a filha, se Ele a trouxesse de volta. Não era sempre que ela batia na filha e estava ciente de que era errado. Nunca mais, ela prometeu. *Nunca mais. Está me ouvindo, Deus?*

Seguiram-se outras promessas enquanto ia às carreiras serpenteando para cima e para baixo pelos corredores, chamando sem parar pelo nome de Jordan. Jurou que seria uma mãe melhor, mais paciente e carinhosa e que nunca gritaria com a filha. Jurou que seria uma irmã melhor, muito embora Mimi sempre achasse um jeito de provar sua superioridade, fazendo com que Mary Jo se sentisse uma fodida porque Bobby revelara-se um irresponsável. O que mais? Oh! Deus, ela seria um modelo de perfeição em todos os sentidos se Jordan reaparecesse.

— Senhora, senhora. — A voz do farmacêutico era insistente, carregada de reprovação. Uma voz autoritária. Ele pretendia fazer com que ela parasse de gritar, parasse de correr. Quem é ele para me mandar calar, quando minha filhinha está desaparecida? — Senhora, por favor! Senhora!

— Estou procurando pela minha pequenina Jordan. De 3 anos? O cabelo cacheado como o meu, só que mais crespo e mais escuro? — ela não compreendia por que tudo que dizia se manifestava em forma de indagação, como se precisasse que esse estranho confirmasse suas palavras. — Ela vestia... ela vestia...

Oh! Meu Deus, como ela estava vestida? Um vestido. Jordan estava numa fase meio teimosa, em que batia o pé que só queria usar vestido, todos os dias. Seria um vestido verde? Ou azul? Com certeza herança de uma das três filhas de Mimi, um vestido enfeitado com casinha de abelhas ou bordado no peito. Recordou-se de que no carro Jordan retirara de propósito a tampa da canequinha, o que redundou numa mancha vermelha-escura bem na frente. Mary Jo havia brigado com Jordan, que sabia muito bem o que aconteceria se tirasse a tampinha, mas mesmo assim desobedecera. Mary Jo, porém, nunca mais brigaria. Nunca mais! Manchas de roupas desaparecem se limpas com os produtos apropriados. Ora! Manchas não tinham a menor importância.

— Senhora! — O farmacêutico segurou o braço de Mary Jo e empurrou-a corredor abaixo até o carrinho com as compras dela: pasta de dente, papel higiênico, batata frita, carvão e duas cadeiras de jardim, caso Bobby aparecesse para jantar, caso fizessem churrasco esta noite. Lá estava Jordan, sentadinha, num vestido azul. Isso mesmo, ela sabia que o vestido da filha era azul.

Jordan parecia assustada e Mary Jo, que obviamente não estava diante de um espelho para visualizar o próprio rosto, não se deu conta de que sua fisionomia não era muito diferente de quando a filha tirara a tampa da caneca, dentro do carro. Pegou a filha no colo e a cobriu de beijos, perguntando o que havia acontecido, exigindo que lhe dissessem quem teria mexido no seu carrinho de compras, e tudo isso ao mesmo tempo, sem dar chance a Jordan de responder. Começou a soluçar, imaginando tudo de mal que poderia ter acontecido à filha. Só então Jordan veio a chorar e a falar depressa, balbuciando as palavras. Mas a filha de 3 anos ainda não tinha condições de contar a sua versão da história.

— Você viu alguém? — Mary Jo perguntou ao farmacêutico. — Quem teria empurrado meu carrinho até aqui? Será que estava atravancando a passagem? Quem faria uma coisa dessas? Que tipo de loja é esta, afinal?

Em sua cabeça, veio a imagem de um empregado da loja empurrando o carrinho para o lado por estar atrapalhando. Ela entraria na Justiça. Ela faria um escândalo. Que tipo de pessoa empurraria um carrinho com um bebê por um corredor tão estreito, perto dos banheiros?

O farmacêutico fez que não sabia. Provavelmente, durante o jantar daquela noite, ele contaria essa confusão para a esposa e com certeza jogaria toda a culpa pelo ocorrido na mãe, Mary Jo. Agora que os próprios filhos estavam crescidos, podia se dar ao luxo de ser complacente consigo mesmo, tendo esquecido, há muito tempo, todos os quase acidentes que sua família sofrera durante anos.

Quanto a Mary Jo, ela nunca revelou o que acontecera para ninguém: nem para Mimi, que acharia uma maneira de pôr a culpa nela; nem para Bobby, que estava com um humor de cão quando finalmente apareceu naquela noite, bem depois que Jordan tinha ido para a cama. Levou alguns dólares. Mas quando Mary Jo perguntou quando é que ela começaria a receber um cheque regularmente, agora que ele estava trabalhando, ele respondeu que pediria demissão se ela tentasse mexer no seu salário, pois um homem não pode progredir se a mulher fica sempre dependente dele. Ela reagiu dizendo que ele não valia grandes coisas como homem, já que não conseguia sustentar a filha.

Os argumentos eram sempre os mesmos, do começo ao fim e do fim até o começo. Bobby bateu a porta com força e se mandou, deixando para trás a sujeira do churrasco para ela limpar. Ele sempre arrumava um jeito de primeiro terminar a refeição e depois brigar. Mary Jo foi para a cama sozinha. Ele nem notara a mudança no cabelo dela depois do novo gel. Se ele tivesse feito qualquer comentário sobre o cabelo, talvez ela lhe tivesse contado o que acontecera na Rite Aid. Bem... talvez não. Bobby podia usar o incidente para criticá-la.

Passariam dois meses antes que outra criança desaparecesse.

Segunda-feira,
22 de junho

Capítulo 9

Afinal começou o verão. Começou reiteradas vezes. Começou em meados de maio, com uma onda de calor insuportável. Começou de novo em fins de maio, no feriado em homenagem aos soldados mortos em combate, dia em que os clubes privados estão abertos, embora o veranico tivesse recuado e o clima revertido aos dias frios e sombrios, tão mais comuns em abril. Começou com o último dia de aula de cada distrito, sendo as escolas do município de Baltimore as últimas — como de costume — a liberar os alunos para as férias. Começou com o primeiro dia de Código Vermelho — um alerta para as condições do ar, não para atos de terrorismo — emitido quando o calor confinava a poluição sobre a cidade. Começou em todas as sextas-feiras, por volta das quatro da tarde, quando as estações de rádio locais divulgavam que as filas nas praças de pedágio da Bay Bridge eram agora de 5 quilômetros. Seis quilômetros. Sete quilômetros. Começou quando os vaga-lumes apareceram e uma nova geração de meninos e meninas saiu à caça deles para pôr à prova a crença popular de que esses animaizinhos não conseguiriam voar quando se caminhava com eles equilibrados na ponta do dedo.

Um novo ritual de verão também estava em andamento naquele ano: o desaparecimento de crianças. Mais especificamente de garotinhas. Elas desapareciam de parques e de lojas, de quintais e de varandas. Mas ninguém desconfiava de nada, porque as meninas reapareciam minutos depois, antes que a ausência fosse notificada. Nem mesmo as menininhas pareciam se dar conta de tudo de extraordinário que lhes havia acontecido. E mesmo se esse fosse o caso, não tinham como explicar nada para ninguém, pois eram pequenas demais para falar e muito novas para trocar informações.

Quando afinal o equinócio da primavera chegou, o verão já dava sinais de melancolia e de fadiga. E esse foi justamente o dia em que Nancy vestiu seu melhor terninho e foi ao tribunal, que ficava, talvez, no mais feio dos prédios públicos de todo o município de Baltimore, uma honra, no meio de verdadeiros monumentos ao mau gosto. Lá ela testemunhou diante dos jurados, que careciam de um pouco de estímulo para chegar ao veredicto de crime capital para três dos quatro rapazes envolvidos no assassinato do Nova York Fried Chicken. O quarto seria julgado por roubo e homicídio culposo, como resultado da barganha que conseguira para si. Ele preferiu arriscar a quase certa sentença de morte por escolher ser testemunha à garantida pena de morte dada a qualquer um declarado culpado de crime capital no município de Baltimore.

Tarefa cumprida, Nancy e Infante se encontraram com o chefe no restaurante italiano da Washington, que fazia parte da cadeia de restaurantes de que ela tanto gostava. Lenhardt sempre insistia em pagar, argumentando que o município arcaria com as despesas; Nancy, porém, suspeitava de que esses almoços saíam dos bolsos dele.

— Ela vai pedir pena de morte? — Infante indagou Lenhardt, o "ela" em questão se referindo à promotora do município de Baltimore.

— É o que ela sempre faz — respondeu Lenhardt, lambuzando um grissini com uma quantidade exorbitante de pasta Provençal, um dos carros-chefe do restaurante. Nancy fingia estar se deliciando com uma saladinha.

— Certo — comentou Infante.

— Mas a mãe da vítima pode não querer — disse Nancy. Em sua mente, a imagem da mulher que conhecera em abril e cuja vida pusera à prova sua fé, sem jamais enfraquecê-la. As paredes da casa dela retratavam uma desenfreada competição entre o único filho de Deus e o filho único da mulher, com Jesus em pequena desvantagem para Franklin Morris. — Ela é cristã.

— E daí? — disse Infante. — Todos nós somos.

— Estamos lidando aqui com uma cristã de verdade. Muito devotada. E você sabe bem que o promotor não vai optar pela pena de morte caso os parentes da vítima não estejam de acordo.

— Cristã? — Lenhardt fingiu estar revoltado. — Bem... olho por olho *é* a mais antiga fórmula do cristianismo.

— Acho que ela é mais do Novo Testamento, do tipo dar a outra face.

— O Novo Testamento — disse Lenhardt, agitando um grissini no ar — é a religião Nova Coca-Cola, estão sabendo? Joguem essa droga fora e voltem a usar a receita original.

Nancy suspirou tão pesadamente, tentando segurar o riso, que quase engoliu um tomate-cereja inteiro. Ela não era mais religiosa do que a maioria dos católicos não praticantes, mas esse não era um assunto com o qual faria piadas. Sem falar que se sentia muito culpada por estar afastada da igreja de St. Casimir durante todos esses anos...

— Mas é o seguinte: experimente deixar a caridosa senhora presenciar os depoimentos, ver umas fotos da cena do crime, e ela estará pronta para dar, ela mesma, a injeção letal nesses pilantras.

Infante concordou plenamente. Esse era um dos poucos gestos de Infante que irritava Nancy: o aceno de aprovação, como se houvesse assuntos cifrados entre ele e o chefe.

Lenhardt estava empolgado. Por alguma razão, o tema religião havia conquistado seu interesse:

— "A vingança é minha", afirmou o Senhor. E isso está no Novo Testamento, se querem saber.

Nancy não conhecia a Bíblia assim tão bem, mas estava determinada a defender seu ponto de vista:

— É isso, *minha*, que no contexto quer dizer Dele, não de nós. E assim Deus não estaria nos dizendo que não deveríamos nos envolver nos assuntos de vingança?

— Ele está mandando que façamos para ele; de modo que o melhor seria fazer direito.

Mas Lenhardt também arquitetava suposições sobre o significado daquelas palavras. Nenhum dos presentes àquela mesa, dois católicos e um luterano (pelo menos ela achava que Lenhardt fosse luterano), tinha credenciais nem mesmo para bancar teólogos de meia-tigela.

— Vou te dizer o que sei sobre vingança. — Infante aumentou o tom de voz. — Faz um *bem* danado. É por isso que Deus a quer para si. Ele sabe que é muito, mas muito divertida mesmo, essa tal de vingança.

— Isso está me cheirando a flashback... — disse Lenhardt. — Esposa número um ou número dois?

— Dois.

— Você traiu a número dois? — indagou Nancy, que sabia ser verdade.

— É... mas sei que não devia. Não é o adultério que mata um casamento, ele é apenas...

— Um sintoma — disse Nancy, ganhando em troca uma daquelas fabulosas gargalhadas de Lenhardt, que fez com que ela se sentisse muito bem. A vida matrimonial de Infante e a ladainha de desculpas que vinha junto eram de conhecimento geral.

— Vá se ferrar — reagiu ele, mecanicamente, sem ressentimentos. Isso também fazia parte da lenga-lenga, a porta de entrada das bem-aventuranças maritais de Infante. — Tá bem! Errei, ela me pegou. Mas queria tanto voltar para ela que estava disposto a qualquer coisa. O problema é que ela não me queria mais. A mim, não, mas queria a minha casa, a minha mobília. E todo o nosso dinheiro, embora não fosse nenhuma fortuna, e ela foi orientada pelo advogado para sugar até os centavos de nossas contas conjuntas. A única coisa que ela não conseguiu de mim foi minha chave.

— Verdade? — Nancy andava treinando diante do espelho levantar uma das sobrancelhas. Ela acreditava que o efeito combinaria muito bem com uma indagação, e essa era sua oportunidade para ver se funcionava. Viu de relance sua imagem refletida na lateral de metal do porta-guardanapos, mas o resultado estava longe do pretendido. Mesmo levando em conta as distorções que o metal produzia, parecia uma idiota, uma caricatura de alguém se fingindo de mau. — Como assim? A número dois era tão esperta... mas não conseguiu lhe tirar a chave? Ah... já sei, ela achou melhor trocar a fechadura?

— Bem... — por debaixo da pose de coitadinho, Infante camuflava um sorriso irônico — talvez eu tenha feito uma cópia, um dia... assim... para emergências, mas ela não se lembrou disso. Resumindo: numa noite em que ela saiu, eu entrei.

— Para quê? — indagou Lenhardt.

— Essa é a parte engraçada. Quando entrei na casa, não tinha um plano... era madrugada...

— Isso tem a ver com um crime sob efeito de álcool, Sr. Infante? — Lenhardt retirou o bloco e fingiu que fazia anotações.

Mais uma vez, seu sorriso o traiu.

— Veja, eu estava lá, na minha antiga sala de visitas, e pude constatar o que minha ex está fazendo..., digamos, para me eliminar totalmente de sua vida. Eu tinha um quadro com um barco, acho que era uma pintura. Simplesmente adorava aquele quadro. Bem, ele havia sumido da parede em que ficava pendurado, acima do console da lareira. Onde será que ela o metera? Ela não queria o quadro, mas me dar, nem pensar! É assim que ela é. E aí o gato vem se chegando e fareja meu tornozelo, meus pés, e fico lá me perguntando o que será que ela mais ama nesta vida...

— *Não!* O gato não! — Nancy acabara de se recordar de uma história que fazia parte do folclore de Baltimore, sobre um lobista que colocou o gato da ex-mulher no micro-ondas.

— Claro que não! Tá pensando o quê? Que sou um degenerado? Mas dei uma boa olhada no gato que se enroscava nas minhas pernas e quando olhei para baixo vi meus sapatos e só aí me lembrei: Lorraine é tarada por sapatos. Então fui até o porão da casa e peguei uma serra de arco para metais. A *minha* serra, que estava na *minha* caixa de ferramentas. Subi até o quarto e serrei o salto de todos os pés direitos dos sapatos que estavam no armário dela.

— Mas por que os saltos só dos direitos? — Nancy estava fascinada pelo detalhe, um insight de Infante, talvez de todos os homens.

— Ora! Porque não é preciso cortar o salto dos dois pés para destruir o sapato. E ela tem uns dez, vinte pares. A metade deles pretos, por sinal. Quando acabei, havia uma pilha de... — Infante apenas fez um gesto, incapaz de descrever o que fizera.

— ... sapatos desmembrados? — sugeriu Lenhardt.

— Taí, boa! E deixei tudo bem no meio do tapete.

— E ela falou alguma coisa? — disse Lenhardt, mais uma vez no seu papel de policial criterioso, decidido a esclarecer os fatos enquanto o suspeito ia narrando sua história com detalhes. Nancy estava atônita demais para fazer qualquer comentário.

— Nada! Até fiquei checando se havia alguma queixa na delegacia, mas ela não fez nada. E olha que ela tinha certeza de que tinha sido eu.

Afinal Nancy conseguiu formular a pergunta que queria fazer, a mesma que quisera fazer a todos os babacas, mas raramente tinha chance.

— E você se sentiu bem, sentado no chão do seu antigo quarto, serrando saltos de sapatos?

— Ah... me senti muito bem. O único porém é que machuquei minha mão. De resto, adorei cada minuto.

— Você deixou provas para trás — disse Lenhardt, meio que na brincadeira. — E até poderia ter destruído sua carreira com uma bobagem dessas.

— Não, nada disso! Eu tinha a chave, meu nome ainda constava da escritura do imóvel. E fui eu quem pagou por aquelas porras daqueles sapatos. Estava levando a minha metade, por direito.

— Fico curiosa para saber o que será que ela fez com o que sobrou dos sapatos. Você acha que existe uma instituição de caridade especializada em aceitar doações de sapatos para pernetas? Imagine só: você vem andando pela rua e vê uma mulher pulando num pé só, vindo na sua direção, e ela está calçando um escarpim que era da sua ex-mulher.

— Vou te contar uma coisa. Esse será o dia em que vou levar uma dama perneta para dançar.

A comida chegou: macarrão ao molho para os homens e *penne* ao molho *arrabbiata* para Nancy. Ela havia se registrado num serviço de dieta on-line que avaliava a quantidade de calorias que uma pessoa ingeria diariamente. No site havia também uma lista de pratos que se poderia comer em diferentes tipos de restaurantes e para os italianos a sugestão era *penne arrabbiata*. A boca de Nancy se enchia de água conforme o garçom ralava parmesão fresco sobre a comida dos rapazes, mas ele pulou o prato dela com um pequeno aceno.

— Há pelo menos 1 milhão de calorias nesse molho verde... — comentou ela.

Lenhardt e Infante, acostumados a esses comentários da colega, apenas se ocuparam das respectivas comidas, os queixos quase enfiados no prato para sentir o calor daquelas generosas porções de massa.

— E o que você me diz, Nancy? — perguntou Lenhardt. — Já se vingou de alguém?

— Não, nunca precisei. Bem, nunca ninguém me fez nada parecido.

— Sério?

Por um momento, ela achou que Lenhardt sabia que era tudo mentira. Ele era um bom policial de homicídios e ser um bom policial significava saber como escutar tudo, como guardar segredos e conservá-los assim por anos, na esperança de que algum dia lhe fossem úteis.

"Não", disse para si mesma, forçando-se a mastigar a comida devagar, saboreando garfada por garfada, conforme recomendado pelo programa de dieta. Ela estava dando crédito demais ao sargento. Ele não sabia de tudo. Era uma postura irreverente, mas legal. Bem parecido com o que sentira quando se deu conta de que o padre que fazia o casamento da prima estava bêbado e que o padre Mike não tinha como saber se ela lhe contava absolutamente tudo durante a confissão. Nem mesmo o computador dela saberia se ela estaria mentindo quando obedientemente, ao fim de todo dia, digitava o que havia comido. Havia apenas um Deus e apenas Ele — e não havia como negar que ela ainda pensava Nele como Ele em letras douradas salientes — e só Ele realmente sabia o que Ele queria. Os demais apenas iam elaborando enquanto viviam. Todos os demais iam inventando o que queriam, conforme a vida passava.

Sexta-feira,
26 de junho

Capítulo 10

Foi na filial da Biblioteca Pública do Município de Baltimore, em Catonsville, que afinal alguém cogitou em chamar a polícia. Normalmente movimentada, a biblioteca estava especialmente agitada nesta terceira sexta-feira de junho. Crianças vendiam balas para levantar dinheiro para a banda da escola, e um grupo da comunidade coletava assinaturas num abaixo-assinado para que fossem plantadas árvores no canteiro central da Frederick Road. Do lado de dentro, muita gente falando alto ao mesmo tempo, um vozerio insistente e ensurdecedor, que em nada lembrava o ambiente silencioso de uma biblioteca. As conversas giravam em torno das comemorações do Dia da Independência, em 4 de julho. Discutiam se haveria show de fogos de artifício, por causa do triste acidente do ano anterior. (Um incêndio, de proporções reduzidas, mas que levantou a questão sobre se a empresa contratada deveria ficar encarregada da tarefa novamente).

Miriam Rosen, frequentadora assídua da biblioteca de Catonsville por mais de trinta anos, sempre sentia uma onda de saudades das formalidades do passado. Depois de reformada, a biblioteca regional ficara tão apinhada de gente, tão afogada pela quantidade de serviços que as bibliotecas agora deveriam prestar — não apenas livros e jornais, mas CDs e vídeos e DVDs e computadores com acesso à internet —, que mais parecia uma feira livre. *Não era à toa que a Starbucks tinha virado um sucesso*, pensou Miriam. Na Starbucks, pelo menos, sempre se achava um lugar para sentar.

Deixou Sascha, Jake e Adrien no setor infantil e incumbiu Sascha da responsabilidade de não tirar os olhos da baby, que era como Adrien ainda era chamada aos 3 anos. Sascha, de 12, revirou os olhos, irritada; mas seu mau humor adolescente não passava disso. As amigas invejavam-lhe a filha tão educada, tão séria, mas Miriam achava que Sascha era quase passiva demais. Por ela, seus filhos seriam guerreiros, rápidos em contestar as ordens dos adultos, inclusive as dela.

Jake era uma surpresa. Aos 8 anos, ainda era um enigma a ser decifrado, educado mas dissimulado, com um charme de vigarista, e Miriam desconfiava de que, conforme fosse ficando mais velho, a gaveta de roupas de baixo dele produziria tudo quanto era tipo de coisa proibida. E então vinha Adrien, uma bênção que recebera tarde na vida, seu erro predileto, um souvenir da Disney World. "Disney World?", suas amigas ficavam perguntando encantadas: "Como é possível? Levar duas crianças à Disney World, uma de 8 e outra de 4, e ainda ter cabeça para transar?" De fato, Adrien era motivo de orgulho o tempo todo. Não havia ninguém da família Rosen que não paparicasse Adrien, mas nem por isso ela era mimada. Ela absorvia o amor do jeito que um gatinho absorve os raios do sol enquanto tira uma soneca. Olhe para ela, sentada de pernas cruzadas aos pés de Sascha, folheando um livro ilustrado, absolutamente feliz. Ela era obediente sem ser virtuosa, doce sem ser melosa.

— Sascha?

— Quê? — a mocinha esticou o "e" final, por pouco atribuindo à palavra mais sílabas do que tinha.

— Fique de olho na Adrien — repetiu a mãe, e foi para a seção de CDs para ver o que havia disponível em termos de óperas.

A biblioteca pública de Baltimore era um pouco popular demais para o gosto de Miriam, com uma política de atender ao que o público queria, em vez de oferecer o tipo de informação que o público deveria querer, e por esse motivo as opções eram poucas. Mas Miriam jamais reclamara, talvez por sentir-se um tanto culpada por pegar emprestado CDs e baixar as músicas para o computador da sua casa, com a ajuda de Jake, e depois gravar os próprios CDs. Isso não era errado, não exatamente, mas também não estava certo: um desses crimes-da-classe-média-que-todos-cometem, como ultrapassar o limite de velocidade ou burlar o fisco.

Miriam estava grávida de Adrien quando começou a ouvir CDs de ópera em suas intermináveis rodadas como motorista dos dois filhos mais velhos. Sua esperança era a de que começaria a apreciar esse gênero musical ouvindo-o insistentemente. Ao se demitir do primeiro emprego no Homeless Persons

Representation Project, Miriam tentara fazer um curso de italiano em fitas cassete, mas faltara-lhe a necessária tenacidade. Talvez a música demandasse menos concentração, permitindo que sua mente vagasse ao acaso. Tal como um bebê no útero, os alto-falantes trombeteando Mozart na barriga bojuda, lá ia ela dirigindo seu Volvo, desejosa de que a música e as palavras estrangeiras a seduzissem.

Mas, até o momento, a única coisa que aprendera fora como muitos fragmentos de ópera passaram a fazer parte do cotidiano, como frases em outro idioma se tornaram tão familiares que já não eram consideradas estrangeiras. Miriam reconhecia a linha melódica de *Carmem* porque ela havia sido incorporada a episódios do seriado de TV *Gilligan's Island*, e conseguia cantarolar o famoso lamento de Pagliacci só por ter sido usado para apregoar as maravilhas do Rice Krispies quando ela era criança. Não, era Adrien que rumorejava acompanhando os acordes de *Madame Butterfly*, cujo rostinho se alegrava quando um comercial de carro incluía a conhecida sequência de notas musicais de *Lakmé*.

Puxa... que bom seria reaver a capacidade de absorção da mente das crianças e poder assimilar conhecimentos tão facilmente quanto elas aceitavam tomar aqueles comprimidos de vitamina só porque vinham com os Flintstones estampados no rótulo da embalagem. Jake passava por aquela fase em que queria saber sobre tudo, mas *tudo* mesmo, e usava seus conhecimentos de forma agressiva — e, por que não dizer, desagradável e malcriada — corrigindo Miriam até que ela perdesse a paciência e se zangasse com ele. Sascha, porém, estava começando a furtivamente tentar obter informações proibidas. E justamente por ser Sascha, isso significava um exemplar do ousado romance *O pequeno rincão de Deus* debaixo da cama. Realmente, a garota tinha arranjado um jeito bem estranho de tentar se rebelar.

Ah... e a abençoada Adrien! Ainda indiferente às coisas do mundo, disposta a aceitar que todos os mistérios lhe seriam revelados em breve. O que para Miriam estava bom. Seria meio cansativo passar pela fase das indagações pela terceira vez.

Escolhidos os CDs — *La Traviata* e *Manon Lescaut* — Miriam foi dar uma olhadela nas últimas aquisições da biblioteca, todas best-sellers, e também no que havia sobre a mesa de livros à venda, os da lista dos mais vendidos no ano anterior.

De volta à seção infantil, Miriam viu Sascha totalmente entretida lendo um conto de fadas, o resto do mundo absolutamente esquecido. Encostada numa estante, uma mecha de cabelo presa entre os lábios — uma bela imagem, apesar de estar mastigando os cabelos. Um hábito incompreensível da adolescência, que Miriam também tivera. Sentir o gosto do cabelo, separar as pontas duplas, cortar os fios, um a um, com os dentes, pelo único motivo de ser um direito só seu, porque se tratava do próprio cabelo e podia fazer com ele o que quisesse e... porque levava a mãe à loucura. Por um instante, Miriam viu Sascha exatamente como uma pessoa estranha o faria: em algum lugar entre a infância e a adolescência. *Fazemos de tudo para crescer* — recordou-se Miriam — *até que compreendemos que não há alternativa.* E é aí que dá vontade de diminuir o ritmo, esticar a infância, retornar às histórias mais singelas, às brincadeiras mais inocentes.

Ela levou um segundo para notar que Adrien não estava à vista.

— Sascha — chamou ela, a irritação crescendo pela filha ter-se descuidado da irmã —, onde está Adrien?

Sascha levantou os olhos, demorando alguns instantes para emergir do mundo da imaginação.

— Adrien? Ela está bem aqui, quero dizer, estava aqui. Será que está com Jake?

Talvez por estarem numa biblioteca, e talvez porque Miriam também adorava contos de fada, não lhe ocorreu nenhum outro sentimento além de impaciência.

Mas quando deu com Jake sozinho em um dos computadores da biblioteca — tentando acessar ilegalmente um programa, só para ver se conseguiria — entrou em pânico e sentiu uma forte pressão entre o estômago e o coração. *Para onde foi a baby?* Miriam, Sascha e Jake se dividiram na busca, indo cada qual para um lado. Adrien não estava na seção infantil, nem nos banheiros, nem quietinha no fim do corredor, que era uma área bem aconchegante. As mãos de Miriam começaram a tremer e foi preciso um autocontrole estupendo para não explodir de raiva com a primeira pessoa que visse. Sobretudo com Sascha e Jake, pelo descuido. E também com os funcionários da biblioteca, por fazerem daquele espaço uma feira livre caótica, em vez de um local de estudos, silencioso e soturno. E também com todas as famílias presentes ali, por terem a petulância de estar completas.

A bibliotecária do setor infantil conhecia a família Rosen muito bem e deu um aviso no só muito raramente usado sistema de alto-falantes: *Se alguém vir uma menininha de cabelos longos e encaracolados, vestindo camiseta verde e calças de xadrez cor-de-rosa, por favor levá-la ao Balcão de Informações.* Infelizmente, a voz amplificada mal podia ser ouvida com toda aquela algazarra. Passaram-se dez minutos, quinze, vinte. Miriam, cujas mãos tremiam como nunca, insistia em chamar a polícia, apesar de os funcionários dizerem que não havia necessidade, que volta e meia isso acontecia e que as crianças sempre — sempre — reapareciam.

— Nem sempre — disse um senhor mais velho. — Semana passada, na Califórnia... — Mas ninguém estava interessado no que ele tinha para falar.

Os policiais demoraram a aparecer. E ainda não haviam chegado quando Jake teve a ideia de procurar no subsolo, usado basicamente para depósito e para os encontros mensais do Conselho Diretor.

— Não há nada nenhuma reunião marcada lá embaixo hoje — interveio a bibliotecária do setor infantil — e geralmente o local fica fechado quando não está sendo usado.

Mas era algo para se fazer, uma forma de continuar as buscas, um jeito de calar as tristes vozes que povoavam a mente de Miriam, vozes que vaticinavam o fim da vida a que estava acostumada.

Miriam desceu as escadas de mãos dadas com Sascha e Jake. Enquanto isso, sua mente viu todas as suposições que imaginara para sua vida lhe serem arrebatadas. Vinte minutos atrás, se lhe indagassem sobre o que mais temia com relação aos filhos, teria dito que esperava que ficassem longe das drogas, que fossem poupados de qualquer ato de crueldade, que fossem aceitos em conceituadas universidades e que se casassem e fossem felizes para sempre.

Pressionada aos limites da imaginação, talvez tivesse vislumbrado o horror de um filho doente, ferido. Mas jamais um filho desaparecido e menos ainda... mas não se atrevia a dizer, nem para si própria. *Não faça isso comigo,* ordenou a Deus. *Não se atreva.* E se apavorou por não praticar a religião, por não levar Seders a sério, por se recusar em jejuar no Yom Kippur. Contudo, mesmo em profundo desespero, não poderia jurar que mudaria, que amaria a Deus mais e melhor se ele trouxesse sua filhinha de volta. Não tinha a menor intenção de fazer uma promessa que sabia que não ia cumprir.

— Mãe — disse Jake, com voz cautelosa. — Você está falando para dentro.

Ao pé da escada havia um vestíbulo. Miriam adiantou-se e colocou a palma da mão nas portas duplas diante deles, da mesma forma como as pessoas são instruídas a fazer em caso de incêndio. As portas estavam frias ao toque. Ela as puxou para si, mas houve alguma resistência. Pareciam trancadas. Mas Miriam puxou-as num tranco e a trava emperrada cedeu.

Tranquilamente sentada no chão num canto, Adrien folheava um livro ilustrado. Ao redor dela, quase formando um semicírculo, alguns livros espalhados.

— Baby — disse Miriam, correndo na direção da filha, os braços estendidos.

Adrien lançou-lhe um olhar de censura e permaneceu onde estava:

— *Não* baby! — reclamou.

— O que você está fazendo aqui embaixo? Como conseguiu chegar aqui? — Miriam abraçou a filhinha com tanta força pelos ombros que a menina só pôde responder depois de conseguir se desvencilhar dos braços da mãe que lhe comprimiam a boca.

— Moça disse.

— Que moça? Uma das bibliotecárias? — perguntou Miriam, apontando para alguns funcionários que desceram as escadas atrás deles.

Adrien olhou para eles com atenção e depois fez que não com a cabeça. Por causa dos longos caracóis de cabelo cor de âmbar e dos olhos verdes, estava acostumada a olhares de admiração, mas nunca antes vira tantas pessoas olhando para ela ao mesmo tempo. E parecia estar adorando.

— Foi 'bora — disse, ao mesmo tempo que estendia o bracinho rechonchudo. — Moça foi 'bora.

A polícia chegou quando os Rosen estavam recolhendo seus pertences. Miriam fez o boletim de ocorrência unicamente por se sentir envergonhada. Se não registrasse o ocorrido, então seria a mãe histérica que chamara a polícia por causa de nada. O boletim suscitava um cunho de verdade, de seriedade. Ela relatou ao policial que havia deixado o bebê sob os cuidados de Sascha — a ideia não era pôr a culpa na filha, disse para si mesma, e sim deixar registrado, no caso de nova ocorrência. Alguém havia seduzido a caçula para a sala no subsolo, provavelmente alguma velhinha meio maluca. Ainda assim, ela não desejava para nenhuma outra família a terrível experiência de pânico que acabara de vivenciar. E ainda restava solucionar o problema da porta destrancada, que parecia ser a grande preocupação dos funcionários, um problema bem maior do que o sumiço de Adrien.

— Desde ontem, depois da reunião do conselho, ninguém usou esse lugar — repetia a bibliotecária do setor infantil, sem parar. — E os conselheiros sempre foram muito cuidadosos com esse tipo de coisa.

— Tudo está bem quando termina bem — disse Miriam, sem medo de ser ridicularizada pelo uso do clichê. — Só quero a ocorrência registrada para o caso de acontecer de novo.

O jovem policial fitou Adrien por alguns segundos.

— A camiseta dela — perguntou — sempre esteve do lado avesso?

Só então Miriam reparou nas costuras, visíveis nos ombros da camiseta de mangas compridas que Adrien tinha insistido em vestir, apesar do calor que fazia. Lá estavam as costuras a máquina em linha verde cor de grama, que lembravam pequenos pontos cirúrgicos. As calças de xadrez cor-de-rosa estavam do lado certo e os cordões do tênis ainda exibiam os nós especiais em forma de orelhinhas de coelho, que eram uma marca registrada de Miriam. Olhando para o tênis, ficou feliz por ter inventado esse jeito bobinho de entrelaçar os cordões. Se os nós dos tênis ainda estavam lá, então as calças não tinham sido retiradas. E se as calças não tinham sido retiradas, bem... então Miriam podia esquecer o assunto.

Podia, mas não conseguiu. E quando lhe voltava à memória, era como se aquele dia fosse um nó numa linha de bordar. A agulha havia trespassado o tecido e a linha fora fixada no lugar por um nó bem forte e apertado como um punho fechado. Mas até que a agulha com a linha atravessasse de volta o tecido, finalizando o primeiro ponto, o desenho do bordado não surgiria. Havia apenas um nó, um início, escondido no avesso do tecido.

Sábado,
27 de junho

Capítulo 11

— Mãe, cadê o bebê? — Alice perguntou a Helen no café da manhã.

Em suas mãos, o caderno Estilos de Vida, do jornal *Beacon-Light,* apoiado no açucareiro, aberto na página dos quadrinhos e do horóscopo.

— O quê? — A voz de Helen soava aguda, seu tom matutino. — Que bebê? Do que você está falando?

— A cabeça da boneca, aquela que costumava ficar entre os saleiros de vidro. Acabei de notar que não está mais na prateleira.

Alice apontou o garfo cheio de ovo frito para a parede ao lado da janela da cozinha, onde prateleiras pintadas exibiam as coisas que Helen começara, e desistira, de colecionar, conforme os anos iam passando: saleiros, moedores de sal e pimenta, peças de vidro azul-cobalto.

— Ah... — Helen tinha o costume de tocar o próprio rosto, cabelo, pescoço. Não eram batidinhas de leve ou afagos de que as pessoas lançam mão como se com isso recolocassem as ideias nos devidos lugares, mas prolongadas pancadinhas com a ponta dos dedos. Helen repuxou a pele da testa para cima, desfazendo algumas rugas. — Cansei da boneca. Era muito... valiosa. Como no dia em que preguei o velho vestido de noiva na parede. Lembra-se? De um lado, o vestido de noiva, do outro, o vestidinho de festa preto.

Alice se lembrava. E recordava-se com mais nitidez ainda dos sapatos que Helen fixara com pregos na parede, abaixo desses vestidos: escarpim branco e escarpim preto. Os brancos foram presos com a sola contra a parede, um ao lado do outro, como deve ser. Os saltos agulha dos sapatos pretos foram espremidos contra a parede através das gáspeas, de modo que o fantasma que os usasse parecesse totalmente esticado. Houve uma época em que havia também um par de luvas pretas, fixadas com os dedos afastados, um gesto de mãos espalmadas que os cantores costumam fazer ao terminar uma canção. Helen contava para as visitas que se tratava de uma obra de arte intitulada *Madona versus Rameira, Parte I.* Desde aquela época, e embora tão novinha, com 7, 8 anos, Alice percebeu que jamais haveria uma Parte II.

— Agora que está todo mundo fazendo isso, perdeu a graça — disse Helen com um bocejo. Ela fora para a cama bem tarde, como era de hábito aos sábados e domingos, só descendo ao meio-dia no roupão de seda amarelo, garimpado na loja de roupas vintage Dreamland, anos atrás, no tempo em que as pessoas tinham medo de ir para aqueles lados de Baltimore. — Detesto ser maria vai com as outras, está sabendo?

Alice sabia muito bem. Esse era o tipo de coisa que a mãe sempre dizia sobre si mesma, das mais diferentes maneiras. O interesse de Helen Manning na própria personalidade era inesgotável. *Não funciono bem de manhã,* anunciava, como se tivesse acabado de descobrir a pólvora. *Jamais gostei de batata-doce. Simplesmente não consigo usar esse tom de verde.* Mas muita gente é assim. Alice era a bizarra por não achar que as próprias manias fossem interessantes. Na verdade, se por acaso tivesse alguma, nem mesmo ela sabia.

Ainda assim, sentia falta da cabeça da bonequinha. Tinha sido tão curioso vê-la sentadinha entre os saleiros da mãe. Era uma boneca como as de antigamente, com cílios imensos e lábios pintados de rosa com um pequeno buraco, onde se encaixava o bico de uma mamadeira. E mais: dependendo de como você segurava a boneca — conforme Helen explicara a Alice e suas amigas — o líquido da mamadeira escorreria pelos olhos ou pelo pipi da boneca. Por muito tempo, Alice presumiu que a cabeça era um dos brinquedos que a mãe havia guardado da infância. A casa delas era repleta de brinquedos antigos. Mas não era nada disso: apenas mais um objeto encontrado na feira de quinquilharias, comprado porque Helen achara a peça interessante.

— Alguma notícia no jornal? — Helen quis saber.

— Meu horóscopo avisa que todo mundo vai estar de olho em mim e que vou achar alguma coisa que estava perdida.

Um gesto mais afoito e a mão de Helen esbarrou na própria xícara de café, que não tombou, mas salpicou um bocado do líquido sobre a mesa de fórmica. Automaticamente, Alice se levantou, pegou uma esponja na pia e secou tudo antes que as beiradas do jornal se molhassem. Quando era criança, achava essa mesa uma vergonha, embora sua amiga Wendy insistisse em dizer que, para ela, não só a mesa, mas toda a cozinha, era um charme. "Lembra a decoração dos restaurantes The Silver Diner", dissera em tom de aprovação, enquanto examinava o açucareiro fora de moda, as placas de estanho coloridas anunciando sabores de sorvete, até os já esquecidos, como Heavenly Hash e Holiday Pudding.

Quanto à sala de jantar, não teve a aprovação nem de Wendy nem de Alice. A mobília era espalhafatosa e desconfortável, coisas que os avós não queriam mais. As paredes foram, propositalmente, mantidas num tom claro sem graça e meio lúgubre, para servir de vitrine para as *verdadeiras* obras de arte de Helen. Palavras dela própria. Eram quadros a óleo bem coloridos, com pinturas de animais executando tarefas domésticas. Um cão preparava o café da manhã; uma raposa passava aspirador na casa; um pato trocava a fralda de um patinho. Caso alguma visita perguntasse sobre os quadros, a resposta era sempre que eram ideias para um livro infantil que ela ainda não tivera tempo de escrever. Alice estava contente pelo livro nunca ter saído, porque as pinturas metiam medo nela. Não havia assim uma explicação concreta para esse temor. Vai ver era porque os animais não transmitiam felicidade; apenas se ocupavam de seus trabalhos. E também não havia nem um detalhe que os fizesse mais humanos: nem roupa nem boné. Por exemplo, Alice achava que a raposa deveria estar de avental, bem enfeitado com babados, e o cachorro bem que merecia um chapéu alto de cozinheiro.

— Mas você não entende — argumentava Helen, quando Alice tentava explicar por que as pinturas a incomodavam. — Minha intenção não é *endeusar* os trabalhos domésticos. Não quero que fiquem bonitos. Se vestisse os animais, o resultado seriam pinturas mais simpáticas, mais fáceis de serem aceitas.

Mas não dá para esquecer que o patinho usava fraldas, ruminou Alice, pois sabia que se fizesse o comentário em voz alta, a mãe responderia que a filha estava sendo radical demais. E essa era a principal reclamação que tinha de Alice. "Você só consegue ver o lado concreto das coisas", Helen havia protestado em certa ocasião. Alice não entendia muito bem o que a mãe queria dizer com isso, mas era inevitável imaginar-se como uma grande idiota, a cabeça quadradona e dura como um paralelepípedo.

— Se for ler o jornal — disse Helen, enquanto inspecionava as mangas do roupão para ver se havia respingos de café —, você deveria ir direto para os classificados. Está em casa há dois meses e ainda não arranjou trabalho.

— Tenho ido aos lugares pessoalmente. Fui ao shopping Westview à procura de emprego. Você me disse que eu tinha de arrumar trabalho, lembra?

— Que tipo de emprego estava procurando no Westview?

— Em lojas de roupas.

— Esses são difíceis de conseguir.

Difícil para uma garota gorda, pensou Alice, mas não abriu a boca.

— Não consigo entender por que você não tenta em lanchonetes. Há dúzias delas só na Rota 40 e daria para ir a pé para a maioria, ou de ônibus.

— Já disse que estou procurando.

— Mas até agora nada! E olha que eles estão sempre contratando...

— Se pudesse escolher, gostaria de algo diferente dessas lanchonetes.

— Por quê?

Alice ficou imaginando um motivo que a mãe pudesse aceitar.

— Não aprovo o que andam fazendo.

— Fazendo de errado?

— É, estão destruindo as florestas tropicais.

— Ora... isso não tem nada a ver. Sou professora municipal e não dou a mínima para o que as escolas de Baltimore fazem quando não estamos em aula. As pessoas têm de trabalhar, baby.

— Você nem *come* nessas lanchonetes...

— Isso é verdade. — A mão de Helen correu até o quadril esguio e fingiu dar um beliscão. — Mas você come! E se você come fast-food, então não dá para usar a destruição das florestas como desculpa para não trabalhar lá. Não há nada de errado em trabalhar no McDonald's até encontrar algo melhor.

— Mas aí quando é que vou arranjar tempo para conseguir algo melhor se passo os dias atrás de uma frigideira?

Helen não respondeu. Havia escapado de volta para os silêncios matutinos, as próprias fantasias. As palavras de Alice quase sempre pareciam alcançar Helen com atraso de alguns segundos, como naqueles programas ao vivo pelo rádio em que a fala dos entrevistados não são em tempo real, para dar tempo de cortar as obscenidades, os palavrões. Minutos se passariam e Helen de repente responderia à pergunta que Alice já havia esquecido qual era.

Mas quando Helen voltou a falar nesta manhã, ficou evidente que havia entendido direitinho cada palavra de Alice.

— Encontrei por acaso a mãe de Ronnie Fuller, no Giant. Ela me contou que Ronnie conseguiu um emprego.

A mãe de Ronnie Fuller... Alice tentou se lembrar da mulher pálida e esquálida que sempre fora uma presença fantasmagórica na casa. Alice se lembrava melhor do pai e dos irmãos. Ela sempre teve a impressão de que Matthew, o mais novo dos irmãos mais velhos de Ronnie, tinha uma quedinha por ela. Ele implicava demais, ora puxando as tranças do cabelo dela, ora dando uns murros nela.

— Ah, é?

— No Bagel Barn.

— Eu não ia gostar de trabalhar naquele lugar.

— Ninguém gosta de trabalhar lá. Mas o Bagel Barn fica perto do Westview. Alice... o que você estava fazendo de verdade no Westview?

— Procurando emprego.

— Diga-me o nome do lugar em que entregou uma ficha de solicitação de emprego.

— The Safeway.

— O The Safeway fica no Ingleside.

— Comecei no Ingleside e depois fui para o Westview, do outro lado da rua.

— O The Safeway é sindicalizado. Eles nem mesmo deixariam você entregar pedido algum.

— Sei disso. Eu *perguntei*. E pedi para preencher uma ficha de emprego, mas eles disseram não. Mas de qualquer forma, isso conta.

— Alice...

— Verdade. Fui também à CVS e a Rite Aid. Não tenho nenhuma experiência e ninguém está contratando. A não ser as lojas de conveniência e você disse que não posso trabalhar lá porque poderiam me mandar para o turno da noite.

— *Alice.* — Helen segurou o punho da filha. Nada de agradinhos para Alice, não nessas circunstâncias.

— Não estou fazendo *nada*. — Mas como parecia estar na defensiva, resolveu se corrigir: — O que estou dizendo é que não estou fazendo nada que não deveria fazer.

— Alice, baby. Baby, baby, baby.

Essas palavras soaram ridiculamente, agora que Alice estava tão alta quanto a mãe e, no mínimo, 20 quilos mais gorda.

— Você tem de esquecer o passado, baby.

— Sei disso.

— Não dá para desfazer o que foi feito, baby.

— Eu sei.

— O que passou, passou, baby.

— Estou sabendo.

— Estou arrependida de ter aberto a boca. Você me pergunta, eu respondo. Eu digo a verdade. Sempre fui assim. Talvez isso faça de mim uma mãe ruim. Mas você tem que parar de pensar nisso. Esquecer *tudo*.

— Eu sei...

— *Amo* você, baby.

— Eu sei.

Alice se deu conta de que parecia que as duas estavam cantando juntas uma das antigas músicas cadenciadas dos negros, bem populares nos anos 1940, que sua mãe gostava de ouvir tarde da noite, sentada na sala escura, com um copo de bebida e um cigarro. Alice não deveria saber a respeito do cigarro, mas não havia como não saber, pois toda vez ela acordava com a música, ia pé ante pé para o topo da escada e ficava lá escutando. Sabia que fumar era ruim, muito ruim. Desde o primeiro ano da escola isso era ensinado aos alunos. Mas não podia ficar zangada com a mãe por causa daqueles cigarros no meio da noite, nem mesmo quando afinal descobriu que a mãe estava fumando maconha, que era bem pior do que tabaco. As freiras da escola recomendavam que você deveria chamar a polícia se seus pais estivessem se drogando, ou então que conversassem com o padre. Mas esses expedientes não agradavam a Alice.

— Estou mesmo procurando emprego. Tá, tá bem... talvez não com tanto empenho quanto deveria. É que... é meu primeiro verão, meu primeiro verão de verdade depois de tanto tempo. Quero me divertir um pouco.

Sentiu-se culpada por explorar o sentimento de culpa da mãe. Era fácil demais. E além de tudo, não queria malbaratar seus poderes por aí, nem desejava desperdiçá-los com ninharias. O temperamento dela sempre fora de poupar — o que Helen chamava de "amealhar" — o tipo de criança que depositava os pequeninos cheques que ganhava de Natal e de aniversário até que aquelas quantias irrisórias virassem um valor, vamos dizer, médio. E poupava para coisas que a mãe achava ridículas, que Helen jamais compraria para a filha, mesmo que fossem baratas. "Prefiro ter um par de sapatos italianos de primeira a vinte pares vagabundos que vocês chamam de estilosos." Na verdade, Helen sempre foi conhecida como consumidora dos dois tipos. "Mas sou adulta", reafirmava a mãe, para que Alice não se esquecesse. "Meus pés pararam de crescer."

Alice precisava de dinheiro para comprar coisas que sabia que poderiam transformar a si mesma. O que mais ela almejava era ser popular e — devagarzinho, bem devagarzinho — vinha inventando essa garota. Uma moça que morava numa casa estranha, mesmo; com uma mãe também estranha, mesmo; mas também alguém que era legal o bastante para ser amiga de uma pessoa como Wendy. O modo de Helen encarar a vida, com um desprezo arrogante pelas coisas que jamais poderia possuir, não tinha nada a ver com a visão de Alice, que preferia mais ser uma estrelinha minúscula numa importante constelação a ser um sol solitário sem grande expressão, num sistema solar inferior. E isso era tudo de que se lembrava das aulas de astronomia do curso secundário na Middlebrook. O sol deles era mediano, medíocre.

Mas ela se sentia muito mal por ter esse tipo de pensamento com relação à mãe. Alguém que não precisava ter se tornado mãe, mas que, de coração aberto, optou por dar à luz Alice. Helen sempre fora bastante franca com a filha, em se tratando de sua concepção: explicou que se apaixonara por alguém, que eles se precipitaram e que logo em seguida descobriu que estava grávida e que o pai da criança havia morrido num acidente de carro. "Igualzinho ao que aconteceu com o pai do presidente", disse, referindo-se ao ex-presidente, o que estava no cargo quando Alice fora levada embora. O pai dele também havia morrido antes de ele nascer. E o pai dele era assim meio farrista, também. Helen não havia feito a conexão, mas Alice entendeu o que estava por trás: um bom pai não morre num acidente de carro antes de o filho nascer. Isso só acontece com pais que andavam fazendo coisas erradas.

— Sabe o que diz o horóscopo, mãe? "Aquário: momento de ver o mundo com novos olhos. Seja amiga para ter uma amiga. Ascendentes: Virgem e Peixes."

— Um bocado de olhos nos horóscopos para hoje...

— Sabe onde está aquele bebê?

— O quê?

— A cabeça da boneca. Você guardou no porão ou no sótão?

— Puxa... não sei, baby. Para que você quer aquela velharia?

— Não sei — respondeu Alice. — Sinto falta. Gosto quando as coisas ficam do mesmo jeito.

— Bem... mas não é assim que acontece, baby. Isso posso lhe garantir. As coisas nunca permanecem iguais para sempre.

Capítulo 12

O último cliente do dia do Bagel Barn era uma... tamborileira. A mulher se curvou para a frente, de modo que os olhos ficaram na mesma altura das cestas de bagels, pães em formato de rosca, e bateu com o dedo indicador no vidro da vitrine. O ruído percutiu igual ao som de uma criança batendo na mesma tecla de um piano: plim plim plim. As unhas — as tamborileiras em geral vão à manicure — estavam pintadas com esmalte claro e eram bem curtas. Ao vê-las, Ronnie se perguntou por que alguém pagaria para ter as unhas cortadas rentes ao sabugo.

— Quero dois de gergelim. Não! Três de gergelim, dois de papoula. — Toc, toc, toc. — Os de semente de girassol são gostosos? Não? Sim? Então, quatro simples, dois de tomate seco. — Toc, toc, toc. — Quantos até agora?

— Onze — respondeu Ronnie.

— Você vende 13 pelo preço da dúzia?

— Não, não posso não.

— Todo mundo faz.

Ronnie deu de ombros, meio perplexa. Trocou olhares com Clarice, a gerente de sábado, que tentou compartilhar um sorriso com ela. Mas Ronnie tinha medo de fazer qualquer movimento com o rosto. O'lene, que trabalhava na cozinha, esfregou os quadris contra os dela ao passar, atarefada, fechando a loja, e Ronnie retribuiu-lhe a brincadeira com um leve esbarrão.

— Vocês estão quase fechando... — choramingou a tamborileira. — Vão acabar jogando fora todos esses aí que estão sobrando.

— Não posso, senhora. Sinto muito.

A mulher continuava a bater no vidro. Dava a impressão de que o som fazia parte de suas lucubrações, como se os tic tic que saíam das pontas de seus dedos fossem o dínamo que botava a cabeça para funcionar.

Clientes que apareciam quase na hora de fechar eram bem comuns aos sábados e sempre se espantavam por a loja estar fechando às 15 horas. Nos demais dias, o turno de Ronnie terminava sem ninguém parado ali, reclamando; mas aos sábados a história era outra. Sempre surgia alguém, em geral uma mulher estressada e desmiolada.

Por tudo isso — apesar do mísero salário e do horário de expediente — Ronnie gostava de trabalhar no Barn. Nos dias de semana, assim que terminava o corre-corre das primeiras horas, era tudo tranquilo, quase sempre vazio, e os poucos clientes, além de não ser exigentes, davam a impressão de ter tempo de sobra para puxar uma cadeira e ficar olhando pela janela, esperando o café de suas xícaras esfriarem. Ela trabalhava no caixa e seu salário era menor do que o do pessoal da cozinha, mas ela preferia assim mesmo, pois detestava a ideia de tocar a comida dos outros, porque não suportaria que alguém tocasse a sua. Às vezes, olhando por sobre os ombros, via Clarice apoiar a palma da mão no dorso da faca serrilhada e cortar um dos bagels cheios de recheio. Os tomates, tão suculentos nessa época do ano, escorriam pelas laterais, deixando manchas de vermelho e pequeninas sementes na tábua de cortar pão. A visão a deixava nauseada. Nem tanto pela lambança do tomate, mas pelas mãos negras-e-brancas de Clarice sobre o bagel, espremendo vida lá de dentro. Quando Ronnie sentia fome, comia um com recheio doce, inteiro, como se fosse um biscoito.

A melhor coisa, na opinião de Ronnie, era o cardápio limitado. O Bagel Barn compreendia que sua vocação era vender bagel e não tentava ser nada além disso. Depois das 11 da manhã, serviam-se sanduíches — ou sanduítes, como Clarice os chamava por causa da maior ou menor dificuldade para articular as palavras, dependendo de como sua dentadura estava encaixada — que também eram preparados nos bagels. Havia o de pizza aberta, acompanhado de molho de tomate e queijo, igualmente feito num bagel.

Apesar disso, havia uns e outros que queriam ser tratados como exceções à regra e que pediam coisas que não poderiam ter. *Pode fazer no pão integral?* Não. *Tem pão francês?* Não. *Vocês têm focaccia?* Ronnie nem sabia do que se tratava. *Tem café com leite?* Não, não, não, ela responderia com toda a educação, fazendo um esforço danado para não demonstrar o prazer que sentia ao dizer a palavra não. E também não compreendia de onde essa gente tirava a ideia de que poderia ter coisas que não estavam no cardápio. Justamente no cardápio que, para ela, era uma espécie de lei e devia ser respeitado. É... respeitado sim, do mesmo jeito que se respeitam os limites de velocidade e que se cata o cocô do cachorro. Se alérgicos aos produtos vendidos ali, que fossem a outro lugar. O cardápio deveria ser... qual é mesmo a palavra? Aquela que vem impressa nos cheques de mentira que os pais recebiam pelo correio, cujo propósito era provar como seria a vida se ganhassem 1 milhão de dólares nas corridas de cavalo. Isso! *Não negociáveis.* E não negociável era também o "Estou te perguntando alguma coisa?" que o pai de Ronnie gritava de volta quando os filhos reclamavam que queriam comida diferente da que estava na mesa: "Estou te perguntando alguma coisa?"

Ronnie jamais gritaria com um cliente, é claro. Os donos, que viviam dando incertas, teriam-na demitido na hora, se alguém reclamasse que ela fora mal-educada ou que faltara ao respeito. Mas ela tinha uma aliada, Clarice, que também detestava gente que esperava receber tratamento diferenciado. Especialmente mulheres brancas da classe média como essa, que só entravam na loja por ter passado em frente, a caminho de não-sei-onde. Mulheres sempre apressadas, invariavelmente querendo algo especial. Clarice odiava os brancos. Ponto final.

Mas isso causava espanto, já que Clarice era mais para branca do que para negra. Nascera negra, mas a cor fora desbotando, desbotando, deixando para trás manchas marrom-claras e outras mais escuras no pescoço e no rosto com ar de assombração. Ao que tudo indicava, tinha a doença que Michael Jackson fingia ter. E Clarice também odiava Michael Jackson. Ela confessara a Ronnie que não gostava de brancos em termos gerais e de alguns negros em particular. E como achava que era assim que todos pensavam, não estava sendo preconceituosa. Em tese, odeiam-se — como um todo — as pessoas que são diferentes de você; e o ódio às pessoas iguais é dirigido a alguém em particular. E, acrescentava Clarice: "Mas só estou falando sobre pessoas que estão do outro lado do balcão. E em especial sobre as mulheres. Os homens são ok, pelo menos os que passam por aqui. Eu trabalhava no North Side Bagel Barn, perto dos grandes colégios, e lá ninguém prestava. Aos sábados era um inferno."

Os sábados eram devagar neste Bagel Barn. Ronnie desconfiava de que nos fins de semana os potenciais fregueses tinham mais tempo e iam a locais mais afastados, a restaurantes mais sofisticados e com cardápios variados. Mas não havia nada de errado se a loja ficasse às moscas, muito pelo contrário. Clarice permitia que ela e O'lene começassem a se preparar para fechar mais cedo, de modo que estivessem prontas para sair assim que a porta fosse trancada. Ela também as deixava levar para casa os bagels que sobravam, muito embora a família Fuller não fosse fã desses pães. Mesmo assim, Ronnie adorava levar uma sacola plástica carregada deles, que iam direto para o freezer. Ela se sentia um pouco igual ao pai, carregando para casa pacotes de refrigerantes no fim de semana: ora embalagens incompletas de meia dúzia, ora refrigerantes de sabores que tinham pouca saída, como o Mr. PiBB.

Ronnie estava ocupada montando a sacola de bagels para levar para casa quando a tamborileira abriu a porta com tamanha disposição que o alarme pareceu ter tocado mais notas do que costumava. A mulher usava roupas de ginástica — sempre um mau sinal — e carregava as chaves do carro escondidas dentro da mão. Outro indício ruim. Ronnie, curvada sobre as caixas escolhendo o que ia levar para casa, procurou os olhos de Clarice, que respondeu com um sinal positivo. Era o código para alguém que pretendia receber tratamento especial e que iria reclamar se um item do cardápio tivesse acabado, pouco importando se faltassem apenas uns 15 minutos para fecharem. Foi uma verdadeira agonia fazer com que a mulher escolhesse os sabores de duas dúzias de bagels. Assim que Ronnie terminou de fazer o embrulho, a tamborileira fez um movimento brusco, surpreendida, talvez, pelos próprios pensamentos:

— Não vou ter tempo para passar no supermercado, então acho melhor comprar as pastinhas aqui mesmo.

— Elas estão no refrigerador, ali do outro lado — respondeu Ronnie, levando as duas sacolas para o caixa. — Fique à vontade. Pode se servir.

A mulher pareceu confusa e olhou ao redor, como se a geladeira fosse um objeto difícil de ser encontrado. Ao localizá-la, foi correndo até lá, dando a impressão de que cada minuto contava. Empurrou os bagels pré-preparados para o lado, bagunçando a arrumação cuidadosa que Ronnie acabara de dar, e até deixando cair um ou dois no chão, os quais recolocou nos lugares errados.

— Mas preciso da... como se chama mesmo? Aquela especial?

— Pasta de salmão? — arriscou Ronnie.

— Não, não é essa não.

— Tomates secos?

— Não! — A mulher estava a ponto de perder a paciência por Ronnie não ser capaz de adivinhar o sabor da pastinha que queria.

— Alcachofra com parmesão?

— Isso! Isso mesmo. — E voltou para o balcão, carregando um normal e um vegetariano. — Você tem dessas?

— Posso fazer para você — interveio Clarice, usando uma voz tão doce quanto uma torta de frutas, som que Ronnie reconhecia como o reservado para pessoas que ela detestava. — A senhora pode ver se não há nada mais de que precise enquanto preparo essas pastas?

Clarice pesou e colocou preço na pasta de alcachofra com parmesão. A mulher recomeçou a tamborilar no balcão, o que dessa vez significava que levaria mais uma dúzia. Quando Ronnie a examinou através do vidro, ela parecia ter uns 30 anos, com legging e top colados ao corpo. De perto, porém, a história era outra. O rosto, embora surpreendentemente liso, mostrava cansaço e flacidez. O pescoço esquelético era enfeitado de rugas. E com a cabeça inclinada para a frente, Ronnie podia ver as raízes grisalhas no cabelo tingido de cor de chocolate. Ela devia ter uns 45 anos, talvez 50.

Finalmente, com o pedido em ordem, a mulher começou a vasculhar a bolsa à cata da carteira. Uma procura interminável devido ao tamanho descomunal da sacola de lona. Quando a carteira afinal apareceu, não havia dinheiro lá dentro.

— Oh, meu Deus! — disse ela. — Esqueci de apanhar dinheiro! Posso passar um cheque?

Ronnie deu uma olhada para Clarice. Essa era uma das poucas áreas em que a gerente é quem tomava a decisão. Via de regra, o Bagel Barn não aceitava cheques, mas Clarice tinha autoridade para abrir exceções.

— *Qual é o problema?* — indagou a mulher ao perceber que Ronnie estava ganhando tempo para responder.

Qual é o problema? Era exatamente isso que as pessoas diziam quando pretendiam receber um tratamento diferenciado. *Qual é o problema? O que você tem a ver com isso?* O problema, Ronnie gostaria de poder lhes dizer, é que regras são regras e a pessoa tem de respeitá-las, senão o mundo vira uma doideira e todos enlouquecem juntos. Ronnie havia discutido esse assunto com a sua médica lá em Shechter. "Às vezes pode-se violar uma regra por um *motivo*", a médica lhe dissera. "Mas o motivo não pode ser 'Porque eu quis'. É isso que chamamos de ética, Ronnie. Em certas circunstâncias, ignorar uma regra porque julga que se segui-la você causaria um mal é a coisa ética a fazer. O resto não passa de desculpa, mera racionalização."

— A senhora tem cartão para saques em caixa automático? — indagou Clarice. A mulher fez que sim. — Há um caixa automático bem atrás da senhora. Pode sacar dinheiro ali.

— Mas eles cobram tanto... 2 dólares num saque de 20 dólares. É um roubo. Sempre passo cheque.

Ronnie ficou observando a sacola de lona da mulher, que tinha alças e debruns em couro, olhou também os anéis naquelas mãos finas e a munhequeira para jogar tênis. Ela sabia que Clarice havia notado os mesmos detalhes. Os 2 dólares da taxa não lhe fariam falta. O problema era que a tamborileira era do tipo encrenqueira, que não pensaria duas vezes em ligar para os donos da loja e criar problemas. Nos três segundos que Clarice ponderou sobre o que deveria fazer, a mulher empurrou com impaciência a carteira para Ronnie, abrindo-a para mostrar a carteira de motorista.

— Tenho identidade. Pode ver? Tenho identidade. Ou você acha que passo as tardes de sábado assinando cheques voadores de 20 dólares?

Na foto da carteira a mulher usava outro penteado: um penteado que Ronnie conhecia. E havia um nome: um nome que Ronnie conhecia. Sandra Hess. Mãe de Maddy. Até o endereço era conhecido, embora Ronnie nunca tivesse ido à casa dela. Mas sabia os nomes das ruas em que moravam as meninas ricas do St. William. A mãe de Maddy! Deveria tê-la reconhecido pelos olhos malévolos, pela voz impostada.

— Você é uma mentirosa! — O pensamento escapou-lhe dos lábios, sem querer, alto e em bom som.

— O quê? *Quê?*

Clarice interveio:

— Claro que aceitamos seu cheque, senhora. Apenas faça-o nominal ao Bagel Barn e por favor anote seu telefone no verso.

— Posso fazer por um pouco mais? — Sandra Hess pediu, interessada, e Ronnie entendeu que a mulher estava querendo tirar proveito por causa do que havia dito.

Agora a mulher era a dona da situação. Bem provável que nem precisasse de dinheiro, mas obrigaria as atendentes a dar-lhe tratamento especial porque era assim que mulheres como a mãe de Maddy agiam. Clarice aceitou e a mulher fez o cheque com 20 dólares a mais do que o valor total das compras.

Ronnie entregou-lhe as sacolas.

— Pode me dar uns sacos extras para freezer?

Claro! Nas circunstâncias ela podia tudo.

— Você tem maiores do que este, com alças?

Claro que sim.

Quando finalmente ficou satisfeita e dirigia-se para a saída, Ronnie chamou por ela:

— Mande um oi para Maddy.

A mulher se virou, instintivamente cortês, evidentemente feliz pela simples menção do nome da filha. Mas seu queixo caiu ao mirar longa e duramente o rosto de Ronnie. E assim, de costas, saiu porta afora. Já no estacionamento, praticamente correu para o carro, um sedã prata cintilante, e partiu toda espavorida, como alguém que imagina estar sendo perseguido.

— O que foi aquilo? — indagou Clarice, trancando a porta, embora ainda fossem 13h55.

— Fiz o primário com a filha dela. A garota era uma imbecil e a mãe, uma puta. É... as coisas não mudam nunca.

— Mas por que você a chamou de mentirosa?

Ronnie odiou a si mesmo por mentir de um jeito tão natural. Ah... como era fácil enganar Clarice.

— Pude ver os cantinhos de algumas notas na carteira dela. Estava cheia de dinheiro. Me perdoe. Não vou fazer de novo.

— Você tem de aprender a guardar esses comentários para você — disse Clarice, preocupada com a outra. — Estava pensando coisas bem piores da mulher, mas não falei nada.

O desejo de Ronnie era contar toda a verdade para Clarice, a história toda. De como a mãe de Maddy aparecera na televisão dando entrevistas depois que Alice e ela foram presas e condenadas. E de como aquela mulher havia dito toda sorte de mentiras sobre o que se passara naquele dia, de forma que ninguém pudesse suspeitar que tivesse sido culpa dela. Ela afirmara que as meninas saíram da festa sem sua permissão, que as duas juraram que tinham uma carona. Mentira, mentira, mentira. Mas ninguém foi atrás da mãe de Maddy. Ninguém a botou atrás das grades por não dizer a verdade. Pelo menos Alice não escapou impune às mentiras dela. O mundo estava cheio de mentirosos.

No entanto, Ronnie também precisava mentir, para se dar bem. Sua médica lhe havia dito que não tinha nada de errado, que ela não estava condenada a entregar ao mundo a história de sua vida, que existiam as mentiras de omissão e mentiras de ação — do mesmo jeito que os pecados — e as do primeiro tipo eram toleráveis. No momento, porém, sentia ganas de contar tudo. Ela queria que alguém, que uma pessoa qualquer tomasse o seu partido. Ela não conseguiria dizer a verdade a Clarice sobre a mãe de Maddy, sem lhe contar tudo; mas aí Clarice nunca mais a apoiaria, no que quer que fosse.

CAPÍTULO 13

Cynthia Barnes ia dirigindo pela Nottingham Road, a caminho de casa. Quase todos os dias pegava essa rua, com a justificativa de que era o caminho mais curto, muito embora tivesse vivido muito tempo na vizinhança sem nunca ter usado esse trajeto. Agora parecia o atalho perfeito para qualquer lugar que pudesse ser acessado via Nottingham. Por exemplo, caso Warren quisesse comida chinesa, então ela alegaria que o delivery decadente da Ingleside era sem dúvida superior ao ex-favorito — porque ficava na Rota 40. Cynthia chegou ao ponto de dizer a Warren que preferia o arroz com camarão do Wung Fong, embora o cobrisse com tanta mostarda que os olhos ficavam cheios de lágrimas ao comê-lo. Só os biscoitos da sorte eram mesmo gostosos, e suas mensagens vinham carregadas de um certo mau humor antiguinho que faltava às mais atuais.

Nesse dia específico, voltava para casa depois de ter ido visitar a irmã, Sylvia, num bairro residencial ali perto. Seguira por aquele trecho estranho da rodovia que acabava de repente nos limites do Leakin Park, e isso porque a construção da estrada fora interrompida anos atrás por insistência dos ambientalistas. Uma rodovia que não dava em lugar nenhum. E eram duas dessas em Baltimore. Os que militavam a favor da interrupção da construção sustentavam que o parque era um ecossistema muito rico, o hábitat de veados e outros animais selvagens no coração da cidade. A fama do Leakin Park como lugar de desova de cadáveres fora temporariamente esquecida, a construção suspensa e o parque se tornara uma floresta urbana verdejante. Curioso como as pessoas passavam a acreditar em determinadas coisas de forma tão rápida e tão intensa.

"Cuidado com seus desejos", era uma das mensagens de alerta num dos biscoitos da sorte do Wung Fong. E não é que a população de veados, todos aqueles graciosos Bambis cujas fotos foram imprescindíveis para bloquear a construção da estrada, estava fora de controle e invadia os jardins nos bairros mais próximos? Causa e efeito, ponderou Cynthia, causa e efeito. Poucas eram as pessoas com paciência ou com rigor para raciocinar de forma abrangente. Salvem o parque, salvem os veados; e agora os veados faziam a maior bagunça nos jardins das residências e a questão da rodovia que cortaria a cidade no sentido leste-oeste permanecia em aberto. Satisfeitos agora? Está todo mundo contente?

Mesmo que sua vida tivesse correspondido ao destino que ela e todos os que a conheciam presumiam que lhe pertencesse por direito, Cynthia teria sido cética a respeito das paixões que orientavam as políticas públicas. Seu trabalho no governo municipal lhe deixara com pouco ou quase nenhum respeito pelas pessoas. Conforme costumava explicar a Warren, conseguia ver todos os lados de um problema e a coisa mais importante que percebia era que ninguém estava certo a respeito de nada.

Veja os impostos, por exemplo. O povo é tão facilmente ludibriado nessa questão. O imposto de renda e o predial eram as vacas sagradas no governo do estado de Maryland. Os políticos não tocavam neles nas épocas de crise e apenas fingiam reduzi-los nas fases de fartura, propagando o sofrimento das formas menos visíveis: aprovando leis que davam ao governo o direito de se intrometer em tudo, de aluguel de fitas de vídeo a licenças de construção e a fast-food. Quando se sentava no fundo do salão da Câmara Municipal ouvindo o infeliz do dia — era assim que chamava os eleitores — falar arrastado sobre o sofrimento causado por alguns impostos e exortando a prefeitura a cortar despesas, tinha de se segurar para não cair na gargalhada. Gostaria de segui-los até a rua e lhes perguntar o que fariam se alguém decidisse cortar o orçamento doméstico deles em 10 por cento ou 20 por cento durante um ano. Ninguém quer menos na vida. Todo mundo quer ter hoje o que tinha ontem e mais alguma coisa.

Cynthia pôde largar o emprego de oitenta-mil-dólares-ao-ano sem o menor estresse, porque os honorários de Warren só faziam subir, subir, subir. Advogado civilista, assumira a defesa de clientes negros que haviam perdido várias causas coletivas: tinta à base de chumbo, tabaco, asbestos. Agora estava numa batalha judicial envolvendo telefones celulares. O dinheiro não parava de entrar, e Cynthia já não sabia o que fazer com tanta grana, a não ser ver sua fortuna se acumular.

A cidade mudou e um novo prefeito foi eleito. Mesmo no caso de Cynthia querer voltar a trabalhar, agora já não havia vaga para ela. Pelo menos era isso que dizia a si mesma. E foi assim, ao sabor dos pensamentos, que acabou entrando na Security Boulevard e depois na Cook's Lane e, subindo a Nottingham, passou em frente da casa em que Alice Manning morava com a mãe.

Cynthia avistou primeiro a mulher de biquíni. À primeira vista, era magra e jovial, mas, olhando melhor, a idade se revelava numa pequena prega de carne na altura do estômago — detalhe perturbador para a maioria das mulheres de meia-idade — na canga amarrada na cintura, com toda certeza para esconder pernas não tão perfeitas, e aquela flacidez que se tornou aparente quando a mulher levantou o braço para cobrir o sol que lhe cegava os olhos que miravam a distância, na direção da esquina, de onde vinha caminhando uma mulher loura e gorda.

Loura e gorda. Cynthia precisou de um tempo para ligar esse vulto com a imagem que guardara na mente: uma menininha branca, quieta, de olhos arregalados e lábios imóveis, parecendo mais espantada do que qualquer outra coisa. Com uma guinada, deu meia-volta, olhando de relance para o banco traseiro para ver se o movimento brusco do carro acordara Rosalind, e passou de volta pela Nottingham.

Então essa era Alice Manning aos 18 anos! Gorda, sem graça e mais branca impossível, embora os braços tivessem uma coloração rosada, talvez o começo, ou o fim, de uma séria queimadura de sol. Esses pontos negativos, que deveriam ter agradado a Cynthia, apenas a deixaram mais zangada. Porque gordura era manifestação de vida, prova de algo que continuava latente, crescendo e, quem sabe, prosperando, por menos atraente que fosse.

Eu poderia matá-la, pensou Cynthia. *Poderia virar o volante para a esquerda e matar as duas.* Claro que levantaria suspeitas, mas as autoridades judiciárias que se virassem para provar que não tinha sido acidental. Elas que provassem que houvera dolo. Aliás, a existência de ambiguidade de intenção fora crucial no processo de Olivia. E mais, Warren conseguiria para ela o melhor advogado criminalista da cidade, se é que chegaria a esse ponto. Cynthia poderia apostar como a sentença dos jurados seria a liberação da acusada por falta de provas.

Mas Rosalind estava no banco traseiro, de modo que Cynthia dirigiu devagar, com os olhos fixos em Helen Manning. Como seria para uma mulher bonita ter um filho feio? Será que uma mulher atraente algum dia se conformaria em ter um filho cujo rosto não era um convite a beijos e a olhares carinhosos? É claro que ela sabia a resposta para essas perguntas.

O pensamento veio e se foi tão depressa que ela poderia fingir que jamais lhe havia ocorrido. Mas algo parecido com azia se espalhou pelo peito e pela garganta. Cynthia foi para casa arrasada. Lá brincou com Rosalind pelo resto da tarde, como se assim pudesse se compensar por ter traído Olivia por um instante.

Porque o BMW era grande e cintilante, Alice notou que tinha subido a rua devagar, depois dado uma virada brusca e feito o percurso de volta como se o motorista estivesse perdido. Helen não viu o carro de Cynthia. Na hora estava com olhos desanimados pregados na queimadura de sol de Alice e pressionando as pontas dos dedos na pele macia do braço da filha.

— Pessoas com seu tipo de pele não deviam sair à rua sem protetor solar fator 15 ou até mais alto — disse Helen. — Tenho um tom de pele mais escuro, embora meu cabelo seja bem ruivo. Nos meus dias, podia ficar no sol apenas com óleo para bebês e não me queimar. Mas você tem a pele de seu pai.

Nos meus dias era outro dos bordões de Helen, *meus dias* sendo definidos — quer se desse conta disso ou não — como os meses entre a formatura na faculdade e o nascimento da filha. Mas só de vez em quando mencionava o pai, qualquer que fosse o contexto, e agora a conversa deu a Alice uma oportunidade fora do comum.

— Como ele era? O meu pai.

— Bonitão. Grande, ombros largos, muito alto. A cor do cabelo um pouco mais escura do que a sua.

Era assim que Helen sempre descrevia o pai de Alice em termos físicos, e a filha quase nunca pedia mais detalhes.

— Mas... que tipo de pessoa era ele?

— Bem, muito... capaz. Ele era sozinho no mundo, desde os 17 anos. Órfão, sem irmãos ou irmãs. — Helen era sempre irredutível nesse ponto: o pai não tinha parentes, nem mesmo um primo distante que Alice pudesse ter esperanças de encontrar. — Um homem forte. Se tivesse feito faculdade, com certeza teria sido de arquitetura. Na época construía casas.

— Gostaria de fazer arquitetura — disse Alice, mas depois se deu conta de que só estava dizendo aquilo para tentear a ideia, pois sabia que se desse voz a um desejo, então não aceitaria nada diferente.

Helen continuava apertando o braço da filha, deixando marcas que logo sumiam. O toque da mãe era fresco e úmido por causa do creme que passara no corpo para pegar o sol de fim de tarde — hábito há muito cultivado — levando uma sensação bem gostosa para a pele ressecada de Alice. Como parte de um ritual, Helen abriria uma toalha de banho no quintal, perto do muro coberto de madressilvas, entre as 16 e as 17 horas — nunca antes e nunca um segundo a mais do que uma única hora — e sempre com um drinque exótico ao lado. Durante anos, Helen preparara para si *piñas coladas*, *mudslides* e daiquiris. E outros drinques à base de Cointreau e de vodca. A bebida deste verão era o julepo, uma mistura de uísque com folhas de hortelã que cresciam livremente pelo jardim. Helen usava um pilão de prata de lei para preparar os julepos e o processo levava quase tanto tempo quanto o banho de sol.

— Falando no que você gostaria de ser — Helen pegou a deixa —; já arranjou um emprego?

— Ainda não, mas é isso que ando fazendo. Procurando emprego.

— Reconheço que a situação econômica não está tão boa quanto antes, mas está difícil para você, hein?

— É, está mesmo.

Na verdade, Alice não tinha a menor intenção de procurar emprego, muito menos num sábado calorento como este. Algumas semanas atrás, andara perguntando no Departamento de Serviço Social do município, que tinha um programa de colocação em empregos. Mas como não ouvira o que queria, foi embora. Seguia à risca, porém, os conselhos de Sharon. Andava uma média de 10 quilômetros por dia; apesar disso, por enquanto, não parecia estar perdendo peso. Caminhava de manhã e à noite, normalmente para oeste, até os pés ficarem doloridos e os calcanhares, rachados. Caminhava pela Frederick Road e ia dar na faculdade comunitária, de onde levou para casa informações sobre os cursos do semestre seguinte. Fazia a volta e retornava pelos antigos e elegantes bairros ao longo da Frederick Road — Ten Hills, North Bend, Catonsville — inventando histórias sobre as famílias que avistava nas antigas casas em estilo vitoriano, com amplas varandas e torres pontudas.

Hoje, fora caminhando até o Shopping Westview, atraída pelas boas lembranças da G. C. Murphy. Alice era fã dessa antiga loja de artigos baratos e do cheirinho de pipoca fresca e do piso de madeira. Costumava comprar amendoim com cobertura de chocolate e nunca experimentou nenhum outro que tivesse o mesmo sabor, nem mesmo os confeitos de lojas mais caras, como a Brach's e a Russell Stover, a Fannie Farmer e a See's, que sua mãe levava para ela nos dias de visita no Middlebrook. Exasperada por não conseguir agradar a filha, Helen dissera a Alice que sua memória a estava traindo, mas essa preferia confiar no que sua boca não desistia de se recordar. A loja G. C. Murphy fechara havia muito tempo, mas Alice tinha a teoria de que a loja de US$1,99 que abrira naquele mesmo ponto haveria de ser o melhor lugar para encontrar uma guloseima parecida e que o aroma ficara impregnado nas paredes e entre os desvãos das tábuas do assoalho.

Quando saiu de casa, não tinha planos de ver Ronnie. Mas não conseguia se esquecer do comentário de Helen sobre o emprego no Bagel Barn perto do shopping Westview. A Ronnie que conhecera não tinha talento para rotina. As mais básicas exigências da escola — levar autorização dos pais para diversos assuntos ou dinheiro para o leite — a confundiam. Alice se perguntava como Ronnie estaria fisicamente. Teria mudado ou não? Supunha que ao ver Ronnie talvez conseguisse captar o que as pessoas sentiam quando olhavam para ela própria. Sua mãe e Sharon se encontraram com ela com certa regularidade nos últimos sete anos, de modo que não seria o caso de precisarem se ajustar a uma Alice totalmente nova que voltara para casa, muito embora as duas agissem como se esse ajuste fosse necessário. Talvez tivessem esperado por uma garotinha, e não essa grandalhona que parecia ter mais que seus 18 anos. Não era exatamente o corpo de Alice que lhe dava ares de mais velha, mas a maneira de andar, arrastando os pés, fazendo supor inchaço nas pernas. Os atendentes das lojas a tratavam por senhora e provavelmente ela não teria problemas de ser servida de bebida alcoólica num bar, se quisesse. Mas esse não era o caso. Ver Ronnie... ah... ver Ronnie seria fascinante.

Alice não tinha certeza de quais sentimentos viriam a aflorar ao revê-la. Ódio, com certeza, apesar de o tempo de alguma forma ter mitigado essa emoção, já que seu estômago não mais se contorcia à simples lembrança de Ronnie, que havia muito tempo não aparecia em seus sonhos. Mas o ódio permanecia lá, de mãos dadas com o desejo de desforra, de vê-la pagar pelo mal que fizera. Um castigo real, verdadeiro.

Uma vez — apenas uma vez — Sharon chegou perto de falar o que Alice precisava ouvir, mas disse daquela maneira esquisita, indireta, que sempre usava quando conversavam. Acontecera havia alguns anos, quando Alice fora forçada a voltar para o caos da Middlebrook após ficar detida durante um ano numa instituição menor e mais agradável. Ficara muito zangada por ter de sair do antigo prédio de pedras onde julgava que ficaria até fazer 18 anos e despejou toda a raiva em Sharon. Por que a lei tratara Alice e Ronnie como se fossem meninas da mesma laia, culpadas dos mesmos erros, quando todos sabiam que isso não era verdade?

— Bem... imagine que Ronnie estivesse nadando e de repente sentisse cãibra — começou Sharon.

— Na barriga ou na perna? — indagou Alice.

A pergunta deu a impressão de ter pegado Sharon de surpresa, embora parecesse bem sensata a Alice. Afinal, dependendo do local, faria uma enorme diferença.

— Na barriga, acho. Ela está se afogando e você está nadando ali por perto. Então você vai até onde ela está e tenta ajudá-la. Acontece que, às vezes, quem está quase se afogando entra em pânico, agarra a pessoa que vem socorrê-la e a empurra para o fundo. E as duas acabam realmente se afogando.

— E isso acontece muito?

— Bem, não. Porque os salva-vidas são treinados para lidar com ataques de pânico. Fui instrutora de salva-vidas.

Alice estava acostumada com a mania que Sharon tinha de sempre incluir a si mesma qualquer que fosse o assunto, de modo que nem considerou essas informações fora do contexto. De qualquer jeito, ser instrutora de salva-vidas não parecia uma coisa tão bacana quanto ser a própria salva-vidas, sentada lá no alto do posto de controle, o nariz coberto por uma grossa camada de creme branco.

— Mas se você é apenas um banhista que por acaso está por ali, então não saberia como reagir se alguém que está se afogando a agarrasse.

Alice pensou um pouco sobre isso. Mas ainda parecia que a culpa fora sua.

— Então se você não é um salva-vidas e a pessoa se agarrar em você com força, será que você pode empurrá-la? Será que está certo deixar que se afogue?

A pergunta deixou Sharon num silêncio incomum. Levou os dedos ao queixo e alisou as marcas de nascença. Alice já notara que Sharon sempre fazia esse gesto quando a conversa se aproximava do ponto crítico, que se resumia na injustiça de tudo o que acontecera. Talvez fosse injusto que Sharon Kerpelman, que não era uma mulher feia, tivesse nascido com aqueles sinais no rosto. Mas isso não era nada se comparado com a vida de Alice. E, além do mais, a história de vida da advogada fazia com que Ronnie parecesse quase normal, tentando de tudo para sobreviver.

Alice poderia ter contado a Sharon que, numa noite de verão, Helen levara a filha e Ronnie à sorveteria Baskin-Robbins, na Rota 40, e comprara para as meninas casquinhas com duas bolas de sorvete. Esse teria sido o verão entre o terceiro e o quarto anos, em que Ronnie havia se grudado nas Manning como uma gata de rua a quem cometeram o erro de alimentar. Helen não parecia se incomodar com o fato de Ronnie estar sempre por lá. Já Alice... afinal, era ela quem teria de se distanciar de Ronnie quando as aulas recomeçassem, afastando-a do mesmo jeito como se arranca um pedaço de chiclete que grudou na sola do sapato.

Na sorveteria, Alice escolhera baunilha e chocolate, apesar de Helen insistir para que ela fosse mais original; Ronnie optara por chocolate chip e laranja, uma combinação absolutamente nojenta que ela copiou de Helen. Só que a bola de cima, a de chocolate chip, escapuliu e foi parar no chão quando ela deu a primeira lambida.

— Oh, baby...

Mas antes que Helen pudesse terminar o que pretendia dizer, Ronnie se virou e derrubou a casquinha da Alice.

— Não ria de mim! — gritou para Alice, que nem sequer abrira a boca.

Talvez tivesse sorrido apenas um pouquinho. Mas Ronnie estava de costas, então como ela poderia saber? Helen deu um jeitinho de conseguir que a balconista desse às meninas novas casquinhas, mas a expectativa de uma noite feliz tinha ido por água abaixo. A segunda casquinha fez com que Alice se conscientizasse de ter perdido a primeira, o que significava que esta que segurava também podia ser perdida. Assim, com lambidas minúsculas e cautelosas, pouco sorvete foi parar em sua boca; a maior parte escorreu-lhe pelas mãos e pelos braços.

Essas recordações perambulavam pela cabeça dela quando se sentou no meio-fio, segurando um saquinho de confeitos de amendoim cobertos de chocolate que acabara de comprar. Os olhos curiosos estudavam o Bagel Barn. O restaurante ficava num prédio isolado num canto do estacionamento. Nem bem fazia parte do shopping nem ficava completamente separado. O lugar em que hoje estava o Bagel Barn havia sido muitas coisas, mesmo para o curto período de lembranças de Alice, daquilo que ela considerava o tempo de antes. Ali funcionara a White Casde, a Fotomat e depois um quiosque que servia tacos mexicanos. Em algum momento, enquanto estivera fora, o lugar passara por reformas, perdera o estilo original de cabana, mas ganhara uma área externa com mesas e cadeiras e um telhado pintado de vermelho. Mas não havia muitos clientes e Alice apostou que dentro de um ou dois anos o Bagel Barn não mais funcionaria ali. O tipo de lugar que daria emprego a Ronnie Fuller: um negócio que ia mal das pernas.

Claro que ela não poderia entrar. Uma coisa era ver Ronnie; outra, bem diferente, era se deixar ver. Por causa da localização do restaurante, não dava para chegar mais perto sem dar na vista. Por isso resolveu sentar-se no meio-fio da calçada do shopping. O certo seria desistir disso e seguir seu rumo. Olhe que o horóscopo para esta manhã dizia: "Encontrar as respostas corretas depende de fazer as perguntas corretas." Soava promissor, mas também difícil de realizar.

Mesmo dizendo a si mesma que fosse embora dali, foi ficando. Só mais cinco minutos, só dez, vinte. Fazia um calorão e ela estava cansada depois de tanta andança. Um pouco antes das 14 horas, viu duas moças saírem do Bagel Barn e acenderem seus cigarros. Uma delas era baixa e usava um avental, um tipo que poderia ser qualquer coisa: negra, latina, italiana. A outra era magra com os cabelos escuros. Ronnie.

Estava mais alta, mas não muito, e, embora tivesse seios, continuava com aquela atitude de quem não ligava a mínima para o próprio corpo. A postura era horrível, um pouco curvada, os braços cruzados sobre os peitos, como se fossem uma grande chatice. O cabelo escuro, o penteado, tudo igual: franja e corte na altura dos ombros. Se tivera a intenção de penteá-lo com estilo, qualquer estilo, isso não se via. Alice passou a mão pelo próprio cabelo, que continuava louro claro e liso. E era mesmo a única coisa bonita que tinha, segundo as palavras de Helen, anos atrás, que resistiam como verdadeiras: "Seu cabelo é lindo, baby. A única coisa bonita em você." Alice achava que o azul dos seus olhos era bonito, mas Helen dissera que essa cor de olhos fica mais bonita numa moça com cabelos escuros. Como Ronnie.

Ronnie olhou fixamente para o estacionamento, direto para onde Alice estava sentada. Alice não entrou em pânico nem foi embora. As pessoas não conseguiam ver aquilo que não estavam procurando. Ela estava em vantagem, pois sabia que a outra trabalhava ali. E Ronnie não tinha nenhuma expectativa de ver Alice no canto do estacionamento do shopping Westview. Quase tão perfeito quanto ser invisível.

A moça de avental falou alguma coisa e pareceu que Ronnie deu um sorriso, curvou os ombros, balançou a cabeça. Parecia alegre. Tragou forte e jogou a cabeça para trás ao exalar a fumaça. Quando será que ela aprendera a fumar? Era proibido fumar em todas as instituições em que Alice estivera. Nem mesmo aos presos adultos era permitido. Será que Ronnie fumava quando as duas eram pequenas? Alice não se lembrava, mas sempre suspeitara de que Ronnie sabia um montão de coisas que não contava para ninguém. Era justamente isso o que Alice estivera tentando fazer com que os adultos entendessem naquela época: Ronnie tinha segredos. Ronnie sabia de coisas que não deveria saber e por isso era tão perigosa.

Ronnie tirou o cigarro da boca e enfiou-o no cinzeiro de cimento que ficava no chão. Helen chamava esses quadrados cheios de areia que colocavam do lado de fora dos restaurantes e cinemas de "praia das guimbas". Helen tinha horror a eles, não porque fosse contra o fumo, mas porque eram sempre feios e ordinários. As guimbas espetadas na areia, algumas com borrões de batom, davam-lhe arrepios.

Agora Alice sentiu um arrepio, também. Mas não era o cinzeiro de cimento que lhe dava nojo, e sim o fato de Ronnie usá-lo. O asseio e a ordem do ato em si a confundiram. Fumar seria natural para Ronnie. Mas assim que o cigarro terminasse, o normal teria sido ela dar um peteleco na guimba, pouco se importando onde iria parar. Ronnie era o tipo de garota desordeira, que jogava papel de bala e lata de refrigerante na sarjeta. Ela era assim. Era a má. Não deveria haver nenhuma dúvida quanto a isso, nem mesmo agora. Especialmente agora.

Sua última tentativa de provar confeitos de amendoim cobertos de chocolate, esquecidos enquanto estava distraída observando Ronnie, derreteu-se. E os confeitos viraram uma espécie de paçoca dentro do saco de papel pardo que tinha nas mãos. Tudo bem... eles não iriam ter o mesmo sabor dos antigos... nada tinha. Estranho, quando tentou se levantar, a respiração ficou presa na garganta e os pulmões pareciam fechados, como se fosse ela quem estivesse se afogando.

Capítulo 14

Daniel Kutchner se desenlaçou de Sharon Kerpelman com ares de meiguice encabulada, próprios de quem acabou de fazer sexo com alguém que provavelmente nunca mais vai ver. E Sharon não estava nem aí. Tinha tomado decisão a mesma a respeito de Daniel antes de irem para a cama, mas houve alguma coisa especial que a levou a tentar. No mínimo serviria para dizer à mãe, com toda a sinceridade, que se esforçara para dar certo. Claro que não seria tão explícita a ponto de revelar à mãe que ela e o filho de Evelyn Kutchner tinham — qual foi mesmo a expressão que ouvira de alguém na faixa dos 20 anos dizer sobre isso outro dia? — *fechado um negócio.* Mas a mãe não cairia nessa e até acharia curioso os códigos que Sharon usava para transmitir esse tipo de informação. *Legalzinho, mas não houve aquela química entre nós.*

— Banheiro? — perguntou ele.

— Primeira porta à direita.

Hum... será que ele faz o tipo limpinho?, ela se perguntou. *Ou simplesmente precisa mijar?* Os dois, concluiu depois de ouvir um jato de água, seguido de outro. Achou bacana ele ser tão cuidadoso.

Então, o que havia de errado com Daniel Kutchner? Algumas mulheres, cientes de que levaram seus encontros amorosos a um beco sem saída instantâneo, às vezes voltam a pergunta para si mesmas. Mas esse não era o caso de Sharon. Levantou-se. Confortável o bastante em sua nudez, nem se preocupou em vestir um robe ou uma camiseta, saiu pelo corredor e deu uma pancadinha na porta do banheiro ao passar.

— Quer alguma coisa? Vou preparar um drinque para mim.

Suas palavras interromperam o terceiro fluxo de água, provavelmente a torneira. Daniel Kutchner devia estar lavando as mãos.

— Você quer dizer um copo d'água? Um refrigerante?

— Também tenho esses aqui na geladeira — respondeu Sharon. — Mas estou pensando num drinque-drinque, para falar a verdade. Acho que vou tomar um vinho branco ou Baileys com gelo, antes de dormir. Aqui no meu bar tenho muitas opções.

— Que coisa pouco judia! — provocou Kutchner por detrás da porta, e ambos caíram na gargalhada, pois esse havia sido o assunto da conversa durante o jantar, em que se divertiram preparando uma lista do que era ou não apropriado aos judeus. — Ok, o que você for tomar está bom para mim.

Sharon vagueou um pouco pelo apartamento, o qual iria certamente surpreender seus colegas de trabalho se algum dia ela os convidasse para visitá-lo. O lugar onde morava era a única pista para o segredo de Sharon: ela podia se dar ao luxo de trabalhar no escritório da Defensoria Pública porque a família dela tinha posses. Não muito, mas o bastante para preencher a lacuna entre o estilo de vida capenga de classe média que se consegue levar com salário de servidor público e a vida de classe média alta à qual estava habituada. E, por isso, era legal convidar alguém como Daniel para ir à sua casa, alguém que conhecia os Kerpelman e a pequena empresa de fundações que propiciava a todos uma vida permanentemente confortável, depois que diversificou e passou a fornecer refeições para o pós-operatório de pacientes com câncer no seio.

Sharon retornou ao quarto com dois cálices no melhor estilo retrô, cópias das peças do designer Russell Wright, sobre uma bandeja também de alumínio, que apoiou sobre a mesinha de cabeceira.

— Que luxo! — comentou Daniel, ao voltar para o quarto.

Ele era magro e não muito alto e a linha de nascimento dos cabelos muito em breve começaria sua implacável caminhada rumo ao topo da cabeça. Mas essas coisas não faziam a menor diferença. O verdadeiro problema com Daniel Kutchner era ele ter sido eleito pela mãe dela, do mesmo jeito que a mãe dele escolhera Sharon para o filho, circunstâncias impossíveis de serem superadas.

Ele se sentou na beirada da cama, fazendo parecer que estava indeciso sobre o próximo passo: dormir ou dar no pé? Ela não se importaria se ele fosse embora um pouco mais tarde. A única coisa que pedia de seus amantes ocasionais era baterem um papo após a transa. Daí o ritual de servir um drinque. Se ela fumasse, funcionaria da mesma forma. Mas ela não fumava e nesses dias eram pouquíssimas as pessoas que mantinham esse vício. Mas diante da oferta de um drinque, poucos homens insistiriam em cair no sono ou cair fora.

Ao retornar o cálice para a mesinha, Daniel derrubou um pequeno porta-retrato de madeira. Ao recolocá-lo na posição, examinou o rosto na fotografia, apenas visível na meia claridade da luz vinda do banheiro.

— Quem é? Esta aqui de maria-chiquinha não pode ser você.

— Não, nunca fui loura, pode acreditar.

— Sobrinha?

— Cliente.

A foto era de Alice, um instantâneo que Helen Manning havia oferecido a Sharon por motivos de que não mais se lembrava. A única coisa que sabia era tratar-se de uma foto de "antes", um retrato de Alice no início do verão, aos 11 anos e com uma aparência absolutamente normal. E aí estava o ponto crucial que Sharon, evidentemente, não queria deixar que ninguém se esquecesse.

— Cliente? Por que você tem uma foto de uma cliente na mesinha de cabeceira?

— Porque foi provavelmente o caso mais impressionante com o qual estarei envolvida pelo resto da minha vida. — A intenção era mesmo extrapolar um pouco, mas se deu conta de que, ao serem ditas, suas palavras representavam a mais pura verdade. — Você é de Baltimore, certo?

— Nasci aqui.

— Sete anos atrás, não estou bem certa se foi publicado nos jornais fora de Baltimore, duas meninas foram acusadas de assassinar um bebê...

— E essa menina é...

— Uma das acusadas. Mesmo aqui, mesmo agora, não revelarei o nome dela. É confidencial. Mantivemos os nomes delas em segredo e, pode acreditar, não foi nada fácil.

— Então não foram processadas como adultos?

— Tinham 11 anos! — O tom de voz se elevou automaticamente, e ela teve de se policiar para retornar a um timbre mais condizente com um papo pós-trepada. — Não há norma legal no estado de Maryland que disponha sobre processar crianças dessa idade como adultos. Não que os pais da vítima não tivessem insistido nisso. E depois, quando a família se convenceu de que essa proposição não seria aceita, a mãe da vítima ameaçou fazer lobby para que a legislação fosse alterada, para que os homicídios passassem a tramitar num tribunal de adulto, pouco importando a idade do acusado.

— Casos ruins geram leis ruins, não é assim?

— Pois é... E a mãe da vítima tinha influência, a família era bem relacionada. Ela teria conseguido. Por isso fomos forçados a fazer um acordo.

— Como assim?

— À época, a lei previa que adolescentes não podiam ficar presos por mais de três anos, qualquer que fosse o crime. O advogado da outra menina e eu preparamos um acordo que permitia ao judiciário dar uma pena de sete anos às meninas, por três crimes: homicídio, sequestro e roubo qualificado. Pelo carrinho do bebê — acrescentou, antecipando-se à pergunta dele. — Não me lembro qual era a marca, mas era daquele tipo de produto caro por pesar quase nada.

— Ah... como um notebook — disse Kutchner. — Ou um celular. Quanto mais leve, mais caro.

Sharon fez que sim, aborrecida com a interrupção.

— Então elas ficaram detidas até os 18 anos e a mãe da vítima sossegou. Mas levou tempo. — Girou seu copo de Baileys, observando o líquido amarronzado deslizar por cima do gelo. — Sinceramente, sempre penso que minha cliente teria se saído melhor se seu caso tivesse sido levado a um tribunal comum, perante um júri e com amplo conhecimento do público.

— Em razão do quê?

— Ela me assegurou que era inocente. Que não estava presente quando aconteceu. Estava com Ron... a outra menina, quando levaram o bebê, mas até ali era uma brincadeira de criança. Acharam que a menina tinha sido deixada sozinha e resolveram fazer o que era certo. Não planejaram cometer um crime, agir de forma violenta. Alguma coisa saiu errado.

— Como foi... quero dizer...

— Asfixia. E aí está outro problema. A morte do bebê não era incompatível com a síndrome infantil da morte súbita. Eu poderia ter sustentado esse ponto.

— Mas não há aí uma contradição, uma falta de lógica? Argumentar que sua cliente não estava lá, argumentar que sua cliente podia ter estado lá, mas a morte teve causas naturais... — Daniel Kutchner era contador.

— Uma boa defesa não tem, necessariamente, de ser coerente.

Nenhum som partiu do lado da cama em que o homem estava, a não ser por dois leves ruídos: do gelo contra o alumínio do copo e das molas da cama, quando ele trocou de posição. Um contador criticando uma advogada. Sharon resolveu não revidar, mencionando o tanto de fraude que os contadores andaram cometendo nestes últimos anos.

— De certo modo, sempre achei que Alice foi sacrificada. — Sharon nem chegou a notar que falara o nome que sempre esteve tão vigilante em manter em sigilo.

— Sacrificada?

— Havia tanto... ressentimento com o que acontecera. A vítima era negra; as meninas acusadas, brancas. Já pode imaginar, não? E a imprensa não parava de repetir isso. A opinião pública exigia uma solução. Queria se certificar de que alguma coisa seria feita. Queria garantias de que não aconteceria de novo. O que é impossível. Olha... há casos de jovens assassinos de centenas de anos atrás. E não estou falando de psicopatas ou de alguma situação absurda de delinquência infantil. Crianças matam. Para mim, o mais incrível é que não matem mais. Porque elas não compreendem, sabe? Não compreendem a morte, é o que quero dizer.

Ela não compartilhou com Daniel sua fantasia de interrogar Alice, perante um júri composto de suas verdadeiras companheiras, uma porção de garotinhas de olhos grandes que sabiam o que era cometer erros pelo singelo pecado de querer pertencer ao grupo e ser amiga. Em sua imaginação ela visualizava 12 garotinhas de bom caráter — ou será que Alice era uma beta, que segundo a divisão do mundo das adolescentes, na onda dos livros sobre "garotas malvadas", significa aquela menina que faz de tudo para ser aceita no grupo — vendo-a enumerar a sequência de fatos com ar solene, descrever o domínio de Ronnie sobre sua cliente. Esse júri não levaria nem uma hora para absolver Alice.

— Mas... para você, sua cliente não matou ninguém. — Daniel Kutchner recostou-se na cabeceira, embora mantivesse a perna esquerda dependurada para o lado de fora da lateral da cama, o pé firme no chão, como faziam os personagens dos filmes antigos que passavam pela censura do Código Hays.

Ele não era do tipo de ficar até o dia seguinte, o que não incomodava Sharon; aliás, esse era o melhor de todos os possíveis cenários. Desde que o sujeito não saísse apressado ou caísse no sono assim que terminassem de trepar, ela não estava nem aí para o que seus parceiros fizessem.

— É, ela não matou ninguém.

— Então por que você deixou que ficasse presa durante sete anos? Por que ela não ficou menos tempo que a outra garota?

— As provas eram... de certa forma contraditórias. E os testemunhos das meninas foram diametralmente opostos. Assim: ela disse-ela disse. E o juiz que presidiu o julgamento não conseguiu descobrir um meio justo de dar ordem às declarações.

— Dá a impressão de que sua cliente se ferrou.

— Você não sabe nem metade da história...

A banda bem que tentou parar de tocar à 1 da manhã, mas Andy, com o nó da gravata desfeito e o paletó sabe-se lá onde, agarrou o microfone e exigiu que os convidados do casamento abrissem suas carteiras e se cotizassem para pagar por mais uma rodada de música. Nancy, repleta de benevolência etílica, sorriu para o marido. Esse era o homem por quem se apaixonara: barulhento e seguro de si. A Polícia Federal não estimulava esse tipo de personalidade e ele tinha de se manter tão contido no trabalho que seus ombros, embora largos, foram ficando meio curvados e às vezes a cabeça ficava caída, como se pesada demais para o pescoço. Ela torcia para que ele, assim que terminasse a faculdade e começasse a trabalhar como advogado, conseguisse voltar a ser o Andy de sempre.

Agora, um dos joelhos no piso da pista de dança, as mãos cheias de notas, ele era inteiramente o garoto que ela conhecia desde o oitavo ano e que amava desde o ensino médio.

— Mais — berrava ele. — Mais, mais, mais. Vamos ter música. E o bar *vai* ficar aberto. Um casamento polonês não pode terminar tão cedo. Seria uma vergonha.

Afinal, a festa terminou. Nem Nancy nem Andy estavam em condições de dirigir. Nem nenhum dos convidados. E assim foram caminhando bem devagar até o restaurante Double-T Diner, na Rota 40, do outro lado da rua do Nova York Fried Chicken. Sua última dieta esquecida, Nancy arrastava batatas fritas pelo molho com a mão esquerda, e com a direita segurava a de Andy. Com a mão livre, ele esquadrinhava a vitrola automática que, era meio viciada, já que atendia sempre a quem primeiro lhe desse uma moeda de 25 centavos. Uma das músicas de Bon Jovi irrompeu noite adentro e Nancy não sabia dizer se era uma das antigas ou uma das novas que soava como uma das de antigamente. Ela podia ter 18 anos de novo e podia ser o dia da formatura. Seu vestido de noiva, uma coisa amarela horrorosa, estaria mais condizente com o baile de formatura da Kenwood High School.

Nancy era uma das poucas pessoas que ela conhecia que confessavam ter sido felizes no ensino médio. Por que será que para todo mundo era um sinal de vergonha? Claro que não foi uma época excepcional, mas foi divertida, e foi nesse tempo que ela compreendeu que a vida nem sempre seria divertida ou fácil. E foi exatamente por isso que ela curtiu os 18 anos e não perdeu tempo pensando em coisas negativas. Já se preocupava com o peso, evidentemente, mas o que ela não daria para ter aquele corpo de volta... Até as coisas ruins — quando terminavam o namoro por algum tempo, as aulas de ciências nas quais quase foi reprovada — fizeram com que aprendesse a apreciar a alegria descomprometida de um dia após o outro.

Andy fazia um esforço danado para enfiar uma batata frita na xícara de café.

— Eu levo você para casa — disse ela, sem se zangar por ele estar totalmente embriagado. Ele trabalhava muito e merecia se divertir.

— Vamos. — A palavra soou um pouco estranha, mas não tanto quanto seria de se esperar. — Vamos até Gunpowder Falls.

— Agora?

— É. Agora. Por que não? Do jeito como a gente costumava...

— ... a gente costumava... hã! — Ela se lembrou.

Quarenta e cinco minutos depois, estava montada sobre Andy no assento reclinável do Jeep Cherokee. Parte de sua mente agradecida pelo espaço que esses utilitários forneciam e a outra imaginando como seria engraçado se aparecesse um carro de patrulha e — tap, tap — o policial batesse no vidro enquanto vasculhava o carro com a lanterna... pegaria Nancy sobre Andy, naquela coisa amarela pavorosa, amarfanhada acima dos quadris e abaixo dos seios, deixando à mostra aquele maldito sutiã sem alças que passara a noite inteira esmigalhando sua pele. Do jeito que Andy estava, não conseguiria tirar aquele instrumento de tortura nem com uma faca.

"Guarda-noturno", ela se imaginou dizendo, ao mostrar seu distintivo. "Detetive Porter, da Homicídios, e este aqui é o agente federal Porter, encarregado de fazer cumprir as determinações do Departamento de Álcool, Tabaco e Armas de Fogo."

Mas não apareceu policial nenhum. E assim Nancy voltou sua atenção para os eficientes e espasmódicos prazeres que o marido lhe proporcionava. Quando estava para gozar, ele perguntou se ela queria que ele tirasse, pois não tinha levado camisinha, e a resposta dela foi prendê-lo firme dentro de si, balançando negativamente a cabeça. Mais tarde, ficou matutando sobre o fato de não ter se preocupado com o risco de gravidez. Com certeza não seria por se incomodar em sujar o vestido.

Helen Manning viu o sol nascer naquele domingo. A luz foi entrando pela cozinha, virada para o leste. Ela permanecia sentada na sala de visitas ainda às escuras. Fazia muito que o copo se esvaziara, havia horas. Permitiu-se três cigarros, há muito consumidos. Esses haviam sido de tabaco; os de maconha ela reservava para quando houvesse um homem certo em sua vida e ultimamente tivera poucas oportunidades. Estranho, mas seus encontros foram ficando cada vez mais raros depois que Alice fora embora, o que supunha fosse um contrassenso. Afinal, teria sido bem mais fácil conhecer homens quando estivesse livre e desimpedida, mas aí o seu interesse não era o mesmo. Helen preferia a admiração dos homens à companhia deles. E isso era mais fácil de se conseguir se a mulher se cuidava. Ela podia se satisfazer por semanas com o calor de uma única olhada no supermercado. Os homens ainda viravam o rosto para vê-la melhor.

Finalmente, ouviu os sons que esperara ouvir a noite toda — a porta de um carro batendo, pisadas na calçada, a chave fazendo virar a fechadura para um lado e depois para o outro.

— Bom-dia, Alice.

— Você não precisava ter ficado acordada esperando por mim.

— São 6 horas.

— Realmente, você não deveria se preocupar. — A voz de Alice, que sempre fora um pouco rouca desde criança, soava num contralto agradável e demonstrava preocupação.

— Você passou a noite inteira na rua. Onde você foi? Com quem você estava?

— Em lugar nenhum. Com ninguém. Desculpe. É só que não tenho conseguido dormir. Então fui caminhar.

— É perigoso. — Sua voz foi num crescendo, sem que essa fosse a intenção, fazendo com que a afirmação soasse como uma indagação.

— Não aonde vou.

— E isso é...?

— Você sabe que deveria dormir, mãe. Você fica um bagaço se não dorme suas oito horas de sono.

Era justamente isso que Helen estava sempre dizendo a respeito de si mesma. *Fico um bagaço se não durmo minhas oito horas.* Alice repetira de volta para a mãe, naquela sua voz normalmente agradável, sem indícios de qualquer julgamento. Mesmo assim, Helen se sentiu sendo avaliada. Com ou sem suas oito horas de sono, ela era um bagaço para a filha, agora e até que desse o que a filha queria, até que dissesse o que a filha queria ouvir.

Ah... se ela pudesse...

Sexta-feira, 3 de julho

Capítulo 15

19h30

Brittany Little desapareceu no fim da tarde do primeiro dia do feriadão ao afastar-se da mãe e do namorado da mãe, enquanto estavam olhando sofás, na loja de móveis Value City.

— Num minuto ela estava aqui — a mãe, Maveen Little, não cansava de dizer à polícia —, e no minuto seguinte já não estava mais.

Ninguém parecia acreditar no tal minuto, Maveen podia perceber. Quem iria perder uma criança em um minuto? Mas ela não desistiu: ela e o namorado, Devlin Hatch, não poderiam ter virado as costas por mais de um minuto, enquanto examinavam sofás de dois lugares e sofás-camas. Um minuto era um tempo muito, muito longo.

— Conte 60 segundos, para você ver — disse rispidamente para o jovem policial que tentava ser solidário com ela.

Mas se tivessem acreditado nela, então já era hora de estar conversando com um detetive, não? Por que esses policiais estariam pajeando-a e ao Devlin, no apartamento deles, em vez de estar procurando a sua filhinha?

Os dois policiais haviam dito que precisam vir à casa deles para apanhar uma foto de Brittany, para ser divulgada no noticiário da noite. Maveen sabia que também estavam a fim de dar uma olhada no local, à cata de provas que não estavam lá. Pareciam suspeitar mais de Devlin do que dela, o que lhe dava uma raiva danada.

— Olhe, quando uma criança desaparece, nós sempre a encontramos — afirmou o mais jovem dos dois policiais, Ben Siegel, o que fora designado para sentar-se ao lado dela no antigo sofá.

Essa era a peça que Maveen e Devlin esperavam poder trocar quando ele recebesse o cheque do seguro. Ela queria explicar que sabia que esse estava velho, caindo aos pedaços, herança da mãe. Ela própria nunca teria escolhido uma forração clara e lisa que mostrava qualquer sujeira, sobretudo porque tinha criança em casa. Mas o policial Siegel não dava sinais de ter reparado em nada. Ele estava sentado entre o casal, como se fosse ali que passasse todas as noites, à espera do telejornal das 22 horas.

— Você sempre as encontra? — perguntou Maveen.

— Sempre. Não me lembro de nem um único caso em que a criança tenha, de verdade, ficado desaparecida por mais de algumas horas.

Ela captou o de *verdade*. Ele continuava na ofensiva. Todo mundo estava sempre os julgando.

Afinal começou o noticiário. Maveen sentiu um estranho sentimento de orgulho ao ver a foto da filha na telinha da TV, a segunda reportagem da noite, e Devlin sorriu de um jeito carinhoso, o que era bastante raro quando Brittany estava por perto. Não era necessário ser rico e famoso para que o desaparecimento de seu filho ganhasse importância. Uma criança desaparecida era uma criança desaparecida. Ponto. E era isso que fazia dos EUA um país maravilhoso. E Brittany era tão linda... as pessoas sempre a olhavam uma segunda vez, pensou a mãe. Os pais de Maveen ficaram arrasados quando a filha começou a namorar Byron; mas quem poderia não apreciar o resultado dessa união? Brittany tinha a pele cor de café com leite, cachos de cabelo um tom mais escuro e olhos verdes rodeados por cílios tão longos que se podia jurar que eram postiços. Ela era uma delícia de se olhar. Até as outras crianças ficavam loucas para apertar as bochechas dela, brincar com seus cachos.

O telefone tocou antes que as últimas notas da musiquinha que fechava o programa de notícias fossem tocadas. Num salto, Maveen agarrou o telefone. Era outro policial, Donald não-sei-o-quê, pedindo para falar com o colega Siegel. Ela passou o aparelho com uma sensação estranha, como se uma mariposa, uma mosca estivesse entalada na garganta.

— O que há de errado? — ela exigiu quando ele botou o fone no gancho.

— Alguma coisa aconteceu, tenho certeza. O que foi que ele disse? O que está acontecendo?

No desespero, passou-lhe pela cabeça que ela deveria socar o peito do policial, igual como havia visto no cinema, só que na continuação da cena o homem agarrava os punhos da mulher e eles se beijavam. Não que ela quisesse beijar o policial, por quem não sentia o menor tesão. Mas imaginou que se começasse a agir como se fosse uma filmagem, talvez tudo terminasse como no cinema, com todo mundo em segurança e feliz.

— Nada errado, exatamente — ele começou, passando a língua nos lábios. — O que temos de considerar é que há uma pista, e pistas são importantes. Vamos supor... se... Sra. Little, a senhora disse como Brittany estava vestida?

— Contei e contei. Vestido de alcinha de brim com pespontos brancos nos bolsos e tênis brancos.

— E ela estava treinada a usar o vaso?

— Mais ou menos. Ela usa fralda de treinamento. — O policial Siegel parecia não entender. — Para quando ela esquece.

Ultimamente, Brittany vinha esquecendo muito. Desde que Devlin viera morar com elas, mas Maveen não viu nenhuma razão para contar isso ao policial.

— É que — ele pôs a mão no ombro dela e Maveen recuou como se alguém tivesse lhe dado um soco, como se um tijolo tivesse caído na sua cabeça. — O faxineiro do shopping estava limpando os banheiros e encontrou alguma coisa no lixo. Era um vestidinho de brim...

Maveen desabou tão completamente que o policial interrompeu o que ia dizer. Esperou que ela caísse aos prantos nos braços de Devlin, numa posição estranha, meio torta. E sobrou para os detetives da Delegacia de Homicídios que chegaram mais ou menos uma hora mais tarde decidirem se contavam à mãe, que ainda se debulhava em lágrimas, sobre os cachos de cabelo no fundo da lata de lixo e a camiseta ensopada de sangue, que estava a caminho do laboratório para testes.

PARTE II

Os cães de Pompeia

Sábado,
4 de julho

Capítulo 16

Os elevadores do prédio da Secretaria de Segurança do Município de Baltimore eram famosos pela lerdeza; por isso, todos os funcionários — fora os mais preguiçosos — seguiam a regra que reinava informalmente entre eles: "um andar para cima; dois para baixo". Nancy, porém, sempre checava a cabine do elevador antes de enfrentar a escada. Nunca se sabe quando o chefe do departamento ou um major estará lá dentro, ou um detetive com quem ela precise comparar anotações. Isso era o tipo de coisa que ela aprendera com o tio Stan, que ficou conhecido como Tenente 33, não só por ter sido promovido a tenente aos 33 anos como também por ter permanecido nesse posto até se aposentar 33 anos depois.

Mas como a expectativa de dar de cara com algum deles na manhã de sábado de um feriadão era zero, Nancy seguiu direto pela escada, subindo às pressas os degraus que iam do décimo — sede da Homicídios — ao 11º, o último andar, onde ficava o laboratório de criminalística. A decisão de instalar o laboratório ali obedecera a critérios práticos: caso explodisse, o restante do prédio ficaria menos exposto a riscos. Assim que viera trabalhar no departamento e soube dessa história, Nancy achou a possibilidade ridícula, mas agora pensava diferente. Nos dias de hoje, qualquer coisa podia acontecer.

— Não sabia que você estava trabalhando neste caso — disse a técnica do laboratório, Holly Varitek. — Mal acabou um e já está trabalhando em outro?

Nancy deu de ombros, decidida a não reclamar. Infante tinha soltado os cachorros quando Lenhardt trocara o rodízio dos dois e foi correndo atrás do sargento até o banheiro, para explicar que essa troca ia acabar com ele. Infante havia planejado ir de carro até o Deep Creek Lake com a garçonete ruiva Charlotte qualquer-coisa. Ele chiou à beça e foi grosso com Nancy pelo resto da noite. Os homens conseguem se safar mesmo sendo malcriados. Nancy tinha de engolir em seco.

— Pelo menos quem fez isso foi gentil — comentou Holly, sempre falante e disposta a preencher os silêncios.

Alegre, com olhos arregalados e cabelos escuros brilhantes, Holly era do tipo de mulher que parecia ter sido montada com tudo o que há de melhor e nisso superava qualquer um. Até o metabolismo dela era melhor do que o das outras mulheres, pois podia comer o que fosse e não engordava. E essa era uma qualidade que não passava despercebida a Nancy.

— Como assim "gentil"?

— Bem, antes de mais nada, ele... — Holly interrompeu o raciocínio para se certificar de um detalhe: — Vocês estão supondo que seja um "ele", por causa do material ter sido encontrado no banheiro dos homens, certo? — e retomou a explicação sem aguardar a resposta. — Bem, ele deixou o cabelo junto ao vestido. É como se quisesse facilitar para nós, na hora em que fôssemos comparar o DNA, caso o sangue não coincidisse. Claro que ainda precisamos da amostra da mãe, para controle, porque vocês não se contentariam só com a suposição de que aquele monte de cabelo seja da menina. Veja que...

— É, estou sabendo — disse Nancy, tentando disfarçar a impaciência. Esse pessoal com qualificação técnica, técnicos de laboratório, médicoslegistas e até os que conduziam as análises de balística, era apaixonado pelos conhecimentos que possuía, igual a meninos de 11 anos que acabaram de aprender as primeiras noções sobre ciências ou matemática e ficam enchendo o saco de todo mundo só falando nas novas descobertas. — O sangue é igual ou não?

Por causa do temperamento tranquilo, Holly jamais se sentia ofendida.

— As manchas no vestido são realmente de sangue, mas não da menina desaparecida nem da mãe dela. Não batem. Mas é igual, porém, ao da camiseta de homem que foi encontrada embolada na mesma lixeira e tinha muito mais sangue.

— Hum — Nancy se curvou sobre o balcão, dando tratos à bola.

Ocorrera-lhe a ideia de uma pista de trás para frente, o tipo de informação que ampliava as investigações no momento, mas que poderia concentrá-las futuramente, se tivessem sorte. O sangue no vestidinho era do sequestrador, provavelmente, não uma certeza. Se eles prendessem alguém, teriam uma prova material importantíssima.

O único problema era: como iriam prender alguém? A descoberta de maior valia para o caso seria também a mais triste: o corpo, que poderia oferecer mais pistas do que as encontradas no banheiro masculino do shopping Westview. Nancy mal dormira na noite anterior, pensando na possibilidade de a menina estar viva. Ela queria tanto que a menina estivesse viva... O caso foi transferido para a Delegacia de Homicídios por causa da quantidade de sangue na camiseta, mas agora sabiam que não era o sangue da menina, de modo que não se tratava de uma esperança infundada.

— Você acha estranho — perguntou Nancy à técnica do laboratório — o fato de o sangue estar na parte da frente do vestido?

Holly deu de ombros.

— Não vejo nada de especial. Alguém estava sangrando muito. Um ferimento na cabeça, o sangue escorrendo... Mas há de se levar em conta que o sangue na camiseta pode não ter ligação alguma com o vestido, que pode ter ficado manchado em contato com a camiseta.

— Mas se você estivesse de pé, atrás da criança, cortando cabelo...

Nancy fez a mímica mais para si do que para Holly e concluiu o pensamento em sua mente. Seria muito difícil cortar a si mesmo assim tão seriamente com uma tesoura e mais difícil ainda deixar pingar algumas gotas de sangue no vestidinho da menina ao mesmo tempo em que sangrava por toda a camiseta. Mas se o canalha estivesse de frente... e fez o gestual correspondente. Não, não fazia o menor sentido. Talvez o sangue tivesse manchado o vestido depois de ter sido tirado. Ou — o que seria pior — talvez Holly estivesse certa e a camiseta empapada de sangue fora parar na lixeira onde já estava o vestido, manchando-o por acidente. Nancy podia imaginar um mendigo remexendo na lata de lixo em busca de alguma coisa que estancasse o sangue.

E será que a menina teria se defendido e arranhado a pessoa que cortava o cabelo dela? As crianças odeiam cortar cabelo. Foi isso que Nancy ouviu de umas primas que tinham filhos. Mas era apelar demais chamar isso de um corte de cabelo. Observando-se o volume da mecha de cabelo encontrada na lixeira, a hipótese mais provável é que o sequestrador cortara logo abaixo do elástico que prendia o rabo de cavalo de Brittany Little. E fora um corte rápido, sem preocupações de dar forma ou estilo ao cabelo que restara à menina.

Nancy desceu um andar levando as novidades do jeito que as recebera para um Infante que não parava de amaldiçoar ter sido indicado o responsável direto pelo caso. O desaparecimento de Brittany Little não seria um caso moleza e, o pior, atrairia a atenção da imprensa assim que os detalhes começassem a escapar. O departamento conseguira se livrar da imprensa na sexta-feira, apesar da insistência dos jornalistas. Alguns anos atrás, tinha havido um surto do que Lenhardt chamava de sequestros de seis horas. Mocinhas adolescentes que moravam na cidade, aparentemente sem paciência para esperar os nove meses necessários para dar à luz seus bebês, resolveram pegar os filhos dos outros como se fossem bonecas abandonadas. Mas não é fácil roubar um bebê sem chamar a atenção, sobretudo se você é uma adolescente que mora com a família; portanto, aqueles casos eram desvendados em questão de horas. "Mais fácil camuflar uma gravidez do que esconder um bebê", Lenhardt afirmava às vezes, em geral quando estavam tentando rastrear uma jovem que largara o próprio filho num lixão.

A epidemia dos sequestros de seis horas acontecera na primavera, sete anos atrás. Os policiais municipais acharam que Olivia Barnes era um desses casos, pelo menos no começo, recordou-se Nancy. Havia uma babá grandalhona e meio apalermada cuja história não batia. Depois de 72 horas, usaram os alunos da Academia de Polícia para o trabalho de vasculhar o Leakin Park palmo a palmo, o que foi considerado mais como um treinamento militar para os cadetes do que uma missão que produziria algum resultado.

— Sangue de um estranho, é? — Infante fez eco ao que Nancy ouvira no 11º andar. — Agora, se eu, Infante, fosse um sujeito de sorte, esse sangue seria igual ao do namorado.

— Pensei que os dois estivessem limpos. Nenhum registro no Serviço de Assistência Social, nenhuma reclamação dos vizinhos, nenhuma ligação para a polícia do endereço deles.

Quando um dos pais, ou seu respectivo parceiro, matava uma criança, havia um procedimento padrão a ser cumprido.

— É... fora uma denúncia de agressão contra ela e uma de posse ilegal de arma contra ele. Os dois fazem o casal mais bonzinho desde Maria e José.

Mas é a única hipótese que faz *sentido*. O namorado vai longe demais na aplicação da disciplina, ele e a namorada entram em pânico e tramam uma farsa. Quem roubaria uma criança que estivesse numa loja tão popular quanto a Value City? Esse está longe de ser o lugar ideal para se encontrar o próximo bebê Lindbergh, cujo resgate foi altíssimo. É evidente que não daria uma boa grana.

— É verdade. Para isso você tem de ir a lojas mais sofisticadas e caras, como a Ethan Allen, ou talvez a Crate & Barrel.

Infante deu uma boa gargalhada:

— Muito metida, você! Se Lenhardt escutasse metade da merda que sai da sua boca...

— Já deu uma olhada nos depravados sexuais daquela parte do município? Podia ser um pervertido ou um tarado que cansou de ficar só passando a mão e resolveu avançar um estágio.

— O computador não cuspiu nenhum suspeito. Os mais prováveis estão na prisão.

— E o pai biológico?

— Preso. Em Worcester, Massachusetts.

Nancy segurou a foto que estava sobre a mesa de Infante. Que cabelo lindo, grosso e brilhante, mesmo sob a imperfeita iluminação de um estúdio vagabundo. O cabelo tinha sido penteado para trás, mas as orelhinhas de bebê mal conseguiam controlar a cabeleira que caía em cascata. As orelhas eram furadas, notou Nancy, o que ela considerava uma crueldade em crianças.

— E a tesoura?

— Que tesoura?

— Você viu o cabelo. Cortado *bem curto*, e não retalhado com golpes de canivete. Você carrega uma tesoura nos bolsos? Estou falando de tesouras de verdade, não aquelas dobráveis de um canivete suíço! Porque é delas que se precisa para cortar cachos de cabelos como esses.

— Então, ou o cara anda por aí com tesoura...

— Ou comprou uma ao escolher a vítima. Devíamos averiguar nas lojas CVS, Jo-Ann's Fabrics e outros estabelecimentos do shopping que vendem tesouras. Todo mundo agora tem seus estoques digitalizados, não é? Então vamos descobrir quem vendeu tesouras ontem e a que horas. Acho também que valeria a pena identificar quem comprou roupas para criancinhas no

Westview ontem. Porque o sujeito não saiu do shopping com a menina nua, nem só de fralda.

Infante agitou um dedo em aprovação:

— Gosto de você, Porter.

— Então esse fica sendo o nosso segredo.

Infante abriu o catálogo de endereços e começou a fazer uma lista de lojas do Westview. Desnecessário avisar a Nancy que visitariam as lojas pessoalmente. O trabalho deles era sempre direto e pessoal, mediante a apresentação do distintivo e da identidade. A pessoa que tivesse algo de concreto a declarar nunca estaria disposta a falar nada por telefone.

Nancy não conseguia despregar os olhos da foto original, usada para fazer cópias a serem enviadas aos canais de TV e a jornais. Era uma daquelas fotos especiais da loja Kmart ou de um dos estúdios fotográficos localizados no shopping. A menininha em primeiro plano e como pano de fundo um jardim florido de mentira. Nancy deveria, logo de uma vez, enfiar a foto num envelope e fazer com que chegasse às mãos da mãe o mais rápido possível. Seria um horror se a foto chegasse após o fato — presumindo-se que o fato se revelasse o pior de todos os fatos. Essa era a hipótese mais provável, apesar dos cabelos e das roupas jogadas no lixo. Não dava para simplesmente fingir que não havia sangue na camiseta, mesmo se não fosse o da menina. Alguma coisa acontecera naquele banheiro.

Houve um lance curioso relacionado à foto e de como ele tomou proporções ridículas. Como era de costume, o jornal *Beacon-Light* exigia o máximo do Departamento de Polícia, mas oferecia o mínimo. Tentaram até convencer Nancy a levar a foto para a sede do jornal, no centro da cidade, argumentando que o repórter teria de fazer hora extra se tivesse de bancar o mensageiro. Ora! Como se Nancy estivesse preocupadíssima com os serões no jornal! Afinal o jornal mandou uma jovem repórter buscá-la. Mas tendo em vista que o departamento não estava dando depoimentos sobre a natureza do desaparecimento da menina, acabaram não usando a foto. Era evidente que algum editor do *Beacon-Light* passara as informações divulgadas por uma espécie de filtro para qualificar uma notícia como reportagem jornalística ou não e, no caso, dera negativo. Será que era porque os pais da criança eram pobres? Porque a menina era mestiça? Era difícil entender o que se passava na cabeça dos responsáveis pelos jornais. A televisão era melhor nesses assuntos. Apostava alto, obtinha resultados. Todo mundo assistia à televisão.

E mais, os canais de TV estavam o tempo todo colocando no ar o caso da menina desaparecida, enquanto os jornais publicaram só uma vez, se tanto. Todos os canais haviam divulgado a foto nos noticiários das 22 ou das 23 horas e agora a usavam no programa de notícias de sábado de manhã e em chamadas, a cada meia hora. Pelo padrão das ligações telefônicas, Nancy podia dizer em que intervalos a programação matutina estava colocando no ar o caso da menina. A foto pipocava no canal 2 ou 11 ou 13 — apenas a imagem e uma breve explicação de que estava desaparecida desde que "se perdera" no shopping Westview, na sexta-feira à noite — e minutos depois se ouviria o toque especial de telefone, indicando ser uma ligação transferida da central de comunicações. As pessoas não sabiam, mas o departamento, mediante um sistema de rastreamento, identificava todos os números de onde se originavam as chamadas. Até o momento, os palpiteiros de plantão não passavam de uns malucos. Mas bastava um informante, como Lenhardt costumava dizer. Bastava um.

O telefone tocou, como se por feitiço de Nancy.

— É Nancy Porter?

— Ela.

Que coisa mais estranha! Seu nome não estava associado ao caso. Só o de Bonnie, o porta-voz, havia aparecido diante das câmaras. A mulher do outro lado da linha rapidamente respondeu à pergunta que percebeu estar no ar:

— Acabei de falar com seu superior e ele me disse para conversar com você. Tenho... informações.

Nancy sentou-se à sua escrivaninha, retirou o bloco da bolsa e procurou uma caneta.

— Posso perguntar qual é o seu nome?

A pessoa ignorou a pergunta e foi direto ao assunto, ansiosa para contar a sua história:

— Tem uma coisa que acho que você deveria saber sobre a menina desaparecida, detetive Porter. Algo que você não teria como saber e eu não teria como *não* saber. Quando tomar conhecimento dessa informação, acho que vai mudar o rumo das investigações.

Jesus!, pensou Nancy, como ela fala explicadinho...

— Esse é o tipo de informação que pode parecer não significar nada para você, mas que é muito importante para mim. E vai fazer sentido para você, se prestar bastante atenção ao que vou dizer...

Mas o que está acontecendo!? Como é que ela conseguiu passar por Lenhardt? Com certeza uma pessoa bem-intencionada, mas pirada. No mínimo quer encontrar seu lugar no mundo inventando conhecimentos que não possui. Será que Lenhardt estava de sacanagem com ela ou isso era mais um teste?

— A senhora poderia dizer do que se trata? — disse Nancy, da forma mais gentil possível.

— É assim que vou dizer do que se trata. Meu nome é Cynthia Poole Barnes. E você preste atenção ao que tenho para lhe dizer. Você só tem de me ouvir e acompanhar tudo que tenho para contar.

Capítulo 17

Cynthia acordara naquela manhã ao som de uma melodia familiar que escutava quase todos os dias, no mínimo duas vezes. "Foi você..." Rosalind estava assistindo a *A Bela Adormecida*. De novo. A filha assistira a esse filme todos os dias do verão, até que Cynthia se viu forçada a impor alguns limites: uma vez de manhã, uma vez à tarde e nenhum outro programa de televisão. Ela imaginou que assim que a menina percebesse que se tratava de escolher entre *A Bela Adormecida* e o resto do universo dos canais de televisão e dos vídeos, ela iria preferir assistir a outras coisas. Mas Rosalind era monoteísta desde o útero. Ela queria um brinquedo, um urso de pelúcia, e um livro, *Contos dos Irmãos Grimm*. E também só precisava de um dos pais, mas considerando-se que era a mãe, Cynthia seria a última pessoa a se incomodar com isso.

E agora Rosalind queria ver a princesa branca e loura dançando na floresta, vezes sem conta. O fim do filme, que até hoje trazia um certo receio a Cynthia, não causava nenhuma reação na menina. A maldição da floresta de espinhos cercava o castelo, o dragão malvado cuspia fogo, mas os olhos dela se mantinham colados na tela. Não piscavam nem se agitavam. Ela podia assistir a tudo sem medo, porque conhecia o fim da história. Também pouco se incomodava com os outros contos de terror dos irmãos Grimm: as meias-irmãs de Cinderela destruindo os próprios pés ou Rumpelstiltskin, que se partiu em dois de tanta raiva quando a rainha adivinhou seu nome.

Cynthia olhou o relógio. Eram 7h30. Por ele, Warren já se teria levantado, se vestido e estaria pronto para jogar golfe; mas como estava determinado a não perturbar o sono da mulher, permaneceu na cama. Cynthia vestiu o roupão e foi para o andar de baixo da casa, liberando o marido para escapar na manhã de verão. Vê-lo vestido em roupas de golfe fazia com que sentisse vontade de chorar, uma mistura de orgulho e irrelevância que ela nunca conseguiria explicar. Havia sido tão importante, num dado momento do passado, entrar para o clube Caves Valley... Mas agora não importava mais.

Warren também sabia disso e sentia a perda tão profundamente quanto ela. Cynthia nunca duvidara da tristeza dele, nem nunca tivera a pretensão de afirmar que sua dor era maior do que a dele. Mas só um dos dois podia se alhear do mundo e ele cedera esse privilégio à mulher. Warren ainda trabalhava e uma parte de seu trabalho incluía jogar golfe nas manhãs de sábado, calçar os sapatos com cravos no solado, fazer cara de advogado bem-sucedido e ir azeitar os contatos que traziam um fluxo contínuo de clientes para a firma. Cynthia seria a primeira a responder a qualquer um que tivesse a petulância de sugerir que, de certa forma, tinha sido mais difícil para Warren do que para ela.

Mas ninguém jamais tivera tanta desfaçatez.

Mesmo assim, ele se sentia culpado por largá-la sozinha nas manhãs de sábado, dando a impressão de estar meio sem graça. O que era bom, pois isso o impedia de perceber o quanto a esposa queria ficar sozinha neste sábado, especialmente neste sábado. Cynthia não queria que Warren estivesse por perto quando ligasse para a polícia.

Mas isso não aconteceria senão muitas horas depois. Ligar muito cedo poderia sinalizar nervosismo, o que levantaria suspeitas. Ela aguardaria até que os canais de notícias locais tivessem mostrado a foto várias vezes e, então, telefonaria, simulando ignorância, fingindo que não sabia — nem se importava — com quem estava cuidando das investigações.

O pai de Cynthia levara menos de uma hora, na noite anterior, para colocá-la em contato com o sargento Lenhardt. Ele ainda estava na delegacia à meia-noite, mas havia mandado seus detetives para casa, a fim de estarem preparados para o dia seguinte. Tudo indicava que seria um longo dia, com tomada de depoimentos e trabalho de campo, muito embora fosse o feriado de 4 de Julho. Ele tratara Cynthia com respeito e gentileza — era a filha do juiz Poole — e sugeriu que ela entrasse diretamente em contato com os detetives.

— Nancy Porter — informou — ou Kevin Infante, que é o responsável pelo caso. Mas se preferir falar com Nancy, sem problema.

— E por que eu haveria de preferir conversar com Nancy?

Ela sabia a resposta, é claro. Há coisas que jamais são esquecidas. Mas ficou curiosa. Será que o sargento também sabia? Cynthia tinha o péssimo hábito de querer saber o quanto as pessoas conheciam os detalhes de sua vida, a estranha combinação de atração e aversão que os fofoqueiros, inclusive os ex-fofoqueiros, sempre sentem por um mexerico. Ela odiava a ideia de que as pessoas pudessem estar falando a seu respeito. E também odiava a ideia de que não estivessem falando a seu respeito.

— Bem, não sei... — disse o cauteloso sargento, dando uma deixa para ela completar, se ela quisesse. Como Cynthia não fez nenhum comentário, ele acrescentou: — Pela minha experiência, vejo que às vezes as mulheres preferem conversar com outras mulheres. Os dois são bons detetives, eles vão ouvi-la, vão querer saber do que você sabe.

— Por que você mesmo não diz para eles o que acabei de lhe contar? Para que preciso ligar para um deles?

Agora era a vez de Lenhardt ser evasivo, de esperar até que ela falasse. Mas os segundos se passaram e nenhum deles dizia nada. Afinal, o sargento quebrou o silêncio.

— Se ligar para Nancy ou para o detetive Infante, então será uma pista que eles terão seguido. Se a informação vier de mim, eles se sentirão como se eu tivesse passado a perna neles.

Plausível, pensou Cynthia. Mas exatamente por ela ter achado "plausível" rotulou-a como a meia verdade que na verdade indicava ser. O sargento não estava dizendo tudo. O que era justo, já que ela também estava omitindo informação.

Então, ela sentou-se à mesa da cozinha, esperando as horas deste sábado fluírem, aguardando que a Bela Adormecida completasse o curso de seu destino, desde o berço de ouro à picada no fuso da roca e ao sono eterno, de onde só o verdadeiro amor a libertaria. Cynthia acompanhou tudo isso porque a babá eletrônica do quarto da filha era mantida ligada o tempo todo. Ah... se Tanika, lá em cima conversando ao telefone, tivesse se lembrado de ligá-la *naquele* dia... pensou Cynthia. Aquele dia, o único dia. Se ao menos Tanika, ao ouvir o telefone tocar, tivesse se lembrado de que havia um aparelho na cozinha, então não teria ido em disparada escada acima, para atender a extensão no quarto de Cynthia. Se ao menos tivesse se lembrado de que lado da porta havia deixado o carrinho, ou não tivesse mentido, mais tarde, não tivesse jurado por todos os céus que Olivia estava dentro de casa, atrás da porta de tela trancada... As mentiras mal-ajambradas da jovem babá, ditas com o intuito de acobertar-lhe os erros, apenas serviram para atrasar as investigações e fazer com que os detetives ficassem patinhando na direção errada.

Cynthia preparou o café, passou para um bule de vidro que estava sobre uma mesa de cerâmica de três pés. *Itália*, pensou ela. *Nossa lua de mel.* Sempre que pensava em Tanika deitada na sua cama, no maior papo com o namorado, os sapatos largando manchas escuras na colcha, sempre lhe surgia na mente a Itália que conhecera na sua lua de mel.

Para que ir à Itália?, os pais e amigos perguntavam ao jovem casal. Por que não ao Havaí? Ou à Jamaica? Vão a algum lugar que não demande tanto de vocês. Por que Itália?

— Por causa dos sapatos — Cynthia respondia devagar.

Todo mundo achava graça, o que ela já esperava.

— Mas você vai querer conhecer Roma, é claro, e Veneza, a Toscana, se tiver tempo — insistiam.

E Cynthia apoiaria a mão sobre o braço das tão bem-intencionadas pessoas e repetiria bem devagar, como se elas fossem surdas, e algumas delas eram mesmo:

— É tudo muito lindo. Mas estou indo por causa dos sapatos.

Ninguém acreditava nela, é claro. Essa era a vantagem quando se carrega nas tintas do próprio caráter. Ninguém acreditava que Cynthia fosse tão vaidosa ou egoísta como insistia em propagar. Talvez ela não fosse. Talvez o casal tivesse viajado mesmo por causa dos sapatos, conforme contou depois aos amigos, mas acabou fazendo turismo por toda a Itália. A viagem foi feita num molde não oficial de um-para-Warren, dois-para-Cynthia. Era assim que o casamento deles funcionava e, diga-se de passagem, funcionava bem, até o dia em que nada mais deu certo, exceto a inércia e a tristeza em comum, uma dor tão profunda que arrasaria qualquer um que tentasse carregá-la sozinho.

Na Itália, Cynthia se surpreendeu ao ver que Warren era um turista obediente e determinado. Foi a primeira novidade imprevisível do casamento dela e não é que não fosse bem-vinda, mas fez com que ficasse matutando se seria mesmo uma pessoa observadora. Ela sempre se vira como uma conquistadora, alguém que vencia etapas praticamente impossíveis; no entanto, o Warren-turista, com um guia de viagem nas mãos, se aventurava perigosamente. Em retrospecto, Cynthia se deu conta de que deveria ter percebido que um homem tão bem-sucedido e bonitão como Warren haveria de ter um pouco mais de macho sob a pele. Mas o rosto, os ombros, foram os últimos a se desenvolver na vida de um nerd. Tendo crescido em Pittsburgh, Warren fora um aluno esforçado, cuja asma o afastara dos esportes e cuja mãe solteira o mantivera longe das ruas a fim de que não ficasse tentado a se envolver com matérias extracurriculares inadequadas. Apaixonou-se pelo Egito e isso o levou a entusiasmar-se pela arqueologia como um todo. Seu sonho de lua de mel, sugerido com a hesitação de alguém acostumado a ter suas ideias rejeitadas na hora, era participar de uma escavação na América Central, um roteiro em que se paga para ter o privilégio de peneirar poeira num — talvez sim, talvez não — antigo templo. Cynthia aprendera muito com essa história.

Ainda assim, ela nunca iria impedi-lo de passar um dia em Pompeia. Mas também não lhe fez companhia: ficaria no hotel escrevendo cartões de agradecimento para os amigos da mãe, que não tardariam em dar um jeito de deixar que o juiz e a Sra. Poole soubessem que Cynthia estava demorando a cumprir a etiqueta. Em vez disso, porém, folheou os livros do marido. Arrependeu-se. Havia uma imagem da qual nunca conseguiu se livrar, uma imagem que voltava sem ser convidada, repetidas vezes. Viu-a quando seu celular tocou no dia 17 de julho, sete anos atrás. E voltou a vê-la ontem à noite, às 22h02, quando a foto de Brittany Little apareceu na tela da TV.

Era uma raridade ela assistir aos noticiários, pois a família a tratava como se ela fosse a Bela Adormecida, tentando poupá-la de determinadas informações. Só que, em vez de mantê-la longe da agulha da roca — o caso da personagem do conto infantil — evitavam que ela ficasse sabendo a respeito de crianças desaparecidas. Por sete anos, jornais foram escondidos e programas de televisão silenciados para que Cynthia não soubesse nada sobre outra criança desaparecida ou morta.

Mas o que ninguém percebia é que ela não dava a mínima para nenhuma criança que não fosse a sua e nunca iria se importar.

Finalmente deu 11 horas, o prazo que havia se imposto. Discou o número que o sargento lhe tinha dado e pediu para falar com Nancy Porter. Cynthia percebeu um estímulo na voz da mulher do outro lado da linha ao revelar seu nome, como se fosse um convite para falar sobre a história que tinham em comum. Mas ela passou batida, focando-se no presente. Nancy Porter não representava nada para ela. Por razões que Cynthia nunca entendeu direito, sentia-se envergonhada diante da jovem, como se a detetive tivesse controle ou alguma vantagem sobre ela.

— Como você deve se lembrar, minha filhinha foi levada embora, há quase sete anos — disse ela à detetive.

— Lembro-me do caso — respondeu a detetive, objetivamente.

— E é provável que se lembre de que ela também ficou desaparecida por alguns dias antes de ser... encontrada.

Cynthia fez uma pausa, se perguntando se seria necessário adicionar a palavra morta. Minha filha foi encontrada morta. Ainda hoje, odiava ter de dizer isso tão abertamente. Não era a aridez da palavra que a incomodava, mas sua simplicidade. Morta não era o bastante para abarcar tudo que acontecera à filha. A morte era terminante.

— Eu sei — sussurrou a detetive.

— Elas estão em casa, sabe? Voltaram há algumas semanas. Estão de volta, relativamente perto, menos de cinco quilômetros de onde aconteceu.

— Você tem alguma informação que as relacione com o caso de agora?

— Estão de volta, em casa. O que mais você quer?

— Bem... mas de certa forma, os dois... desaparecimentos são bem diferentes. Sua filha era um bebê; essa já é uma garotinha. Sua filha foi retirada num impulso; esse parece ser parte de um plano, com troca de roupa...

— Precisa de mais detalhes? Quer pontos similares? Pois ouça. A menininha que foi levada... — ela tentou se lembrar do nome.

— Brittany Little.

— Isso mesmo. Brittany Little. Bem, Brittany Little tinha cabelos longos encaracolados, pele da cor de café com leite. Brittany Little é, na verdade, cópia fiel da minha filha de 3 anos, que está brincando lá em cima. Mas não posso deixar de imaginar como tudo isso seria diferente se essas garotas não fossem tão incompetentes.

— Você tem uma outra filha? — A voz da detetive estava repleta de surpresa, quase admiração.

— Sim, e quero que esta continue viva. E também gostaria que Brittany Little sobrevivesse.

O sentimento chegou com uma fração de segundo de atraso. Claro que ela gostaria que a menininha fosse encontrada ilesa. Ela não gostaria que acontecesse a ninguém o que acontecera com ela. Mas no fundo, o que Cynthia queria era que Alice Manning e Ronnie Fuller fossem pegas, finalmente.

— As meninas estão sabendo da sua outra filha? Elas ameaçaram sua família de alguma forma ou tentaram entrar em contato com você?

— Isso não é hora de ficar perguntando nada. — Cynthia perdera a paciência e se transformara, por um momento, na mulher que costumava ser: a chefe, a supervisora, a assessora política, a que dava ordens e que cuidava para que elas fossem obedecidas. — Não fique sentada aí jogando conversa fora. Quem haveria de saber por que elas fazem o que fazem, no passado e agora? E quem dá a mínima para os *motivos* delas? Elas esperaram, da última vez. Está lembrada? Esperaram quatro dias. Se vocês as prenderem agora, talvez não façam o que fizeram da outra vez. Talvez elas não matem outra criança.

— Sra. Barnes...

— Você vai falar com elas. — Era ao mesmo tempo uma pergunta e uma ordem.

— Não estou autorizada a dar detalhes da nossa investigação.

Cynthia não deu chances para que sua voz transmitisse qualquer dúvida, dessa vez:

— *Você vai falar com elas.*

— Sim. — O tom era um mero sussurro. — Por Deus, sim. Claro que vamos falar com elas.

Cynthia Barnes desligou o telefone e se serviu de mais uma xícara de café. A mesinha de três pés a levou de volta para a Itália, que a levou para Pompeia, e Pompeia sempre a levou de volta para o ponto em que o mundo termina, que é na Oliver Street, na zona leste de Baltimore, no dia 17 de julho, sete anos atrás.

Ela estava numa esquina da zona leste de Baltimore, porque o prefeito — que adora roupas — vestiu um uniforme de lixeiro e saiu com a turma da limpeza para um daqueles bairros que estavam o tempo todo se queixando de que eram negligenciados. Não era para Cynthia ter ido lá, mas uma jornalista de fora da cidade estava acompanhando o prefeito, e ela queria estar por perto.

Enquanto ela bancava a babá do prefeito, Tanika, de 19 anos, aluna da escola de ensino médio Coppin, servia de babá a Olivia. Fazia um mês que ela trabalhava para os Barnes. Bem-comportada e meio sem graça, fora contratada em razão da aparente falta de interesse em rapazes e em roupas e — mais importante — os homens, supostamente, não tinham o menor interesse nela. Quem haveria de imaginar que ela já tivesse um namorado, um projeto de gângster com quem os pais a haviam proibido de se encontrar, e que ele ligasse para a casa dos Barnes de hora em hora para falar com ela? Quem haveria de adivinhar que ele iria ligar justamente quando Tanika empurrava o carrinho de Olivia para a calçada da frente e que ela entraria de volta em casa para atender ao telefone, acreditando que isso não levaria mais de um minuto? E quem haveria de prever que a babá, morta de medo de que seu pai, o reverendo, soubesse da sua desobediência, iria malbaratar 5, 10, 15, 30, 60, 90 preciosíssimos minutos tentando, por conta própria, achar Olivia? Noventa minutos tinham sido perdidos, quando afinal ela teve a coragem de ligar para o celular de Cynthia. Noventa minutos perdidos, depois quatro dias perdidos e finalmente uma vida inteira perdida.

Mas na esquina da rua Oliver com a Montford, sete anos atrás, Cynthia ignorava tudo isso. Sabia apenas que a babá estava na linha, tentando repassar a impensável notícia de que Olivia havia sumido. Naquele momento, Cynthia ainda lutava, ainda se contorcia, convencida de que podia fazer alguma coisa — e foi então que lhe veio à mente a imagem no guia de viagem de Warren, aquela que lhe revirava o estômago. Era a foto de um cão, preso a uma estaca, preservado enquanto tentava fugir. Contorcendo-se, debatendo-se, ele lutou contra a lava derretida e as cinzas, decidido a não morrer. Por algum motivo, o cão parecia mais consciente de seu destino do que todos os homens de Pompeia. Esses ficaram imóveis. O cão reagiu.

"O que houve?", perguntou sua estagiária, uma vibrante jovem chamada Lisa Bell, que se arrumava igualzinho à chefe. E nisso era tão exagerada que lhe deram o apelido de Cynthianete, ou simplesmente Junior. "O que houve de errado, Cynthia?"

Aconteceu que o fotógrafo que acompanhava a jornalista pegou o prefeito na pose que ela lhe havia pedido, no exato instante em que Cynthia fechava seu celular. A foto capturou o prefeito em primeiro plano, arreganhando os dentes enquanto despejava uma lixeira na traseira do caminhão de lixo.

Apertando os olhos, porém, lá estava Cynthia ao fundo, preservada em cinzas, como um outro cão de Pompeia.

Agora, nesta manhã de julho, ela sentiu o primeiro e verdadeiro sinal de vida que há muito desconhecia. Nem mesmo Rosalind, ainda em gestação, dando cambalhotas na tela do computador no exame de ultrassonografia, fizera com que Cynthia se sentisse tão cheia de vida, tão imprescindível. Alice Manning e Ronnie Fuller ainda não haviam acabado com ela! Bem... Cynthia Barnes estava só começando.

Capítulo 18

Helen Manning tinha acabado de se levantar quando escutou umas batidas na porta. Antes mesmo que se apresentassem, ela percebeu que eram detetives e, automaticamente, apertou a faixa do roupão, embora já estivesse bem apertada na cintura. Não era o que estava vestindo que a deixou constrangida e indecisa diante daquele homem moreno e da mulher loura bochechuda, mas porque tinha a sensação de que eles seriam capazes de ler sua mente e ver as origens dos erros que porventura cometera. Contudo, mesmo com a faixa de seda escorregadia comprimindo-lhe a cintura fina, percebeu que afinal a visita deles não lhe causara surpresa alguma. Demoraram, mas chegaram.

— Kevin Infante — apresentou-se o detetive, que tinha aquela beleza mediterrânea que Helen tanto admirara durante um tempo.

Ela alisou o cabelo e correu as pontas dos dedos pelo pescoço, como se assim pudesse apagar as rugas que resolveram fazer dali o seu lar, iguais aos colares fininhos que as garotas adoram.

— Essa aqui é Nancy Porter, minha parceira.

— Gostaríamos de falar com sua... com Alice Manning — disse a detetive.

Embora cheinha, ocorreu a Helen que Nancy era tudo que Alice antigamente gostaria de ser: amigável, gentil, popular. Miss Simpatia. A secretária da turma que nunca galgaria a presidência. Era provável que Alice ainda não tivesse perdido o desejo de querer essas coisas, coitadinha.

— Ela não está. Saiu.

— Sabe aonde ela foi ou quando volta para casa?

— Posso perguntar do que se trata? — A voz de Helen soou um pouco estridente.

— Queríamos falar com ela — respondeu a detetive com a voz firme, sem inflexões. — Só isso.

— Acho que ela foi caminhar.

— Caminhar?

— É... ela anda muito.

Céus! Ela devia estar passando a impressão de ser uma porcaria de mãe, despenteada, vestindo um surrado roupão de seda, mais parecendo uma madame do velho puteiro Storeyville. Só lhe faltava um sujeito sem camisa sentado à mesa da cozinha, cheirando a sexo e gritando por café. Mas que droga! Alice tinha 18 anos, uma adulta perante a lei. Será que Helen seria estigmatizada por causa do passado? Quantas mulheres conseguiriam exibir seus filhos de 18 anos num sábado à tarde?

— Ela tem celular? Ou um trabalho onde poderíamos encontrá-la?

— Sabe, eu venho insistindo para que ela arranje um trabalho — Helen sentiu-se aliviada por ter podido contar uma verdade, por menor que fosse. — Ela diz estar procurando. Vai ver é isso que ela está fazendo agora.

— Sabe onde?

— Bem... não. — Helen tentou se lembrar da conversa que tivera com a filha: — Não nos supermercados, pois os empregados são sindicalizados. E nas lojas de conveniência também não. Não são seguras. Vocês não concordam? Vocês não gostariam de ter uma filha trabalhando numa loja de conveniência, não é mesmo?

Ela flertava, percebeu, instigando o detetive a dizer que ele não tinha uma filha e que nem sequer era casado, para falar a verdade. Quem sabe ele não rabiscasse o telefone de casa no cartão de visitas ou perguntasse, como quem não quer nada, se havia um senhor Manning. Mas foi a mulher que sacou de um cartão e entregou-o a Helen.

— Você poderia nos chamar quando ela chegar em casa? É só uma conversa. Nada formal. Talvez tenha a ver mais com os amigos dela do que com ela.

— Alice tem amigos? — Helen não podia acreditar na idiotice do que acabara de falar. Que besteira! Ela nunca havia feito nada parecido antes, nunca! — O que quero dizer é que ela faz segredo de tudo, até onde eu sei.

— E quando foi que ela voltou para casa? — perguntou a detetive.

Até aquele instante, Helen procurava se agarrar à ideia de que tudo isso não passava de uma coincidência, de que não havia nenhuma ligação entre presente e passado. *Que droga, Alice*, pensou ela, de repente ficando irritadíssima com a filha. Mesmo com todas as chances de recomeçar: segundas chances, até terceiras chances, a filha preferia punir Helen a tirar vantagens das oportunidades que apareciam.

— A que horas ela chegou em casa ontem à noite?

— Sou obrigada a responder?

— Não — disse o detetive. — Mas por que não responder?

— Posso imaginar uma porção de motivos. Para começar, vocês ainda não me disseram do que se trata.

— Bem, na verdade não é especificamente sobre nada. Estamos trabalhando num caso e sua filha talvez possa nos ajudar. Só isso.

Ah... eram eles! Os policiais de que Helen se lembrava. Menos prestativos impossível. Eles haviam sido tão enlouquecedoramente lacônicos, tão evasivos, sempre se esquivando de dar uma resposta direta... Calados, circunspectos, insistindo no estritamente necessário, mesmo quando começaram a destruir sua vida. *Reconhece isto, Sra. Manning? Já viu isto antes, Sra. Manning?* As perguntas vieram antes que ela pudesse se concentrar no *isto* da pergunta, feitas por aquele outro detetive mais velho e implacável e que exalava cheiro de cigarro. Ela se recusara a olhar o objeto que se encontrava dentro de um saco que um policial segurava, ansiosa por não reconhecê-lo, mesmo sabendo não haver alternativa.

Afinal, o nome de Alice estava escrito no fundo da caixa de metal, o marca-texto na cor roxa. Alice escrevia o próprio nome em tudo quanto era coisa: brinquedos, livros, cadernos. Certa vez, chegara a arranhar suas iniciais no verso de um medalhão que tinha seu nome gravado na frente: "Porque só está escrito Alice, não Alice Manning", a filha lhe explicara, na ocasião, "então uma outra Alice poderia pegá-lo". Alice se preocupava demais com Alices imaginárias, pequenas fantasmas que queriam roubar tudo que ela possuía. Por isso, escrevia seu nome inteiro sempre que podia, o que incluía seu segundo nome, do qual nem mesmo gostava, só para ter certeza. Alice Lucille Manning, Alice Lucille Manning, Alice Lucille Manning, ALICE LUCILLE MANNING. "Esse nome que você me deu foi por causa da Lucille Ball?", ela indagara à mãe. "Não, foi em homenagem à mãe da minha mãe."

"Oh, que pena...", dissera Alice. "Mas será que posso dizer às pessoas que você me deu esse nome por causa da Lucille Ball, como se ela fosse uma parenta distante?"

Pelo menos esses detetives não traziam nada nas mãos, um alívio sem grande valia. Talvez seja mesmo apenas uma coincidência, um acidente de trânsito, uma testemunha de assalto, nada além disso.

— Não sei a que horas ela volta — disse Helen. — Mas sempre vem jantar em casa. Especialmente aos sábados, pois pedimos pizza.

O olhar da detetive ao sair era de compaixão. Helen não se importou. Piedade era mesmo o mínimo que merecia.

O cair do sol criava um clarão ofuscante no estacionamento do shopping Westview, de modo que Ronnie só reparou no homem e na mulher que caminhavam na direção do Bagel Barn, quando eles estavam lá dentro. Mas assim que os viu, percebeu que eram um tipo qualquer de autoridade com uma tarefa a cumprir. Vigilância Sanitária? Não num sábado, nem muito menos armados. Seguranças do shopping? Não. Esses caras usam uniforme e não andam em duplas. Policiais!

— Ronnie Fuller? — perguntou a mulher.

Sua fisionomia não lhe era estranha, mas Ronnie não a reconheceu. Talvez ela apenas tivesse um daqueles rostos...

— Eu.

— Precisamos falar com você, se possível.

Ronnie percebeu que Clarice podia ouvi-los, embora estivesse de costas.

— Vou dar uma descansada daqui a cinco minutos. Se puderem esperar... Encontro vocês lá fora, ok?

— Tudo bem.

Os policiais não saíram. Pegaram uns refrigerantes e se sentaram a uma mesa redonda, virados para Ronnie, observando-a. Conversaram em voz baixa, normalmente, mas um deles estava o tempo todo de olho nela, às vezes os dois. E como Clarice volta e meia lhe lançava um olhar, Ronnie foi ficando nervosa. Há muito tempo que não havia tanta gente olhando para ela ao mesmo tempo.

Os cinco minutos levaram uma eternidade para passar, fato que ela registrou como bem estranho. Considerando que não queria conversar com eles, o ponteiro dos minutos do grande relógio da Coca-Cola deveria ter andado cinco pontos em questão de segundos. Mas o tempo se arrastava. Ela atendeu alguns clientes, umas adolescentes. Às vezes se esquecia de que também era uma adolescente. Sentia que tinha mais coisas em comum com Clarice do que com as garotas do outro lado do balcão. As duas comparavam seus calos — os que apareciam por estarem o tempo todo de pé — e conversavam sobre como as pernas lhes doíam no fim do dia.

— Pode fazer a pausa agora — disse Clarice, afinal. — Fico no caixa, embora não haja quase nenhum movimento.

Ela dava a impressão de querer dizer mais alguma coisa, com aqueles bondosos olhos castanhos, mas o quê? Será que ficara desapontada com a jovem porque os policiais apareceram para falar com ela? Pois ela ficaria mais triste ainda se soubesse do passado de Ronnie. Será que ela permitiria que continuasse trabalhando ali? Provavelmente não. E mesmo se aceitasse, deixariam de ser amigas. Com certeza a trataria com educação, mas distante, do jeito que fazia com os clientes. Enquanto as adolescentes estavam diante do balcão, dando risadinhas e trocando os pedidos sem parar, Ronnie podia sentir o quanto Clarice as detestava. *Brancas, imbecis, cheias de si, frívolas.* Ronnie morreria se Clarice a tratasse desse jeito.

Mas se Clarice soubesse sobre Olivia Barnes, acharia que Ronnie era uma dessas brancas que odeiam os negros. Essa tinha sido outra das mentiras da mãe de Maddy. De todas as coisas que Ronnie havia feito, ou fora acusada de ter feito, esse detalhe permanecia muito vivo. Ela havia dito uma palavra horrível, uma palavra que jamais poderia ser retirada. Por isso que a maioria das pessoas acreditara em Alice, não nela, quando chegara a hora da verdade. Alice nunca dissera a terrível palavra.

— Só vou dar uma passada aqui atrás — disse aos detetives — para pendurar meu avental. Não podemos usá-lo fora da loja. Normas da Vigilância Sanitária.

Clarice provavelmente lançou-lhe um olhar estranho, já que sabia que era mentira, mas Ronnie nem ligou e apressou-se a entrar na cozinha, onde O'lene cuidava dos fornos.

— Oi, Ronnie, será que preciso botar uma fornada para assar ou já temos o bastante até as 15 horas? — perguntou O'lene.

— Já temos — disse Ronnie entredentes.

Dobrou o avental, pondo-o em cima das caixas, e abriu a porta de serviço, normalmente usada pelos entregadores.

— Ei! O que você dis...

Mas Ronnie já não podia ouvir a voz de O'lene. Corria que nem louca na direção da Rota 40. Não fazia a menor ideia de para onde ir, nem o que haveria de fazer. Sabia apenas que quando eles vêm no seu encalço é porque já estão de cabeça feita. Então, só lhe resta correr e ser livre por mais algumas horas. Sendo assim, só lhe restava correr.

Faltavam alguns minutos para as 18h quando Alice entrou em casa pestanejando que nem louca. Helen não aprovava o ar-condicionado — esse era o termo exato, *aprovava*, como se o aparelho fosse uma ideia ou um hábito — e por isso mantinha a casa na escuridão, e as janelas fechadas, durante o verão. E dava certo. A temperatura da sala de visitas ficava bem agradável. Mas a mudança repentina de intensidade de luz incomodava muito os olhos de Alice, que podia jurar que sentia suas íris se abrirem, desesperadas por um pouco de luz para enxergar através da penumbra da sala.

Então pôde ver Helen, sentada na antiga poltrona, uma doação do Exército da Salvação, hoje estofada com um tecido floral que Helen adorava. Da Marimekko, Alice se lembrou: "Tive um vestido feito com essas estampas finlandesas quando tinha sua idade", Helen havia dito. Agora lá estava ela, ainda de roupão, embora fosse quase hora do jantar.

— Teve um pessoal aí procurando você.

— Pessoal?

— Detetives da polícia.

— E o que eles queriam?

— Falar com você.

— Por quê?

— Não falaram. Por que você não me diz?

— Como posso lhe dizer, se não sei?

— Você tem certeza de que não sabe?

— Claro que tenho certeza.

Alice sentou-se no sofá, retirou os sapatos e examinou as solas dos pés. Estava usando um creme especial para o calcanhar, mas eles continuavam rachados, lanhados de tanta perambulação, que é como veio a chamar suas longas caminhadas. Ela gostaria de conhecer alguém além de Helen que lhe perguntasse o que andava fazendo nesses dias, porque adoraria responder: "Eu? Ah... perambulando." Soava tão romântico.

— Alice, não vou aguentar passar por isso de novo!

— Isso o quê?

— Você sabe.

Alice sabia, mas queria que Helen dissesse abertamente.

— Não faço ideia do que você está falando.

— Alice, baby.

— Não me chame de baby.

— Você é meu bebê. Meu único bebê. Você sempre será o meu bebê.

— Tá bom — disse Alice com uma curta risada. — Tá bom.

— Por que a polícia iria querer falar com você?

— Já disse, não sei. Mas acho que só existe uma maneira de se descobrir.

Alice esticou a mão, mais cansada do que quando chegara da caminhada. Antes se sentira energizada, apesar de um longo dia de perambulação. Havia pensado na pizza de sábado à noite, que Helen insistia em pedir de um desses lugares de comida sofisticada, que serviam pizza com coisas como camarão e *fajitas* de frango e até folhas de uva recheadas. Alice se contentaria com uma só de queijo, da Domino's. Em vez disso, acabava sempre pedindo uma chamada *margherita*, que não passava de tomate com queijo. E Helen também. A mãe vivia dando os mais fantásticos nomes às coisas mais corriqueiras. Uma pizza de tomate com queijo é *margherita*, um pedaço de pano é Marimekko.

Helen olhou espantada para a mão esticada de Alice.

— Eles lhe deram um cartão, não foi? Dê para mim.

Helen pescou-o do bolso do roupão e passou-o à filha. Nancy Porter. Município de Baltimore. Delegacia de Homicídios.

— Você vai ligar? — Helen quis saber, como se Alice fosse o adulto da família, quem tomava as decisões.

— Depois do jantar. É dia de pizza, lembra?

— Mas aí eles já terão ido embora para casa.

— Então ligo na segunda.

— Mas...

— Se for importante, vão voltar — disse Alice, já a caminho da cozinha para apanhar o cardápio com o número do restaurante, preso à porta da geladeira por um ímã com a imagem de Glinda, a Boa Bruxa do Norte. Embora soubesse o cardápio de cor, gostava de estudá-lo antes de escolher. Quem sabe, ela resolvia experimentar um sabor diferente? — Eles sempre voltam.

Capítulo 19

Nancy e Infante conseguiram tornar aquela tarde bem proveitosa, sondando as lojas do shopping, à cata de alguém que tivesse vendido tesouras ou roupa de criança. E as pessoas interrogadas ajudavam bastante, o que era uma raridade. Bem... pelo menos elas *desejavam* ajudar. Uma menininha desaparecida desencadeia esse tipo de reação. Mas na verdade ninguém sabia de nada e a falta de informação leva mais tempo para ser processada e avaliada do que dicas pertinentes.

Mesmo assim, Nancy e Infante se sentiam quase satisfeitos com o que conseguiram fazer naquele dia. Quase. Uma fuga equivalia a uma confissão. Ronnie Fuller tinha um segredo e ela lhes diria assim que fosse encontrada. E eles iriam achá-la. Alguém que trabalhava no Bagel Barn e morava com os pais não ficaria sumida por muito tempo. Ronnie nem mesmo sabia dirigir, conforme Nancy e Infante ficaram sabendo pela mãe, uma mulher que não era pálida, mas mais exatamente acinzentada e deformada, como uma boneca deixada ao relento por tempo demais. Ronnie não tinha namorado nem amigos, ponto final. Foi assim que a mãe dela se expressou, sentada à mesa da cozinha, a cabeça baixa de humilhação. "Nenhum namorado. Nenhum amigo. E isso é tudo."

Mas e se o passar das horas significasse alguma coisa? Mesmo que a cliente deles fosse um cadáver — e esse era o slogan reservado que Lenhardt usava para o departamento: "Seu defunto é nosso cliente" —, as horas faziam toda a diferença. Contudo, se a menininha estivesse sendo mantida viva, do mesmo jeito que acontecera com Olivia Barnes, então o tempo era um inimigo e um aliado, um aborrecimento ou uma ilusão. Cada minuto que passava os enchia de esperança. Cada minuto os inundava de desespero.

— E sabe qual seria o pior desfecho possível? — disse Nancy, falando como se estivesse libertando os pensamentos.

Infante alcançou a colega, tal qual um dançarino acostumado a acompanhar as improvisações da parceira no salão de baile.

— Se ela tivesse ficado viva por um tempo, mas agora não mais — disse.

— O que estou dizendo é que se ela vai morrer, o melhor é que ela estivesse morta desde que foi pega, no início da noite de sexta-feira. Se não, é perder ou perder. As pessoas vão ficar nos criticando e não adianta, pois tudo que fizermos será, em retrospecto, a coisa errada. E solucionar o crime não terá a menor importância.

— Não vai importar tanto.

— Tenho de dizer... acho que ela está morta.

— Não sei o que pensar. Não faz sentido. Cortar o cabelo e trocar a roupa levanta a hipótese de sequestro com um determinado objetivo. Mas aí temos a camiseta ensanguentada.

— Só que não é o sangue dela.

— Mas isso não se parece em nada com o que elas fariam. As duas garotas, quero dizer. Nenhuma similaridade com o que elas fizeram da última vez.

— É verdade... você as conhece bem, não? — a voz de Infante soou supercasual, o timbre que ele usaria num interrogatório.

Nancy ficou se perguntando o que Lenhardt confidenciara a Infante ontem à noite, no banheiro masculino. Disseram para ela que o chefe queria que ela e Infante cuidassem do caso, porque era a vez de Jeffries, mas ele não era muito bom. A um ano de completar vinte-anos-e-cair-fora, ele mais parecia uma peça de mobília antiquada e eles estavam o tempo todo o empurrando de um lado para o outro, sentimentais demais para chamar o caminhão de lixo para levá-lo embora dali. Então a desculpa de que Lenhardt não o queria no caso era aceitável. Aceitável, plausível... mas o chefe seria o primeiro a lembrar a Nancy que essas palavras não garantiam a verdade: apenas uma imitação razoável. Histórias aceitáveis eram do tipo que eles desbaratavam todo santo dia.

— Eu não diria que as *conheço* — respondeu Nancy pensando no que ia dizer. Hoje fora a primeira vez que se dirigira a Ronnie Fuller; e quanto a Alice Manning, não passava de um rosto que vira de relance no tribunal, há muito, muito tempo. Foi a *obra* delas que acabou se imiscuindo na sua vida; a prova da sordidez delas, não as próprias moças. — Tive uma... leve ligação com o caso de Olivia Barnes. Então, que coincidência, não, eu estar trabalhando neste caso?

Ela dava a Infante a oportunidade de contradizê-la, de lhe contar que Lenhardt os passara na frente no rodízio por uma razão específica.

— Não sei não... você trabalhou como policial durante muito tempo e por isso tem chance de ver certas pessoas mais de uma vez, mesmo que troque de jurisdição. Igual a Lenhardt e o caso Epstein.

— É...

Nancy não fazia ideia de a que Infante se referia. Para ela não era problema nenhum perguntar sobre as coisas que não sabia, mas, nesse caso, achou que acabaria sabendo de um bocado delas pelo contexto. Mas precisava ser paciente. *O caso Epstein.* Resolveu esquecer esse assunto, pois sabia que a qualquer hora esse caso viria à tona.

Iam pelo anel rodoviário, completando o extenso e largo contorno da cidade, de volta ao distrito. O vasto e inexpressivo território ocupado pelo município ainda impressionava Nancy. Se somasse o tempo que passava dirigindo, calculava que isso lhe tomaria um terço do ano. Havia quem achasse que o município tinha o formato de chave inglesa, com Baltimore no lugar do parafuso de aperto. Para Nancy mais parecia um catarro escorrendo da Linha Pensilvânia, formada por regimentos de infantaria. "Tanto espaço, tão poucos crimes", dissera Lenhardt, sua voz soando como se tivesse saudades do Distrito Policial da cidade. É... um bom lugar para se esconder. Mas Ronnie também não conhecia o município. Era uma garota da cidade e o único lugar que frequentara nos últimos sete anos tinha sido a instituição para delinquentes que cuidara dela.

Tudo o que Ronnie tinha era uma vantagem de cinco minutos sobre eles e até agora essa diferença provara ser o bastante. E também foi esse o tempo de que precisaram para concluir que ela não apareceria vindo da cozinha, que não estava pendurando o avental, nem usando o banheiro ou penteando o cabelo. O'lene, a moça que trabalhava nos fornos, simplesmente deu de ombros enquanto dizia não ter notado nada. A gerente, Clarice não-sei-quê, foi tão pouco prestativa quanto sua coragem lhe permitia. O desprezo que sentia por Nancy e Infante era palpável. Negra, de meia-idade, morando e trabalhando na zona sudoeste de Baltimore, tinha tudo para não ser fã de policiais, pouco importavam as circunstâncias do caso. Mas a antipatia de Clarice era bem nítida, bem pessoal. Nancy teve a sensação de que a mulher não queria que ninguém conversasse com Ronnie antes que ela tivesse a chance de ouvi-la.

No entanto, foi Clarice quem, sem querer, disse aos policiais o que eles precisavam saber. Na sexta-feira, no dia em que Brittany Little desaparecera, Ronnie havia saído às 15h30. Clarice lhes contara sobre isso no intuito de elogiar a assiduidade da funcionária, seus excelentes hábitos no trabalho, e eles fizeram que sim com a cabeça, como se concordassem. Mas isso significava que Ronnie estava fora do restaurante, por sua própria conta, a apenas uns 100 metros da Value City, a apenas algumas horas antes de ter sido dado o alerta de que Brittany havia desaparecido.

— A mãe de Brittany Little ligou para a polícia mais ou menos às 18h30 — disse Infante. — Isso daria a Ronnie Fuller três horas para cruzar o estacionamento, comprar o que precisasse e pegar sua vítima.

— Mas veja que isso não faz sentido algum, caso a ideia central seja a de que a menininha se pareça com a irmãzinha mais nova do bebê que Ronnie matou sete anos atrás. Se Cynthia Barnes estiver certa, é um caso de erro de identidade. Mas Ronnie conhece Cynthia e o marido dela. Se ela viu Brittany com a mãe verdadeira, então não teria como se confundir.

— Talvez ela tivesse achado que a mulher fosse a babá ou coisa parecida. Eu diria que Maveen Little foi bem convincente, por mais burra que seja. Repetiu a mesmíssima história, mesmo tarde da noite, quando fomos ouvir o depoimento dela. Aliás, você já namorou um negro?

Agora era a vez de Nancy acompanhar a troca de assunto.

— Só porque o namorado dela é negro e o pai da garotinha é negro não significa que ela só saia com negros.

— Aposto que sim. Faz o tipo. Você vê toda hora, sobretudo nas zonas sul e sudoeste de Baltimore. O que será que isso quer dizer? Isso de mulheres brancas que só namoram negros? Nunca entendi.

— Não faço a menor ideia.

— E aí, você já namorou um negro?

— Estou com Andy desde o ensino médio. Praticamente não saí com mais *ninguém*.

— Tá... mas você sairia com um? Assim... Denzel Washington? Você sairia com ele? Não *ele*, poxa, até eu me interessaria por ele, com todo aquele dinheirão e toda aquela beleza. Mas vamos dizer que haja um sujeito, deixe-me ver, e ele é atraente, educado e sabe agradar as mulheres. Você sairia com ele?

— Sou *casada*, está lembrado?

— Mas se você não fosse casada! Vamos lá! É só uma brincadeira, Nancy. Você sairia com um negro, do tipo que descrevi?

— Mas claro.

Na verdade, achava que não sairia, mas não poderia radicalizar. Gostava mesmo de louros, homens com a aparência dos poloneses que conhecera por toda a vida. Algo que tinha a ver com o pai.

— Adoraria sair com uma mulher negra...

— Pensei que você se derretesse pelas ruivas.

— Ah... Sou... como é mesmo que se diz? Estou em todas.

Nancy teve de rir. Era muito fácil perdoar as fraquezas de Infante quando se é assim tão honesto. Ele não fingia ser nada além do que era.

Ela gostaria de poder dizer o mesmo sobre si.

O sol estava se pondo quando voltaram ao distrito. O mais longo dia do ano viera e se fora, mas os dias ainda seriam bastante longos e um caso como esse não concedia permissão para se botar um fim natural ao dia. Às vezes, ir para casa era uma forma de disciplina, um modo de aceitar sua condição humana de necessidade de descanso e comida. Mas quem largaria o trabalho para trás e, menos ainda, quem conseguiria dormir sabendo que uma menininha estava desaparecida? Fora emitido o Alerta Amber esta manhã, responsável por espalhar a notícia do sequestro de uma criança, e Lenhardt lhes avisou que o diretor do departamento queria iniciar uma busca geral se não apresentassem pistas concretas dentro de 24 horas. A única dúvida era por onde começar as buscas, como esquematizar um plano? Partiriam da área ao redor do shopping? Ou da casa de Ronnie Fuller?

Ou do local do antigo crime, onde Olivia Barnes fora assassinada.

Leakin Park, provocou uma voz na cabeça de Nancy, a mesma que ela passara o dia ordenando que se calasse. *Você terá de voltar ao Leakin Park.* Uma voz neutra, desapaixonada, que se tornou mais insistente conforme Nancy se aproximava da delegacia. Imaginava que a voz fosse dela mesma, mais velha, mais sábia, que vinha do futuro para visitá-la. Por vezes, desejava que a voz lhe transmitisse tudo que sabia; noutras, queria que ela fosse embora, que a deixasse em paz.

E, além do mais, a casa do Homem da Galinha com certeza não estava mais lá. Não só já estava caindo aos pedaços sete anos atrás, como também o projeto de rodovia devia ter significado o seu fim. Ou talvez os Barnes tivessem contratado um trator para derrubar tudo. Aquela casa triste e malcuidada não era o tipo de monumento que alguém escolheria para reverenciar a memória de um filho.

O *pager* de Infante tocou quando haviam chegado ao estacionamento da delegacia e, olhando para o aparelho, ele disse:

— Estranho. Vem de dentro do prédio, da mesa telefônica.

Entraram na portaria e a recepcionista os olhou nem um pouco surpresa pela sincronia que fez aparecerem os dois detetives na sua frente, segundos depois de ter enviado a mensagem.

— Essas senhoras — disse a recepcionista através dos furos do painel de segurança de plástico transparente plexiglas — vieram falar com vocês.

Infante e Nancy se viraram e então repararam nas duas mulheres sentadas na recepção. Uma delas era Helen Manning, que parecia outra pessoa vestida com roupa de sair; a outra, uma mulher gorda, quase obesa, de camiseta cor-de-rosa e legging em estampado bem colorido e inimaginavelmente apertado.

— Sou Alice — disse a gordona — e quero ajudá-los.

Capítulo 20

Mira Jenkins dava plantão na sede do *Beacon-Light*, para mais uma daquelas maçantes noites de sábado, tentando descobrir algo exatamente quando os jornais decidiram que preferem que nada aconteça. Viera para seu plantão noturno semanal determinada, como sempre, a fazer das tripas coração para conseguir que uma reportagem — com seu nome — saísse no jornal do dia seguinte. Mas o repórter diurno que cobria a seção policial fora lamentavelmente eficiente, dando furos no rol de prováveis assassinatos e acidentes de trânsito com mortos e transformando-os em pautas. Tudo que sobrara para Mira eram relatórios do estado clínico daqueles que não tiveram a delicadeza de morrer antes das 17 horas.

Agora, perto de dar 22 horas, ela não teria permissão para sair da redação, a não ser que tivesse sido deflagrada a — que número mesmo? — Guerra Mundial, que para o seu jornal significava assassinato múltiplo num bairro violento ou um — bastava um — homicídio num bairro bom, porque o editor da noite não tinha poderes para autorizar horas extras sem o aval do editor-chefe. E mais, ela tinha de estar na redação para assistir aos noticiários das 22 e das 23, porque a única coisa que os canais de televisão faziam melhor do que os jornais era interceptar histórias nas radiofrequências oficiais.

Mas mesmo nesses casos específicos, não havia garantia de que seu nome sairia no crédito da reportagem. Dependendo do fim de semana, alguns editores rejeitavam até os múltiplos assassinatos como notícia, com base na faixa demográfica. Mas também havia acontecido de Mira ir parar num sábado de madrugada num daqueles bairros barra-pesada por causa de um incêndio, mas sem nenhum defunto, só porque uma imagem no vídeo prendera a atenção do editor-executivo.

Sua obrigação principal, conforme lhe fora explicado quando começou a trabalhar sábado à noite, era sair para buscar o jantar às 20 horas. O editor da noite, que em outras esferas a mantinha na rédea curta, faria qualquer malabarismo para ter certeza de que ela estivesse disponível para essa tarefa.

— Você escolhe — dizia ele, abanando os cardápios de entrega em domicílio. — Comida chinesa, pizza, japonesa. Você busca, você escolhe.

— Por que sou obrigada a trazer seu jantar? Porque sou mulher?

— Ah, fique calma, Gloria Steinem. — Ele era um sujeito tão desligado que disse mesmo Gloria Steinem. — Os policiais da noite jantam. Pergunte a qualquer um. Pergunte ao copidesque. Pergunte ao *cara* que trabalhava aqui antes de você. Este aqui é um bairro perigoso depois das 18 horas de sábado. Temos de disfarçar a comida num saco de papel pardo e mandar alguém na rua buscar o jantar. E leve seu bip.

A última recomendação era desnecessária. Mira sempre estava de bip. Ela começara no jornal com um, embora não fosse um acessório muito comum para um repórter que cobria a região da sucursal do município. Ela tivera a esperança de que ficasse no posto uns seis, talvez nove meses, no máximo. Mas, passados um ano e cinco meses, continuava empacada no município, vendo repórteres mais novos e menos preparados sendo chamados para a sede. E tudo por causa de um erro, um erro que poderia acontecer a qualquer um; que nem mesmo tinha sido totalmente culpa sua.

No entanto, Mira era talvez a única pessoa no jornal que não creditava toda a responsabilidade por estar ainda empacada no que veio a ser conhecida na redação como Aquela História. Não, Mira culpava seu próprio nome.

— É Mira, Mira. — Ela praticamente cantava ao telefone quase todos os dias. — M-i-r-a, Mira.

Toda a confusão fora causada por ela mesma. Batizada como Miriam, resolvera, ao entrar para a faculdade, alterar o nome, para *Mira*, pois *Miriam* soava antiguinho; já *Mira*... bem, Mira tinha um certo glamour. O que, porém, não podia prever, é que passaria a vida corrigindo as pessoas: "É Mi-ra, não *Miriam*.

Mas se fosse possível fazer tudo de novo, ela jamais teria corrigido o editor-chefe quando ele a chamou de Miriam. "É Mi-ra", reagiu no automático, e logo sacou a gafe que acabara de dar. Nasaldamus, como o editor do jornal era conhecido nos bastidores, ficava desnorteado quando cometia um erro, por mais inócuo que fosse, tal como pronunciar um nome incomum. Mira conseguiu o emprego, mas percebeu claramente que se Nasaldamus — que naquele momento só conhecia pelo nome de Willard B. Norton — quisesse que ela fosse Miriam, ela deveria ter aceitado ser Miriam.

Ela tentou se reabilitar depois da gafe inicial fazendo alguma coisa realmente diferente e que quebrasse o código cultural do lugar, do mesmo jeito que fizera no ensino médio, na faculdade, nos estágios e no emprego anterior. Tudo indicava que tinha muito do que era indispensável para ser bem-sucedida no jornal: era jovem, batalhadora e bela, na medida certa. *Na medida certa* sendo traduzido — da forma como tudo mais sobre Nasaldamus era traduzido — por indução e exemplo. A julgar pelas mulheres que contratava, a opção dele era pela beleza das magras não muito chamativas nem descaradamente sensuais. Ele também gostava que as mulheres pedissem sua opinião em todos os assuntos — sérios ou não — e que o tratassem como um tipo de pai. As jovens concordavam que era meio sinistro, mas inofensivo: um gênero de flerte disfarçado que há muito tempo fazia parte de suas belas vidas.

Após aquele infeliz primeiro encontro, Mira se mirou nas mais bem-sucedidas repórteres. E também aprendeu a transformar o casual "dá uma passadinha na minha sala" de Nasaldamus em compromisso, quando pedia sugestões de reportagens e conselhos para sua carreira. Se ele voltasse a chamá-la de Miriam, tudo bem, ela não ligaria; porém, ele não esquecera a falta de delicadeza por tê-la chamado por outro nome: "Olha, é Mira, com um i e sem m", ele disse na vez seguinte que ela entrou na sala dele. E repetiria a mesma coisa sempre que passava por ela no corredor ou nas raras visitas que fazia à redação. Ela começou a suspeitar de que isso era tudo que ele sabia a seu respeito.

Quando ela pedia a ele orientações sobre o rumo a tomar, dizendo-se pronta para novos desafios e reportagens maiores, ele se tornava ambíguo e esquivo, como se ela fosse uma vendedora de telemarketing de quem ele queria, educadamente, se livrar:

— Observo que o pessoal daqui não dedica tempo suficiente às suas reportagens, não se entrincheira para aprender a reconhecer os bastidores e as complexidades das reportagens especiais. Eu prevejo... — Ele era o todo-poderoso das previsões, o que explicava parte de seu apelido. E falava com o dedo em riste, qual um feiticeiro. — ... eu prevejo que terá tempo de sobra para fazer muitas outras coisas.

— Mas até lá...

— Vamos continuar dando àqueles bairros toda a atenção e cuidados que eles merecem. Vá às reuniões da comunidade, convide os ativistas locais para almoçar. Aprimore a lista de seus contatos, de seus informantes. Os bairros são os elementos fundamentais da sociedade, o DNA de Baltimore.

— Sim, mas os bairros não são tão bem definidos no município quanto o são na cidade — ela se aventurou em dizer, cuidando para que soasse mais como uma pergunta do que como uma provocação.

Conversar com Nasaldamus era uma variação do *Jeopardy!*, programa de perguntas e respostas na TV em que todas as respostas tinham de ter o formato de pergunta. E ele simplesmente fazia que sim com a cabeça, presumindo concordância na voz dela. Às vezes ela podia jurar que Nasaldamus não escutava nem as palavras que saíam de seus lábios nem da boca de ninguém. As respostas que ele dava não se encaixavam muito bem nem eram pertinentes. Parecia que algo se fechava dentro dele quando outra pessoa falava, como se ele saísse do próprio corpo numa projeção astral, somente retornando quando era a vez de ele ter o leme da conversa.

— É verdade. Mas os bairros são o DNA da nossa cidade e você tem de ver a si mesma como uma cientista tentando decifrar o genoma.

E ela honestamente concordava com a cabeça, os olhos para cima e para baixo, sempre mirando os negros e abissais buracos do nariz dele, razão da outra metade da alcunha. As narinas dele eram impressionantemente monumentais, e pelo modo como ele posicionava a cabeça enquanto falava, seus repórteres se viam forçados a mirar dentro daquelas fossas.

— Cuidado com ele — advertiu um jornalista mais velho nas primeiras semanas de trabalho. — Ele vai te mandar para o milharal.

— O quê?

— É... você é jovem demais para se lembrar daquele episódio do seriado *Além da imaginação*. Em que havia um garotinho com poderes paranormais que mantinha a cidade toda sob seu domínio porque impunha castigo a quem não fizesse exatamente o que ele queria. Na verdade, seus desejos eram: comer sempre a mesma coisa, entra dia, sai dia, e ter uma festa de aniversário diariamente. É isso e pronto. Se ele pega você com pensamentos diferentes, manda você para o milharal, significando que pode se considerar morta.

Mira deu de ombros, entediada, como sempre, pelo hábito da geração nascida no pós-guerra de se referir a coisas de sua juventude. *Além da imaginação*? Era só o que faltava! Por que não fazer comparações com a série *The Honeymooners*, por que não Fibber McGee? No seu modo de pensar, qualquer um que se recordasse de televisão em preto e branco devia tomar vergonha e ler algumas revistas, para se atualizar, para saber o que andava acontecendo.

Nasaldamus não podia enxotá-la para os milharais, porque ela já estava lá. Mas ele tinha poderes para forçar sua permanência nessa espécie de limbo, por causa dos erros dela. E o mais irônico era que Aquela História fora culpa dele. Mas só ele e Mira sabiam disso. Fora Nasaldamus quem passara o bilhete de próprio punho para ela, naquela sua inconfundível caligrafia em vermelho, que dizia: *Apenas uma sugestão, mas parece bem interessante.*

Apenas uma sugestão era entendido, por todos da redação, como *Faça, agora!* Então ela resolveu dar tudo de si. Pegou o carro, dirigiu até o bairro de Woodlawn e entrevistou um senhor mais velho, negro, sobre o papel dele na dessegregação do parque de diversões Gwynn Oak, que ficava nas redondezas. Quase quarenta anos depois do fato, o homem queria comprar o imóvel abandonado, que permanecera cercado, nada além de um terreno baldio num outrora bairro residencial, mas que hoje estava em vias de rápida deterioração. O entrevistado descrevera seu projeto visionário de um parque público, com estátuas dos líderes da causa dos direitos civis. Tudo de que ele precisava, explicou, era o dinheiro para lançar-se no negócio. O interesse era tamanho que ele se dispunha até a hipotecar a modesta casa em que vivia para fazer a bola rolar. Foi isso mesmo que ele disse: fazer a bola rolar.

A reportagem saiu na primeira página, no dia do aniversário de Martin Luther King, e a única bola que rolou foi a que atingiu feio a carreira profissional de Mira. O telefone começou a tocar às 7 da manhã, arrasando com o repórter policial, que era a única pessoa na redação, tão cedo num feriado. O problema é que o senhor que Mira entrevistara era um charlatão de quinta, que sofria de problemas mentais. No dia em que os líderes do ativismo pelos direitos civis foram em passeata para Gwynn Oak, ele estava cumprindo pena por furto. O sonho dele pode ter sido verdadeiro, mas quase todo o resto da história era uma balela. Ele nem mesmo era dono da casa que pretendia hipotecar.

Que mente mais doentia haveria de inventar uma mentira tão deslavada? Com que finalidade? "Se sua mãe disser que a ama, antes vá tirar isso a limpo", disse um dos repórteres mais velhos, em aparente solidariedade; mas Mira desconfiou de que ele estivesse exultante com a mancada que ela dera. Embora nem o nome dela nem a reportagem tivessem sido citadas nos memorandos e seminários que se seguiram, todos estavam cientes dos porquês da ordem superior de examinar o registro policial e os arquivos dos recortes de jornal. Se Mira tivesse comparado o nome da fonte da sua história com a cobertura jornalística original, poderia ter constatado que ele se equivocara em vários detalhes importantíssimos.

O plantão de sábado à noite fora seu autocastigo. Ela fechara um acordo com Nasaldamus e a secretária que cuidava da folha de pagamento: trabalharia seis dias por semana pelo salário normal, abrindo mão das horas extras. Os chefes sabiam que ela nunca iria pedir para compensar as horas a mais, porque ela nunca tirava as duas semanas de férias a que tinha direito. E isso fazia parte da cultura do jornal: ninguém subia na carreira se tirasse dias de folga. Se o sindicato soubesse do acordo, iria bater pesado; mas o sindicato ficava com 22 dólares por semana do salário dela e para que lhe servia? Oh... eles estariam prontos para defendê-la, quando ela fizesse merda, porém mais em causa própria do que exatamente para o bem dela. O sindicato não tinha poder para transferi-la para a sede em horário integral. Se a lei de Maryland permitisse, ela teria se demitido ou se recusado a pagar as contribuições. Desse modo, Nasaldamus reconheceria seus verdadeiros aliados.

Então, ela ia para a sede uma vez por semana. Por azar dela, as noites de sábado se tornaram apáticas assim que chegara. As boas reportagens, as que ocupavam uma página inteira, pareciam agora só acontecer nas outras noites da semana. Não havia nada mais a fazer salvo ler o material que chegava eletronicamente e os outros jornais, pelos quais Mira não tinha nenhum interesse. Mira gostava da *ideia* dos jornais, adorava contar para as pessoas que era repórter, mas o dia a dia significava pouco para ela. Sua paixão era conseguir um furo, acumular provas tangíveis de seu progresso.

Agora ela empacara. Nesta cidade, nos bairros residenciais, nos sábados, no esquecimento. Estava inclusive numa espécie de entressafra de namorados, o que era uma raridade. Já não se lembrava por que havia escolhido estudar jornalismo, mas se recordava muito bem da vontade ferrenha de ser bem-sucedida. Para ela não havia sentido se acovardar, refugiando-se num cargo de relações-públicas. E ainda bem que não desistira de seus planos e não tinha se transferido durante o boom das empresas ponto-com, as quais deram emprego a muitos dos seus colegas para depois deixá-los desamparados. Não era uma fracassada. Recebia um bocado de avaliações "bom trabalho" de Nasaldamus, além de ocasionais cheques-presente de 50 dólares da American Express, basicamente em reconhecimento por todas aquelas horas extras não remuneradas. Estava renascendo. O problema era que levava tempo demais.

Por alguma razão, isso a fazia pensar na história de um dos estados do Oeste americano em que uma mãe havia contratado um especialista em respiração de renascimento para ajudá-la com uma filha problemática e eles acabaram sufocando a garota em seu próprio vômito, ao simular a passagem pelo canal vaginal. Puxa vida... essa seria uma boa história. Ela podia fazer alguma coisa com isso. O que mais havia de interessante numa cidade em que tudo era pá, pá, pá, pá, pá, pá, em que uma vida que não valia absolutamente nada era surrupiada por outra vida sem o menor valor. E o pior: nem isso acontecia no horário de seu plantão.

A voz do editor da noite interrompeu seus devaneios:

— Ligação para você, Jenkins.

— Passe para a 6129.

— Sei o ramal — disse ele, que sempre era bem rápido em lembrar Mira de tudo que sabia. E também de tudo que ela *não* sabia.

Alguns meses atrás, numa noite congelante, ele a obrigara a ficar olhando para uma placa de rua numa esquina deserta, a cinco quarteirões do prédio da redação, por ter escrito errado uma palavra da placa. Ela descera, escondera-se no banheiro feminino da portaria e voltara depois de passado um tempo que julgara adequado. "Rua Centre", ela dissera, "C-E-N-T-R-E", fingindo submissão e tremendo um pouco para impressionar. Ela havia checado o local no mapa que guardava na bolsa. "Não vou errar de novo."

— Redação — disse, com um suspiro. — Mira Jenkins falando.

— Você é repórter?

O tom de voz desafiador e a hostilidade gratuita que emanava sinalizavam problema. O editor da noite devia ter despachado uma das doidas contumazes só para sacanear.

— Sim, sou repórter. Faço a ronda policial aos sábados, mas durante a semana cubro o município de Baltimore.

Aquilo deveria ser o bastante para amedrontar aquela biruta. Esse tipo de gente insistia em falar com as pessoas mais importantes: o próprio Nasaldamus ou um dos colunistas que escrevem sobre a história por trás das histórias.

— Quantos anos você tem?

— Não vejo como isso pode ser relevante. Posso ajudá-la de alguma forma?

— Oh... é re-le-van-te.

O som áspero daquela voz feminina era desconcertante. A sintaxe era de área pobre, mas a pronúncia era inteligente, exagerada, o que fez com que Mira a associasse com o jeito como as pessoas falam depois de beber muito e se esmeram para convencer quem está por perto de que não estão bêbadas.

— Como posso ajudá-la? — repetiu Mira.

Não deveria perder a paciência com ninguém que ligasse para ela, por mais mal-educados que fossem. Uma palavra grosseira para a pessoa errada, alguém que conhecesse Nasaldamus, e já não haveria remédio que desse jeito nela.

— Você pode me ajudar se souber de uma pequena história. Conhece história?

— Acho que sim.

— Conhece a história *local*?

O ritmo da fala era definitivamente de minorias para os ouvidos de Mira, mas ela precisara ser cautelosa. Havia uns tipos envolvidos com política que falavam daquele jeito.

— Como posso ajudá-la?

— Um bebê desapareceu.

— É, estou acompanhando o caso.

Outro material preparado pelo repórter que trabalhava de dia e que especificamente mencionara a falta de pistas e a recusa dos policiais do município de confirmarem se achavam se tratar de sequestro por desconhecido, homicídio por parente ou alguma coisa entre as duas sugestões. Nasaldamus não havia gostado da história, segundo Mira soube pelo editor da noite, assim que chegara para trabalhar. "Presumo" — comentou o editor-executivo na reunião das 16 horas, na sexta — "que essa será uma história triste, porém insignificante. A mídia exagera na cobertura de casos como esse, que não têm nenhuma importância global. Meu prognóstico" — o dedo em riste — "é que está na hora de o pêndulo balançar para o outro lado". Ninguém presente à reunião teve coragem de sugerir que Nasaldamus talvez adivinhasse o futuro de forma diferente se a criança fosse branca, de classe média, em vez de mestiça de um bairro da periferia. "Quem quiser sair na primeira página do *Beacon-Light*", o editor da noite dissera a Mira, "tem de sumir das áreas nobres da cidade. Preferencialmente da dele".

O editor da noite estava apenas tentando fazer com que ela se sentisse melhor por ter sido empurrada para fora de um caso que acontecera em um dos mais sombrios do que sujos bairros que cobria. A única contribuição de Mira até agora tinha sido buscar a foto na delegacia, o que lhe valera a menção no crédito da reportagem: "com a colaboração de...", muito embora a foto não tivesse sido usada.

— Está acompanhando — concordou a voz. — Agora tem de assumir o comando.

— Não creio que...

— Você precisa lembrar às pessoas que isso aconteceu antes, que tais coincidências precisam ser exploradas, não descartadas.

— Desculpe — disse Mira, enquanto checava o identificador de chamadas. Mas como a ligação lhe fora passada pelo editor da noite, no mostrador estava apenas o número do ramal dele, não de onde a ligação fora originalmente feita. — Não sei do que você está falando...

— Viu! — a voz era triunfante. — Foi por isso que perguntei a sua idade e de onde você era. Ninguém que morasse aqui sete anos atrás poderia esquecer o que aconteceu naquele verão.

Sete anos atrás, Mira estava começando o último ano da faculdade na Universidade de Pensilvânia, namorava um rapaz chamado Bart, apelido de Bartholomew. Ele tinha dinheiro *e* ambição — e o primeiro muitas vezes atrapalhava o segundo, ela veio a entender tempos depois. Ela sabia que não o amava, não exatamente, e que ele não a amava, mas de vez em quando faziam uso da palavra amor por mera educação. As lembranças afloraram à sua mente, como um roteiro cinematográfico. Os outonos dourados, as primaveras suaves, os remadores no canal Schuylkill.

— Bem... eu não morava aqui, por isso não sei.

— Uma menininha chamada Olivia foi dada como desaparecida — a voz soou desaprovadora — e ela era neta do juiz Poole. Duas garotas brancas a mataram; contudo, foram parar num reformatório porque eram brancas. Você imagina o que aconteceria a duas meninas negras que matassem a neta branca de um juiz? Você acha que o Legislativo teria ponderado "Não podemos reduzir o limite de idade, não se pode mandar jovens de 11 anos para prisões de adultos"?

— E o que isso tem a ver com a criança que está desaparecida?

A mera sugestão de racismo chateava Mira. Ela não negava a existência dele no mundo, mas conversar sobre o assunto todos os dias era igual a discutir a respeito de coisas que estavam fora de seu controle: o clima, a passagem do tempo, a morte, os impostos. Era preciso seguir adiante.

— Eles mandaram essas garotas para trás das grades sete anos atrás. Agora elas estão livres, em casa, e um outro bebê desapareceu. E garanto a você que a polícia está no encalço delas, tentando descobrir se têm alguma coisa a ver com esse novo crime. Ligue para a polícia. Pergunte se eles estão em contato com essas garotas e eles terão de lhe dizer que sim, se estiverem falando a verdade. Vá e diga para as pessoas que outra criança vai morrer porque eles não trabalharam direito daquela vez.

— O que...

A ligação foi cortada.

Mira ficou olhando para o telefone por um bom tempo.

— Ei, Bolt — ligou para o editor da noite, já que se ela apenas o chamasse, ele provavelmente nem levantaria os olhos do que estava fazendo ao ouvir o primeiro nome. — Você anotou o número daquela ligação que me passou?

— Não reconheci o número nem a voz — respondeu rápido. — Uma nova maluca que veio se juntar à tropa?

— Talvez.

— Bom, ela disse seu nome, pediu para falar com você. Arranjou uma nova amiguinha?

Não, mas seu nome estava no crédito da reportagem, recordou-se, e resolveu fazer algumas ligações logo de uma vez.

Fechou sua conta de e-mail no AOL — estivera matando tempo enviando mensagens engraçadas e outras um tanto obscenas para vários colegas — e se conectou com o arquivo eletrônico do jornal. Forneceu um intervalo de datas, dando uma margem de erro de três anos — é... as pessoas se confundiam — e as palavras *Olivia* e *desaparecida*. Muitos arquivos apareceram, inclusive do *Twelfth Night*. Olhou para as anotações que fizera enquanto conversava com a mulher ao telefone. Tentou *Olivia* e *Poole*.

Dezessete entradas ao todo e nenhuma mais recente do que o verão em que o crime aconteceu, havia sete anos. Mira leu tudo com atenção redobrada, parando apenas para assistir às notícias da noite. Todos os quatro noticiários tratavam da criança desaparecida, mas nenhum mencionava o antigo caso nem sugeria uma possível relação entre os dois. A impressão era de nenhum avanço, nenhum desdobramento.

Quando deu a hora do expediente de Mira terminar, o editor da noite teve de lembrá-la três vezes de que ela estava livre para ir embora. Ela imprimiu os artigos que encontrara no arquivo, colocou-os num envelope pardo e levou-os para casa.

Capítulo 21

Nancy andava experimentando várias posturas e atitudes durante os interrogatórios e inclusive variadas entonações e níveis de contato visual. Ultimamente, vinha ensaiando ficar de pé, com as costas contra a porta, braços cruzados sobre o peito. Imaginou que essa pose passava a ideia de uma professora ou uma mãe rigorosa.

— Esse é o problema — avaliara Lenhardt. — Você se parece mesmo com uma professora e o pessoal que aparece aqui não é do tipo que tem boas lembranças do colégio. Se tivessem escutado os professores, o mais provável é que a vida deles fosse diferente.

E era verdade. Os homens — e até agora Nancy praticamente só tinha interrogado homens, com uma ocasional mãe e namorada atiradas na confusão — eram mal-humorados e rancorosos, raramente dispostos a colaborar. Mas Nancy não causava o mesmo temor que Infante, especialmente quando o dia havia sido longo e a sombra que descia sobre ele às 17 horas lhe dava uma aparência meio azul-chumbo, associada a lobisomem. E ela, comparada ao sargento, não tinha o semblante triste nem o ar de frustração de Lenhardt, que surtia um efeito surpreendente em certos tipos de pilantras. Então, o melhor era ficar de pé, o que lhe daria vantagem em termos de altura.

Pelo menos tinha uma certeza: não ia despertar atenção para seu lado feminino. Um policial não podia arrancar confissões via flerte e a mera tentativa seria um sinal de fraqueza.

Nenhuma dessas preocupações, porém, se aplicava a Alice Manning, que chegou tremendo de tanto nervosismo, atitude típica de quem respeita a autoridade. Na sala de interrogatórios, Nancy sentou-se na cadeira oposta à de Alice, as mãos entrelaçadas sobre a mesa que as separava. Inconscientemente, Alice imitou o gesto dela, do jeito que um chimpanzé do zoológico macaqueia a mímica dos visitantes. Só que ela parecia aguardar que a comida lhe fosse servida num bandejão para pessoas carentes. Ao investigar se havia sinais recentes de arranhões ou cortes, Nancy observou como a pele dos braços dela era clara. Não achou nada. O resto do corpo estava coberto, impossibilitando um exame.

— Quero ajudar. Realmente quero ajudar — Alice repetia sem parar.

— Bem... você pode ajudar nos contando o que sabe.

— Não sei de nada!

— Então, o que está fazendo aqui?

— Vim porque minha mãe disse que vocês queriam falar comigo.

— Faz ideia de por que fomos à sua casa procurá-la? Sabe por que achamos que você talvez tenha informações para nos passar?

— Por causa do meu... passado.

As palavras soavam como algo que Alice fora instruída a dizer. Nancy podia imaginar Helen Manning ensinando à filha, oferecendo essas nobres, porém inadequadas, palavras como se Alice fosse uma jovem Bette Davis nos seus dias de glória, quando os olhos grandes e magoados pareciam guardar um segredo.

— Bem... mais ou menos. — Era importante não se adiantar, não dar a ela muita informação. — Uma garotinha desapareceu na sexta à noite. Estamos investigando uma porção de pistas.

— E sou uma pista? — Alice experimentou a palavra, pela qual sentiu imediatamente atração e repulsa.

— Pois estamos aqui para descobrir.

— *Pista* é outra palavra para suspeita?

Nancy não podia jurar, mas achou que havia percebido um leve ar dissimulado no rosto de Alice, um reflexo de maldade naqueles grandes olhos azuis. De novo, muito Bette Davis. Igual à música, aquela música boboca que tocava no rádio quando Nancy cursava o ensino médio. *She'll tease you,** a canção prometia. Era o único verso de que Nancy conseguia se lembrar. Ela vai fazer isso e aquilo e *she'll tease you*.

— Às vezes, pistas são os suspeitos. Outras vezes são apenas pistas, indícios. Neste exato momento, você é apenas uma pista.

---

* Tradução livre: "Ela vai te provocar." Trecho da música "Bette Davis Eyes". (*N. do E.*)

Será que Alice cogitaria em chamar um advogado? Era engraçado isso com os novatos: sabiam muito e, ao mesmo tempo, quase nada sobre os procedimentos criminais. Os criminosos reincidentes, é claro, estavam por dentro de tudo. Mas os primários achavam que não podiam pedir um advogado até que tivessem sido acusados formalmente e lhes fossem lidos os seus direitos. Não se davam conta de que podiam simplesmente se levantar e ir embora, dizendo "Não vou lhe dizer nada até que esteja pronta para apresentar acusações formais contra mim", nem que podiam solicitar um advogado a qualquer momento.

Mas há de se convir que Alice não era uma novata. E ela foi posta na gaiola aos 11, recordou-se Nancy, algo excepcional, a se levar em conta as palavras dos detetives que cuidaram do caso. *Elas levaram a criança porque achavam que ela não estava em segurança. Elas morreram de medo de devolver a criança depois de os pais dela terem feito o maior escarcéu. E depois o bebê ficou doente. Mas Alice não entendia por que Ronnie a matara. Ela nem estava no local naquela hora.*

— Por que não me diz — recomeçou Nancy, a voz absolutamente branda — onde você estava na sexta à tarde e à noite?

— Caminhando.

— Caminhando?

— Tenho andado um bocado. É uma ótima maneira de perder peso.

Nancy teve de se esforçar para impedir que seus olhos fossem descendo até a massa indistinta que se escondia por baixo da camiseta rosa que Alice vestia. A moça devia estar com quase 100 quilos. Que Deus tivesse pena dela se pesava ainda mais quando voltara para casa.

— Andando? Por quanto tempo?

— Não ando o tempo todo em que estou na rua — Alice devia ter percebido aonde a pergunta iria levar. — Caminho um pouco, depois descanso em algum lugar com ar-condicionado, onde se possa sentar ou ficar ali sem fazer nada.

— Como numa lanchonete.

— É... mas aí você tem de comprar alguma coisa. Pelo menos uma bebida. O que é jogar dinheiro fora, pois eles botam muito gelo no copo...

— Ou num shopping? — manter a conversa em termos genéricos era deliberado. Nenhuma necessidade de mencionar o Westview por enquanto.

— Claro.

— Então, onde esteve na sexta-feira, onde parou para descansar?

— Comecei na Rota 40 e preenchi uma ficha de emprego na Arby. Estou procurando emprego. Não quero trabalhar em lanchonete, mas minha mãe me disse que não dá para ficar escolhendo.

— Não é tão ruim assim. Trabalhei numa por um tempo.

— É mesmo? — ela parecia realmente interessada.

— Trabalhei como balconista no Long John Silver, no verão em que estava com 16 anos, até que consegui ser garçonete no Chili's. Estava economizando para comprar um carro.

Por que teria divulgado esse tipo de informação pessoal que não tinha nada a ver com o contexto? Esse era o tipo de coisa que Nancy nunca fazia. Mas havia algo a respeito de Alice que levava Nancy a querer agradar. Algo bloqueado, uma acusação silenciosa nas suas feições, como uma criança resignada que havia suportado um castigo desmerecido sem covardia, sem reclamação.

— Gosto do Chili's — comentou Alice — mas minha mãe odeia. Você era uma menina popular?

— No restaurante?

— Não, no colégio?

— Não sei. Nunca pensei sobre isso.

Ficou agradecida por Lenhardt não estar assistindo. Já era ruim o bastante que Infante estivesse acompanhando a conversa por trás do vidro. Ela estava perdendo o controle, permitindo que Alice ditasse o rumo da conversa. Mas talvez fosse a estratégia para deixá-la à vontade, para dizer alguma coisa que servisse.

— Então deve ter sido! Só uma pessoa que tenha sido popular não pensa sobre isso.

— Era só o ensino médio.

— Nunca fui para um colégio de ensino médio. Não um de verdade, embora tenha me formado na Middlebrook.

De repente, Nancy se deu conta do que Alice queria dela: piedade. A moça esperava mesmo compaixão por não ter ido para um colégio e não ter participado de outros rituais da adolescência.

— Bem, Olivia Barnes também não cursou o colégio.

Alice, sentindo-se repreendida, baixou a cabeça, de modo que Nancy não pôde ver-lhe os olhos quando ela sussurrou:

— Eu sei.

— Há outra menininha desaparecida, Alice.

— Estou sabendo.

— Como ficou sabendo?

— Vi no noticiário. Minha mãe me contou.

— Qual dos dois? No noticiário ou sua mãe lhe disse?

— Minha mãe me contou e vi no noticiário hoje de manhã.

— Ela desapareceu do shopping Westview. Esse é um dos lugares para onde vai, quando sai caminhando? Fica na Rota 40.

A cabeça ainda estava abaixada, sua voz abafada.

— Sim.

— Você está sabendo de alguma coisa? De alguma coisa sobre essa menininha que está desaparecida?

— Sei — respondeu Alice. — Alguma coisa que não deveria saber. Mas sei porque, porque... infringi uma regra.

— Uma regra?

— Bem, mais como uma admoestação. — Alice levantou a cabeça, como se tivesse ficado surpresa por conhecer essa palavra e poder usá-la.

— Uma admoestação?

— Acho que está certo. Bem... não é uma lei nem uma regra; é uma coisa que me disseram para não fazer. Minha mãe e minha advogada. Elas disseram que havia algumas coisas que eu não devia fazer. Mas eu meio que fiz.

— O que você fez, Alice?

— Não passei em frente da casa dos Barnes — respondeu.

Interessante. Ao ser perguntada sobre o que havia feito, começou citando o que não fizera. Se ela não passara diante da casa dos Barnes, será que saberia que existia um novo bebê naquela casa?

— Não há nenhuma razão para você passar por lá. Ou há?

— Fica no meu bairro e é uma rua bem bonita. Costumava passar por lá o tempo todo. Mas agora não.

— De algum modo, viu a família Barnes?

— Não.

Sua negativa foi sentida como a coisa mais sincera que teria dito até aquele momento. O que significava que ela não teria motivos para sequestrar uma menininha que se parecesse com Rosalind Barnes. Nancy se permitiu um minuto de desesperança. E se tudo isso não passasse de uma coincidência? E se a paranoia de Cynthia Barnes os tivesse levado para a direção errada? Tentou se certificar de que ela e Infante mantiveram todas as suas opções em aberto. Um jovem detetive da Delegacia de Crimes de Família estava fazendo diligências junto ao Serviço Social, examinando a família mais profundamente. E essa tinha sido a única pista que ela e Infante haviam achado em 24 horas. Se Nancy não estivesse interrogando Alice, estaria atendendo a ligações inúteis, entrevistando empregados lerdos do shopping, vendo fitas da segurança que não mostravam nada.

— Então, isso foi o que você não fez. Agora, o que você fez? Qual... — ela preferiu, deliberadamente, fazer eco à palavra usada por Alice — qual admoestação você desconsiderou?

Alice sussurrou:

— Eu vi Ronnie.

— Ronnie Fuller?

Alice concordou com a cabeça, o rosto tomado de pânico, como se tivesse acabado de confessar algo terrível.

— Você viu Ronnie... — fez uma pausa para que Alice concluísse o pensamento, mas a garota não reagiu. — Você viu Ronnie fazer o quê?

Alice parecia frustrada, como se esperasse uma reação mais forte.

— Apenas... apenas a vi. Fui até onde ela trabalha e fiquei observando. Ela não me viu. Mas eu não devia vê-la. Foi o que Sharon disse.

Que Sharon? Mas Nancy deixou passar.

— Então você a viu. Quando foi isso?

Um ar de impaciência.

— Ontem. Estamos falando sobre ontem, não é? Ontem.

— Você foi ao Bagel Barn ontem?

— Não entrei, nem mesmo cheguei perto. Fiquei sentada no meio-fio do estacionamento por um tempo. Podia ver Ronnie, mas ela não me viu.

Alice não parecia ter consciência do que acabara de fazer. Isso mesmo: ela estava situando Ronnie no Westview, algumas horas antes de Brittany Little desaparecer. Mas punha a si mesma também no local.

— Você viu algo de... diferente?

— Não. Mas vi Ronnie. Achei que você gostaria de saber que ela trabalha lá. É isso?

— Na verdade, nós já sabíamos.

Alice parecia confusa.

— Imaginei que fosse por isso que vieram me ver. Porque vocês sabiam que tinha visto a Ronnie. Imaginei que fosse esse o problema. Não podia pensar em nada mais que tivesse feito de errado.

— Não podia? Não pode?

A jovem fez que não com a cabeça.

— Alice, você foi ao shopping ontem?

— Não. Fui embora porque não queria que Ronnie me visse.

— Por que queria ver Ronnie?

— Eu não queria vê-la. Apenas a vi.

— Por acaso?

— Mais ou menos.

— O que quer dizer com "mais ou menos". Ou foi por acaso ou não.

— Soube pela minha mãe que Ronnie conseguira um emprego no Bagel Barn. Mas não sabia qual era o expediente dela, nem os dias em que trabalhava. Então não foi nada que tivesse planejado.

— Mas foi lá na esperança de vê-la?

Os olhos de Alice se afastaram dos de Nancy.

— Fui — disse tão baixinho que Nancy precisou do cabecear da moça para ter certeza de que escutara o que pensou ter ouvido.

— Por quê?

— Não sei. Não sei — e depois, praticamente apenas para si, como se estivesse se castigando —, achei que você não soubesse sobre o Bagel Barn, que eu pudesse ajudar. Quero ajudar. Estou tentando ajudar.

— Você pode nos ajudar dizendo a verdade.

Séria, automática:

— Sempre digo a verdade.

— Então me diga. Você sabe alguma coisa sobre Brittany Little, a garotinha desaparecida? Qualquer coisa, Alice?

— Nunca vi Brittany Little. A não ser no noticiário. Vi a foto dela no jornal.

— Posso lhe perguntar uma coisa, Alice?

Alice lançou-lhe um olhar de estranheza, como se fosse um pouco tarde para Nancy pedir permissão para fazer perguntas. Mesmo assim, assentiu.

— Bem, é só porque pode... bem... pode me dar, nos dar, uma luz. Quando vocês levaram Olivia Barnes, em que você pensava?

Aqueles sofridos olhos azuis a atravessaram, sentiram a decepção na pergunta de Nancy.

— Como isso pode lhe trazer alguma luz? A menos que Ronnie ou eu tivéssemos feito o que aconteceu. E eu não fiz.

— Mesmo assim — Nancy precisava saber. Mesmo que viesse a ficar provado que Alice não tinha nada a ver com o caso em questão, ela precisava de uma resposta para a pergunta que a perseguira por tantos anos. — Em que você pensava?

— Pensamos que ela tinha sido abandonada. Achávamos que podíamos tomar conta dela até que os pais voltassem.

— E por que vocês a mataram?

— Não fui eu — disse Alice, com um cansaço que misturava decepção e resignação. — Foi Ronnie. Eu nem mesmo estava presente quando aconteceu.

— Sei que foi isso que você disse naquela época. Mas agora você pode contar a verdade. Está tudo acabado. Você não corre o menor risco se me contar o que aconteceu.

— Estou dizendo a verdade. Sempre disse a verdade. Não é culpa minha se ninguém acreditou em mim. Ronnie é a menina malvada. Você não imagina do que ela é capaz. É quase como se existisse uma outra garota que vivesse dentro dela e que de vez em quando se revela. É por isso que as pessoas querem acreditar em Ronnie quando ela diz que não fez nada, porque ela não se lembra do que fez, e então parece realmente que está falando a verdade. Mas ela é má, muito má mesmo.

— Você está dizendo que ela tem, vamos dizer, uma outra personalidade?

— Mais ou menos — titubeava a voz de Alice. — Sabe, uma vez vi um espetáculo e havia uma menina assim. Só que com Ronnie não é assim tão... óbvio, entendeu?

— Como assim?

— A voz dela não se altera, nem ela lhe diz para chamá-la por outro nome. Mas é como se houvesse a Ronnie boazinha e a Ronnie malvada, e a Ronnie má faz qualquer coisa, mas a Ronnie boazinha não acredita que tenha feito nada de errado. Por isso as pessoas acreditam quando ela diz que não se lembra. Não sei por que ela matou Olivia. Se estivesse lá na hora, talvez tivesse conseguido impedi-la. Mas não estava. Nem mesmo estava lá.

A voz de Alice ficou mais forte, petulante depois de todos esses anos. Sim, ela levara o bebê; sim, ela sabia onde estava o bebê; sim, ela participara da maquinação que manteve o bebê escondido por quatro dias. Mas ela não matara a menininha. Por isso não conseguia entender por que as penalidades que foram atribuídas às duas não levaram em conta que a culpa dela era menor.

Nancy também não tinha certeza de que sabia os motivos. Sua estranha relação com o caso Barnes não lhe concedera privilégios especiais, apesar de todo mundo acreditar no contrário; mas durante esses anos satisfizera a curiosidade sobre as consequências. Alice sempre fora irredutível quanto a não estar com Ronnie quando Olivia fora morta e tinha mesmo um álibi não imparcial: estaria em casa com a mãe, se é que se pode chamar isso de um álibi. Qual mãe não daria suporte a essa história, tendo em vista as circunstâncias? Mas o álibi não tinha sentido porque o calor e outros fatores impediram que a hora da morte fosse definida com precisão. O médico-legista dera uma margem de erro de 24 horas e ainda acrescentara, da forma que somente um médico-legista o faria: "Pelo menos não foi atacado pelos vermes depois que morreu." Essa era a noção de bênção recebida na cabeça de um legista: não ter sido atacada pelos vermes após a morte.

— Alice. — Eram tantas as perguntas que Nancy pretendia fazer... mas, infelizmente, tinham pouco a ver com Brittany Little e tudo com Olivia Barnes. Nancy estava frente a frente com a garota que mudara sua vida, mais do que qualquer outra pessoa. Exceção, talvez, de Ronnie Fuller. Se não fosse pelas duas, Nancy nem mesmo estaria ali, no município. Se não fosse pelo grotesco momento de glória que Nancy tivera no caso de Olivia Barnes, haveria menos motivos para se viver e, consequentemente, menos para superar. Provavelmente ainda estaria na cidade, seria uma detetive no Departamento de Investigações Criminais, talvez com a patente de sargento. Seria aquela que esperavam que fosse quando crescesse, a terceira geração de policiais do

Departamento de Polícia de Baltimore. "Polícia do município?", seu tio Stan perguntara. "Acontece algum crime no município?"

Pode crer, ela teria respondido agora a seu tio. A única diferença era a proporção de dez para um. Mas os detetives tinham mais ou menos a mesma carga de trabalho. E Nancy teria trabalhado em cinquenta casos insolúveis de tiroteio entre traficantes rivais contra talvez um homicídio como este aqui.

Alice continuava segurando seus braços roliços numa pose de prece. Sua pele era branca que nem leite, de dar arrepios de tão uniforme. Nenhum arranhão, nenhum corte, nenhuma mancha. Dava a impressão de que nunca usava as mãos para nada.

— Alice, você disse querer nos ajudar. Olha, há uma pequena coisa... só vai levar um minuto...

Ouviu-se uma leve batida na porta. Ao abri-la, Nancy deu com Infante sinalizando para que ela saísse. Fechou a porta, deixando uma Alice boquiaberta por ter sido largada sozinha.

Helen Manning estava no corredor ao lado de uma mulher corpulenta com uns sinais estranhos no lado esquerdo do rosto.

— Sou Sharon Kerpelman — disse a mulher. — A advogada de Alice. Apresente acusações formais ou deixe-a ir embora. De qualquer forma, por hoje a conversa com ela está terminada.

— Olha — disse Infante — vi seu cartão. Você é defensora pública da cidade e, portanto, está fora da sua jurisdição. E ela já atingiu a maioridade.

— Já lhe disse que estou aqui em nome de Rosario Bustamante, que aceitou representar Alice. A Dra. Bustamante está... adoentada e me pediu que viesse aqui providenciar a liberação de Alice.

— Não creio que possamos fazer isso.

— Meu Deus! Alice me ligou há duas horas e deixou uma mensagem na secretária pedindo para que a acompanhasse até aqui ou arranjasse alguém para me substituir, no caso de estar ocupada. Só vim a receber esse recado vinte minutos atrás. Mas vocês sabem, e também sei, que ela pode se levantar e sair daqui por conta própria. Com certeza não vou permitir que vocês conversem com ela tão tarde da noite, pois estará cansada e pode se deixar influenciar, e pronta para dizer qualquer coisa que lhes agrade.

— Nós a pegamos no local do crime — disse Nancy.

— Verdade? Muito curioso, porque jantei com Alice ontem à noite e não acho que ela tenha tido tempo de sequestrar uma criança, escondê-la em algum lugar e depois ir para casa. — Sharon se adiantou e abriu a porta num empurrão. — Você estava no Westview na sexta, Alice? Não tenha medo de contar o que realmente aconteceu, querida.

Depois de emudecer por uns instantes, a voz de Alice era acanhada e açucarada:

— Bem... talvez tenha sido num outro dia. Estive lá, uma vez, e vi Ronnie. Mas foi na semana passada ou na retrasada.

Sharon Kerpelman tinha ares triunfais:

— Viu? Ela fica sabendo que vocês estão procurando por ela, imagina que seja por causa do que ocorreu no passado e tudo que ela quer é fazer tudo direitinho. — Talvez tenha sido Sharon, e não Helen, quem ensinou Alice a pensar no crime que cometera como um passado. — E ela sabe que Ronnie está trabalhando no Bagel Barn e achou que vocês também deviam saber.

— Mas por que mentir? Por que dizer que foi ontem, quando não foi ontem?

— Há muitas coisas — Helen começou a dizer, mas foi interrompida por um pedido e um gesto de silêncio de Sharon. Em seguida, acenou para Nancy e Infante e foi com eles pelo corredor, longe dos ouvidos de Alice.

— É muito difícil para Alice — Sharon tentava usar um tom de voz moderado, no intuito de conciliar e segredar, mas nisso ela não era boa e sua voz deixou os nervos de Nancy à flor da pele. — Foi pega em algo que era bem maior do que ela e o tempo todo fica tentando desfazer o errado. Sete anos atrás, o medo que tinha de Ronnie Fuller a levou a fazer o que fez. Agora a polícia reaparece e ela vê nisso uma chance para, como vou dizer, se redimir. Ela calcula que se disser o que vocês querem ouvir, talvez se sinta mais em harmonia, finalmente. Mas Alice não teve nada a ver com o caso de agora. Se Ronnie Fuller estiver envolvida — ela deu de ombros —, o problema é com o advogado dela.

— Ela tem um?

— Estou falando em tese. Não tenho como saber.

Sem pedir licença, Sharon Kerpelman entrou na sala de interrogatório e, quando voltou, trouxe Alice consigo, o braço envolvendo os ombros da moça.

— Bem, estamos indo. Se quiserem falar com ela de novo, liguem para mim.

— Entendi — disse Infante — que Rosario Bustamante era a advogada dela.

— Isso, foi isso que quis dizer. Ligue para ela.

Os olhos de Infante pousaram em Nancy, que balançava a cabeça de frustração. Eles podiam discutir com a filha da puta dessa defensora, insistir que a própria Bustamante viesse libertar Alice. Mas haviam deixado passar a oportunidade. Alice não falaria com eles, não esta noite. Que estranho... esperta o bastante para chamar um advogado, mas ingênua demais para ser interrogada sem a presença de um. Infante virou-se para Kerpelman e fez que sim, como se a decisão de ir embora tivesse sido dele.

As três mulheres saíram mudas. Alice, porém, para surpresa de Nancy, virou-se e fez um leve sinal de adeus, um gesto ligeiro, encabulado.

CAPÍTULO 22

Gloria Potrcurzski chorou na primeira vez que viu a filha uniformizada. Nancy imaginou que fosse por causa do tio, o irmão da mãe, que fora ferido em serviço, nos primeiros anos como policial. *Ferido* é quase um exagero: uma bala passou direto por ele, roçando-lhe o pescoço, o que demandou nada mais além do que uma rápida passada pelo setor de emergência do hospital. Mas o incidente trouxera sofrimento de verdade para toda a família, durante as horas em que a estação de rádio local noticiava em tom de preocupação sobre um policial "abatido" no Hollins Market. Todos da família de Stan Kolchak sabiam onde ele fazia ronda e a que horas, de modo que não tinham dúvidas sobre quem era o policial não identificado. Mesmo assim, o final feliz da história parecia fazer com que a dor fosse mais profunda na memória de Gloria. Assim, quando soluçou ao ver a filha de 21 anos de uniforme de policial, Nancy presumiu que os antigos medos haviam sido reacendidos.

— Ah, querida — sua mãe lhe dissera —, você fica horrível com essa roupa.

E era verdade, mas Nancy já imaginava que seria assim mesmo. Desde que entrara para a Academia de Polícia, começou a observar que até as atrizes de cinema que faziam papel de policial pareciam gordas e desajeitadas naqueles uniformes. E olha que elas tinham as vantagens das cinturinhas de vespas, quadris estreitos e a assessoria profissional de figurinistas. Em Nancy, altura mediana e amplas curvas, a vestimenta caía muitíssimo mal, sobretudo o uniforme de inverno, em que o suéter tinha de ser enfiado para dentro das calças.

Mas foi o ar masculino que fez com que Gloria Kolchak Potrcurzski chorasse. Gloria fora a única mulher numa família de seis e o mundo que ela criara para a única filha fora conservador na feminilidade: quarto rosa e branco, cama com baldaquino, bonecas e mais bonecas, dinheiro sem medida para roupinhas e cabeleireiro. E estava prestes a se considerar realizada quando a filha chegou à conclusão de que não aguentava mais lutar contra o próprio destino. Foi para a Academia de Polícia e dois anos depois se formou.

— Jamais podia imaginar que minha filha seria da polícia — disse a mulher, que era filha e irmã de policiais.

— Não se preocupe, mãe — dissera Nancy. — Logo logo vou chegar a detetive e aí vou usar saia todos os dias.

Ela era o tipo de filha que cumpria suas promessas. Então, sete anos depois, enquanto o sábado cedia lugar ao domingo, e o dia 4 de julho se entregava ao 5 de julho, Nancy vestia uma blusa branca feita sob medida por alfaiate, uma saia cáqui que lhe batia nos joelhos, meia-calça e escarpins confortáveis, de tão boa qualidade que nunca gostaria de estragá-los percorrendo um caminho coberto de vegetação, nem enfiando os pés num córrego poluído debaixo de um céu escuro, sob a luz de um único facho de uma pequena lanterna. Mas foi exatamente isso que ela resolveu fazer.

A noite estava quente e no ar havia um cheiro diferente, não tanto de algum condimento, mais de pão sendo assado, que se espalhava por toda a cidade. Para Nancy, o ar carregado trazia memórias da cozinha da avó Potrcurzski, da massa de pão crescendo dentro de uma tigela coberta, dos pastéis *pierogi* prontos para receber o recheio de repolho. O repolho pode exalar um aroma adocicado se tratado delicadamente. O passado guiava Nancy, que dirigia com as janelas do carro abertas, indiferente ao calor, enquanto cogitava se conseguiria encontrar o lugar exato após todos esses anos.

Olivia Barnes estava desaparecida há quatro, quase cinco dias, quando os cadetes foram convocados para comparecer ao estacionamento asfaltado no canto sudoeste do Leakin Park. Um sem-teto havia sido encontrado empurrando o carrinho de bebê de Olivia, dentro do qual colocara umas porcarias que considerava valiosas. Como era previsível, o mendigo foi tratado como suspeito, mas ele foi irredutível, insistindo ter encontrado o carrinho no leito do riacho, que se achava reduzido a um córrego estreito por causa da estiagem do verão. Então um ônibus escolar levou uma turma de cadetes ao estacionamento do parque. Entre eles, Nancy.

Sem dúvida, eram poucas as turmas da academia que nunca tinham sido encarregadas de vasculhar o Leakin Park pelo menos uma vez, como forma de treinamento, e essas revistas normalmente começavam com um aviso, em tom de piada, para que não fossem pegando todos os corpos que achassem pelo caminho ou nunca sairiam de lá. Mas ninguém contou piada nenhuma naquela manhã em que se uniram na busca por Olivia Barnes. Os únicos sons do Leakin Park naquele dia eram os dos passos lentos, marcados, dos cadetes, que se embrenhavam mais e mais no parque, tentando manter entre eles a distância média de 3 metros.

Buscas em ambientes abertos estão fadadas à imperfeição. Nancy sabia disso bem antes de entrar para a academia. As pessoas sempre se espantavam quando um corpo afinal era encontrado em área já esquadrinhada pela polícia, mas isso era porque essas pessoas nunca se aventuraram por uma floresta em uma diligência. Num dia de alto verão, as sombras profundas do Leakin Park pregam peças nos olhos, parece um quebra-cabeça, até que tudo fica verde, verde-escuro e cinza-chumbo. Não seria, então, surpresa que houvesse um corpo de criança escondido num emaranhado de trepadeiras, a meia distância entre os passos lentos dos cadetes.

Nancy fazia par com um colega de sala, Cyrus Hickory, um arrogante rapaz de 23 anos, que não deixava ninguém se esquecer de que possuía diploma de faculdade. Por mais que Nancy repetisse que agora quase todos os cadetes eram formados, Cyrus contra-atacava: "Me formei em criminologia e sociologia. Eu mesmo escolhi essa carreira quando estava no sétimo ano."

Nancy achava que as palavras dele dissimulavam uma crítica a ela. Com dois tios e um noivo no Departamento de Polícia, tinha três máculas de nepotismo. Mas conforme se ficou sabendo mais tarde, Cyrus não fazia ideia dessa história nesse longínquo dia de julho. Por causa disso, fora uma das poucas pessoas que se atreveram a tratá-la com condescendência, o que tinha sido estranhamente animador. Pelo menos ela não precisava se preocupar se ele estava ou não implicando com ela, como outros colegas faziam.

Quando pararam para um almoço rápido, que consistia em sanduíches e água mineral levados por um grupo de voluntários ligados à família da menininha desaparecida, ela disse a Cyrus que achava que o traçado proposto para a busca continha incorreções e que, por isso, acabaria por levá-los na direção errada.

— Ei... O que você sabe sobre isso? — ele riu dela. — O carrinho foi encontrado no leito do riacho. Então você tem de supor que o sequestrador não ia conseguir empurrá-lo morro acima. Por isso largou-o por ali e depois foi subindo até o topo.

— Na minha opinião, ele estava caminhando ao longo do córrego, não tentando atravessá-lo, quando resolveu se livrar do carrinho. E se ele estivesse caminhando *dentro* do riacho?

— E por que alguém faria isso?

— Deixaria menos rastros, certo? Nenhuma pegada na terra, nenhuma marca na vegetação. É o tipo de coisa que eles ensinam sobre os índios, no sexto ano.

Essa informação fazia parte, realmente, da matéria estudos sociais, na unidade sobre indígenas americanos, ensinada na St. William of York naquele ano, assim como em todas as escolas paroquiais, até mesmo na época de Nancy. Mas ela não estava pensando em alunos do sexto ano. Não naquele momento. Procuravam por um adulto, um sociopata capaz de carregar uma criança de uns 10 quilos com facilidade. Nunca ocorreu a ninguém que duas meninas passaram um bebê do colo de uma para o da outra, depois de terem abandonado o pesado carrinho de bebê à beira d'água, nem que caminharam pelo leito do riacho porque seus tornozelos estavam à mostra, e elas sabiam que a floresta era quase toda coberta de plantas venenosas. Helen Manning fizera questão de que Alice e Ronnie aprendessem a reconhecer o formato das folhas dessas ervas no verão anterior, depois de as meninas terem aparecido com horríveis urticárias após brincar no parque.

— Antigamente havia uma casinha por aqui, no caminho para Franklintown — disse Nancy. — Minha mãe tinha um primo afastado que trabalhava num restaurante especializado em caranguejos e nós cortávamos caminho por aqui pelo parque; é por isso que me lembro da casa. Um homenzinho morava lá, com galinhas e galos. Nós o apelidamos de o Homem da Galinha. Ele era assim como... uma assombração do passado. Não dava para entender como permitiam que ele morasse desse jeito, num casebre feito de compensado e com um banheiro do lado de fora.

— Não faz parte do nosso percurso — disse Cyrus.

— Estamos na hora do almoço. Eles não podem dizer que estamos transgredindo as regras se estivermos de volta na hora.

— Cadeia de comando — argumentou ele. — Você tem de respeitar a hierarquia, Nancy. Ainda nem somos policiais. Se você fizer o que está planejando, nunca chegará a policial.

— Obedeço à cadeia de comando como todo mundo. Nas horas que são deles, faço tudo que me mandam. Mas esta hora agora é minha, certo? Você não precisa vir comigo.

Mas ele foi. Começaram a andar ao longo do riacho, e não dentro dele, na direção de que Nancy se recordava. Era mais distante do que ela calculara e logo compreendeu que tinham ido longe demais e nunca conseguiriam retornar a tempo.

— Droga! — disse Cyrus olhando o relógio. — Estamos ferrados.

— Acho que é atrás daquela curva ali.

Mas não era. Nem depois da próxima curva, nem na seguinte, nem na outra. Os dois deviam ter caminhado quase uns 2 quilômetros até que Nancy viu a casinha, do outro lado do riacho, subindo um pequeno morro. Não era mais visível do caminho, como costumava ser quando ela era uma menina. A floresta havia se encarregado disso, criando uma espécie de cortina de árvores e trepadeiras. Só alguém que soubesse onde a casa estava poderia encontrá-la.

Engraçado, mas Nancy vacilou ao ver o casebre, assustada com a acuidade de sua memória. Foi Cyrus quem atravessou o riacho chapinhando, sem levar em consideração o que a água faria com os sapatos e as calças, e disparou morro acima, ansioso para acabar logo com aquilo. Ouviu-se no ar o apito do sargento anunciando o fim da hora do almoço. Eles nunca voltariam a tempo, por mais que corressem. Viria um castigo severo, e duplamente duro para Nancy, cuja insubordinação seria considerada prova de que ela achava que podia tudo por causa dos contatos de seus parentes. Nancy atravessou o riacho pulando de uma pedra musgosa para outra e quase caiu no último salto.

Na porta do casebre, Cyrus emitiu um som que começou como um grito de júbilo, mas que logo se transformou em algo mais abafado, mais triste. Os ombros do rapaz se curvaram quando se apoiou nas paredes frágeis e toda a estrutura pareceu oscilar sob seu peso, ondulando como água.

— Fique onde está! — ele gritou numa voz sufocada, mas não havia como Nancy parar. Ela subiu o morro para ver o desenlace de sua intuição.

O interior do casebre estava espantosamente frio para um dia tão quente quanto aquele. Como um lugar tão tosco, mais frágil do que qualquer casinha que os três porquinhos do conto infantil construíram, conseguia fornecer tanta proteção contra o calor? Nancy sentiu um arrepio enquanto seus olhos se acomodavam à pouca luz, tentando se preparar para ver o que jamais estaria pronta para olhar.

Uma pilha de fraldas usadas encostada num canto, um cheiro reconfortante de normalidade, mas que uma rápida olhada revelou que os resíduos do bebê tinham um tom verde-amarelado. Copos de plástico e colheres, embalagens de sorvete ou iogurte, talvez de pudim, amontoadas num outro canto, e havia uma mancha branca perto da boca de Olivia Barnes, como se alguém tivesse tentado alimentá-la.

Por que alimentar um bebê, se a intenção é matá-lo?, pensou Nancy.

— Não sei — disse Cyrus, embora ela não tivesse dito nada, ou era assim que achava. — Não sei mesmo.

Os olhos do bebê estavam abertos, os braços duros ao lado do corpo, como se tivesse morrido na esperança de que alguém a segurasse no colo pela última vez. Ao lado, uma caixa de surpresas antiga, enferrujada nos cantos. Nancy sentiu-se perturbada por aquele brinquedo. Havia algo quase obsceno naquilo, com suas cores berrantes desbotadas.

Tirou do bolso as luvas que recebera no ônibus que os trouxera naquela manhã, do mesmo jeito que crianças que saem num passeio recebem as entradas para o museu ou planetário. Os cadetes haviam sido orientados a não tocar em nada, se possível; mas Nancy preferiu ignorar essa ordem também. Ela achava que começaria a gritar se não fizesse alguma coisa. Foi na direção da caixinha e embora não tivesse tocado na alavanca na lateral, a tampa se abriu instantaneamente, como se ajustada para funcionar naquele instante. Ela e Cyrus deram um salto com o ruído que a tampa fez ao abrir e depois sorriram sem graça deles mesmos.

O macaquinho que pulou da caixa usava uma fantasia de cetim barato estampado em vermelho e amarelo e a cara de plástico há muito havia perdido a tinta que definia as feições de um símio.

— Era uma doninha que deveria sair lá de dentro — disse Nancy.

— O quê? — perguntou Cyrus.

— A cantiga diz "Pimba! Olha a doninha!"; não um macaco — ela fechou a tampa, girou a manivela e estava certa, a cantiga dizia isso mesmo.

— Acho que ninguém sabe como é uma doninha — disse Cyrus.

O fato é que essa conversa sem propósito não passou despercebida para nenhum dos dois. Mas eles eram jovens e inexperientes. O ceticismo que poderia dar o tom dessa conversa estava a anos depois, a cadáveres depois, a talvez uma vida inteira depois. Possivelmente não havia um policial em toda Baltimore que fosse suficientemente cínico para blindar esse momento com um comentário espirituoso.

Nancy foi virando cada lado da caixinha e depois o fundo. Foi aí que viu um pedaço de fita adesiva em que estava escrito com letras cursivas, caprichadas, arredondadas, de uma criança que acabara de aprender a escrever: *Alice Manning*. O nome não significava nada para ela naquela ocasião, mas pôde visualizar uma professora dizendo a Alice Manning, do jeito que as professoras costumavam dizer a ela própria, que a letra *A* deveria ser igual a um barco a vela dando marcha a ré e que o *M* deveria ser alto e forte como uma grade de ferro. As professoras ficariam orgulhosas da menina que fizesse letras assim.

Nancy fechou a tampa, de modo que o brinquedo estaria exatamente como ela o encontrara, e saiu da casa. Cyrus já ia em disparada pelo riacho, espirrando água salobra para todo lado. Ele queria chegar lá antes, ela presumiu, para apropriar-se dos créditos pelo palpite dela. Mas esse — ficou sabendo depois — foi um erro de julgamento. Ele queria era se afastar dali, distanciar-se ao máximo do corpo daquele bebezinho.

Nancy ia pensando em Cyrus ao caminhar ao longo do mesmo riacho, no escuro, a lanterna mostrando o caminho. Mais uma vez, o trajeto era mais longo do que podia se lembrar. Mais uma vez, dobrou uma curva e outras mais, na expectativa de avistar a casa, mas ela não estava lá. E se houvesse desaparecido? Ela se sentiria muito boba, muito estúpida.

A última vez que se encontrara com Cyrus fora há dois anos no shopping Circuit City, onde ela e Andy foram comprar um novo aparelho de TV. Ele se apresentou como vendedor-assistente e disse que o salário era ótimo, melhor do que jamais imaginara. Para sua própria surpresa, era um bom vendedor. "E você, ainda está na polícia?", perguntou. "Ainda", respondeu Nancy, "mas no município". Ele balançou a cabeça e Nancy detectou um mundo de conjecturas naquele gesto. Todo mundo achava que sabia por que ela havia saído da cidade. Todo mundo estava errado. E mesmo que ela contasse a verdade, ninguém acreditaria. Ela também não acreditaria. Quem poderia imaginar que a sorte pudesse ser a pior coisa que aconteceria a uma pessoa? Erros? Todos os cometem e, portanto, eram passíveis de ser perdoados. A vida de Nancy descarrilou por causa da inacreditável sorte que tivera.

A casinha desmoronara com o tempo, despencando do mesmo modo que os ombros de Cyrus. Nancy titubeou ao pé do morro, como fizera antes. Talvez a jovem Nancy tivesse compreendido, nos abismos de seu subconsciente, as consequências de subir o morro, de encontrar o que encontrou. Será que haveria novas e terríveis consequências se entrasse por aquela porta de novo? Mas se chegara até ali na escuridão... tinha de olhar.

Sua lanterna deu com Ronnie Fuller num canto da cabana, os joelhos apertados contra o peito, movimentando-se para a frente e para trás no mesmo compasso. Ela piscou quando o facho da lanterna de Nancy varreu seu rosto, mas não disse uma palavra. Nancy moveu a luz pela casa. Não havia mais ninguém lá, nem morto nem vivo. Não havia absolutamente nada. Só Ronnie, balançando-se para a frente e para trás, enquanto sussurrava uma melodia para si mesma.

Capítulo 23

— Ela está aí dentro? — perguntou Infante, ao voltar do décimo andar, às 2 da manhã, depois de ter sido convocado pelo bip de Nancy.

— Está — respondeu ela, bebericando uma xícara de café que acabara de preparar, muito embora não precisasse de cafeína. Seu nível de adrenalina era altíssimo, o que a mantinha acesa e esperta, impossibilitada de dormir.

— Conversou com ela?

— É... trocamos umas palavras, mas nada de especial. Depois que a instalei na sala, desci para apanhar um refrigerante e uma barra de chocolate para ela. Quando voltei, ela havia adormecido.

— E você deixou que dormisse?

Nancy percebeu que a intenção de Infante não era que a pergunta soasse como uma crítica, mas foi isso que aconteceu.

— Muito estranho, mas não consegui acordá-la — respondeu, procurando não parecer estar na defensiva. — Sacudi o braço dela, só faltei gritar no ouvido dela, mas ela continuou dormindo.

— Continuou dormindo — repetiu Infante. — Bem... então deixe ela dormir. E você também. Tire um cochilo e vou ficar de olho, caso ela acorde. Aí entro na sala. Aliás, como você sabia onde ela estava?

— Um palpite. — Resposta sincera, Nancy disse a si mesma, apenas não integral. Algum dia ela lhe contaria essa história, em detalhes. Um dia, mas não hoje à noite. Agora, ela se pegou dizendo o que havia dito para Cyrus anos atrás. — Lembro-me desse casebre no Leakin Park desde quando meus pais costumavam ir ao Millrace comer caranguejos.

— Mas nenhum sinal da menina desaparecida.

— É... nenhum.

— Ela tentou fugir de novo?

— Não. Parecia até feliz por ter sido achada. Aquele lugar é assustador à noite. Até eu fiquei com medo.

A moça tinha mesmo levantado os braços para Nancy, assumindo uma pose que a princípio lhe pareceu de súplica, o que a deixou confusa. Depois se deu conta de que Ronnie estava esticando os braços para ser algemada.

Nancy não havia pensado na dificuldade que seria levar alguém de volta pelo caminho escuro e acidentado, muito menos uma pessoa algemada. Presumira estar numa missão absurda em busca do corpo de Brittany Little. Será que as algemas eram mesmo necessárias? O fato de Ronnie estar tão disposta a ser algemada era prova suficiente de que a jovem não estava planejando fugir mais uma vez. Ela havia decidido, até certo ponto, entregar-se.

Mas se ela saísse em disparada assim que chegassem à rua? E se, livre da escuridão da noite da floresta, empurrasse Nancy, atirando-a no chão, roubasse sua arma e seu carro? *Há a Ronnie boazinha e a Ronnie malvada*, avisara Alice. *E a Ronnie malvada faria qualquer coisa e depois a Ronnie boazinha não acreditaria no que fizera.* Como é que Nancy algum dia poderia explicar a si mesma, a Lenhardt, ou ao tenente, ou a todos os superiores na cadeia de comando? Ela odiava pensar nas coisas sob esse ângulo, prevendo onde poderia errar e como os outros iriam reagir. Mas criticar-se era instintivo para Nancy.

Ela ajudara Ronnie Fuller a descer o morro aos trancos, com os braços algemados nas costas. Veio silenciosa até chegarem ao carro de Nancy, um Toyota RAV-4.

— Este é um carro de polícia?

— É meu carro particular.

— Ah — e então, como se fosse um encontro social e ela se visse na obrigação de dizer alguma coisa: — Legal.

— Obrigada.

Ronnie não falou mais nada, permitindo que Nancy a acomodasse no banco traseiro, do jeito que se faz com uma criança, e depois ajustasse o cinto de forma que Ronnie pudesse se inclinar para a frente, abrindo espaço para os punhos algemados.

— Onde está Brittany Little? — perguntou Nancy, quando já estava dirigindo.

— Quem?

— A menininha que foi sequestrada no Value City.

— Uma criança foi levada do Value City?

— Dá um tempo, Ronnie. Se você não sabia que uma criança estava desaparecida, por que fugir?

— Porque você é uma policial, certo? Você é *a* policial.

— Sou a detetive que está investigando o desaparecimento de uma menina de 3 anos, a menos de 200 metros de onde você trabalha.

— Não. O que quis dizer é que você é *a* policial — fez uma pausa aguardando uma confirmação de Nancy. — Aquela que achou o bebê. Não atinei quem você era na hora em que a vi, mas depois me lembrei de onde a conhecia. Você quase não mudou. Seu penteado é o mesmo.

— Como sabia qual era a minha aparência?

— Minha mãe... — A palavra mãe fez com que Ronnie perdesse a linha de raciocínio. — Você apareceu na televisão, não foi? Recebendo algum tipo de prêmio? E nos jornais. Mesmo depois, quando já tinha sido levada embora, vi você na televisão algumas vezes. Não é?

— É — admitiu Nancy. — É.

Por um tempo o silêncio reinou naquele carro. Sem condições de observar diretamente os olhos de Ronnie, Nancy não quis se aprofundar no assunto Brittany. Mas nada a impedia de indagar sobre Olivia.

— Por que pudim, Ronnie?

— O quê?

— Você deu pudim para Olivia Barnes. Encontramos embalagens individuais de pudim por todo lado. Mas se você comprou pudim, poderia ter comprado comida de bebê. Você não sabia que devia ter dado a ela comida de bebê?

— Nós não *compramos* nada. Peguei o pudim na minha casa.

— Ah...

Nancy elaborou sobre o assunto. Até que tivesse sido perguntada e respondida, a indagação parecia inteligente. Durante todos esses anos ela matutara sobre as embalagens de pudim e a explicação era tão singela. Será que todas as respostas eram assim tão simples? Se fossem, então seria o caso de dar o tiro final, perguntar o que realmente importava.

— Por que você a matou?

— Você está se referindo ao bebê? — Será que Ronnie teria de pedir explicações se não tivesse matado mais de uma criança? A sintaxe usada encheu Nancy de esperanças e de pavor, pois se estivesse captando corretamente, Ronnie tinha praticamente confessado e Brittany Little já estava morta.

— Sim, Olivia Barnes. O bebê.

Nancy podia ver a silhueta de Ronnie pelo espelho retrovisor, mas não o rosto. Ela estava inclinada para o lado, a bochecha pressionada contra o vidro da janela. Demorou tanto para responder que Nancy chegou a pensar que a jovem resolvera ignorar a pergunta ou tivesse caído no sono. Mas afinal veio a resposta:

— Ela era triste. Ela era muito, muito triste.

Estaria Ronnie falando de si mesma na terceira pessoa? Seria essa a transição da Ronnie boazinha para a Ronnie malvada ou vice-versa? Pois não fazia sentido um bebê ser triste, nem mesmo no linguajar de uma menina de 11 anos. Infeliz, talvez. Mas quem iria descrever um bebê como triste?

— Como você sabia que o bebê era... triste?

Mais uma vez, passou-se um longo tempo até que veio algum som do banco traseiro:

— É complicado — disse Ronnie afinal, soando como Alice, quando essa invocou o "passado", como se estivesse recitando palavras sugeridas por alguém mais velho. — É uma história muito *complicada*.

Ela não mais abriu a boca pelo resto do trajeto. E agora dormia. Infante e Nancy ficaram observando através do vidro. Em camiseta e calça jeans, parecia ter menos idade. Contudo, poderia ter uma aparência de bem mais velha, bastando para isso uma saia curta e um pouquinho de maquiagem. Esse era o truque bizarro dos 18 anos, lembrou-se Nancy. Dava para fazer o relógio andar para a frente ou para trás: ser uma garotinha quando lhe era conveniente ou fazer o mundo todo de bobo achando que ali estava uma mulher. Uma época repleta de promessas. Havia terminado o namoro com Andy no verão em que tinha 18 e se aventurado por aí. E tudo para voltar correndo para ele, ciente de que não deveria jogar para o alto a sorte grande de ter encontrado o homem de seus sonhos aos 14 anos.

— Primeiro ela foge; agora, dorme — comentou Infante. — Ela segue direitinho a cartilha dos culpados.

— Ela deve estar exausta — comentou Nancy, deixando aflorar um senso de justiça automático. — Foi um longo dia. E parecia mesmo perplexa quando mencionei Brittany Little.

— Você está cansada e não está dormindo. A única diferença entre vocês duas é que ela sabe o que aconteceu a Brittany Little e você não. Você acha que deveríamos acordá-la?

— Já disse que não consegui. Ela está morta para o mundo.

Essas palavras ficaram suspensas no ar e Nancy gostaria de ter escolhido uma outra maneira de verbalizar o que pensou.

Sim, Ronnie Fuller dormia, mas não havia nem inocência nem culpa em seu sono, apenas uma vida inteira de estratégias para lidar com um mundo que a deixava perplexa. Sempre fora capaz de dormir, quaisquer que fossem as circunstâncias. Dormia a noite inteira quando tinha 3 meses. Quando era uma menininha, cochilava no banco de trás do carro da família, tão apertada entre os irmãos que fazia com que o pai comentasse que os filhos não precisavam de cintos de segurança. Não que a velha caminhonete Ford fosse provida de tais luxos. Ela pegava no sono na escola, levando as professoras a desconfiarem de que o ambiente familiar devia ser tão caótico que a menina não conseguia dormir direito. E elas estavam parcialmente corretas: a vida familiar era mesmo confusa, mas Ronnie descansava bastante, o que na verdade servia para deixá-la a salvo de todo o caos doméstico. A cama era o único canto exclusivamente seu numa casa em que reinava a falta de privacidade.

E quando o mais novo dos irmãos mais velhos, Matthew, começou a tentar se enfiar na cama dela, ela já usava o sono para se manter em segurança. E isso aos 9 anos.

Matthew tinha 12 anos naquela época e Ronnie desconfiara de que ele estava maquinando alguma coisa contra ela. Até então, suas maldades tinham sido cruéis, porém toleráveis: beliscões, socos, uma infinidade de tapas. Ela aprendeu que se resistisse a esses ataques sem fazer comentários, sem reagir, Matthew acabaria ficando entediado e descobria outra pessoa ou coisa para torturar. Helen Manning havia contado a Ronnie a história da Rainha da Neve, e logo Ronnie percebeu a vantagem de ter um estilhaço de gelo no coração, desde que, é claro, você pudesse retirá-lo quando bem quisesse.

Ela se via como a Rainha de Pedra, do jogo eletrônico Freeze Tag. Sempre fora muito boa no Freeze Tag.

Numa noite de agosto, do ano em que Matthew tinha 12 e ela 9, ele veio até o quarto da irmã quando a casa estava silenciosa, ou tão silenciosa quanto possível, com a televisão da sala de visitas retumbando na noite, o ronco do pai subindo e abaixando de volume. As mãos de Matthew estavam sobre a braguilha do pijama, como se estivesse apertado para urinar, mas segurava o pênis de um jeito em que só a ponta estava para fora. Era assim mesmo que segurava o filhote de rato do mato que às vezes capturava no malcuidado quintal da casa das Manning. Ronnie conseguia ver tudo isso porque os olhos não estavam totalmente fechados, permitindo um naco de visão por entre os cílios. Deitada, mal respirando, esperando para ver o que o irmão planejava fazer quando viesse para cima dela. Ela sabia, de alguma forma, que seria naquela noite.

— Ronnie — sussurrou ele com voz rouca. — Ronnie, você está acordada?

Ela soltou um suspiro, um som entre um meio resmungo e um meio balbuciar que seu pai fazia quando adormecia no sofá após o jantar, um pouco antes de começar num impressionante crescendo de roncos. Ela não se atrevia a fingir que roncava, pois sabia que iria parecer uma cena de desenho animado, com assovios e tremores de lábios.

— Quero te mostrar uma coisa. — Matthew ia pegando o punho dela, mas Ronnie se virou fingindo um sono inquieto, apertando com força os braços em V sobre o estômago, as mãos cruzadas sobre a virilha.

— Ronnie, Ronnie. Anda, Ronnie, é um segredo, um segredo bem legal.

Ora essa! Teve vontade de dizer: *Não é segredo nenhum, seu idiota*. Ela sabia sobre sexo, com detalhes. Sua mãe abortara quando Ronnie tinha 4 anos, o que levou a uma visão geral dos fatos da vida bem cedo. Os filmes na TV a cabo e as novelas preencheram as lacunas, de modo que Ronnie fazia uma ideia geral do que acontecia e onde acontecia, quais eram as consequências e o esquisito efeito que a coisa toda produzia nos homens. Tinha inclusive assistido a filmes na televisão que explicavam por que seu irmão estava no quarto dela, no meio da noite. Essas coisas aconteciam nas famílias, de acordo com esses filmes, mas era sempre, sempre errado, mesmo quando o menino era bonito, o que não era o caso de Matthew, e quando ele realmente amava a menina, o que também não era o caso de Matthew.

Mas Ronnie sairia perdendo caso enfrentasse Matthew. Ele bateria nela, ela gritaria e o pai apareceria, dando bofetadas para todo lado, pouco se lixando para saber a causa de toda a baderna. Na noite seguinte, Matthew estaria de volta, a sequência se repetiria e, um belo dia, conseguiria o que ele queria dela. A hipótese de contar aos pais o que Matthew estava tentando fazer, bem... era muito vergonhoso. Ronnie sentia que precisava poupar a mãe da verdade sobre seu filho mais novo: o que ele fazia com os comerciantes da vizinhança, sem mencionar os maus-tratos com os gatos, o comportamento ruim na escola. Ela precisava proteger a mãe, em termos gerais, da feiura da vida. Sua mãe não conhecia o horror que era o mundo. A mãe gostava de conversar sobre os filmes antigos a que assistia nas tardes de domingo, na época em que no mundo só existiam três canais de TV. Ronnie não queria que sua mãe soubesse como o mundo estava mudado, que as crianças agora eram muito despudoradas, que havia centenas de canais divulgando coisas a que ninguém devia assistir.

Helen Manning era evidentemente bastante esclarecida, mas Ronnie teria mais vergonha ainda de contar para uma vizinha o que Matthew andava aprontando. Isso era na fase em que Matthew era o malvado, o que se metia em encrencas e cujo destino seria o reformatório. Engraçado. Ele passou a ser o sujeito bom depois que ficou visível que Ronnie era tão, mas tão ruim que ninguém mais na família poderia ser classificado como o pior de todos. Ronnie nunca esqueceu o rosto dele no dia em que vieram buscá-la: uma expressão abestalhada, quase feliz, de alívio. Ele não precisava mais ser o malvado.

Mas isso acontecera dois anos antes. De bruços, aos 9 anos, os braços sob o corpo, as mãos apertadas contra as partes íntimas; naquela época, ele ainda era o mau e ela, a boa, ou no mínimo melhor do que ele. E mais esperta também. Ela se deu conta de que ficaria impenetrável desde que continuasse fingindo dormir. Talvez um menino mais velho, mais cruel, não tivesse parado; mas Matthew presumia que necessitava da colaboração de Ronnie. Ele desconhecia o corpo de uma mulher. Ele nunca encontraria o caminho sem uma pequena ajuda.

Matthew a sacudiu pelos ombros, chamou por ela em murmúrios cada vez mais selvagens. Cutucou-a no quadril com sua rigidez recém-descoberta, o que a fez sentir-se realmente nauseada, embora não parecesse ao tato muito diferente de um dedo, de modo que ela continuou dormindo. Não demorou muito e o sono deixou de ser um fingimento. Cochilou entre os pedidos de atenção, naquele estado entre dormir e estar acordada, até que ele finalmente desistiu. Mais tarde, Ronnie ouviu dizer que ele arranjara uma menina da sala dele, meio boboca, de quem todo mundo debochava, o que a fez duplamente feliz por não o ter deixado fazer o que queria.

Mesmo em Harkness e, depois, em Shechter, Ronnie nunca teve dificuldade para dormir. Se eles não a mantivessem sob horário rígido, ela teria dormido 10, 11, 12 horas à noite, mais alguns cochilos durante o dia. Mas dormir demais era considerado um mau sinal em Shechter e então ela se desabituou. Era parte do preço que pagava por estar lá.

Esta noite dormira um pouquinho na velha casa, encostada na parede. Não havia nada mais a fazer, salvo dormir e esperar. Sabia que seria encontrada. Só ficou surpresa pelo longo tempo que teve de esperar. O céu ainda estava claro quando fechou os olhos e foi um pouco assustador acordar naquela escuridão total. A maioria dos lugares em Baltimore era mais barulhenta do que Ronnie se recordava; já o Leakin Park era mais silencioso e mais escuro.

Não era a primeira vez que voltara ao casebre. Tinha ido parar lá, quase que por acidente, logo que viera para casa. Parecia tão comum caminhar pela Franklintown Road, reconstituindo os antigos passos... Ela sempre tivera a sensação de que o parque lhe pertencia, um segredo a compartilhar com os outros. Ronnie descobrira a casinha no verão em que tinha 10 anos e fora bem difícil convencer Alice a ir com ela até lá. Alice era tão medrosa... Mas assim que elas chegaram, Alice assumiu o controle, impondo regras e insistindo nas brincadeiras mais idiotas: "Você vai ser a aluna, eu a professora"; "Você vai ser o pai, eu a mãe"; "Você vai ser a raposa e eu a galinha"; "Você vai ser o canguru e eu faço o coala". Alice atribuía a si própria os melhores papéis e justificava dizendo merecê-los por ter sido quem inventara a brincadeira.

Ronnie dormiu. Ronnie sonhou. Sonhos em preto e branco, como os filmes a que a mãe assistia nas tardes de domingo. Ela se lembrava deles do jeito que a maioria das pessoas se lembra do que sonhou quando acorda: em indistintos fragmentos. Quando acordava, ela se surpreendia com o quanto era difícil montar uma história objetiva a partir do que parecia a coisa mais lógica e normal do mundo durante o sono. Helen aparecia muitas vezes nos sonhos, e também sua mãe, e agora sua médica. Os sonhos que sonhava não eram assustadores nem reconfortantes. Eram apenas sonhos.

De volta à Nottingham Road, Alice estava acordada, como de costume, às 3 da madrugada. Talvez tivesse herdado os hábitos noturnos de Helen ou passado a copiá-los desde cedo. Mesmo quando criança, sempre acordava à 1 hora, às 2 horas, às 3 horas. A noite era repleta de sons diferentes que não se escutavam durante o dia, como os dos trens de carga que passavam a quilômetros de distância.

Helen nunca ralhara com Alice por causa disso, embora tivesse imposto uma regra obrigando a filha a ficar na cama, salvo se precisasse ir ao banheiro. "Dormir significa cama", Helen havia decretado. "O que fica fazendo na cama, se as luzes estão acesas ou apagadas, é assunto seu. Desde que, é claro, não esteja cansada e mal-humorada no dia seguinte. Não estou nem aí para o que você faz à noite."

Alice não perguntara, mas presumiu que as mesmas regras se aplicavam à mãe. O que ela fazia na cama, com luzes acesas ou apagadas, era problema dela. Embora Helen não fizesse coisas na cama. Quando ela tinha um encontro, o que era raro, ou ela chamava alguém para cuidar de Alice até de manhã ou mantinha os namorados no andar de baixo. Uma noite, quando Alice estava em seu quarto no andar de cima, Helen usou a sala de visitas: fumou às escondidas, bebeu às escondidas, assistiu à televisão às escondidas. O que significava que eram segredos. Será que ela realmente imaginava que Alice não ia desconfiar de nada só porque era obrigada a ficar na cama? A casa, pequena, não conseguia guardar para si nenhum som. Gelo caindo no copo, o riscar de um palito de fósforo na tira áspera da caixinha, os programas da madrugada na televisão em surdina. As risadas abafadas de Helen, o gemido masculino. Alice escutava tudo.

Seus avós reclamavam, dizendo que Helen era permissiva. Alice tinha ouvido isso também, mas foi preciso ir pé ante pé até o topo da escada — algo que a filha fazia mais amiúde do que a mãe poderia suspeitar — para confirmar. A casa era liberal com os sons, mas nem tanto com as palavras; e se Alice quisesse ouvir uma conversa, ou os diálogos de um filme na madrugada, tinha de se arrastar como uma cobra para fora da cama e deslizar pelo chão como se estivesse esquiando, ou Helen perceberia seus passos. A estrutura porosa da casa tinha suas vantagens e desvantagens. O truque era esperar até que a televisão ou o som estivessem ligados, o que abafava o ranger das tábuas do assoalho.

Outro estratagema era calçar meias, porque o piso era velho e lascado. E lá ia escorregando — um-dois, um-dois, um-dois — como se patinasse ao ritmo de valsa. Ela se imaginava nas fantasias que Helen vestia quando era criança: um saiote preto, curtinho, sobre o qual havia aplicado a figura de uma patinadora, e uma boina de lã que a fazia parecer uma tartaruga careca, com as iniciais em letra cursiva bordadas na lateral. "Eu odiava aquela boina", dissera Helen, quando Alice fez uma pausa na página do antigo álbum de fotos.

Hoje à noite, os joelhos de Alice estavam cobertos pelo lençol de listras amarelas e vermelhas que comprara havia quase uma década, quando Helen lhe deu licença para ajudar a decorar o próprio quarto. Ela escolhera aquela roupa de cama, em cores ousadas e desenhos abstratos, porque sabia que Helen não iria aprovar os que ela realmente desejava, que eram os cor-de-rosa estampados com rosas em botão e garotinhas segurando regadores. Contudo, estava satisfeita com a roupa de cama que comprara e que, com toda certeza, seria mais apropriada para um rapaz de 18 anos do que os lençóis com flores.

Observou as duas montanhas arredondadas criadas pelos próprios joelhos. Se tivesse dormido nesses lençóis todas as noites de sua vida, desde os 10 anos, tirando umas viagens para a casa dos avós e as noites em que dormiria na casa das amiguinhas — supondo-se que tivesse recebido convites para passar a noite —, provavelmente estariam puídos em alguns lugares e começando a esfiapar nos cantos. Eles desbotaram, mas só porque Helen não pensou em fechar as persianas por todo aquele tempo. Por sete anos, havia deixado o sol se derramar através da janela e sobre a colcha dobrada ao pé da cama, do jeito que Alice deixara na sua última manhã em casa. À noite, apenas com a luz que vinha do abajur na mesinha de cabeceira, não poderia ver as suaves ondas que corriam transversais às listras dos lençóis, mas tinha certeza de que estavam lá.

Tinha um bloco apoiado na lateral do quadril e andava se esmerando numa carta, que sabia de antemão que nunca enviaria; mas era divertido escrever, pois era a respeito de si. Explicara à mãe, que a vira ocupada escrevendo, no início da semana, que era um pedido para ser aceita na faculdade. E poderia ter sido de verdade, por ser um ensaio no qual procurava definir-se naquele tom curioso de gabar-se-com-o-propósito-de-se-autodepreciar, o tom que sabia, como que por instinto, que tais ensaios exigiam.

Mas não era um pedido para ser aceita na faculdade. Escrevia uma carta para os produtores de um reality show na MTV, aquele em que sete pessoas são confinadas numa casa. Ela não tinha nenhuma vontade de estar no outro programa, em que obrigavam os participantes a saírem pela estrada num *motor home* da marca Winnebago, fazendo coisas idiotas e nojentas que chamavam de missões. Todo mundo sabia que esse era o show para os perdedores, uma espécie de compensação. Não lhe escapou o fato de que nunca houve ninguém, vamos dizer, realmente conhecido nesse programa. Teve um participante cujo irmão fora assassinado e isso foi o mais perto a que chegaram de uma celebridade.

Agora... seria bem melhor se seu passado tivesse sido mais tumultuado, se ela tivesse sido acusada de matar alguém, por exemplo, enquanto dirigia bêbada, e agora frequentasse os Alcoólicos Anônimos. Talvez devesse começar a ir à igreja e a falar sobre Deus. Também ajudaria se fizesse algo criativo. Escrever poemas ou letras de raps.

O verdadeiro obstáculo era ser gorda. O show, às vezes, recebia garotas gordas, mas eram sempre negras. As brancas eram magras, mais magras a cada ano que passava, tão magras que podiam usar camisetas baby look, biquínis e piercings no umbigo. Não entendia por que as negras podiam ser gordas e as brancas não; certamente essa era uma regra. Mas, pensando bem, agora nem mesmo as negras eram tão gordas.

Ainda assim, era bom deixar registradas numa carta suas melhores qualidades, mesmo que não pretendesse enviá-la e mesmo que ninguém jamais a lesse. As pessoas sempre lhe diziam que ela tinha oportunidades de sobra na vida; no entanto, as únicas que mencionavam eram trabalho e estudo. Não pareciam suficientes para Alice. Eram iguais às oportunidades de todo mundo. "Você tem uma vida inteira pela frente", Helen disse a ela, e Sharon Kerpelman já havia dito, mais ou menos, o mesmo. Mas Alice sabia que elas estavam erradas. Ela tinha toda a sua vida atrás dela, um peso imenso e incômodo que rebocava consigo para onde quer que fosse, assim como o próprio corpo. Tal vida haveria de servir para alguma coisa.

Releu o que escrevera. Outrora apaixonada pela letra cursiva, descobrira recentemente que escrevia bem mais depressa em letra de fôrma. Sua caligrafia era agora formada por pequenas e bojudas letras maiúsculas, em vez dos serenos barcos que deslizavam vagarosamente sobre as páginas. A nova caligrafia ainda não era tão rápida para seu gosto. Teria sido preferível escrever no computador da mãe, mas não podia levar o computador para a cama nem confiar que Helen não invadiria sua privacidade, que era o problema mais crucial. Helen sempre jurara ser o tipo de mãe que respeita a necessidade que os outros têm de guardar segredos, mas, bem... Helen era uma mentirosa. Uma grande mentirosa, mas para quê? As mentiras de Helen não faziam o menor sentido para Alice.

Mesmo aqui, num bloco que podia esconder debaixo do colchão, numa carta que nunca enviaria, numa carta que ninguém jamais iria ler... mesmo aqui não se atrevia a dizer a verdade, a verdade completa, nada além da verdade, como eles costumam falar nos filmes de tribunal. Na sua vida real, até agora, ninguém proferira essas palavras. Mas ela também nunca chegara ao ponto em que lhe permitissem testemunhar, jamais pôs a mão sobre um livro e jurou por Deus. Bem que quis, mas ninguém mais queria que ela o fizesse. De fato, a coisa mais importante parecia ser manter Alice calada. Todos insistiam em que não seria nem bom para ela nem para Ronnie comparecerem diante do juiz antes que tudo estivesse resolvido. Eles precisavam assinar um acordo fora do tribunal. Alice nunca entendeu como aquele acordo a teria ajudado. A verdade estava ao *seu* lado, não do lado de Ronnie. E um dia, quando lhe fosse concedido o direito de dizer a verdade, toda a verdade, nada além da verdade, todos ficariam impotentes diante dela.

Virou a página e começou uma nova carta, uma que seria enviada, quando chegasse a hora.

Domingo,
5 de julho

Capítulo 24

Lenhardt desenrolou sobre a mesa um mapa da região. Lá estavam as irmãs Baltimore e Baltimore, cidade e município, juntas, mas nunca unificadas; tal qual dois fugitivos unidos por uma corrente atada a argolas de ferro nos tornozelos, numa cena de filmes antigos.

— Sabe o que é isso?

— Um mapa — respondeu Infante.

Ele foi absolutamente sincero. O sargento lhe fez uma pergunta e, sem segundas intenções, o detetive respondeu. Nancy esboçou uma risadinha, que se desfez num bocejar. Onze da manhã. Ela dormira poucas horas, enquanto Infante tentara acordar Ronnie, e ambos estavam lesados de tanta exaustão. E o pior era o odor que exalavam, depois de 24 horas com as mesmas roupas.

— Excelente, detetive Infante. Sim, isso é um mapa — disse Lenhardt.

— Mas um mapa de onde?

— Baltimore?

— Não, meu amigo. Pode parecer com Baltimore, mas essa é Fodidoslândia, nossa cidade natal daqui para a frente.

— Por que... estamos... fodidos? — Nancy bocejou sem querer entre cada palavra. Puxa! Lenhardt xingara diante dela. As coisas deveriam estar pretas mesmo. Ela se perguntou se isso significava que de agora em diante ele nunca mais retornaria ao tempo em que não falava palavrão na frente dela.

— Não seja rude, Nancy. — A reprimenda do sargento foi automática e desprovida de ironia. — O diretor do departamento quer proceder a uma diligência.

— Uma diligência? Impossível! Não temos informação alguma sobre onde a criança possa estar.

— Verdade, mas temos aqui uma jovem e dedicada detetive que fisgou uma suspeita no Leakin Park ontem à noite. — Lenhardt fez que sim para Nancy. — Bom trabalho, é preciso que se diga, embora tivesse preferido que você avisasse aonde estava indo. E devia ter usado um carro com rádio. Por medida de segurança.

— É... fisgou uma *suspeita* — disse Infante. — Mas até agora ela não abriu o bico.

— Nem temos nenhuma acusação contra ela — acrescentou Nancy.

— Qual a versão dela para sexta-feira à noite?

— Sozinha, em casa. — Isso foi tudo que Nancy conseguira descobrir. — Os pais estavam num churrasco, o que se encaixa bem com o que a mãe dela nos disse. Mas ela não tem nenhum álibi que prove onde estava das 16 horas, que foi quando ela disse que chegou em casa do Bagel Barn, até as 23 horas, momento em que os pais entraram em casa.

— E uma adolescente não telefonou para ninguém? Não foi para o computador e ficou naquele papo estranho de que tanto gostam? Meus filhos não conseguem ficar 20 minutos sem falar com os amigos.

— Ela não tem amigos. — Nancy se lembrou da frase triste e conformada da mãe. *Nenhum namorado. Nenhum amigo. Isso é tudo.*

— E o que dizer de Alice Manning?

— Elas juram que nunca se encontraram desde que voltaram para casa. Alice confessou ter ido ao trabalho de Ronnie, só para ficar olhando, de curiosidade, mas disse que a outra nem sabia que ela estava lá.

— Isso é muito esquisito, sargento — interrompeu Infante. — A garota vem até aqui por conta própria, para nos contar essa história que a coloca exatamente no local onde a menininha desapareceu, algumas horas antes de tudo acontecer. E em seguida aparece a tal advogada... uma advogada para quem a jovem ligou e deixou uma mensagem antes de vir para cá. E, do nada, ela começa a dizer que não tinha sido na sexta-feira, que foi há uma ou duas semanas e num sábado.

— É... que coisa! — admirou-se Lenhardt, sem conseguir fazer qualquer comentário.

É... que coisa, as palavras ficaram ecoando na cabeça de Nancy. Sua melhor hipótese era a de que Alice, desejando sinceramente colaborar, ou por maldade nutrida por sete longos anos, queria ter certeza de que ninguém deixaria de levar em conta a proximidade de Ronnie do local do crime. Ela estava mentindo. Será? Sharon Kerpelman disse tê-la ido buscar para jantar às 20 horas na sexta. Quatro horas não seriam suficientes para sequestrar uma criança, passar por um monte de gente sem ser notada, escondê-la, ou matá-la, e ainda caminhar quase 5 quilômetros de volta para casa. Mas... e se Alice não estivesse a pé? E se Alice não estivesse sozinha?

— Enquanto a menina estiver desaparecida, o diretor quer uma diligência — explicou Lenhardt. — Ele quer ter certeza de estarmos passando a impressão de que estamos fazendo tudo que está ao nosso alcance. E, ao mesmo tempo, e isto foi o que o diretor disse para meu superior, que, por sua vez, passou para mim: ele não quer saber de nenhum vazamento sobre a possibilidade de que esse desaparecimento esteja conectado a qualquer outro. — Fez uma pausa, para se certificar de que tinha a total atenção de seus dois detetives. — Vocês estão entendendo o que estou falando? Não temos absolutamente nada a ganhar em mencionar Ronnie Fuller ou Alice Manning, até que tenhamos uma acusação formal contra uma delas. E mesmo nesse caso, não se esqueçam de que elas eram menores naquela época. Ninguém vai conseguir resposta alguma ao digitar o nome delas no banco de dados do tribunal. Se falarem sobre elas, estarão lidando com informação sigilosa. Não acessível nos registros públicos.

— Não somos os únicos a saber — disse Infante, e Nancy assentiu. — Para os municípios que se recordam de Olivia Barnes não haveria problema em divulgar o que sabem, porque sentem que estão a salvo. O diabo é que a mãe da criança pode ficar espalhando para quem quiser que ela nos telefonou, porque sua filha é a cópia... da... da outra menina.

Em sua mente, Nancy concluiu a frase do jeito que Infante pretendia: *a cópia esculpida e encarnada da menina morta.*

— Ouvi dizer que a procuradora-geral do estado teve uma reunião com a família Barnes e com o avô, o juiz Poole, ontem à noite — disse Lenhardt. — E que ela teve de engolir um bocado de merda para fazer com que aceitassem seu ponto de vista. Mas acabaram entendendo que não havia vantagem alguma em permitir que apenas um cenário prevalecesse. Se o público começasse a achar que o caso estava resolvido, então deixaria de observar e denunciar coisas estranhas que pudessem ser importantes. Enquanto estivermos com o Alerta Amber ativado, teremos pessoas antenadas com o caso.

— Mas uma diligência? — argumentou Nancy. — É perda de tempo e dinheiro.

— Só se para você nossa única função for a de solucionar casos. Não se esqueça de que de vez em quando temos de dar um chega pra lá na mídia... o diretor comentou que daria uma boa reportagem para um programa de domingo. Hoje à noite, vão mostrar um vídeo dos policiais vasculhando um bosque. Vão declarar que estávamos seguindo pistas definitivas, o que é verdade, mas isso é tudo que vão divulgar, perceberam?

Nancy corou, consciente de que os olhos que Lenhardt buscava com insistência eram os dela, não os de Infante.

— Sim, sargento.

— Agora, deixe-a ir embora. E você vá para casa e veja se dorme.

— Gostaria de ter mais uma chance, se você não se importa. — Nancy fez um gesto na direção da porta da sala de interrogatórios. — Sei que já perdemos muito tempo com isso, mas foi porque ela dormiu praticamente o tempo todo. Só queria poder tentar mais uma vez.

— Ela não pediu para chamar um advogado?

Nancy fez que não, enquanto dizia:

— Não, o que é bem estranho. Ela usa táticas de resistência como alguém experiente, mas não solicita advogado, não pede para ligar para ninguém, não parece se importar se os pais foram ou não avisados... quando não está dormindo, só diz: "Não sei." "Não sei."

— Então, para que voltar lá?

— Andei pensando na camiseta que encontramos na lixeira. Havia sangue nela, certo? Sangue que não é compatível nem com o da menina nem com o da mãe. Tem de ser de alguém!

Lenhardt assentiu. Ele era esperto demais para não ter pensado nisso antes de Nancy.

— Havia algum resquício de sangue nela?

— Não, corri minhas mãos sobre os braços dela quando fui algemá-la, para ver se havia algum machucado ou arranhão. E ela está de calças compridas.

— Então o quê? Você entra lá e dá a ela um canivete e diz: Dá para você se furar? Pergunta se ela quer raspar as pernas? Faz um pacto com ela e vocês duas se tornam irmãs de sangue?

— Irmãs de sangue — repetiu Infante. Mas ele estava cansado demais para transformar as palavras numa piada ruim que lhe tivesse passado pela cabeça.

— Não sei, mas talvez ela concorde em nos dar uma amostra de sangue para que seja eliminada da lista de suspeitos.

— Mas a verdade é que não elimina. Você está entendendo, não? — insistiu Lenhardt. — Apenas vai excluí-la da relação de pessoas cujo sangue não corresponde ao encontrado na camiseta. Temos de estar atentos para a possibilidade de haver duas pessoas envolvidas no crime. Não consigo visualizar uma garota fazendo isso sozinha.

— Olha, se não conseguirmos uma prova, até um advogado idiota vai saber como fazer disso um grande estardalhaço. Mas se conseguirmos identificar o dono daquele sangue, então teremos feito melhor uso de nosso tempo do que mandar todo mundo do município ir às escuras por aí numa diligência.

Lenhardt deu de ombros.

— Tudo bem! Mas depois tem que ir para casa, você precisa dormir.

O sargento havia trazido um saquinho de bagels naquela manhã. Nancy pegou um com recheio doce, de geleia de mirtilo, e levou-o, acompanhado de um copo de refrigerante sabor laranja, para a sala de interrogatório.

— Pronto — disse ela. — Café da manhã dos campeões.

Ronnie estava sentada, os olhos perdidos no vazio. Mesmo acordada, a moça tinha um ar misterioso, como se alternasse entre períodos de passividade e intervalos de excitação, como se sofresse de catatonia. A Ronnie boazinha ou a Ronnie malvada?

— De onde é? — perguntou Ronnie, ao apalpar o bagel e depois arrancar um pedaço e mastigá-lo devagar, como se ainda não estivesse certa de que o melhor talvez fosse cuspi-lo.

— Do Einstein, ali no Goucher Boulevard.

— Os nossos são melhores. Este aqui está ok, mas a textura é diferente. Usamos massa congelada que vem do Brooklyn, de modo que é quase igual aos bagels que se vendem em Nova York. Que é o que as pessoas querem, segundo Clarice. Ela trabalhou um lugar em que os bagels eram muito açucarados. Ela os chamava de bagels Montreal e não é disso que as pessoas gostam em Baltimore.

— Clarice?

— É, a gerente do Bagel Barn. Você a conheceu.

— Ah, foi mesmo. Fomos falar com ela depois que você fugiu.

— Ah! Isso. — Ela parecia envergonhada e surpresa, como se tivesse esperado que o incidente jamais fosse mencionado de novo.

— Por que fugiu, Ronnie?

— Eu já *disse*. — Sua voz revelava enfado e também paciência. Ocorreu a Nancy que a jovem nunca pediria para sair, nem imaginaria que tivesse direito ao que quer que fosse. — Sabia que vocês eram policiais e não me dou bem com policiais. Foi assim da última vez.

— Como assim?

Ronnie deu de ombros.

— Isso não tem importância.

— Mas o fato é que você está aqui; então tem importância, sim.

— O que quero dizer é... é que ninguém acreditou no que eu disse daquela vez; então por que alguém acreditaria em mim agora? As pessoas chegaram a uma conclusão do que havia acontecido e aí, pronto, foi o que aconteceu.

Nancy continuava sentada, diante de si um bagel ainda intocado. Procurava agir como se isso fosse um café da manhã normal de duas pessoas que o acaso fez com que dividissem uma mesa num restaurante apinhado. Curvou-se e seu queixo foi parar a uns 2, 3 centímetros do tampo da mesa. Olhou bem nos olhos de Ronnie. Eles eram surpreendentemente azuis por debaixo de toda aquela cabeleira escura. As sobrancelhas desalinhadas, a pele um pouco sarapintada. Mas poderia se transformar num rosto bonito com quase nenhum esforço.

— Ronnie, não tenho como desfazer o que você fez, nem você consegue anular o que outra pessoa fez. Mas podemos evitar que fique pior, entende o que quero dizer?

— Não, não entendo — respondeu Ronnie. — Porque não sei de nada.

— Você não se deu conta de que isso aconteceu perto de onde você trabalha? E que...

Nancy interrompeu sua fala. Ainda não se sentia pronta para revelar a semelhança entre a menininha desaparecida e a irmã de Olivia Barnes. Ela precisava que a jovem se dispusesse a oferecer essa informação. Sharon Kerpelman havia dito que Alice se deixava influenciar por ideias alheias e que concordaria com qualquer coisa para ser prestativa e generosa; no entanto, Ronnie parecia bem mais vulnerável nesse ponto.

Nancy empurrou uma foto de Brittany Little sobre a mesa, até que ficasse bem perto de Ronnie.

— Bonita, ela.

— Se parece com alguém que você conhece?

— Hum, sim, parece sim. Um pouco.

— Com quem ela se parece, Ronnie?

— Com Alice?

— *Alice?* Mas esta menina é mulata e tem cabelo encaracolado.

Ronnie parecia confusa.

— É, você está certa. Não sei por que disse isso. Saiu assim de repente. Às vezes digo Alice. Não sei por quê.

— Ronnie, você pensa muito em Alice?

— Não... não muito.

— Eu entenderia, se fosse o caso.

— Por quê?

A impressão era de sincero e necessário desejo de ouvir uma explicação.

— Porque... por causa da história que vocês duas compartilham. Presumo que seja difícil de esquecer.

— Para sempre?

— O quê?

— Você acha que algum dia irei esquecê-la? Um homem, um médico, disse que talvez. Ele disse que conforme o tempo fosse passando, minha mente teria outras coisas com que se ocupar, outras coisas que iriam... me definir como pessoa.

Perplexa, sem saber o que dizer, Nancy pegou a foto e olhou a menininha sorridente. *Você está viva? Por favor, diga-me que está viva.*

— Sabe, encontramos as roupas dela no banheiro. — Não falaria nada sobre o cabelo. Não por enquanto. Eles não queriam que esse detalhe se espalhasse. Nem mesmo contaram à mãe que haviam cortado o cabelo da filha, porque uma das hipóteses era a de que o namorado dela poderia tê-lo feito e tinham interesse em criar a ilusão de que o sequestrador era uma pessoa estranha. — Havia sangue nelas. E sangue também numa camiseta.

Ronnie arregalou os olhos.

— Muito?

— O bastante para ficarmos preocupados. E também o bastante para testarmos... e sabe o quê? — Nancy esperou um pouco, para ver se Ronnie teria alguma coisa a acrescentar. — Não era o sangue da menininha.

— Como é que você sabe?

— Sangue é que nem impressão digital. É especial. Não era sangue dela nem da mãe. Nós os comparamos.

— Hum.

— É... é incrível o que se pode fazer com apenas um pouquinho de sangue. Sabe, se retirássemos um pouco do seu sangue e comparássemos com o que descobrimos, e ficasse provado que eram diferentes, aí podíamos deixar você ir para casa.

— Você quer o meu sangue? — Ronnie se empertigou e jogou a cabeça para trás.

— Você não é obrigada. Mas serviria para acelerar o processo. Podemos tirar do seu dedo, um furinho de nada. Você nunca fez pacto de sangue com ninguém quando era menina?

Ronnie fez que não e também fez que sim com a cabeça: de um sim vacilante a um não veemente. Quase lembrava aqueles bonecos cujas cabeças desproporcionais são presas ao corpo por uma mola: e quando a cabeça de Ronnie começou a se mover, dava a impressão de que ela perdera o controle dos movimentos. Com a diferença que, em vez de sacudir devagar para cima e para baixo, continuava a mexer de um lado para o outro enquanto dizia: "Não, não, não, não, não, não."

— É só um furo bem pequenininho, você não vai nem sentir. E se seu sangue não for igual, e é claro que não será, não é, Ronnie? Porque você não sabe o que aconteceu. Se não for igual, não vamos mais incomodá-la.

— *Não.* — Não era um grito. Mesmo assim, algo no tom de Ronnie fez Nancy dar um salto: — Ninguém vai me furar, ninguém, a não ser eu mesma.

— O quê?

— O que quero dizer é que não quero. Não quero, não quero, não quero, não quero.

E começou a bater com as palmas das mãos sobre a mesa para reafirmar suas palavras, até que Nancy precisou segurá-la pelos punhos para que parasse. Por um desses instantes de insanidade, a moça parecia que iria mordê-la. Seus dentes miúdos e brancos se trincaram perto do rosto de Nancy, lembrando um cão terrier. Depois, deixou de reagir e Nancy soltou os braços de Ronnie, que caíram sobre a mesa. Escondendo o rosto nas mãos, a jovem começou a chorar.

— Brittany Little ainda está viva, Ronnie? Faria toda a diferença do mundo se a encontrássemos viva. E se ela estiver morta, não iremos pegar pesado com quem nos ajudou. Não posso fazer um acordo, sou apenas uma policial, mas é sempre melhor a pessoa colaborar.

— Não sei. Não sei de *nada*. Pergunte a Alice. Tire o sangue dela. Fure Alice. — Levantou os olhos, fungando, e disse as palavras mágicas: — Quero ir para casa, agora. Posso ir para casa agora? Posso ligar para a minha mãe? Será que preciso ligar para um advogado?

— Sim — respondeu Nancy. — Sim, você pode ir embora e, sim, pode ligar para a sua mãe. E, na verdade, você não precisa de um advogado.

Ainda não.

Ela levou a moça até a sua mesa de trabalho e deixou que ela usasse seu telefone. Enquanto caminhava, Ronnie vinha resmungando e Nancy conseguiu com muito custo compreender o que ela dizia: "Ninguém vai me furar, ninguém, a não ser eu mesma. Ninguém vai me furar, ninguém, a não ser *eu* mesma."

Capítulo 25

— Você deveria falar com ela.

— *O quê?* — Num movimento brusco, Cynthia Barnes girou o rosto e tateou, sem encontrar, o botão liga-desliga do controle remoto da televisão da cozinha, do jeito que se faz quando se é pego fazendo algo errado.

— Você deveria falar com ela — repetiu Warren, em pé, descalço, os sapatos de golfe na mão, para não arranhar o piso de pedra. Ela ainda se lembrava de como ficaram frustrados quando o empreiteiro explicou, depois de aplicadas, que as pedras do piso estavam sujeitas a arranhões.

— Não tenho nada para dizer a ela. — Mas o rosto de Maveen Little havia finalmente desaparecido da tela da TV, que agora exibia o de uma criança sorrindo, feliz, para um cachorro-quente da Esskay.

— Vocês têm algo a compartilhar. Algo em comum.

Teve vontade de vociferar de volta: *Nunca terei nada em comum com Maveen Little.*

— Estou preocupada porque acho que ela não vai provocar muita compaixão nas pessoas — disse Cynthia, escolhendo com cuidado cada palavra.

— Por ela não ser bonita nem falar direito? — Warren estava sendo generoso, o que era bem de seu feitio. Maveen Little era feia, branquela e quase obesa, com a pele estragada e os cabelos com permanente feito em casa. — Olha, querida, as pessoas não são assim tão ruins.

— São ainda piores, e você sabe bem disso.

Warren ficou sem resposta. Beijou a esposa na testa, um beijo de pai, não de marido, e deslizou pela porta depois de uma última olhada para a televisão, que, sem dúvida, ele gostaria de desligar. Quando foi que os beijos entre eles migraram dos lábios para a testa? Antes ou depois que Rosalind nascera? Cynthia não se lembrava. Supunha que chegaria o dia em que Warren a beijaria no cocuruto ou lhe faria um carinhoso afago no ombro e, ainda assim, ela não daria a mínima. Ela o amava, possivelmente nunca o amara tanto quanto agora, mas simplesmente não conseguia incitar a liberdade do amor homem-mulher, não enquanto tentava manter a vigilância requerida pelo amor de mãe para filho.

A tristeza que guardava como mãe era genuína, pelo menos o tipo de pesar que desfigurava as feições e deformava a voz. Não que as pessoas notassem; mas gostavam de afirmar, passado o episódio, que achavam que a mulher da Carolina do Sul estava mentindo, que não fora uma surpresa quando os dois filhos dela foram achados mortos no fundo do lago. Mas Cynthia sabia que o poder de observação das pessoas poderia ser tudo, menos sagaz.

"*Prezada Puta Preta*", um cidadão preocupado escrevera a Cynthia sete anos atrás, adivinhando seu endereço pela placa com o número da casa, visível em alguns noticiários na TV, e pelas descrições do crime nas reportagens dos jornais que colaboraram para a identificação da rua. "*A quem você acha que está enganando? Todo mundo sabe que você matou o seu bebê e está querendo que os Negros Se Revoltem e saiam às ruas de novo, reclamando que Crianças Brancas foram culpadas. Estarei no telhado de casa, rifle nas mãos. Como Em 1968. Vocês já destruíram a cidade e agora o município também está tomado por negros. Quando ficarão satisfeitos?*"

A parte imparcial e neutra de sua mente, a que se desmembrou do resto assim que Olivia foi levada embora, se maravilhou com a pontuação e a maiusculização. Como Em 1968. Era como se a pessoa que escreveu tivesse imaginado que essas palavras formavam uma sentença ou, no mínimo, um pensamento completo. E talvez formassem mesmo. "Como Em 1968" se referia às marchas de protesto depois do assassinato de Martin Luther King, quando os brancos fugiram da cidade e os mais antigos moradores da Pequena Itália realmente levaram suas armas para os telhados, decididos a atirar se vissem negros atravessando a Pratt Street.

Maveen Little também receberia cartas. Certamente seriam outras crueldades, mais relacionadas ao preconceito da ignorância do que da raça, embora sua inequívoca preferência por negros, revelada pela filha cor de café com leite e pelo namorado de pele escura, fosse atrair alguns comentários sobre suas opções. E não seriam poucas as pessoas felizes afirmando que Maveen

Little era uma péssima mãe e que fizera por onde merecer seu destino. Se fosse comprovado que o crime tinha conexões com o assassinato de Olivia, Cynthia voltaria a ser dissecada e arrastada para dentro do anel de culpa, pelo simples fato de continuar viva. No fim das contas, ninguém cuja vida lhe tivesse sido poupada pela sorte podia se dar ao luxo de acreditar ter sido por puro acaso.

Será que o desaparecimento de Brittany Little estava relacionado à morte de Olivia? Pela primeira vez em anos, Cynthia Barnes leu o jornal de domingo de cabo a rabo, mas sem expectativa de encontrar alguma notícia de que já não soubesse e com 24 horas de antecedência. Embora estivesse fora do serviço público por quase sete anos agora, não se esquecera do ritmo de funcionamento das notícias locais e de como as reportagens iam aos trancos e barrancos até as edições de fim de semana. Só um funcionário de alta patente — o próprio diretor do departamento — teria competência para afirmar que o novo caso poderia estar ligado ao antigo, mas ele não faria isso, a não ser que alguém soubesse o bastante para perguntar. E mesmo nessas circunstâncias, ele não teria autorização para falar nada, porque as meninas eram menores na primeira vez. Ela conhecia bem a legislação e por isso sabia que não seria permitido a um júri levar em consideração o assassinato anterior, a não ser que as próprias moças comparecessem em juízo.

Mas não demoraria muito e alguém iria somar dois mais dois, e aí o telefone não pararia de tocar. Os repórteres estariam no encalço de Cynthia, que, desta vez, ficaria feliz em contar em detalhes como se sentira zangada, traída, deprimida. Faria o gênero triste, embora esse fosse o menor de seus sentimentos. Encontraria um jeito sutil de lembrar aos leitores dos jornais e aos telespectadores dos canais de TV que fora ela quem fizera de tudo para encontrar uma maneira de botar essas moças na prisão para o resto da vida, e não apenas por sete anos. A Defensoria Pública, o Juizado de Menores, os pais das meninas, todos agiram como se estivessem fazendo um favor a Cynthia, atribuindo a elas uma pena de sete anos, dentre um conjunto de condenações. E, assim, deixaram toda a cidade vulnerável a outros crimes.

Embora acreditasse que os dois casos tinham ligação, tentou manter a mente aberta à possibilidade de estar errada. Mas, ainda assim, Cynthia não conseguia ver como uma simples coincidência a semelhança entre sua filha e a menina desaparecida. O cabelo, o tom da pele, a idade — assustadoras, de tão parecidas. Ela não teria como confundir Brittany Little com sua Rosalind, mas alguém de fora, alguém que tivesse visto Rosalind apenas de longe, poderia se equivocar. Uma pessoa que tivesse observado sua filha, vamos dizer, do outro lado da rua, ou no supermercado Giant, da Edmondson Avenue. Não, não poderia ser uma coincidência.

Assim também, Cynthia não podia aceitar a ideia de que a morte de Olivia fora resultante de uma ocorrência de eventos simultâneos e acidentais, mas que pareciam estar conectados, tese essa que todo mundo — até mesmo Warren — estava tão disposto a aceitar. Para ela, o crime era um castigo, fruto de uma conspiração. "Por que eles nos odeiam tanto?", perguntara ao pai, na época, praticamente se aconchegando no colo dele como se fosse uma menininha.

O juiz afagara a filha, meio sem jeito, impotente como todos. Nunca antes ela vira seu pai sem uma resposta. Mas ele se achava em estado de choque, incapaz de explicar como duas crianças aparentemente normais conseguiriam fazer o que fizeram. Nem mesmo uma vida inteira como juiz poderia preparar um homem para uma situação dessas. Qualquer um que tivesse passado um período no Tribunal de Justiça Clarence Mitchell sabia que os assassinos da cidade eram, ao fim e ao cabo, completamente *entendíveis*. Para começo de conversa, aparentavam o que eram: duros, desalmados, mortos por dentro. E chegaram aonde chegaram honestamente dentro de suas condições, depois de uma infância tão nociva que os que mais causavam espanto eram aqueles que não matavam. Até tinham seus motivos, por mais pervertidos que fossem. O juiz Poole costumava dizer que o que os traficantes de drogas de Baltimore faziam não era muito diferente das empresas constituídas no Estado de Delaware, mais ao norte, onde os tribunais federais analisavam casos de tomadas agressivas de controle acionário e de pílulas tóxicas. "É só um pouco mais direto", dizia ele a respeito das transações assassinas que ocorriam na cidade. "Um pouco mais letais. Mas ainda um negócio."

Mas nem mesmo o juiz Poole conseguia deixar de perceber a morte de Olivia como nada além da mais inimaginável falta de sorte. Cynthia ficou imaginando se algum amigo bem-intencionado segurava a mão de Maveen Little e procurava consolá-la daquele jeito inepto que tentaram consigo, mas que ela nunca esqueceria nem perdoaria: *Você não poderia ter feito nada... Você não fez nada de ruim... Não fique se martirizando... Não deve se culpar.*

Nos dias que se seguiram depois que o corpo de Olivia foi achado, nada era pior para Cynthia do que as pessoas tentando fazer com que ela se sentisse melhor.

Será que deveria visitar a mãe da menina desaparecida? Ela queria sentir algum sentimento pela mulher, mas não havia jeito e não estava bem certa se conseguiria fingir. Maveen Little fazia com que Cynthia se sentisse envergonhada, como se houvesse um protocolo tácito para mães enlouquecidas de tanto sofrimento. Essa mulher tão... bem, *sentimentaloide* em seus apelos aos demônios que mantinham a filha em cativeiro... Cynthia havia mantido uma dignidade que alguns qualificaram como frieza: as cartas endereçadas à "Prezada Puta" sugeriam isso — mas era assim que ela tinha sido educada. Os pais não gostariam de vê-la soluçando e sacudindo o corpo como uma ignorante qualquer. Uma pessoa dura e cínica — alguém como Sylvia, sua irmã, ou mesmo a Cynthia de outrora — poderia ter pensado: *Eu também teria sequestrado Brittany Little para livrá-la daquela mãe.*

Cynthia jamais poderia ser tão despreocupadamente cruel como agora. No entanto, a pena que sentia por essa mulher era no máximo difusa e remota. Parte do problema se resumia ao fato de Maveen Little ser branca. Mais problemático ainda era ela ser *pobre*. Pobre e brega. O que Cynthia Barnes poderia ter em comum com essa mulher de cabelos frisados que faz compras na Value City?

Bem... homens negros. Mas o fato de Maveen Little ser do tipo de branca que namora negros somente a transforma num ser muito mais repugnante para Cynthia. O namorado parecia normal, e o pai da criança, na prisão, claramente passara bons genes para a filha. Mas como eles, assim como qualquer negro que se preze, poderiam pensar naquela mulher como objeto de desejo? A começar pelo próprio nome que sinalizava pobres brancos, sem falar no corpo amorfo e no rosto furado de acne e no cabelo horroroso. Uma coisa seriam as Michelles Pfeiffers da vida quererem sair com os *irmãos* e Cynthia quase aceitava esse cenário, no qual os rapazes negros eram pessoas tão finas, tão educadas, que as mulheres não se continham. Mas quando a gente vê essas brancas gordas e vulgares com homens negros, a única explicação para isso é que o homem estava precisando de alguém fraco, alguém que não pediria satisfações dos seus atos... enfim, um capacho. Isso era um verdadeiro insulto às mulheres negras: não o status que as mulheres brancas propiciam, mas porque os negros não eram fortes o bastante. Que espécie de covarde escolheria uma mulher dessas?

E esse era o protótipo da vítima com *V* maiúsculo, com o qual Cynthia jamais se conformou. Uma classe de gente tão patética, tão digna de pena, tão repleta de perdedores com quem ela nunca se encontraria e de quem muito menos seria amiga. Cynthia não queria para ninguém o que sofrera, nem mesmo para os pais das crianças que destruíram sua vida. Mas isso não significava que teria de abraçar as outras vítimas, criar laços com elas, fingir ter algo em comum com elas.

Ela bem que tentou, porque todos insistiam em que era isso que deveria fazer. Nos primeiros anos, entrou para dois tipos de grupos — um de vítimas de crimes violentos e um de pais que perderam os filhos. Todavia, o primeiro era repleto de pessoas ignorantes, sem instrução, cuja própria estupidez concorrera para que chegassem àquelas condições. O segundo — bem, o segundo grupo não *a* quis. Claro que ninguém teve a petulância de dizer isso abertamente. Mas a facilitadora — que título apropriado! — não poderia ter sido mais gentil quando se aproximou de Cynthia e sugeriu que talvez ela fosse mais feliz em outro grupo, que ter perdido um filho por doença era totalmente diferente de ter perdido um filho por um ato de violência.

Então me diga como é, Cynthia pensou em perguntar, mas era orgulhosa demais para ir aonde não era desejada, vaidosa demais para ser vista como a vulgar, botando todo o grupo para baixo. Por isso, parou de ir. Parou de frequentar grupos. Parou de sair. Parou.

O curioso era que a única pessoa com quem se identificara fora aquele famoso guitarrista cujo filho caíra de uma janela. Ele era bem-sucedido, capaz de dar ao menino tudo do melhor, mas foi destruído por algo tão simples quanto uma janela aberta. A estrela do rock era sensível — ela sabia — a certas críticas veladas. É assim que acontece quando se vive uma vida invejável. As pessoas olham para testemunhar como sua boa sorte causou sua desgraça.

Esse fora seu pecado e fora por isso que Deus a castigara. Culpada de querer viver uma vida invejável. Uma coisa era ser orgulhosa ou vaidosa; outra era convidar o mundo inteiro para admirá-la e para ratificar a excelente opinião que tinha sobre si mesma. E para conseguir esse objetivo, Cynthia permitira que as revistas tirassem fotos de sua casa, que mostrassem ela e

Warren posando na varanda da frente: um casal poderoso da nova ordem da cidade. A manchete dizia "O Show dos Barnes". E, afinal, ele era o mais bem-sucedido advogado negro da cidade e tudo que ele tocava virava ouro. Ela era a mulher que controlava o acesso ao prefeito, era a voz que lhe soprava ao pé do ouvido, a guardiã da agenda do alcaide.

Ela não permitira que a revista tirasse fotos de Olivia. Ponto para ela por não ter se pavoneado com sua maternidade. Deixou, porém, que soubessem que comungava com aquele estilo de mulher atuante, vigorosa, que voltara a trabalhar no gabinete do prefeito após os três meses de licença e, era de se aplaudir, voltara ao corpo de antes da gravidez em impressionantes seis meses. E se não fosse assim, ela jamais teria posado para aquela foto. Por causa do longo período desde a programação até a publicação da revista, a reportagem com os Barnes acabara saindo dois meses após a entrevista e um mês antes de Olivia ser assassinada. Numa daquelas cartas que recebera, um remetente mais detalhista anexou a foto publicada na revista, acrescentando "O orgulho conduz à queda", sobre a cinturinha de Cynthia, que ficava em evidência por causa do blazer coral que escolhera para vestir.

Graças às tradições familiares de frequentar a igreja, reconheceu que a pessoa que escrevera havia mutilado o provérbio bíblico: O orgulho leva à destruição. É a arrogância que conduz à queda.

Desligou a televisão e subiu para o quarto para se arrumar. Não estava certa de como alguém deveria se vestir para fazer uma visita a uma mãe sofredora que negava o próprio sofrimento. Também não se lembrava de como se trajavam as pessoas que vieram visitá-la. A roupa devia ser casual, mas não descontraída demais, de cores fortes. Nada de preto, nada triste, nada que lembrasse enterros. Se Cynthia Barnes pudesse desejar uma única coisa para o bem de Maveen Little, seria que continuasse nessa situação ainda sem solução. Isso era uma coisa que só ela poderia compreender, com a qual o resto do mundo não atinava. Por mais terrível que fosse a incerteza, os dias de certeza seriam ainda mais atrozes.

Capítulo 26

Embora não tivesse sido uma leitora voraz quando criança, Mira Jenkins jamais se esquecera de um livro infantil no qual uma menina ganhara de presente, sem que estivesse esperando, uma moeda de 10 centavos. Ou teria sido uma de 25? Seja como for, era uma pequena soma de dinheiro, uma quantia irrisória para os padrões de hoje, mas capaz de comprar uma profusão de coisas no despontar no século XX. A garota do livro, dócil e cumpridora de seus deveres, pensara num monte de guloseimas que pudesse dividir com os irmãos: balas de alcaçuz, biscoitos, balinhas coloridas. Mas em vez disso, sucumbira à tentação e comprara um sorvete de morango na casquinha, algo que jamais poderia dividir com quatro crianças. Mas... — surpresa, surpresa — não estava gostoso e ela dera para outra criança. Na sequência do livro, houve um momento de redenção, alguma coisa que ela fez para um gatinho, e a menina jurou que nunca mais se esqueceria do valor da partilha.

Que boboca, pensou Mira na época. A menina ganhara o dinheiro. E os irmãos não precisavam saber nada sobre isso, nem muito menos que comprara um sorvete. Não há nada de errado em ir juntando coisas às escondidas, desde que a pessoa seja discreta. Crueldade seria deleitar-se diante dos outros, mas Mira jamais faria isso.

Portanto, não sentiu nenhum peso na consciência ao guardar para si a possível dica recebida por um telefonema anônimo. Se corresse atrás e ficasse provado ser uma pista valiosa, ela teria feito por merecer. Se não desse em nada, então ninguém precisava saber que ela tinha sido ludibriada e caído no conto do vigário. O que Mira não podia se dar ao luxo era ser vista como ingênua e crédula.

Ou pelo menos foi isso que disse a si mesma naquele início de noite de domingo, ao decidir ir até a casa de Maveen Little. Calculava que os repórteres que a tivessem entrevistado durante o dia já teriam levantado acampamento. De acordo com a estação de rádio WBAL, a polícia estava procedendo a uma diligência. E essa era a notícia de hoje. A mãe da criança desaparecida era história secundária.

Maveen Little morava no bairro da zona oeste chamado Walbrook Junction, num complexo de apartamentos em prédios de dois andares, construído uns dez anos antes de Mira Jenkins nascer. O local era bem conservado para os padrões da vizinhança, sem carcaças de carros, sem lixo pela rua. Entretanto, foi sua aspiração à classe média que irritou Mira. Cada detalhe — a roda-gigante sobre uma área de terra batida no jardim malcuidado, porém não totalmente abandonado, o cheiro de temperos e de suor no hall, os enfeites bagunçados — apenas servia para avisar que as pessoas que moravam ali queriam algo mais; porém era quase certo que não iriam conseguir.

— Estou procurando por Maveen Little — disse ela ao homem mal-humorado que atendeu a porta, o namorado, que Mira reconheceu da televisão.

— Ela, ocupada — respondeu ele. A ausência de verbo indicando desdém.

— Sou do *Beacon-Light*...

— Olha, ela já esclareceu tudo. Não tem mais nada a declarar para a imprensa.

Mira podia ouvir vozes vindas lá de dentro. Vozes femininas. Uma delas estridente e de linguagem incorreta; a outra, um tom mais baixo, soava como algo que trazia conforto, embora Mira não conseguisse distinguir as palavras. Então Maveen estava conversando e havia outra pessoa com ela. Outro repórter? Um policial? Mira evocou a imagem de Nasaldamus, acenando a cabeça positivamente e sorrindo para ela, talvez até lhe entregando um vale de 50 dólares que os repórteres ganhavam pela "dedicação extra".

— Não vai demorar nada — insistiu Mira. — Uma perguntinha rápida...

— Não hoje — disse ele, e bateu a porta na cara dela.

Naquela fração de segundo, Mira cogitou enfiar o pé entre a porta e o batente. Mas estava de sandálias, e ainda por cima novas e coloridas, que acabariam arranhadas. Sem falar que o sujeito tinha cara de quem adoraria espremer os dedinhos do pé dela.

Foi para fora e sentou-se em seu carro, a chave na ignição, o rádio ligado e o ar-condicionado soprando. Sentiu-se humilhada, embora não houvesse ali ninguém que tivesse presenciado ter sido escorraçada. *O fracasso não é uma opção, o fracasso não é uma opção*, tentou salmodiar para si mesma, mas a quem queria enganar? O fracasso sempre fora uma opção na sua vida. E começava a achar que talvez ele fosse mesmo sua única opção.

E daí? E se fosse mesmo uma fracassada? Nessa tentativa, no trabalho, na carreira. O que importava? Pela primeira vez, se perguntou se as pessoas que ela considerava bem-sucedidas não seriam fracassadas disfarçadas. Seu pai era corretor, do tipo de antigamente, que não era dado a grandes ousadias, mas que provera a família com um estilo de vida confortável. Será que fora isso que ele planejara? Jamais pensara sobre isso. O pai era um corretor porque o pai era um corretor.

Diz o ditado: *Se não conseguir de primeira, tente, continue tentando.* Mas será que isso significava tentar algo novo ou continuar tentando a mesma coisa até acertar? Será que Nasaldamus queria estar aonde chegou ou cobiçara uma carreira diferente, quem sabe em um dos grandes jornais de âmbito nacional? O universo dos jornais de tamanho médio não era muito diferente daqueles países da Europa Oriental que foram surgindo com o término da Guerra Fria. Ninguém sabia exatamente onde eles estavam no mapa nem qual era a importância deles.

Lágrimas lhe atormentavam os cantos dos olhos e ela piscou com força para afastá-las, embora não houvesse ninguém por perto para ver. Não lhe sobrava escapatória. Não podia largar o *Beacon-Light* até que fosse vista como bem-sucedida, mas pela primeira vez receou que talvez nunca chegasse lá. Havia dito a si mesma que não havia nada que não pudesse fazer, se tentasse, mas a mentira estava ficando impossível de manter. Havia tantas coisas que ela não podia fazer! Num extremo, não entendia absolutamente nada de física; no outro, não sabia enrolar a língua para imitar a forma de um pão de cachorro-quente. Também não conseguia estalar os dedos, nem mesmo assobiar. Quando criança, tinha sido uma bailarina semitalentosa, só para chegar à puberdade e descobrir que suas limitações físicas não lhe permitiriam ir adiante. Simplesmente não conseguia se alongar o bastante, nem arquear o corpo da forma correta. Poderia fazer uma lista enorme das coisas que não era capaz de fazer. Por que, então, haveria de ser diferente no trabalho?

Distraída com os próprios pensamentos, por pouco não notava uma mulher saindo do apartamento de Maveen Little: uma mulher negra, alta, com porte de rainha e vestida para arrasar. Um *look* casual que certamente não custaria menos de 400 dólares, e nesse valor não se incluíam nem a bolsa — perfeita — nem as sandálias corais, combinando. A mulher entrou num utilitário esportivo BMW, que parecia destoar naquele cenário, mas que só agora Mira percebera.

Os olhos ainda úmidos, Mira alcançou o bloco de anotações e rabiscou o número da placa do carro. Iria perguntar a alguém do arquivo, algum subalterno, com a desculpa de que o assunto tinha ligações com uma história de multa de trânsito; e, até onde ela sabia, não era nada além disso. Mas alguma coisa lhe dizia ser uma pista. E das boas.

Capítulo 27

Sharon Kerpelman estava o tempo todo se desculpando pelo condomínio em que morava: não só era difícil de ser encontrado como igualmente complicado para entrar, com códigos tanto no portão para o estacionamento como na portaria. Também pedia desculpas pela localização, enfiado nos bairros residenciais afastados do centro, e pela deliberada ausência de personalidade e charme. Ela também se desculpava porque achava que suas visitas esperavam que ela tivesse vergonha de um lugar que era limpo, bem conservado e que oferecia uma infinidade de conveniências. Nunca se preocupara em explicar por que fugira dos apartamentos do centro, pois de repente se dera conta de que tinha suportado, além da conta e para o restante de sua vida, o charme de morar na cidade.

Essa epifania se manifestou quando ela estava procurando um apartamento no bairro de Mount Vernon, um pouco ao norte do centro. O coração da cidade finalmente se expandira com a construção de condomínios de alto gabarito, mas eles ficavam aglomerados ao leste, perto da água, ou ao redor do complexo de hospitais, no canto mais a oeste. Sharon não se sentia atraída por nenhum desses locais e também achava que sua vida teria mais sentido se pudesse ir a pé para o trabalho, especialmente porque nunca arranjava tempo para se exercitar. Um corretor escutou com atenção o que ela desejava e levou-a a uma série de apartamentos caindo aos pedaços e que nem de longe atendiam aos seus critérios. Ao entrar num desses, em que para se chegar ao quarto era necessário atravessar a cozinha, Sharon resmungou para si mesma: "Chega." Ao cabo de uma semana, e usando apenas a seção de classificados do *Beacon-Light*, encontrou o apartamento em que morava, no Cedars of Owings Mills. Sua mãe não aprovara, mas Sharon ficara mesmo com ele, porque era completamente diferente daquilo que se esperava dela.

Ela sempre achara muito divertido confundir as expectativas dos outros. Mesmo quando morava num daqueles prédios antigos, com fachada em pedra, ou em casas geminadas bem populares, surpreendia as pessoas com o bom gosto da decoração, com móveis que iam desde peças de colecionadores pós-modernas a boas imitações. Bagunçada no trabalho, arrumadíssima em casa, de um jeito compulsivo e sem a menor tolerância com a desordem. Adorava os olhares estarrecidos das visitas quando cruzavam a porta e tentavam conciliar a imagem privada e a pública de Sharon.

Então, nesta noite de sábado, enquanto aguardava por visitas, estava curiosa para ver se iriam notar como era bonito o seu apartamento. Sentada de pernas cruzadas na poltrona do designer Stickley, olhava através do vidro espelhado das portas que davam para um minúsculo terraço. O sol acabara de se pôr, de modo que podia ver a própria imagem fantasmagórica refletida no vidro. Embora soubesse que era não bela, gostava do que via, quando supostamente deveria achar isso uma tragédia. Inventara o epíteto não bela, que retratava mais ou menos a verdade. As feições eram normais, o cabelo sedoso, o corpo bem-feito. O único defeito visível era a marca de nascença no queixo, que, na sua opinião, era bem menos desagradável do que uma pele arruinada pela acne. *Comum* seria o adjetivo mais condizente, mas soava um pouco autodepreciativo, já *não feia* ressoava como alguma coisa menos feia. Por isso, não bela. Ela não era linda, não era bonita, não era engraçadinha. Mas dava para sobreviver. Na verdade, Daniel Kutchner ligara ontem, mas ela estava ocupada demais. Ou iria ficar.

A campainha da porta tocou. Tinha dado às visitas as duas séries de códigos, de modo que não precisaria liberar a entrada delas. Também estipulara horários diferentes de chegada, de forma que sabia de antemão quem estaria do outro lado da porta. Mesmo assim, espiou através do olho mágico. Para ter certeza.

— Sharon, querida — disse Rosario, beijando o ar e levando consigo alguns fios de cabelo de Sharon que ficaram presos no batom.

No hálito, um cheiro indefinido de bebida alcoólica, com o qual Sharon já contava, mas que ainda assim achou revoltante. Beber era tão *não judeu*.

Católico, consertou, pois Rosario Bustamante praticava uma forma de semialcoolismo baseado em vinho e uísque com água.

Mesmo quando vista a olho nu — quer dizer, sem lentes deformantes —, Rosario era uma figura estranha: baixa e gorda, de pernas finas e praticamente sem pescoço. Devia ter em torno de 55 anos. Ninguém sabia ao certo, pois era famosa por esconder a idade. A roupa era parecida com a que usava para trabalhar: terninho de saia curta, uma indicação de que gostava de se vestir bem. Mas ela devia ter perdido o interesse a meio caminho de se arrumar, pois a blusa tinha um pequeno rasgo perto do decote e, Sharon não pôde deixar de observar, quando Rosario se aproximou, manchas escuras debaixo das axilas.

— Foi difícil chegar aqui? — perguntou a anfitriã, tendo dúvidas de se as regras de etiqueta a obrigavam a oferecer um drinque, quando o bom-senso lhe dizia que, do jeito que estava, talvez a convidada fosse reprovada no teste do bafômetro. — Sei que é uma viagem, desde sua casa em Bolton Hill.

— Bem, você atiçou a velha raposa, não foi? Estou *muito* curiosa. Elas estão... — E parou numa incomum demonstração de delicadeza.

— Combinei com Alice e sua mãe que viessem mais tarde, lá pelas 20h30. Achei que deveríamos primeiro ter uma conversa em particular.

Rosario se acomodou no sofá vermelho forte, um clássico do qual Sharon tinha um orgulho especial. No entanto, a convidada parecia não prestar atenção à decoração do ambiente. Sharon desejou ter oferecido um drinque à visita, só para exibir seus utensílios de bar, do designer Russell Wright.

— Então, você acha que a polícia vai denunciar sua... como devo chamá-la? Sua ex-cliente?

A objetividade era típica de Rosario. Por mais que bebesse, nunca perdia o foco. E raramente conversava sobre qualquer outra coisa além de questões jurídicas e políticas e as fofocas que conectavam os dois temas.

— Alice. O nome dela é Alice.

Diante do Juizado de Menores, Sharon sempre fora bastante cautelosa quanto a usar o nome da menina, pois queria ter certeza de que ninguém perdesse de vista o pequenino ser que se encontrava no centro de tudo. Calculara logo no começo que o anonimato planejado para proteger a criança era uma faca de dois gumes. Uma pessoa individualizada, uma garota com um rosto, um nome e duas marias-chiquinhas louras, seria bem menos assustadora do que imagens embaçadas de meninas de 11 anos, como fantasmas que flutuavam nas páginas dos jornais ou dançavam nas línguas das horrorizadas apresentadoras de telenotícias.

— Alice — repetiu Rosario Bustamante assentindo, como se aprovasse o nome e fosse um dado crucial para uma tomada de decisão. — Eles vão denunciá-la? Eles têm provas?

— Vou responder primeiro à segunda pergunta: não. Eles não têm nada que a relacione com esse caso, a não ser as boas intenções que ela teve de ajudá-los. É ultrajante a forma como pegaram pesado, só porque uma criança desapareceu e é muito parecida com a outra filha de Cynthia Barnes. Ou foi isso que Cynthia Barnes disse para a polícia. E não seria surpresa se ela tivesse inventando essa história, viu? Ela é muito vingativa.

As sobrancelhas de Rosario formaram um arco bem alto. Surpreendente, pois normalmente desciam vertiginosas como parênteses, nas laterais. Era evidente que jamais seria capaz de esculpir duas formas tão simétricas, pois suas mãos eram curtas e grossas; no entanto, era difícil imaginar alguém pagando uma profissional para modelar as sobrancelhas de forma tão esquisita. Quanto mais se olhava para Rosario, mais desconjuntada ficava sua aparência. Havia um quê de barato nela: as sobrancelhas esquisitas, o batom mal aplicado e, não passou despercebido a Sharon, os dedos dos pés que saíam das sandálias. O esmalte vermelho-sangue fora passado de qualquer jeito e algumas unhas nem tinham sido pintadas.

— Não quero envolvimento com a família do juiz Poole, nem mesmo indiretamente — afirmou Rosario. — Para mim é uma situação na qual sempre sairei perdendo.

— Concordo. Eu também nunca os iria atacar. Mas não vou ficar de mãos atadas vendo-os tentar destruir Alice pela segunda vez. *Aqui* neste caso, eles não são as vítimas e, além do mais, já nos curvamos demais aos desejos da família daquela vez.

— Como assim?

— Nós, o outro advogado e eu, fechamos um acordo em que as meninas pegariam sete anos e assim ficariam detidas até os 18. Dividimos as acusações em três: homicídio culposo, sequestro e roubo, e atribuímos a elas, em anos, três, três e um.

— Roubo?

— Você acredita que o carrinho de bebê dos Barnes custava 750 dólares? Acho que são como celulares: quanto mais leves, mais caros.

O olhar de espanto de Rosario funcionou como um julgamento, uma declaração de que ela jamais teria feito um acordo tão ruim para um cliente.

— Você tem de entender o contexto. — Sharon estava se esforçando para falar devagar, pois não queria passar a impressão de estar na defensiva. — Cynthia Barnes estava disposta a armar a maior confusão. Ia convocar para o combate todos os colegas do pai e fazer lobby na Assembleia Legislativa para reduzir a menoridade. Ela queria porque queria que os menores de 10 anos fossem julgados como adultos, dependendo dos crimes cometidos. Dez anos! Se ela não conseguisse manter Alice Manning e Ronnie Fuller na prisão para o resto da vida, então faria com que a próxima criança a cometer um crime ficasse presa por um longo tempo. Um desastre estava prestes a acontecer. E quem acabaria por sofrer mais? As crianças pobres e negras de Baltimore.

— Mas sua responsabilidade era com a *sua* cliente — argumentou Rosario. — Não com os futuros clientes.

Sharon estava sentada sobre os pés descalços, na ponta da poltrona Stickley. A reprovação de Rosario não era novidade. Ela mesma tivera tempo de sobra para criticar a si mesma pelos atos passados. Ouvir as palavras alto e em bom som, porém, fez com que, de tanta frustração, quisesse se levantar e caminhar pela sala. Mas seus pés estavam dormentes, ela se deixou ficar onde estava e retomou a conversa:

— Por que você acha — perguntou com suavidade — que a chamei aqui? Por que você acha que ainda me importo com o passado? Sei melhor que ninguém o que fiz. Eles tinham os testemunhos das meninas, nos quais uma incriminava a outra, mas a prova material era ambígua.

— Ambígua?

— Com base na necropsia, a morte de Olivia Barnes poderia ter sido por síndrome da morte súbita infantil. Ou provocada pela síndrome do bebê sacudido.

Rosario sorriu.

— Sharon, não me venha com isso! Se bem me lembro, nunca houve dúvida alguma de que foram as meninas que fizeram a proeza. As maiores dúvidas eram sobre qual delas afinal pegou o travesseiro e sufocou o bebê e se foi um ato de agressão ou consequência de pânico.

Sharon apreciou a sinceridade do comentário; sabia como uma pessoa se sentia ao ser mal interpretada por emitir uma opinião e por não perder tempo com baboseiras e verbosidade.

— Alice participou indiretamente de um crime, o de sequestro. Mas o que quer que tenha acontecido, o fato é que ela cumpriu sua pena e por um período mais longo do que os adultos pegam por homicídio culposo. Ela pagou sua dívida para com a sociedade, ok? E agora essa mesma sociedade está tentando fazer dela o bode expiatório por causa de algumas semelhanças surpreendentes e pela coincidência geográfica.

— Sharon. — A voz tão apaziguadora quanto uma mão no braço. — Sharon, eu gostaria mesmo de um drinque.

Era impossível negar um pedido tão direto:

— Com certeza — respondeu, batendo os pés no chão antes de se levantar, para fazer passar a cãibra. — Tenho vodca e uísque.

— Uísque com gelo — disse Rosario com uma risada grave, meio masculina. O boato que foi pegando força, e se transformou em lenda, assegurava que ela era filha ilegítima de um dos prefeitos mais amados da cidade e que quem visse o retrato dele nas paredes do prédio da prefeitura jurava ser verdade. Daniel Florio vestido de mulher seria a cara de Rosario Bustamante. Mas ela não dava margem a especulações, porque seus feitos seriam menos impressionantes se houvesse um patrono poderoso pronto para agir e que pudesse influenciar sua carreira. A biografia oficial de Rosario se parecia com um daqueles contos de Horatio Alger, cuja personagem feminina superou suas raízes; de filha de uma faxineira mexicana, veio a se tornar a melhor advogada criminalista da cidade. Mas havia leves alusões de ligação com dinheiro embutidas no seu currículo: St. Timothy como escola de ensino médio, depois Vassar e o curso de direito em Yale. Claro que ela poderia ter feito tudo isso com bolsas de estudo. Mas como uma faxineira se organizaria sozinha para mandar a filha adolescente para uma escola particular?

Alguém teria de ter soprado informações naqueles ouvidos desde que era bem pequena.

Sharon entregou o drinque, não mais se importando se seus utensílios de bar receberiam ou não a atenção da visita.

— Rosario... não posso fazer isso sem você.

— E não estou bem certa de que pode fazer isso *comigo*. Defender gratuitamente já não me atrai, agora que me aproximo de me aposentar.

Fazendo troça de si mesma, mostrou os dentes num sorriso. Todo mundo nos tribunais sabia que ainda se passariam muitas décadas até que aquela ali morresse, o que aconteceria provavelmente à mesa de trabalho ou em meio aos argumentos finais de um julgamento. Mas ela não iria *desenrolar toda a meada mortal*, como disse Shakespeare em *Hamlet*, antes de levar meia dúzia de juízes e promotores à beira de um ataque apoplético.

— Os pais de Helen Manning têm dinheiro.

Sharon sabia que Helen preferia se matar a pedir ajuda aos pais. E foi justamente por isso que quem representou Alice foi a defensoria pública. Mas tentaria convencer a cliente da importância de deixar o orgulho de lado, desta vez.

— Sharon, você *sabe* como trabalho. Pego casos que posso vencer, casos que atendam a dois requisitos: clientes ricos de dinheiro ou ricos em termos de publicidade. A este aqui falta o primeiro e você me disse que gostaria de evitar o segundo. Há anos que venho tentando fazer com que você trabalhe para mim, mas por que tem de ser nessas condições? Agora, sem rodeios: o que ganho com isso?

— Eu. Finalmente você me terá.

— Com quantos anos você está? Trinta e cinco? Quarenta?

— Trinta e quatro. — Num ato incontido, Sharon mirou sua imagem refletida nas portas de vidro do terraço. O céu estava completamente escuro agora, de modo que sua figura era mais nítida; e o que viu foi uma mulher que, no mínimo, aparentava menos idade.

— Calma, não estou fazendo nenhum comentário sobre sua aparência, apenas queria saber há quantos anos venho esbarrando com você nos tribunais. Você era um verdadeiro prodígio quando começou. Mas para o meu escritório, já passou da idade. E você sabe muito bem disso.

Sharon sabia. Rosario comandava algo parecido com uma escolinha de futebol: escolhia para seus associados homens e mulheres jovens e cheios de vida e entusiasmo, ainda na faculdade de direito, e depois os fazia trabalhar como escravos. Ela colhia os frutos, enquanto a maioria deles se desiludia ou ia à falência e outros até abandonavam a profissão. E sempre havia advogados querendo se associar ao escritório, porque ela era realmente brilhante. Tinha também um instinto apurado para casos que aos promotores pareciam simples demais, mas que podiam descarrilar por conta de uma ínfima ação de um advogado esperto. As pessoas costumavam dizer que Rosario Bustamante bebia para chegar ao nível de seus oponentes no campo de batalha e nunca houve uma queixa sequer apresentada contra ela na Ordem dos Advogados por conta dos goles sorvidos às escondidas no banheiro feminino, e isso durante os julgamentos. Se Rosario Bustamante tivesse sido filha legítima de Daniel Florio, em vez de bastarda, seria uma pessoa de grande influência política, transitando nas mais altas esferas do Judiciário ou vencendo cargos eletivos. Destituída dos direitos de nascença, ela se esbaldava em tomar medidas contundentes contra qualquer pessoa com poder.

— Sharon, é evidente que sua família tem dinheiro — disse Rosario ao indicar, com o queixo, o ambiente do apartamento. — Você é uma das poucas que podem se permitir a dignidade de ser defensora pública sem abrir mão das... do *refinamento* que a prática privada oferece. E todos sabem que você é uma boa advogada. Se seu propósito é largar a defensoria, procure um bom escritório que trabalhe com parcerias. Você sabe que nunca vou dividir meus honorários com ninguém; então, para que se dar ao trabalho?

— Um dia você vai se aposentar, não?

Rosario caiu na gargalhada.

— Por que você simplesmente não pergunta se estou planejando morrer? Claro que um dia vou me aposentar, mas ainda falta muito tempo. O que você está querendo? Ficar que nem um abutre, na esperança vã de assumir meu contrato de locação e comprar os equipamentos do escritório por preço irrisório?

— Eu poderia aprender bastante com você e depois abrir meu escritório. Ou poderia me candidatar a um cargo público.

— Para o Legislativo municipal?

— Não, mais provavelmente deputada estadual. A Câmara Municipal ainda é um reduto masculino.

— É um legislativo de meio expediente, querida. O cargo não paga o suficiente para bancar os três meses que terá de passar na capital do estado.

— Mas *você* me pagaria o bastante. E não seria nenhum prejuízo ter uma associada que esteve em Annapolis em meio expediente.

— Talvez... — Rosario fez uma pausa, e Sharon se perguntou se a outra ficara com inveja.

— Digamos que você chegue lá. O que você faria por mim durante esse tempo?

Sem atentar para o que estava fazendo, Sharon ajoelhou-se e segurou as mãos de Rosario, cujos joelhos estavam afastados — ela nunca se preocupava com a postura — e sua meia-calça tinha a cor marrom-amarelada que fazia com que as pernas parecessem sofrer de icterícia. Daquela posição favorável, podia-se enxergar um fio puxado que começava num buraco no lado de dentro da coxa direita e descia ultrapassando a altura da bainha da saia curta. Sharon se imaginou reverenciando uma rainha, aguardando ser nomeada amazona real.

— Sei que você não se interessa pelo caso, porque se trabalharmos direito não vai haver nenhuma publicidade. O melhor cenário de um caso é aquele que nunca acontece. Os policiais encontram o criminoso e deixam Alice em paz.

Rosario lançou-lhe um olhar penetrante.

— Mas você não acha que é isso que vai acontecer?

— Não. Acho que eles vão encontrar um jeito de incriminá-la ou conseguir um mandado de busca para a casa da mãe, o que vai fazer com que a mídia conclua que ela é suspeita. Sendo assim, Alice e a mãe vão precisar de um aliado forte, alguém com autoridade para manter a imprensa acuada e virar a história a favor delas. Há coisas sobre Alice que ninguém sabe, coisas que mexeriam com a cabeça das pessoas, caso fossem divulgadas. Vamos combinar assim: eu trabalho, você pode ir para os microfones. Mas por favor, Rosario, aceite o meu pedido. Assino um contrato de prestação de serviços, dou a você os próximos cinco ou dez anos da minha vida profissional se você me contratar agora e me deixar trabalhar nesse caso.

Rosario afagou os cabelos de Sharon, num gesto mais paternal do que maternal.

— Ok. Vamos ver aonde isso vai dar. Tenho de admitir que pode até ser divertido. Agora... — sacudiu o copo vazio — mais uísque e menos gelo desta vez.

— Mais uma coisinha...

Rosario franziu a testa, sentindo a possibilidade de ter sido usada.

— Da última vez, houve uma espécie de acordo de cavalheiros, em que as duas meninas iriam...

— Ficar unidas?

— É... De certa forma.

— E quem foram os "cavaleiros" que fecharam esse acordo?

— Acho que fui eu — admitiu Sharon. — Eu e o defensor público de Ronnie Fuller, a outra menina. Mas foi seguindo a orientação de Helen Manning. Ela queria que as coisas fossem justas.

Sharon bateu o pé no piso, lembrando-se da curiosa insistência de Helen para que os procedimentos legais não virassem um rebuliço, com o público com dedo em riste apontando culpados. *Não me interessa quem fez o quê, quem planejou o quê*, insistia Helen. *O importante é que sejam tratadas igualmente. É uma questão de justiça.*

— Sharon? — Rosario esticou a perna e cutucou Sharon com o dedão do pé.

— O quê?

— Meu drinque.

A campainha da porta tocou enquanto Sharon estava preparando a bebida. Praticamente correu, ansiosa por apresentar Rosario à cliente "delas". Como sempre, precisou de um momento para conciliar a garotinha de olhos arregalados que ficara guardada em sua memória com a quase-mulher, gorda e de impenetráveis olhos azul-claros. Abraçou-a.

— Alice, tenho uma ótima notícia: Rosario Bustamante vai ser sua advogada, gratuitamente, e vou ajudá-la. Agora a Polícia do Município de Baltimore vai parar de perturbar você. Não terão o atrevimento. Você conseguiu que a melhor criminalista da área trabalhasse gratuitamente para você.

Helen bateu palmas de felicidade. Alice olhou a mãe de um jeito que indicava não saber o que pensar até que lhe fosse mostrado o caminho. E naquele instante, naquele rosto de lua, Sharon visualizou a menina de que se lembrava, a garotinha perplexa que não conseguia entender o que havia acontecido com sua vida.

Segunda-feira,
6 de julho

Capítulo 28

A meia-noite mal tinha chegado e ido embora, quando um garoto de 14 anos, morador de um município na zona oeste do estado, pulou da cama, pegou o revólver do pai que estava dentro de uma gaveta destrancada, na cozinha, e usou-o para matar os pais e a irmã mais velha. Depois, tirou de um ganchinho ao lado da porta da cozinha as chaves do Jeep Cherokee da irmã e conseguiu dirigir por uns 50 quilômetros, até ser obrigado a encostar ao meio-fio na rodovia I-70. Magro e baixo para a idade, usando óculos grandes, normalmente associados a sujeitinhos apalermados, que davam a ele uma forte semelhança com o jovem ator que ficou conhecido por uma série de filmes do gênero fantástico, o garoto ainda estava de pijama. Assim que a polícia estadual concluiu que não havia como acreditar na explicação do rapaz — que dava conta de uma fuga mirabolante de uma trinca de homicidas ensandecidos que assassinara sua família, uma descrição mais ou menos parecida com a história de um filme policial que ele havia assistido na noite de sábado — perguntou ao rapaz os motivos para um crime desses.

"Não sei direito", respondeu o jovem com um leve suspiro. "Eu não tinha um plano *per se*."

— *Per se* — repetiu Lenhardt, ao repassar essa fofoca confidencial para Nancy e Infante, que, embora tivessem devotado as últimas 16 horas a tentar pegar no sono, continuavam com a aparência de exaustos.

— "*Per se*. Eu não tinha um plano *per se*". Acho que isso explica o pijama. Meu amigo da polícia estadual está impressionado. Atira na mãe e no pai enquanto eles estão dormindo; a irmã mais velha ouve os estrondos e corre para ver o que está acontecendo. Eles a encontraram no corredor, bem do lado de fora de seu quarto.

— Aconteceu alguma coisa que tenha desencadeado essa violência? — perguntou Nancy. — Uma briga, uma discussão, algum tipo de agressão?

— As declarações que ele fez na hora em que foi detido são as únicas coisas que vão ouvir dele por um bom tempo. Será processado como adulto, e o advogado já está dando a entender que ele tem todo tipo de incríveis revelações para fazer quando chegar a hora certa. O que importa é que, de amanhã em diante, ninguém vai se interessar pelo que estamos fazendo. Já fomos parar no B-3.

— Bê o quê? – perguntou Infante, com um bocejo.

— B-3 — repetiu Lenhardt, apontando para a página que levava aquele número, do Caderno B do jornal *Beacon-Light*, daquele dia. — Oito parágrafos sobre as diligências, e só. Agora, pelo menos, podemos voar abaixo do radar por alguns dias e tentar fazer alguns trabalhos de polícia. Garoto-que-mata-a-própria-família surrupia as manchetes de criança-desaparecida-e-presumivelmente-morta.

Nancy se sentiu ao mesmo tempo aliviada e desapontada:

— Como assim? A região metropolitana de Baltimore não consegue cuidar de dois crimes ao mesmo tempo?

— Mal conseguem manter o interesse em um — respondeu Lenhardt. — Ninguém mais consegue, e isso é por todo lado. O país inteiro está sofrendo com o transtorno do déficit de atenção, mas só os mais jovens estão tomando Ritalina. Quer saber? Aposto como esse garoto estava sob efeito dessa droga.

— Essa não, sargento! Só falta você dizer que foi por causa do Ritalina que ele matou os pais e a irmã. — Nancy criticou sem convicção, fez isso com o único intuito de não perder o pique enquanto sua mente ainda adormecida se esforçava para clarear. Ela adorava a maneira como os policiais conversavam entre si: a certeza, a absoluta convicção. Em público, só falavam sobre suspeitos, alegações, crenças e provas e depois era esperar pelos jurados e juízes para validarem seu trabalho. Aqui, entre eles, podiam tecer comentários sobre a verdade como eles a viam: o garoto matou os pais; H. Grayson Campbell, o ricaço que enganou Lenhardt, conseguiu providenciar a morte da esposa e o desaparecimento do corpo; Alice Manning e Ronnie Fuller eram duas mentirosas. Sobre o que as duas mentiam ainda teria de vir à tona, mas o certo é que estavam mentindo.

— Não. Vou deixar que o advogado que foi correndo para a cadeia de Westminster para oferecer seus serviços se ocupe de montar esse quebra-cabeça. Ele tem um grande caso. Afinal, sempre pode pedir ao júri abrandamento da pena pelo fato do cliente ser órfão.

Ele arregalou os olhos, instigando Nancy e Infante a rirem obedientemente da velha piada. Cadeia de comando: detetives acham graça das piadas dos sargentos.

— Agora — disse o sargento, puxando sua cadeira para perto deles e baixando a voz: — Vamos conversar a respeito de sangue.

— Não temos nada — disse Nancy, preocupada por isso ser culpa dela.

— Não consegui, nem com muita conversa, fazer com que Ronnie nos desse uma gota e Alice agora tem aquela pit bull como advogada. — Nancy passou para ele o fax que os esperava quando chegaram para trabalhar nesta manhã, avisando que Sharon Kerpelman demitira-se do cargo na Defensoria Pública e que representaria Alice Manning em conjunto com Rosario Bustamante.

— Pit bull? Você quer dizer aquela vaca *lésbica* — disse Lenhardt.

— Pode ser que a Bustamante faça o gênero, mas a outra... — atalhou Infante bem rápido, como se já tivesse pensado sobre isso.

— Seja como for — disse Nancy —, não temos amostras de sangue e não vamos consegui-las a não ser que tenhamos bases para um mandado, e isso também não temos.

— Essas garotas estiveram sob custódia do Estado por sete anos — lembrou Lenhardt.

— Foi, e...

— Você conhece alguém que passa sete anos sem ir ao médico?

— Há uns dez anos que não vou a um médico — respondeu Infante.

— Vou reformular a frase: você conhece alguém *normal* que não vai ao médico? Especialmente se estiver na prisão, o que deixa a pessoa fora de controle? Vamos buscar os registros médicos das duas e ver o que descobrimos. Na pior das hipóteses, poderíamos conseguir o tipo sanguíneo.

— Tipo sanguíneo serve apenas para eliminar, não para comparar — interveio Nancy.

— Por mim está ótimo. Ficaria bem feliz em eliminar alguém, numa altura dessas — afirmou Lenhardt. —E tenho ainda o Bates, lotado na Delegacia de Crimes de Família, examinando os antecedentes do namorado da mãe da menina, dando uma geral no passado dele. Quanto mais rápido conseguirmos identificar qual caminho seguir, melhor ficaremos.

— E o Juizado de Menores vai nos dar os registros mediante um simples pedido?

— Talvez. Vamos pegar um Mandado para Apresentar Documentos, para evitar surpresas. — Lenhardt olhou para o relógio. — Quase 9 horas. Prepare a documentação e tente entrar em contato com o juiz Prosser às 11h30. Ele assina qualquer coisa que estiver no caminho entre ele e o almoço.

Mira Jenkins teve de reprimir um grito de triunfo quando leu o e-mail do pessoal do arquivo: o utilitário que ela vira em frente ao apartamento de Maveen Little estava registrado em nome de Warren Barnes, da Hillside Drive. Ela sabia, pela leitura dos recortes de jornal, que Barnes era o nome da menina que morrera, que Warren era o pai e Cynthia, a mãe. E embora o banco de dados eletrônico não fornecesse fotografias, quem mais poderia ser a mulher que vira na frente do apartamento de Maveen Little senão Cynthia Barnes? Os dois crimes deviam estar conectados, justamente como disse aquela pessoa ao telefone.

E agora? O que fazer? Se pedisse ajuda ao repórter que cobria a seção policial, ele iria querer participar da história ou podia até mesmo roubá-la, só para que a sede do jornal a tomasse, de ambos. Caso não pedisse nada a ele e, em vez disso, tentasse falar diretamente com os policiais, as informações poderiam circular e cair nas mãos do tal repórter e ela seria culpada de infringir o protocolo.

Leu o e-mail mais uma vez. A arquivista de plantão havia fornecido não só o número do registro do carro, mas também o certificado de propriedade e a carteira de motorista. As pessoas ficariam chocadas se soubessem o que os computadores sabiam e divulgavam sobre suas vidas. Aqui estavam: o endereço de Warren Barnes, a carteira de motorista e inclusive informações sobre sua hipoteca. Pelo Registro de Veículos poderiam ser encontrados certificados de propriedade de barcos, carteira de piloto e antigos endereços e números de telefone, mesmo de muitos anos atrás. Mas o telefone da casa dos Barnes não estava listado e números fora da lista eram dificílimos de ser encontrados. Para conversar com Cynthia Barnes, Mira teria de dirigir até a casa dela, que, por ficar meio afastada, seria uma missão difícil de disfarçar entre suas tarefas do dia. Talvez conseguisse encontrar algo para fazer para aqueles lados, explicando que iria a Woodlawn ou Catonsville para conversar com seus informantes naqueles bairros, ver se havia alguma história em que pudesse trabalhar.

O chefe da sucursal, um homem baixo e rechonchudo que, para o gosto de Mira, se movia de um jeito muito furtivo, de repente apareceu por cima do seu ombro, empurrando um comunicado à imprensa contra o rosto dela. Num ato reflexo, Mira fechou o e-mail. Não queria que ele visse o que estava na tela do monitor. Não que isso fosse significar alguma coisa para ele. Fazia apenas três anos que esse editor trabalhava ali. O nome Warren Barnes não representaria nada para ele, salvo que pertencia a um famoso advogado.

— Precisamos de algumas reportagens quentes para o pessoal da sede parar de me encher o saco — disse. — Veja o que você consegue fazer com isso.

"Isso" era um comunicado à imprensa anunciando que o setor de bibliotecas havia firmado contrato para a compra de um programa especial de tradução, que auxiliaria os frequentadores das bibliotecas com uma centena de idiomas, via uma central telefônica na Califórnia.

— Acho que isso poderia ser mais do que uma notícia do dia — disse Mira, visualizando aí a chance de sair da sucursal e, assim, escapar da rédea curta em que ele tentava mantê-la. — Em vez de simplesmente fazer um breve resumo, por que não fazemos uma reportagem mais aprimorada? Poderia visitar uma das bibliotecas na zona nordeste, muito frequentada por imigrantes russos, e ver o sistema em funcionamento. E também conversar com os bibliotecários, para ver quais outros setores da biblioteca usam esse programa. E tem mais: precisamos de dados, de números, não é? Quantos falantes de outros idiomas frequentam as bibliotecas do município de Baltimore? Ou talvez devesse entrevistar a filial em Catonsville...

— Faça o que achar melhor — disse o editor. — A única exigência é ter um texto de 30 por 10 centímetros pronto às 16 horas. Meu filho vai jogar uma partida de beisebol e preciso sair daqui às 18 em ponto.

Mira olhou o reloginho que ficava no canto direito superior da tela do seu monitor. Eram quase 11 horas. Mesmo que conseguisse falar com menor número de pessoas na primeira tentativa, provavelmente ainda estaria apurando as informações quando desse 14 horas e ainda precisaria de mais duas horas para escrever, porque não era muito rápida em textos burocráticos. Já em textos narrativos..., digitava tudo rapidinho. Sua malfadada reportagem sobre o parque dos direitos dos negros pode ter sido fruto de uma trapaça, mas nunca ninguém disse que estava mal escrita. Diferentemente das notícias comuns, os *textos criativos* brotavam dela. E assim seria com a reportagem sobre os Barnes, logo que conseguisse as informações. Agora teria de se contentar em almoçar à mesa de trabalho, digitando 25 ou 30, por 10 centímetros, e depois gastando mais uma hora entediante respondendo às inúteis e irrelevantes questões levantadas pelo chefe. Mas se ele tinha mesmo de sair às 18 horas, ela poderia estar fora da redação às 18h30. Uma mulher do nível de Cynthia Barnes provavelmente teria um alto cargo no setor privado e não estaria mesmo em casa durante o dia.

Mira ligou para o setor de comunicação da biblioteca, mas a ligação caiu na caixa postal. Suspirando, deixou uma mensagem, depois pediu a um colega que saía para almoçar que lhe trouxesse de uma delicatéssen uma salada grega e uma Pepsi Diet.

Nancy e Infante conseguiram se reunir com o juiz Prosser antes do almoço, conforme Lenhardt recomendara, o que fez com que ele ficasse impaciente e irritado. Eles podiam ter conseguido o mandado na Procuradoria Geral do Estado, mas o procurador disse que preferia que o juiz assinasse, já que outra agência do estado também estava envolvida. Nancy especulou se o procurador não estaria armando alguma para eles. Prosser, baixo e gordo, e cujo olho direito ficou vagando sem destino quando ele retirou os óculos, estava fazendo duras críticas ao pedido deles, inclusive golpeando os erros de digitação com a haste dos óculos de tartaruga.

— *Todos* os registros médicos? Por que vocês iriam querer ter acesso a todos quando o que lhes interessa é o tipo sanguíneo?

— Se especificarmos tipo sanguíneo, e eles têm amostras do DNA arquivadas, sabe-se lá por que razão, Deus nos livre se um advogado espertinho vier dizer que passamos dos limites — disse Infante, e, um instante depois, completou: — Juiz.

— Esse é o motivo verdadeiro ou uma desculpa que acabou de inventar?

— Pode ser os dois? — perguntou Infante.

Qualquer outro juiz teria sorrido, mas o olho direito de Prosser apontou para o documento diante dele, enquanto o esquerdo rolou na direção da janela. Nancy, que não deixava de ter fome mesmo diante de um defunto, sentiu-se levemente nauseada só de ver o olho do juiz.

— Parece fraco — disse ele. — Realmente fraco. Uma menina desaparece, há sangue na roupa dela e numa camiseta, mas esse sangue não é o dela nem de nenhum parente. Vocês estão tentando ver se conseguem comparar o tipo de sangue das duas garotas que mataram a filha dos Barnes, só porque Cynthia Barnes ligou para vocês fazendo barulho. Posso entender que os policiais da cidade ficariam nervosos se Cynthia Barnes ligasse, mas o que vocês têm a ver com isso, detetives? — Ele dirigiu a pergunta a Nancy, mas não esperou pela resposta: — Isaac Poole é juiz da cidade.

— Eliminar essas jovens como suspeitas também será de grande ajuda — disse Nancy. — Estamos indo em diferentes direções nesse caso e gostaríamos de afunilar nosso trabalho, ser mais eficientes.

— E isso quer dizer quem?

— O namorado. É muito chato — ó, Céus, que palavra idiota. Gostaria de poder voltar atrás, de usar uma outra, mas era tarde demais. — O problema é que nenhuma das câmeras de segurança do shopping produziu sequer uma imagem que comprove que a menina estava lá. Também estamos investigando o zelador que alegou ter encontrado as roupas.

— Vocês fazem ideia de quantas crianças são sequestradas, digo sequestradas mesmo, por ano em Baltimore? Estou falando de sequestro, com bilhetes escritos e tudo o mais. Uma ou duas, se tanto. A maioria das crianças desaparecidas fugiu de casa.

— Essa menininha tem 3 anos, juiz.

Ele fez cara de zangado.

— Sei disso. Mas por que vocês não vão atrás do namorado?

— Ele nos deu uma amostra de sangue, mas não batia — explicou Infante. — Ainda estamos conversando com ele e com a mãe, para ver se em algum momento as histórias não coincidem. Mas é bom que se diga: elas são bem consistentes. E o Serviço Social do município não tem nada sobre eles, nem mesmo uma ligação de um vizinho acusando-os de negligenciarem os cuidados com a criança.

— Vocês dizem que os depoimentos têm consistência. Mas pergunto: são consistentes demais? A consistência, muitas vezes, é a característica inconfundível de que alguma coisa foi ensaiada. O bicho-papão das mentes pequenas, como Emerson teria dito.

Nancy, que já tinha se arriscado a melindrar o juiz, se conteve para não revirar os olhos. Pessoas que citavam outras pessoas eram exibicionistas, pura e simplesmente.

— A mãe parece sincera em seu sofrimento. O namorado está triste porque a namorada está infeliz, percebeu a diferença?

— Você quer dizer que ele não está assim tão infeliz por a menina ter sumido?

Nancy ficou indecisa. O juiz, apesar da arrogância e do terror que lhes impunha, conseguira identificar o que a estava deixando insegura sobre o namorado. Ele parecia surpreso com a profundidade da tristeza da namorada, quase chateado por causa disso. No sábado, quando Nancy e Infante interrogaram o casal, ainda que à guisa de oferecer-lhes compaixão e apoio, o namorado abraçou a namorada chorosa e disse: "Você ainda tem a mim, querida. Você ainda tem a *mim*." Mas isso podia ter sido porque, no fundo mesmo de seu coração, ele desejara que a menina fosse embora e ficou horrorizado quando se deu conta das consequências ao ver seu desejo se transformar em realidade.

— Ele não é o pai da menina — disse Nancy, afinal. — E considerando como as coisas andam, a impressão que tenho é a de que ele não planejava ser padrasto. Ele estava morando uma mulher e ela tinha uma filha. Será que a menininha era um estorvo de vez em quando? Com certeza. Teria ela sido uma aporrinhação tão grande para ele querer se livrar dela ou machucá-la num acesso de raiva? Não sabemos. Mas não seria a primeira vez...

Infante se inclinou:

— A menina desaparecida e a filha dos Barnes realmente se parecem, juiz. É muito sinistro. O que quero dizer é que mesmo que não passe de uma coincidência, é uma coincidência dura de esquecer.

E mais duro ainda de esquecer, pensou Nancy, é o fato de que nem Ronnie nem Alice pareciam estar sabendo da filha dos Barnes. Mas também pode ser que seja isso mesmo que elas estavam tentando esconder.

— Ainda mais com Cynthia Barnes e o pai fungando em seus cangotes — acrescentou o juiz Prosser, botando de volta os óculos, o que fez com que seu olho esquerdo girasse para o centro. — Muito bem, vou assinar isso aqui. Contudo, ficaria surpreso se ao menos conseguissem encontrar os registros. Há dias em que o sistema que cuida dos menores infratores não consegue nem mesmo achar um adolescente sob sua custódia. Já imaginou achar a papelada? E até pode ser que tenham enviado os registros das duas para os médicos particulares das moças.

— As jovens foram liberadas há apenas oito semanas. Estamos contando com que a máquina burocrática do Estado não seja muito eficiente.

— Até onde eu saiba, ela só é eficiente quando não queremos que seja — comentou o juiz, rindo da própria pérola de sabedoria. E acrescentou, como se estivesse reconsiderando o assunto: — Espero que vocês encontrem a menina e que ela não tenha sofrido. E... não se deixem levar pela Família Real.

— Família Real?

— Isaac Poole e a filha. Eles acham que tudo que acontece tem a ver com eles. E o que não é especificamente sobre os dois é, na opinião deles, sobre a raça deles. Vocês deviam ouvi-lo reclamar da carreira, quando devia estar agradecido de ter galgado tantos postos na vida profissional. Pessoal paranoico.

Nancy pegou o mandado assinado e saiu. Mas ela teria gostado de perguntar ao juiz se a família Barnes sempre fora assim. Na opinião dela, uma mulher cuja filha é sequestrada e assassinada se tornaria naturalmente paranoica.

Ronnie apareceu para trabalhar no Bagel Barn naquela manhã tentando agir como se nada tivesse acontecido.

— Bati o ponto na hora da saída para você — disse Clarice, e Ronnie agradeceu com a cabeça.

Depois disso, nada mais foi mencionado sobre os eventos de sábado, até que a loja ficou tranquila, no fim da manhã.

— Então você está metida em problemas? — perguntou Clarice, a voz despreocupada, como se a resposta não tivesse a menor importância.

— Talvez — respondeu Ronnie. E depois: — É... acho que sim. Mas não fiz nada. Verdade.

Clarice balançou a cabeça. Era uma mulher negra que morava em Baltimore. Conhecia um bocado de gente que tinha problemas e não havia feito

nada. Também conhecia pessoas que tinham problemas e haviam feito alguma coisa, mas talvez não a coisa pela qual estavam tendo problemas. E conhecia também pessoas que estavam com problemas e que fizeram exatamente
a coisa pela qual estavam sendo acusadas, mas ainda tinham bons motivos
para mentir sobre isso. Dizem que a confissão é boa para a alma. Mas é o
diabo para o corpo. Havia homens na família dela, sobrinhos e primos, que
saíram da delegacia com hematomas e feridas e ainda assim negando, sem
grande convicção, as acusações que pesavam sobre eles.

Ronnie... bem, Ronnie não tinha marca nenhuma no corpo, a menos
que se examinassem os olhos. De um azul-escuro, bem escuro. Lembravam
a Clarice dois amores-perfeitos, mas não os recém-colhidos que se viam nas
vitrines das lojas de flores, com as corolas empinadas para o sol. Os olhos de
Ronnie pareciam amores-perfeitos depois de uma chuva torrencial, com as
pétalas pesadas de água esparramadas sobre a terra.

Capítulo 29

Cynthia Barnes perdera o interesse por comida; insistia, porém, em preparar jantares caprichados para Warren, mesmo no alto verão. Esta noite, serviria atum grelhado ao molho de manga e mamão papaia e sopa fria de tomate e milho, servida com pãezinhos de milho e pimenta jalapenho. Os pãezinhos tinham sido assados numa antiga fôrma da mãe, em que saíam no formato de espigas em miniatura. Um cardápio delicioso, tudo perfeito. Mas a única parte da refeição que interessava a Cynthia era o vinho *pinot noir* que Warren escolhera para acompanhar a refeição.

— Maravilhoso — disse ele, empolgado e gentil.

Warren nunca abandonara o paladar plebeu. Por seu gosto, todas as noites comeria salsicha, presunto e bolo de carne. E estaria pesando uns 140 quilos e sofreria de hipertensão e diabetes. Mas, conforme Cynthia lhe havia dito quando Rosalind nascera: "Não estou planejando cuidar desta criança sozinha. Você tem todo o direito de escolher o próprio vício, mas só pode ter um: ou trabalho, ou comida ou bebida. Porque não vou criar nossa filha sozinha."

Ele não disse, naquela ocasião, o que nunca dissera. E é provável que isso nem tenha lhe passado pela cabeça. Mas na de Cynthia, sim. Se ela fosse o marido, pensaria sobre isso todos os dias: *Se você tivesse tomado conta da nossa primeira filha, em vez de deixá-la nas mãos de uma idiota...*

Ansiava por essa repreensão havia sete anos; mas ela nunca viera. Ainda assim, não conseguia juntar coragem para lhe fazer uma pergunta direta, de modo que ele se sentisse forçado a emitir uma opinião sobre a esposa.

Às vezes, ela achava que eram as coisas que ficaram por ser ditas, e não a morte de Olivia, que pesava entre eles; noutras, ponderava se não teriam feito um pacto de silêncio para sacrificar o casamento, como um tributo a Olivia. Seria errado, não seria, serem felizes de novo? Às vezes, perto de Rosalind, num momento de descuido, sentia-se feliz, e isso a aterrorizava. Ser feliz significava esquecer. E esquecer era arriscar tudo de novo.

— Você sabia — perguntou a Warren — que o atum custa tanto quanto uma chuleta?

— Ah, para com isso!

— Às vezes mais ainda. Tanto quanto um bom pedaço de chuleta. E, claro, sem osso e sem gordura.

— Isso lá é verdade.

Ficou imaginando se ele teria encontros amorosos fora de casa. Ela teria, se os papéis fossem invertidos. O marido estava agora mais bonito do que quando eles se conheceram e também muito mais realizado. Os pais dela criticavam muito o casal nos primeiros anos, censurando a vida cheia de luxos e as dívidas que vinham a reboque. Mas agora eles eram ricos, mais ricos do que as pessoas podiam suspeitar, mesmo se levando em conta que as vitórias de Warren nos tribunais eram assuntos sempre bem divulgados. Na verdade, viviam aquém do que o dinheiro lhes permitia, sempre poupando. Só não poupavam com Rosalind e com o futuro da filha.

Olivia tinha um fundo de 5 mil dólares reservado para a faculdade quando morreu, Cynthia se lembrou de repente. Até o contador deles não estava bem certo das implicações tributárias que recairiam sobre esse fundo. Eles o deixaram parado, juntando poeira metafórica, acreditando que um belo dia iria aparecer na lista de "contas inativas". Quando Rosalind nasceu, conseguiram passar esse fundo para a filha recém-nascida sem nenhuma multa.

— Gostou do vinho?

— Adorei — respondeu ela, os dedos apertando com força a haste do cálice.

De fato, ela não conhecia sensação melhor do que o primeiro gole de vinho a que se permitia todas as noites, só perdendo, talvez, pelo choque de cafeína que dava início à manhã. Esses eram os dois marcos, os sinais de que sobrevivera a um outro dia e a uma outra noite. Os goles subsequentes nunca eram tão bons; os primeiros, porém, fabulosos. Tão bons quanto a primeira mordida numa maçã.

— Quer que compre uma caixa? Há desconto para a caixa.

— Não vejo por que não.

Uma mulher melhor já lhe teria dado a liberdade e feito isso de uma forma tal que ninguém o condenaria. *Ela* deveria ter um caso, ou um colapso nervoso, ou os dois. Warren simplesmente não estava tão sofrido, e não por ser homem, mas porque não carregava tanta culpa nos ombros. Talvez Cynthia devesse procurar uma nova mulher para ele. Havia alguns anos, o jornal local publicara uma daquelas intermináveis novelas sobre uma mulher que comprometera a própria saúde para dar um filho ao marido. Doente de câncer, cuja origem atribuía aos tratamentos de fertilidade — sem bases científicas, conforme Cynthia não pôde deixar de observar —, escolhera a nova esposa para o marido. Com uma suprema arrogância, que Cynthia podia quase invejar, estudou as amigas e selecionou uma ainda solteira, deixando bem claro que consideraria uma honra em sua memória se a amiga e o marido se unissem depois que ela morresse. À época, Cynthia lera a história com sua usual atitude de desdém para com uma mulher que se atrevia a pensar que era uma sofredora.

"Os brancos são *loucos*!", exclamava ela para Warren de vez em quando, durante a leitura. Mas mesmo assim Cynthia lera todos os capítulos da novela, fascinada pela crueldade disfarçada da mulher à beira da morte. Estava claro que ela não havia escolhido a amiga mais bonita, nem a mais realizada, mas aquela que jamais conseguiria superá-la em nada. A mulher morreu antes de a filha completar 2 anos. O marido e a amiga se casaram dois anos depois. Cynthia deu a eles cinco anos, no máximo, de vida de casados. Viver com uma alma penada não é nada fácil.

Pelo menos, Olivia não era uma fantasminha exigente. Ao contrário, era generosa com aqueles que ficaram para trás: nunca reclamava, nem castigava ninguém. Quando bebê, Olivia era propensa a sentir cólicas, mas agora estava tudo em paz. A única coisa que pedia era para não se esquecerem dela.

— Adoro este pão de milho — disse Warren.

— E sabe da melhor? É tem poucas calorias. E esta pastinha não é feita com margarina, mas com iogurte.

— Vou viver muito.

— A ideia é essa — disse Cynthia. — Para você viver.

A brincadeira entre eles, a de que Warren mal conseguia aguentar essa mania da mulher de tentar a todo custo que ele tivesse saúde, vinha de longa data. Contudo, nunca antes tinham se expressado tão abertamente sobre ela e a franqueza de suas próprias palavras fez com que ela se retraísse de susto. Essa tinha sido a ideia também com Olivia. Viver, crescer, tirar partido de todas as coisas a que tinha direito, por herança, por sangue, por classe social e por instrução.

Havia momentos em que se esquecia. Às vezes por uma hora, Cynthia se esquecia de que era mãe de uma criança assassinada. Mas com a chegada de Rosalind, tudo mudara. Ela não conseguia olhar para uma sem se lembrar da outra. A pequena era a posta de atum, enquanto Olivia, a chuleta. Tão valiosa quanto, melhor para os pais, de uma certa forma, mas era impossível para Cynthia não ter sua preferida. Warren provavelmente sentia o mesmo, mas essa seria outra daquelas conversas que eles nunca chegariam a ter. Eles se preocupavam mais com Rosalind, isso mesmo, e a imaginação deles tinha sido expandida a limites que outros pais não poderiam compreender. Uma coisa foi voltar ao corpo de antes da gravidez, outra era controlar uma mente fragilizada pelo medo e pela ansiedade. Eles não podiam amar Rosalind tanto quanto amavam Olivia, porque sabiam que ela lhes poderia ser tirada.

— Está tudo bem? — perguntou Warren.

— Sim, tudo bem.

— Não está comendo nada.

— Perco o apetite quando faz muito calor.

— Você coloca a temperatura do ar-condicionado tão fria que está usando suéter.

E era verdade. Um casaquinho de malha de seda coral.

— Mas é que passei o dia de um lado para o outro, fazendo compras para o jantar. Você sabe como sou, nunca vou a um só lugar. Legumes na feira, peixe no Nick. Dizem que não se deve comer peixe nos restaurantes às segundas, mas isso não vale para o peixe que você compra na própria segunda, não é?

— Espero que não.

A campainha da porta tocou. Cynthia levantou-se antes que Warren pudesse afastar-se da mesa. A porta de madeira pesada tinha um pequeno quadrado vazado, coberto por uma grade de ferro. Com essa grade e a porta de tela grossa mal se via o vulto na varanda: uma jovem branca, bem-vestida, muito magra, tendo nas mãos um bloco de anotações.

Cynthia abriu a porta apenas para dizer:

— Não posso falar com você.

Não era o momento certo para os repórteres começarem a chegar. Ainda não era hora de estar de luto.

— Sra. Barnes? Meu nome é Mira Jenkins, sou repórter do *Beacon-Light* e tenho informações de que o desaparecimento de Brittany Little poderia estar ligado à morte de sua filha.

— Não posso falar com você — repetiu ela.

— Nem mesmo em off?

Cynthia teve de rir. A moça parecia uma boneca mecânica, expelindo pela boca seu limitado vocabulário.

— Você pelo menos sabe do que se trata? Em off?

— Claro. É assim: a senhora me diz se uma coisa é verdade, mas não será identificada.

— E você pode usar? Ou tem de arranjar outra pessoa para confirmar? Ou você pode usar desde que credite a informação a uma fonte anônima?

— Bem... isso não sei. Olha, vamos fazer assim: a senhora me dita as regras que desejar e vou obedecê-las. Mas o que não entendo é por que ligou para o meu escritório e nos informou sobre a investigação se não queria que fosse publicado.

A boneca mecânica tornara-se, de repente, menos simpática.

— E de onde você tirou a ideia de que fui eu quem ligou? Há sete anos que não falo com a imprensa. Quando trabalhava para o prefeito, nunca conversei com a imprensa oficialmente. Por que haveria de começar agora?

— Bem, alguém deu a informação. E esse alguém conhecia um bocado sobre o seu caso. E depois a vi no apartamento da outra mulher. Ontem.

Cynthia olhou por trás dos ombros. Warren estava zanzando pela casa. Dava a impressão, pelos sons que vinham lá de dentro, de que estava tirando a mesa, botando os pratos na máquina de lavar louças. Um bom hábito que lhe fora ensinado pela mãe. Seus passos, a água que corria, tudo contribuía para encobrir sua voz.

— Vou convidá-la a entrar. Vamos nos sentar na sala de visitas e conversar, enquanto tomamos um chá gelado. Bem, chá gelado para você, vinho para mim. Então meu marido vai aparecer para ver o que está acontecendo e diremos a ele que você é uma aluna do Departamento de Ciência Política da

Universidade de Baltimore e que seu professor sugeriu que você viesse esclarecer comigo alguns pontos sobre a política do município. Ele irá lá para cima assistir à televisão, ler os jornais. Então, e só então, conversaremos sobre o assunto.

— Oficialmente, para ser publicado?

Oh, mas que mocinha gananciosa! Você mal lhe oferece o dedo e ela já vai querendo a mão. Cynthia admirava essa característica. Foi uma das que lhe abriram as portas para subir na carreira.

— Não dê um passo maior do que a perna — disse Cynthia, usando uma voz professoral que sabia que as jovens adoravam, a voz que usava com os estagiários do seu escritório. — Mas se fizer o que lhe digo, exatamente o que lhe digo, você vai ter uma história para contar.

Capítulo 30

Alice mantinha a cabeça baixa enquanto caminhava, os olhos esquadrinhando o piso. As calçadas do bairro de Ten Hills eram irregulares em alguns pontos, abauladas pelas raízes dos imensos carvalhos e olmos. Era fácil tropeçar numa calçada desnivelada, especialmente debaixo do céu verde-acinzentado do entardecer. Alice odiava tropeçar. Era muito pior do que cair. Quando se está estatelada no chão, sempre aparece alguém perguntando se está tudo bem ou oferecendo ajuda. Tropeçar faz você parecer uma boboca desastrada.

Mas Alice fitava a calçada porque assim evitava trocar olhares com Sharon Kerpelman, que insistira em acompanhá-la. Ela chegara à casa das Manning quase no exato instante em que Alice começara a raspar com a colher o fundo da tigela, catando os últimos vestígios daquilo que sua mãe insistia em chamar de sorvete de framboesa.

— Só estava passando — repetia Sharon, como se ela não soubesse onde a advogada morava e trabalhava e como se a agitação de Helen em lavar os pratos não fosse prova suficiente de que as duas tinham arranjado esse encontro, que de casual e inesperado não tinha nada. E isso significava que mãe e advogada haviam conversado em particular, longe dos ouvidos de Alice. Ela não estava gostando nada disso. Uma coisa era elas marcarem um encontro com a outra advogada, aquela mulher horrorosa. Mas Alice não queria que elas criassem o hábito de conversar pelas suas costas. E tinha sido assim o tempo todo, sete anos atrás. Até hoje Alice se perguntava o que tanto elas conversavam entre si que não podiam compartilhar.

— Normalmente caminho após o jantar — disse Alice, olhando de relance para os pés de Sharon. A advogada calçava sandálias de tiras pretas entrelaçadas, de salto baixo e largo. — Minha mãe diz que ajuda na digestão.

— Ótimo — disse Sharon. — Vou caminhar com você.

Alice não podia levar Sharon pelo caminho que fazia todas as noites, é claro. Mas margeou-o, levando-a para uma volta nas imediações de Ten Hills, passando por casarões que ficavam no centro de grandes jardins. Houve época em que em noites de verão como esta as janelas dessas casas se abriam e da rua se podiam ouvir os sons lá de dentro: as vozes dos pais chamando as crianças para que entrassem, os clinc clanc de pratos e talheres sendo lavados depois do jantar, o alarido de um jogo de beisebol na TV. Agora, porém, a maioria das casas passara por reforma e ganhara ar-condicionado central. Portanto, o único som que se ouvia era um contínuo e suave zum.

— É quase tão ruim quanto a invasão das cigarras — comentou Sharon.

— Pensando bem, pior, porque os insetos fazem parte do ecossistema. Já o ar-condicionado... além do mais, é provável que esteja contribuindo para o aquecimento do mundo.

— Você tem um desses em casa, não é? — Alice mantinha a voz suave, como numa conversa normal.

— Bem, sim, mas moro num apartamento.

— Ah...

— É... é assim: essas casas foram projetadas para terem bastante ventilação, para ficarem frescas mesmo no calor do verão. De modo que, quando resolvem instalar ar-condicionado, estão indo na contramão do projeto arquitetônico original. Por isso não é muito eficiente.

— Minha mãe não admite ar-condicionado, exceto nos quartos. Mas mesmo assim ela faz tudo para não ligar. Ela diz que faz crescer mofo dentro do nariz.

— Hum... acho que pode ser verdade.

Alice percebeu que Sharon estava tentando encontrar um jeito de puxar a conversa para o assunto que a trouxera a este suposto encontro casual. Mas, pensando bem, preferia que tivesse sido mesmo fruto do acaso. *Então estamos nós aqui caminhando juntas e, ah, por sinal, onde você esteve na sexta à noite, antes de eu chegar? É mesmo? Você sabe onde a garotinha está? Vai ficar só entre nós.*

— Nunca sinto calor — disse Alice. — E quase não transpiro. Mesmo quando caminho debaixo de sol a pino, não sinto aquele calorão. O segredo é não ir muito depressa.

— Você toma bastante água?

— Claro. Acho que sim. — Ela bebia um litro e meio de Pepsi diet todos os dias.

— Porque o motivo para não transpirar é que você não bebe bastante água. O suor é o sistema de refrigeração do corpo. Olhe, de certo modo é como o *seu* ar-condicionado central.

Alice achava o máximo o fato de transpirar tão pouco, mas agora Sharon fazia com que percebesse isso como outra imperfeição de seu corpo.

— Mas, convenhamos, é ótimo que você caminhe tanto — comentou Sharon. — E você caminha durante o dia e depois do jantar?

— É, e praticamente todos os dias.

— E tudo que você faz é caminhar?

— Às vezes me sento um pouco. Ando procurando emprego — repetira tanto essa mentira que agora saía mais automática e mais sincera do que as verdades que às vezes dizia.

— Sua mãe disse que alguém a levou para casa de carro, uma vez. Pelo menos uma vez.

— É mesmo?

— É, Alice. Mesmo.

— Não entendo por que ela disse isso. Tudo o que faço é caminhar.

— Ela ouviu a porta de um carro bater e logo depois você entrou em casa.

— Moramos numa rua movimentada. Há outras pessoas indo e vindo.

— Então você não tem... pegado carona — pausa rápida — de homens.

Alice teve de conter o riso quando afinal se deu conta do que estava preocupando as duas.

— Não pegaria carona com ninguém que não conhecesse. É muito arriscado.

Chegaram à esquina em que acabam as mansões e começa uma pequena área comercial, tendo como ponto central uma igreja, no local onde antigamente havia um modesto cinema, cujos ingressos eram bem baratos. Helen havia dito que no primeiro dia em que saíra com aquele que viria a ser o pai de Alice foram nesse cinema para assistir a *Cocoon* e depois foram tomar sorvete no Mr. G's. E que o dela foi uma casquinha com dois sabores — chocolate e baunilha — misturados em forma de espiral. E que ela usava um vestidinho decotado dos anos 1950, em xadrez branco e preto. As histórias de Helen eram sempre ricas em detalhes: o que viu, o que comeu, o que vestia.

— Daqui podemos voltar — disse Alice.

Caminharam em silêncio por um quarteirão, refazendo os passos. Estava escuro, agora, e o zumbido dos aparelhos de ar-condicionado parecia soar mais alto.

— Alice, sua mãe acha...

— Sei o que minha mãe acha. — A voz saiu dura, embora não fosse a intenção. — Minha mãe acha que sou uma moça gorda e feia que pega carona com desconhecidos e faz sexo com eles, porque essa é a única maneira de eu conseguir atenção masculina.

— Não. *Não.* A única coisa que me importa é saber se você pegou carona com alguém, em vez de estar caminhando, na sexta-feira passada.

— Por quê?

— Porque não foi isso que dissemos à polícia. E se você conta uma mentira para a polícia, mesmo uma mentirinha à toa, isso pode acarretar muitos problemas mais adiante.

— Eu estava a pé.

— Que bom.

— Mas são só 5 quilômetros do shopping Westview até nossa casa — ponderou. — Qualquer um pode andar 5 quilômetros em uma hora.

— Sim, mas você não poderia... não estaria... até onde interessa à polícia...

Alice parou e pela primeira vez olhou direto nos olhos de Sharon.

— Você está dizendo que importa onde estive, e também se estava de carro ou a pé, porque a polícia acha que fui eu quem fez isso.

— Não exatamente. Você é uma suspeita. Não deveria ser, mas é.

— Você quer ser minha advogada porque acha que sou culpada ou porque sou inocente?

— Quero protegê-la, para que ninguém venha a fazer mal a você. De novo.

Sharon parou e encostou-se numa árvore antiga, a casca áspera formando estrias que lembravam a banda de rodagem de um pneu. Alternou o peso de um pé ao outro, enfiando os dedos entre as tiras da sandália para afrouxá-las. As sandálias haviam deixado marcas vermelhas profundas em seus tornozelos.

— Da última vez, a ideia era que você deveria ter cuidado de mim.

— Fizemos o máximo. Fizemos mesmo, Alice.

— Ah — Alice fingiu estar pensando —, então aquele foi o seu máximo.

Deixar essas palavras saírem livres foi como dar a primeira mordida numa coisa quente e gostosa, a quentura tomando-lhe o peito e se espalhando pelo pescoço e o rosto. Fez lembrar os fogos de artifício que vira na noite de sábado, quando ela e Helen foram de carro até a delegacia de polícia. Longos e luminosos fios coloridos que subiam lá no céu e de repente estouravam jorrando gotas alongadas de luz. Mas a sensação desapareceu tão rápido quanto o efeito dos fogos de artifício.

— Alice... já conversamos sobre isso.

— Não. Na verdade, nunca falamos sobre isso. Por que tive de ser detida por algo que Ronnie fez?

— Bem, primeiro porque eles acharam um brinquedo seu, a caixinha de surpresas...

— Que foi colocada lá pela *Ronnie*, depois de tê-la roubado de *mim*.

— E também foi difícil definir a causa da morte do bebê. Por causa da cronologia.

— Ronnie a matou quando eu não estava lá. Você acha que iria deixar Ronnie matar o bebê na minha frente? Você acha que teria conseguido ficar lá enquanto ela fazia o que fez?

— Mas você estava com a Ronnie quando ela pegou a bebê. E você não contou para ninguém onde ela estava, mesmo enquanto... mesmo quando...

— Diga! Enquanto a menininha estava viva e eu poderia tê-la salvado. Mas eu não percebia nada disso. Tudo que via era que, não importava o que acontecesse, teríamos problemas. Problemas por tê-la levado embora de casa, por fazer com que as pessoas ficassem preocupadas. Estávamos numa situação muito complicada. Tentei pensar numa maneira de ajudar as pessoas a encontrá-la. Tentei fazer com que Ronnie levasse a bebê de volta para casa. Mas ela disse que não e também não deixou que eu a levasse de volta. Tudo que ela queria era ficar lá, fingindo que a bebê era dela. E então, sei lá por que, queria que a menina morresse.

— Eu sei — disse Sharon assentindo com a cabeça. — Eu sei.

— Agora eles acham que peguei a garotinha e que vou machucá-la. Por que a polícia iria imaginar que eu faria uma coisa dessas?

— Porque a polícia só consegue entender o presente com a visão do passado. É como aquela história, aquela do menino que vai ao mercado para a mãe.

— Que história? Não conheço essa história. — Mas de repente se lembrou. Tinha 9 anos e estava no salão comunitário da biblioteca de Catonsville para um programa que Helen achava que seria ótimo. *"John Jacob Jingleheimer Schmidt/O nome dele é o mesmo que o meu/Sempre que saímos/As pessoas gritam/Lá vai John Jacob Jingleheimer Schmidt/lá lá lá lá lá lá lá."* Eles contaram também a história do menino que não fazia nada direito. Mas Alice se lembrava mais da cantoria, de como era divertido gritar num coro de vozes até ficar rouca.

— Ele amarra uma corda numa costeleta de porco e vem puxando pelo caminho, mas os cachorros a comem. Então a mãe dele diz: "Não, você devia tê-la colocado debaixo do chapéu." Ele sai para comprar manteiga, coloca-a debaixo do chapéu e a manteiga derrete. E ela diz... não sei o que ela diz depois. Resumindo, ele continua aplicando a solução de ontem ao problema de hoje.

— Então sou a solução de ontem.

— De certo modo.

— O que significa que era também o problema de ontem.

Sharon alternou o peso, ora para um pé, ora para o outro. Alice se lembrou de como o seu pé doía nos primeiros dias de caminhada. Pareciam duas bolas de fogo. Agora estavam tão endurecidos que provavelmente conseguiria andar uns 8 quilômetros descalça sem sentir nada.

— Nunca achei que você fosse um problema — disse Sharon.

— E o que dizer das coisas que aconteceram comigo quando estava detida? E sobre tudo que fizeram comigo?

Para horror de Alice, Sharon começou a chorar. Uma reação que não desejava nem lhe seria de utilidade alguma. Sempre que um adulto começava a chorar, Alice sabia que estava perdida.

— Eu tentei, Alice. Realmente tentei. Fiz aquilo que estava ao meu alcance e sinto muito por tudo o que aconteceu. Mas ninguém sabia, ninguém poderia saber ou prever. Sinto muito, Alice. Vou tentar fazer as coisas direito, desta vez. É só o que se pode fazer.

— Você está certa — disse Alice. — Está absolutamente certa. Tudo que se pode fazer é tentar.

Pôs-se a caminhar, indiferente a se Sharon poderia ou não alcançá-la. Concentrou os olhos na calçada, medindo o passo, de modo que cada pé pisava com segurança bem no centro das placas quadradas de concreto. Não fazia isso para evitar pisar nas riscas entre as placas, que, como diz o ditado, faz quebrar as costas da mãe, mas porque o mover-se, firme, quase saltando, fez com que se lembrasse do jogo da amarelinha. Ela era muito boa nesse jogo e como pedrinha usava um salto de borracha, que Helen conseguia depois de bater os cílios para os sapateiros, à época uns velhinhos italianos que ficavam atrás do balcão, para ter certeza de que Alice teria um autêntico salto da marca Black Cat Paw para jogar dentro dos espaços numerados.

Terça-feira,
7 de julho

Capítulo 31

— É assim que funciona em Baltimore — disse Lenhardt, empoleirado num canto da mesa de Nancy — ou como *não* funciona. A burocracia que quer colaborar com você não cumpre seu papel; a burocracia que poderia ajudar não o faz.

— Problemas com os registros médicos? — sugeriu Nancy.

Lenhardt assentiu.

— Middlebrook, onde Alice foi detida, entrou na tão aguardada reforma e os arquivos mortos foram despachados para um depósito, durante a obra. Prometeram tentar achá-los, mas fiquei com a impressão de que não fazem a menor ideia de onde possam estar. Shechter, uma unidade psiquiátrica em uma das instituições para menores administrada pela iniciativa privada, está dificultando as coisas para nós. Dizem que mandaram os arquivos para uma agência estatal assim que Ronnie Fuller foi liberada. Mas não têm certeza se foi para a de Serviços para Menores ou para a de Saúde e Integridade Mental.

— Uma tremenda mão de obra — disse Infante — para uma informação que pode não servir absolutamente para nada.

— Havia sangue, isso não dá para ignorar — afirmou Lenhardt. — Sangue é bom. Mas estive pensando: este é um caso sobre o que *não* está visível. E qual é a coisa principal que não está lá?

Olhou com esperanças para os seus dois detetives. Nancy não pôde evitar querer ser a primeira a responder. Analisou o rosto do sargento em busca de pistas e viu os olhos dele indo para a direita, na direção de uma pilha de fitas de vídeo sobre a mesa de Infante. Essas eram fitas das câmeras para monitoramento tanto da loja quanto do shopping, inclusive as que ficavam nas saídas. Eles assistiram às fitas inúmeras vezes e viram de relance Maveen Little e o namorado aparentemente procurando pela filha. Mas...

— Brittany Little — disse Nancy. — Brittany Little não aparece. Nem sequer uma câmera tem a imagem dela. O que é evidentemente possível, mas não plausível.

— Caso um estranho a tenha sequestrado, primeiro ele teria de agarrá-la bem rápido — Lenhardt levou um catálogo de telefone até o peito e o abraçou, para demonstrar —, mas, ainda assim, a menina teria chorado, gritado. O mais provável é que ele a tenha atraído com alguma coisa.

— Conversamos com o supervisor de turno da segurança do shopping — lembrou Infante — e com o guarda da própria loja Value City. Ele é policial municipal também, um sujeito esperto. Ele comentou que se as câmeras captassem tudo, não haveria nenhum ladrão de loja andando livre por aí.

— A mãe também foi falar com o guarda e ele comentou conosco que ela estava mesmo transtornada — acrescentou Nancy. — E que parecia à beira de um ataque de nervos.

— Bem, se o seu namorado matasse sua filha, você também ficaria sinceramente transtornada. Por que vocês não voltam ao Westview e passam em revista as saídas e as posições das câmeras? Essa senhora, Cynthia Barnes, nos deixou nervosos por causa da semelhança entre a filha dela e a menininha desaparecida. Ela nos ligou tão em cima da hora, na noite em que aconteceu, que mal tivemos tempo de raciocinar direito. Ela tem razões para estar angustiada, mas isso não significa que também tenhamos de ficar nervosos.

Ela nos ligou em cima da hora, na noite em que aconteceu, mas Cynthia Barnes ligara para Nancy no sábado de manhã, dizendo: "Acabei de falar com seu sargento." A mente de Nancy retrocedeu até a noite da sexta-feira em que a criança desapareceu e quando foi tomada a decisão de tratar o caso como homicídio, mesmo que as provas — o cabelo e a roupa — levantassem a hipótese de sequestro. Depois houve aquela insistência de Lenhardt de alterar o rodízio, botando Infante e Nancy na frente. O sargento e o detetive foram até o banheiro e Infante voltou de lá furioso e reclamando sem parar.

Coincidências acontecem, Infante havia dito. *Olhe o sargento e o caso Epstein.* E Nancy não fez mais nenhuma pergunta: não por estar com medo de revelar sua ignorância a respeito de uma coisa chamada o caso Epstein, mas por não querer descobrir que seu envolvimento com este caso era algo mais além de pura coincidência. Se Lenhardt a estivesse obrigando a trabalhar no caso de Brittany Little por causa das suas antigas conexões com o caso Barnes, então ele a estava testando. E se ele a estava testando, é porque não confiava nela.

— Nancy?

— O quê?

— Quero dar uma passada no Westview — disse Infante, de pé, ao lado dela. — Ora, Nancy... se vai ficar parada aí olhando para o nada, remexendo o café, você pode fazer isso no carro.

— Olhe o vaso que eu fiz, dona Helen. Gosta?

— Está lindo, Gerald.

O garoto abriu uma carranca. A cabeça dele era absolutamente redonda, grande para o corpo de 8 anos, com cabelo cortado à escovinha. Lembrava um Charlie Brown negro, embora não tivesse a timidez característica do personagem das tirinhas.

— Meu nome é Ja-leel.

— Claro. Ja-leel.

— Olhe o meu. Gosta dele? — Uma menina levantou a pintura, sem se incomodar que a tinta ainda molhada escorresse pelo papel.

Usava marias-chiquinhas bem cheias, presas com pregadores de plástico, três ao todo, e o cabelo tinha sido repartido tão reto e perfeitamente que parecia ter sido feito com uma régua. Esse penteado sempre foi moda em Baltimore.

— Muito interessante, Bonnie.

— Bonet — corrigiu a menininha. — Meu nome é Bonet.

— Isso mesmo, querida.

Jesus Cristo, pensou Helen. Quinze crianças e talvez os únicos dois nomes que não eram uma fileira de vogais. Ela era a favor da liberdade de expressão, mas era necessário que primeiro se conhecessem as regras para depois quebrá-las. Veja o escritor e.e. cummings e seu estilo não ortodoxo até para as minúsculas do próprio nome.

Ela estava dando aula de artes e trabalhos manuais numa colônia de férias da prefeitura e fazia isso todos os verões desde que Alice fora embora. Se pudesse voltar atrás, não teria combinado dar aulas durante o primeiro verão da filha em casa. Mas havia assinado o contrato em março, sem imaginar o quanto sua vida poderia mudar. E, além do mais, habituara-se ao dinheiro extra, e desistir desse trabalho seria como ter uma redução de cinco por cento de sua renda.

A escola ficava na zona norte, num dos bairros mais ricos da cidade, mas os alunos eram todos negros. As famílias brancas que viviam nos casarões nas cercanias da escola jamais sonhariam em mandar seus filhos para lá, nem mesmo para passar um único dia na colônia de férias. Graças à discriminação racial, típico de Baltimore. As pessoas bem que tentavam inventar explicações para a divisão da cidade, atribuindo a responsabilidade à *tradição* dos colégios privados, da forte presença da Igreja Católica; mas no fundo, no fundo, era uma cidade segregada. Os brancos que não tinham dinheiro para pagar a escola paroquial foram embora para o município. Quando os negros americanos de classe média resolveram seguir o exemplo e correram atrás dos mesmos sonhos, os brancos escaparam para municípios ainda mais afastados.

Alice teria sido a única criança branca na escola primária se tivesse sido matriculada lá. O que não seria um problema para a mãe, e sim para a filha. O medo que tinha de ser diferente era quase patológico. Outra criança talvez se vangloriasse por se fazer notar, mas tudo que Alice sempre quis foi passar despercebida, acompanhar o grupo, se dar bem com todos. A avó materna apostava nessa tendência, reconhecendo-a como sua. "Bem, querida, se talvez ela tivesse um pai, ou se pelo menos soubesse quem era o pai, talvez não se preocupasse tanto em parecer normal." Essas palavras foram a coisa mais próxima de uma reprimenda que a mãe de Helen jamais teve a coragem de dizer.

Por isso, Helen a matriculara na escola paroquial e viu, consternada, a filha ser atraída pelas garotas mais medíocres, populares, aquelas que estavam destinadas a fazer da vida dela um verdadeiro inferno quando chegassem à adolescência. Mas isso era tudo que Alice queria; não Helen.

Foi por isso que magoou muito ver o racismo se tornar o ponto central da cobertura jornalística do crime cometido pela filha. Um dos elementos de identificação — os outros eram a idade e o bairro em que moravam — que se grudaram à expressão "duas meninas". Elas eram brancas; a vítima, negra. Um legislador chegou mesmo a sugerir que as duas fossem julgadas por crime de racismo. Os ânimos estavam exaltados. Por um momento, a cidade parecia capaz de botar para fora todas as suas iniquidades, todos os seus rancores e ódios, que se amalgamavam nesse anômalo incidente. As pessoas pareciam ansiosas por emprestar um sentido ao que acontecera. Mas se Helen pudesse estar certa de alguma coisa, isso era a total ausência de sentido do que a filha havia feito.

— Olhe minha casa, dona Helen. Minha casa, minha mãe e meus irmãos.

Outro garotinho. Como era mesmo o nome dele? Dumas? Dunbar? Ducasse? Estava praticamente esfregando o desenho no rosto dela. A casa, é claro, não era onde ele morava de verdade. Um chalé com janelas venezianas, construído no meio de um jardim rodeado por uma cerca de madeira pintada de branco, e uma chaminé de onde escapava uma espiral de fumaça. Se algum dia ele vira uma casa daquelas, haveria de ter sido na televisão ou nos passeios que tinha feito por esse bairro que não o queria, cujo mercadinho local se recusava a permitir mais de quatro "alunos" em seu interior ao mesmo tempo, muito embora a regra parecesse não vigorar quando eram meninas de saia quadriculada do uniforme do colégio particular. Numa loja de conveniência, na primavera passada, Helen ouvira horrorizada alunos negros do ensino médio insultarem um balconista oriental que tentava enxotá-los. "No mais aluno! No mais aluno loja!", macaqueavam, expressando todo o preconceito racial.

Todos se odiavam em Baltimore. Os brancos odiavam os negros. Os negros odiavam os brancos. O pessoal do centro odiava os moradores dos bairros residenciais mais afastados. Os pobres odiavam os ricos. Havia mesmo os crimes por ódio. Uma cidade onde as diferenças são trituradas juntas, resultando numa poeira amarga, tão perigosa quanto qualquer substância tóxica proibida, como tinta à base de chumbo ou amianto. Mas somente Alice e Ronnie — jovens demais e aparvalhadas demais para odiar alguém — foram consideradas responsáveis por esse erro cívico.

Mira precisava achar um jeito de fazer uma ligação telefônica sem que ninguém a ouvisse. A redação da sede tinha uns cubículos que forneciam privacidade moderada para os repórteres, mas as redações das sucursais eram espaços amplos e abertos onde tudo se tornava de domínio público. A redação da sede também tinha identificador de chamadas e uma cafeteria estilosa com um bufê de saladas. Mira se irritou e sua mente divagou nas ondas de uma raiva automática instilada pela diferença entre o que tinha e o que merecia. Então se lembrou de que logo logo estaria na sede, se trabalhasse direitinho. Os repórteres das sucursais compartilhavam um espaço aberto com os contatos comerciais, que tinham direito a mais privacidade porque eram eles quem na verdade conseguiam dinheiro para a empresa. Mira esperou que o gerente comercial saísse para almoçar e se enfiou na sala dele, fechando a porta atrás de si. Se alguém perguntasse o que ela estava fazendo na sala de Gordon, diria que precisava ligar para um médico para resolver um problema de saúde. Nenhum editor homem ficaria discutindo um assunto desses com uma repórter. Mira desdobrou o pedaço de papel que Cynthia Barnes lhe tinha dado, ligou para o número do bipe do detetive responsável pelo caso e ficou na espera.

Cynthia se recusara a fazer declarações formais na noite anterior, mas dispôs-se a confirmar que a polícia achava que o desaparecimento de Brittany Little talvez tivesse pontos de contato com o assassinato de sua filha. E ao ser indagada sobre o motivo, nada respondeu, apenas arqueou as sobrancelhas e inclinou o queixo para uma fotografia sobre o console da lareira. Mira percebeu na hora a semelhança entre as menininhas.

— E essa é...?

— Não, não, ela não se parece com a irmã. — Cynthia pareceu sumir para dentro de si mesma por um instante, absorta em uma profunda tristeza interna. Ao voltar a falar, a voz era fria e cortante: — Não escreva nada disso. É só em off. Você não pode nem mesmo dizer "um informante ou uma fonte" ou outra merda qualquer que usem agora. Vou-lhe descrever os fatos como os conheço, mas fica por sua conta confirmá-los.

— Como vou conseguir isso? A senhora sabe que os policiais vão responder que não têm nada a declarar.

E foi isto que Cynthia Barnes lhe disse para fazer, passo a passo. Mira olhou para a folha arrancada do bloco de anotações em que a mulher escrevera o que não se atrevia a dizer em voz alta, como se receasse que Mira tivesse um gravador escondido na bolsa. Ela havia arrancado a folha ao sair da casa dos Barnes ontem à noite, preocupada com que por algum motivo poderia se apagar ou se perder se ficasse presa à espiral de metal que encadernava o bloco. Tinha enfiado a folha na bolsa, depois na carteira e depois de volta na bolsa. Desde ontem à noite, olhara para o papel pelo menos uma dúzia de vezes, quase como se fosse um sortilégio que devesse ser repetido perfeitamente para produzir efeito.

Detetive Nancy Porter
Alice Manning
Ronnie Fuller

Os últimos dois nomes valiam ouro. Mesmo que a reportagem malograsse, Mira agora tinha a informação que escapara a outros repórteres de Baltimore durante anos. Tinha os nomes das duas meninas que mataram um bebê quando tinham 11 anos, nomes esses que foram considerados confidenciais e, portanto, ocultados do público. Tinha de haver uma reportagem sobre o fim do prazo da detenção e a volta delas ao mesmo bairro em que cometeram aquele ato impensável. Mira iria preferir que elas, para o sucesso de sua reportagem, fossem sociopatas que não se emendaram e voltaram para matar de novo. Sem dúvida, essa seria a história mais suculenta. Claro que ela poderia escrever uma saga de redenção, se necessário, embora pessoalmente achasse esse gênero um pouco cansativo. Renascidas, blá-blá-blá. Além do quê, sobravam histórias desse tipo. Depois de serem apresentadas ao assassino, o que as pessoas realmente querem saber é: *Como você fez isso?* Não o *como* no sentido dos meios utilizados, mas o *como* no sentido de se quebrar esse supremo tabu.

Como se sentiu ao tirar a vida de uma pessoa? Era o que Mira planejava perguntar a Alice e Ronnie. Mas se elas fossem presas por causa da morte de Brittany Little, que foi o que Cynthia insinuou que poderia acontecer a qualquer minuto, ficariam fora de seu alcance. O melhor cenário seria as investigações levarem mais tempo, para que Mira pudesse divulgar que as moças foram interrogadas, dando a ela permissão para recapitular suas pavorosas histórias sem ter de se preocupar com os problemas de difamação levantados no último caso. E isso daria aos assassinatos do Município de Carroll, aqueles do garoto enlouquecido de 14 anos, tempo para que os fatos se tornassem conhecidos. Afinal, nada, nada mesmo, poderia competir com *isso*.

Será que não seria suficientemente emocionante publicar que as duas moças tinham voltado ao bairro sem que os vizinhos ficassem sabendo? Se elas fossem maiores e tivessem cometido crimes sexuais, talvez fossem enquadradas em daquelas leis, como-se-chama-mesmo?, aquela que recebeu o nome de outra criança assassinada? Mas por serem menores, a elas foi dado o direito de ir e vir nesse mundo protegidas pelo anonimato. Será que é direito? Será que é justo? Mira se convencera de que não.

O telefone tocou e ela atendeu sem pensar, esquecendo-se de que não estava na sua mesa. Nem lhe passou pela cabeça que pudesse ser qualquer outra ligação para o dono da sala, a não ser aquela pela qual aguardava.

— Aqui fala a detetive Porter. Você me bipou usando o código de emergência? — Cynthia havia ensinado a Mira que adicionando 911 ao número de telefone escrito próximo ao nome da detetive teria uma resposta imediata.

— Isso mesmo. Meu nome é Mira Jenkins, do *Beacon-Light*, e preciso conversar com você sobre o desaparecimento de Brittany Little.

— Nada a declarar.

— Espere... — sua voz soou estridente e teve de se esforçar para não perder o controle. — Tenho informações sobre o caso, que confirmei com fontes independentes, e estou planejando publicá-las, com ou sem a sua colaboração. Estou apenas lhe dando a oportunidade de corrigir ou contradizer minhas informações.

— Nada a declarar. — Já não estava tão segura, dessa vez, e também não foi tão rápida na resposta. E ela ainda permanecia na linha.

— Vou escrever que você interrogou Alice Manning e Ronnie Fuller sobre o caso de agora. Estarei errada ao escrever isso?

— Nada... nada a declarar.

— Se você não disser que estou errada, vou em frente. Também sei que a menininha que está desaparecida é bem parecida com a irmã de Olivia Barnes. Vi fotos, então não preciso que me confirme isso. Mas você acha que foi por isso que as garotas a sequestraram? Será que elas estão querendo se vingar? Por que essa obsessão em atingir os Barnes?

— Nada a declarar.

— Você acha que é racial? Entendi que o primeiro assassinato veio depois de um acesso de ódio racial por uma das meninas.

— Você não pode publicar isso. Você não deve publicar nada disso.

— Por quê? Está tudo errado?

— Pode prejudicar as investigações.

— Mas estaria errada se mandasse publicar?

— Não vou entrar no seu jogo.

— Vou lhe dar cinco segundos. Se você não disser nada, vou presumir que eu esteja certa.

— Mas...

— Então estou errada?

— Nada a declarar.

— Se eu estiver errada, é melhor que diga logo de uma vez.

— Você deveria ligar para o gabinete do porta-voz. Não estamos autorizados a conversar diretamente com a imprensa.

— Não vou citar o nome de ninguém. Apenas dizer que "fontes da polícia confirmam".

— *Não confirmei nada e não sou uma informante sua.* — A detetive soava histérica.

— Não? Olhe, você tem o meu número se quiser ligar. Enquanto isso, preciso conversar com meus editores sobre o que vamos publicar amanhã.

Mira desligou o telefone e soltou um pequeno grito de triunfo. Depois se recompôs e saiu da sala.

— O que você estava fazendo aí? — perguntou o repórter da seção policial.

— Conversando com um médico sobre minhas mãos. Estão geladas o tempo todo. Ele me mandou fazer alguns exames.

Capítulo 32

— Merda — esbravejou Nancy, depois de botar o fone no gancho do telefone público num corredor dos fundos da loja Value City. — Jesus, Maria, José! Estou ferrada!

— O que foi? — perguntou Infante, saindo do banheiro.

Ele vinha com um exemplar da revista de reclames *Pennysaver* debaixo do braço, o que Nancy acharia engraçado em circunstâncias normais.

— Uma repórter está atrás da história.

— E qual é a novidade? Todos estão à caça de notícias.

— Só que essa *sabe*. Sabe das garotas, inclusive o nome delas. Ela insistiu em que eu havia confirmado a suspeita ao não contradizê-la. Mas não fiz isso, não é? Você ouviu o que eu disse. Será que disse alguma coisa errada?

— Não ouvi nada, Nancy. Estava na privada.

— Que merda! Mais uma vez, não!

De novo, ela vai aparecer nos jornais e os seus colegas vão acreditar que é porque ela estava querendo se exibir, ainda desesperada por angariar atenção sobre si. Ninguém acreditaria que ela teria mudado e haveria de suportar tudo desta vez. Estava acabada, sem nenhum lugar para ir, a não ser cruzar a divisa com o estado da Pensilvânia.

— Vai ver não é tão ruim assim... — disse Infante, o que só fez Nancy se convencer de que era realmente muito ruim.

Recostou a cabeça na divisória de compensado do telefone público. Eles estavam num corredor escuro no último andar da Value City. Nancy se recordou de quando havia uma confeitaria ali, na época em que a Value City se chamava Hutzler's e era a maior loja de departamentos da cidade. Sua mãe viera aqui para comprar o vestido de primeira comunhão e, como prêmio pelo bom comportamento da filha, foram à confeitaria para que Nancy escolhesse seu doce preferido: um bolinho de morango, coberto de glacê cor-de-rosa com pedacinhos de morango. Aos 11 anos, acreditara que comia morangos frescos, mas agora se deu conta de que se tratava mesmo era de geleia.

— Vamos terminar logo o que planejamos fazer aqui — disse ela —, depois me preocupo com isso.

Percorreram a loja toda, analisando a posição das câmeras. Os números estavam corretos: sete câmeras ao todo e o shopping lhes havia enviado sete fitas. Saíram da Value City e entraram num corredor envidraçado com lojas menores. Nancy parou e deu mais uma olhada.

— O que é? — perguntou Infante, ao ver a colega agachada.

— Olha aqui — disse ela.

Três pequenos parafusos, quase impossíveis de serem vistos em meio à poeira acumulada do carpete cinza, mas os olhos de Nancy os localizaram. Pareciam deslocados, fora de contexto e incompatíveis com aquela ensolarada e poeirenta coluna de luz, até que os olhos dos detetives foram subindo pela parede até a mais ou menos 2,5 metros e aí ficou fácil associar os parafusos a furos na parede, porcamente cobertos de massa.

Infante ficou nas pontas dos pés e pressionou um dedo contra o montinho de massa branca. Seu dedo ficou manchado.

— Lenhardt é um fodão — disse Infante. — É assustador, às vezes.

— É mesmo — concordou Nancy. — "Este é um caso sobre o que *não* está visível", foi o que ele disse. Mas como podia saber que a câmera tinha sido removida?

No corredor havia portas dando para o estacionamento e uma escada anexa que levava a uma garagem no subsolo dessa estranha ala adicional, uma tentativa de transformar um antigo supermercado em shopping. Nancy e Infante foram para baixo e para cima no corredor, uma, duas, três vezes; depois subiram e desceram as escadas. Numa dessas vezes em que subia, Nancy percebeu alguma coisa brilhando no chão. Um brinco dourado.

— Brittany Little tinha orelhas furadas?

Teve uma visão mental da foto da menina: o cabelo crespo puxado para trás de duas perfeitas orelhinhas em concha. Tinha quase certeza de que a menininha usava brinco.

— Talvez. Mas como se consegue diferençar um brinco de bolinha de tantos outros iguais?

— Não sei. Talvez as orelhas carreguem DNA. Talvez a mãe possa identificar. — Botou o brinco num saco plástico de provas e fechou-o. Nunca se sabe, não é mesmo? — Vamos falar com o chefe da segurança.

O sujeito era o típico policial de aluguel, qualquer um podia ver: Cinquenta e tantos anos, cabelo curto grisalho, rosto avermelhado, pesando no mínimo uns 130 quilos. Bernard Carnahan.

— Vocês têm de entender — disse num tom de desculpas, agora que fora pego na mentira. — A ideia não foi minha. O gerente do shopping diz que tem a ver com responsabilidade civil. A câmera não funcionou direito. A fita só tem chuvisco. Podemos ter uma ação contra nós por causa disso. Agora, se não existe câmera, não há como respondermos por uma ação. Foi isso que me explicaram. De modo que entregamos a vocês o que tínhamos. Não aconteceu nada, ninguém saiu ferido.

De repente, Nancy percebeu que afinal conseguia levantar só uma das sobrancelhas e foi o que ela fez.

— Ninguém saiu ferido?! — esbravejou Infante. — Se soubéssemos que havia uma câmera defeituosa na saída, teríamos passado mais tempo naquela parte do shopping. Acabamos de encontrar o que poder ser o brinco da menina e, se isso se confirmar, então estão corretas as declarações da mãe. A menina estava aqui e alguém a levou embora. Teria sido muito bom saber disso quatro dias atrás.

Carnahan deu de ombros.

— E daí? Agora que vocês têm o brinco, por acaso conseguiram desvendar o crime? — Os detetives ficaram sem resposta. — Olha, lamento muito. Apenas obedeci às ordens do meu chefe. Na hora, não me pareceu ser nada de especial e continuo com a mesmíssima opinião.

Os detetives saíram do escritório dele. Todo mundo mente, Nancy se lembrou. Era uma grande verdade do trabalho policial. Se fosse possível somar todas as mentiras no mundo num único dia, o resultado seria impressionante. O gerente do shopping mentira sobre a câmera porque temia uma ação de indenização. A mãe mentira a respeito de quanto tempo deixara a filha fora das vistas porque não queria que os policiais achassem que era relapsa. Alice Manning também mentia. Sobre o que e com que propósito, a policial não sabia. Mas a moça definitivamente estava mentindo e mentia desde o começo.

Ronnie Fuller... Ronnie Fuller mentia? Nancy não tinha tanta certeza.

— Vamos comer um bagel? — perguntou a Infante.

— Boa — respondeu ele. — Estou mesmo com vontade de comer um bagel grande e com bastante recheio e quero que alguém me deixe lambuzado de *cream cheese*.

A única coisa de que Ronnie Fuller sabia no primeiro dia de aula no jardim de infância era o alfabeto. As outras coisas ela só aprenderia com muito esforço: assoar o nariz, amarrar os sapatos, brincar com as outras crianças. Mas ela havia memorizado o ABC porque tinha um pequeno tabuleiro com letras imantadas em várias cores que herdara dos irmãos. O critério para arrumação das cores era um mistério, algo que aludia a uma lógica interna que Ronnie não conseguia perceber. De *A* até *F* era azul-claro, bem claro. De *G* até *L* era laranja. Aí vinha de *M* até *R* em vermelho natalino; de *S* a *W* verde como a grama; e finalmente *X-Y-Z*, mais preto do que o preto.

Ronnie concluiu que as letras eram como grupos de amigos. Se conhecesse a palavra *panelinha* aos 6 anos, talvez a tivesse usado. A turma do azul-claro tinha a frieza daqueles que sempre têm de ir na frente; enquanto as letras do meio vestiam cores fortes para chamar atenção. O que mais a perturbava era a posição da sua letra inicial, *R*, no fim do grupinho vermelho. Pois o *R* tinha de ficar ao lado de *Q* e qualquer um podia ver que *Q* era esquisitão, meio retardado, uma letra que não podia construir uma palavra sem que o *U* estivesse por perto para ajudar. Contudo, *Q* ficava entre *P* e *R*, como se *R* não fosse bom o suficiente para ser amigo do *P*. *Q* era igual àquelas garotas gordonas que ficam perto de uma garota bonita, botando os rapazes para correr. Mas *R* não podia ficar com *S,T,U,V,W* porque esses eram verdes. Que confusão!

Ela ia pensando sobre seu antigo tabuleiro de letras ao selecionar as letras brancas que deviam ser colocadas no quadro de avisos anunciando os especiais do dia seguinte. Quarta-feira havia Bagel de Pizza com refrigerante e batatinhas fritas por US$3,99.

— O que é que você quer botar para o Especial do Gerente?

— Peito de peru — disse Clarice. — Estamos nadando em peru. Acho que entregaram o pedido errado.

Ronnie riu um pouco, arrebatada pela imagem: ela, Clarice e O'lene nadando em estilo cachorrinho em uma montanha de carne branca.

— Seus amigos apareceram hoje aqui. Eu vi.

— Hum, hum — confirmou Ronnie.

Os detetives tinham vindo conversar com ela no intervalo para o cigarro. Fizeram as mesmas perguntas e ouviram as mesmas respostas.

— Por que eles ficam voltando?

— Não faço a menor ideia.

Clarice deixou passar um minuto ou dois até falar de novo.

— Você tem namorado?

— *Não.*

— Por que você respondeu como se a minha pergunta fosse algo estranho?

— Porque... porque onde eu arranjaria um?

Havia alguns garotos em Shechter, mas as regras sobre contato eram severas e Ronnie nunca se atrevera a infringir as regras em Shechter.

Clarice não entendeu e insistiu:

— Você é bem bonita. Magrinha, e os rapazes brancos gostam das magras. — E balançou a cabeça para essa estranha preferência.

— Minha vida é do trabalho para casa e de casa para o trabalho. Não me encontro com ninguém desde que... bem, nem tanto tempo assim.

— E quando você estava no colégio? Tinha um namorado lá?

Afinal Ronnie caiu em si. Provavelmente, Clarice supunha que essas visitas dos detetives eram para tratar sobre alguém que ela havia namorado. Nunca passara pela cabeça da colega que ela pudesse fazer alguma coisa errada, e por conta própria, que desse motivo para visitas da polícia. Para Clarice, Ronnie era *boa*.

As perguntas que os detetives faziam eram indiretas e jamais mencionaram o nome da menina desaparecida. Queriam saber o que ela havia feito desde a última vez que se viram:

— Dormi — respondeu. — Depois vim trabalhar. E depois fui para casa. E dormi de novo.

Eles lhe perguntaram se havia visto ou falado com Alice, ela fez que não com a cabeça e ficou matutando se Alice estaria dizendo a eles algo diferente. Ela nunca soube como a outra reagiria, nem que tipo de mentira contaria. Eles depois perguntaram se ela gostaria de conversar um pouco mais na sala deles.

— Não, na verdade, não — respondeu, e ficou aguardando se eles a obrigariam a acompanhá-los.

— Pode haver coisas que você talvez prefira nos dizer em particular.

— Que coisas?

— Qualquer coisa. O que você quiser. — A detetive, a que se parecia um pouco com Alice, tinha algo nas mãos, um saco plástico.

— Não tenho nada a dizer.

Foi um alívio vê-los partir e, pelo menos por ora, ser poupada de uma ida até a delegacia. Quando eles entraram na loja, Ronnie imaginou que estariam ali para tirar uma amostra do seu sangue e ela não podia nem mesmo pensar em ter um médico enfiando uma agulha nela.

Certa vez, havia proposto a Alice fazerem pacto de sangue, isso quando tinham 10 anos, e Ronnie a tinha levado para a casa na floresta pela primeira vez. Alice estava apavorada no caminho, estremecendo de medo ao menor ruído. Uma vez lá, não havia nada para fazer e misturar o sangue era apenas uma forma de prolongar a experiência, de evitar ir para casa debaixo daquele sol inclemente. Alice dissera que seu sangue estava muito abaixo da pele para sair com uma picada de agulha, que ela era muito suscetível a infecções e que tinha sido especificamente orientada pela mãe para não furar os dedos em hipótese alguma. Mas Ronnie entendeu: Alice não queria ser sua irmã de sangue. Estava se poupando para as outras meninas da classe, as que não diziam coisas inacreditáveis nem se metiam em brigas.

Mas Alice começou a gostar da casa secreta, contrariando as próprias expectativas. Foi ela quem sugeriu que fossem para lá o tempo todo. Não só no verão, mas também nos fins de semana. Era ela quem queria arrumá-la, fazer com que se parecesse com uma casa de verdade, embora fosse afastada demais para que pudessem carregar alguma coisa pesada para lá. No sábado à noite, Ronnie achou que seria Alice quem a encontraria na casinha da floresta. Porque mesmo sem saber por que a polícia estava atrás dela, concluiu que certamente eles estariam procurando pelas duas. Elas estavam unidas, quer Alice quisesse ou não.

Ela não podia adiar mais. Tinham de conversar. Tinha de confrontá-la, de recomendar-lhe a usar palavras "boas". Solução de conflitos: era esse o nome que a médica da unidade de Shechter dera ao que queria fazer. *Pergun-*

te. *Mantenha a mente aberta. Escute os outros. Concentre-se em encontrar pontos comuns, áreas de acordo. A raiva e o perigo caminham de mãos dadas.*

Estava na hora de tirar do caminho, de uma vez por todas, a gorda letra Q, e assumir o lugar dela.

Mira sentou-se na sala de Nasaldamus, com todas as células do corpo concentradas na dura tarefa de não cair em prantos. Já podia sentir a pressão cada vez mais forte por trás da pálpebra, na base do nariz, no maxilar, até nas costelas. Mas não ia chorar. Fingiu que fazia contato olho no olho — bem, contato olho na narina — com o chefe, mas estava mesmo focando era na fotografia da esposa dele, pois embora o porta-retrato estivesse sobre a mesa de trabalho do marido, estava virado de costas para ele, dando a impressão de que seu rosto era mais importante para aqueles que iam à sala do chefe do que propriamente para o dono da sala. A esposa dele tinha uma aparência absolutamente normal, quase bela. Talvez fosse por isso que ele virasse a frente do porta-retrato, para que os funcionários soubessem que ele fora capaz de agarrar alguém normal.

— Não vejo... — ela começou com cuidado, fazendo um enorme esforço para não demonstrar nervosismo.

— Admiro sua iniciativa — disse Nasaldamus, usando um falso tom de educação, cujo propósito era demonstrar o quanto ele era bom caráter. Sempre sensato, sempre benévolo, até que discordassem dele. — Mas apenas acho que você não tem material para uma reportagem. E as garotas? Garotas modo de dizer, pois agora são jovens mulheres. Conversou com elas? Ouviu a opinião delas?

— Faz apenas três horas que fiquei sabendo os nomes delas — disse Mira, e com esse número, fazia com que duas horas sumissem do mapa.

Eram 17 horas e ela fora convocada para a sede depois de finalmente ter revelado ao chefe o que andara fazendo. Escrevera sem parar, na certeza de que a revelação de que as garotas tinham sido interrogadas constituía, por si só, uma reportagem. Ela precisava soltar a notícia do dia antes que fosse divulgada na televisão.

Mas Nasaldamus não concordou e mandou que viesse conversar com ele. Mira morria de medo de que a história lhe fosse surrupiada. *Por causa de quem ela era, por causa do que ela fez.* Ninguém estava dizendo nada disso, é claro. Nem Nasaldamus nem o editor-executivo, Dominic DiNardo, conhecido como Quasímodo, porque passava os dias encurvado sobre o celular Motorola vendo o registro de cotações da bolsa de valores aparecer na tela. Mira se perguntou se os chefes punham apelidos nos funcionários. Provavelmente não. O consolo deles era vencerem todas as disputas.

— Uma informante da polícia confirmou que as garotas são suspeitas — ela repetiu pela terceira ou quarta vez. — Não estaremos errados em afirmar isso.

— Estou desconfiado de que estamos sendo usados pela polícia — disse o chefe, inclinando a cabeça para trás, de modo que agora a repórter encarava dois buracos negros. E, como era de se esperar, lá veio o dedo em riste: — Prevejo que essa é uma manobra da parte deles. Estão tentando plantar uma história e soltar algumas informações. Não é essa a nossa função.

Mira empacou. Não podia contar que a polícia era contrária à história sem estragar tudo para si mesma, revelando o jogo semântico que usara com a detetive para conseguir sua segunda fonte.

— Se é uma boa história — aventurou-se ela —, que diferença faz qual seja o objetivo do Departamento de Polícia?

O queixo de Nasaldamus arremessou-se para baixo e ele olhou nos olhos de Mira pela primeira vez — um contato instantâneo, isso lá é verdade, com os olhos escorregando para os lados após uma breve mirada direta — mas um verdadeiro contato olho no olho, não o usual olho-narina.

— Este jornal não é escravo dos órgãos responsáveis pela manutenção da lei e da ordem. Eles que façam o trabalho deles; nós, o nosso.

— Pelos detetives seria melhor que não divulgássemos a notícia. Eles só confirmaram a informação porque eu tinha a declaração de um informante.

— Outra fonte policial — disse Nasaldamus, com desdém. — Eles estão usando você para atender aos propósitos deles.

Mira titubeou e então arriscou:

— Não, minha fonte não é do departamento. — Precisava se concentrar ao máximo para não deixar escapar um pronome ou dar uma pista. — Essa fonte é alguém numa posição incomum, que tem total conhecimento das investigações, porém nenhuma ligação com o departamento; e caso tivesse, seria de hostilidade.

— Como pode ser isso? — exigiu Quasímodo.

— Se lhe disser mais do que isso, vou divulgar a identidade da minha fonte. E isso é uma coisa que tive de prometer que não faria.

— Quando se promete manter em segredo, a identidade de um informante, essa confidencialidade se refere aos leitores do jornal, não aos editores. — Nasaldamus provavelmente imaginou que o tom de voz saíra carinhoso e persuasivo, mas foi apenas horripilante, o tom de um pai tentando dissuadir o filho de tomar uma atitude irracional. — Você pode nos dizer.

— Não. Minha fonte foi inflexível. Não devo contar a ninguém.

— Se você não nos disser quem é sua fonte, não podemos publicar a história. Quero alguém falando em caráter oficial, e não um detetive da Homicídios dizendo que ele não vai negar que a polícia considera como suspeitas essas duas garotas.

— Ela.

— A fonte é uma mulher? — atacou Nasaldamus, orgulhoso de si mesmo, achando que a havia enganado.

— A *detetive* é uma mulher. A fonte... não vou lhe dizer nada sobre a minha fonte.

— Então você não tem reportagem. E partindo do pressuposto de que você é repórter de bairros, não posso, na verdade, permitir que você trabalhe em uma... uma reportagem investigativa. Por que você não passa essa sua informaçãozinha para o repórter policial do município?

Mira mordiscou os lábios. Cynthia Barnes estava convencida de que o preço por ter se exposto seria terrível.

— *Se você assoprar meu nome para quem quer que seja, vou jurar que foi você quem inventou tudo isso, que me recusei a conversar com você. Você não vai escrever meu nome naquele bloco, você não vai usar seu minigravador. Em quem você acha que vão acreditar? Nunca antes falei com um repórter. Então que motivos teria para trocar ideias com você?*

— *Então por que ligou para a redação do jornal se não pretendia conversar com a imprensa?* — reagiu Mira.

— *O quê?! Mas não fiz isso. Você mesma disse que me viu enquanto estava sentada no carro em frente da casa da pobre mulher, e viu quando fui embora.*

— *Alguém ligou. Alguém com a voz igual à sua.*

— *Voz de negro, você quer dizer* — Cynthia farejou.

Não, pensou Mira. Não de negra, mas uma voz forçada, para que a pessoa do outro lado da linha julgasse que era assim que os negros falavam. Ela tinha de se conter, de aceitar as condições que lhe eram impostas. Haveria alternativa? Certamente não. Tinha certeza de que a mulher poderia acabar com ela. Cynthia diria que ela inventara a história e todos acreditariam nela. Afinal era a mãe sofredora, enquanto Mira era a repórter boboca, e assim seria para todo o sempre se não desse um jeito de publicar essa reportagem.

— Não posso lhe dizer o nome do meu informante — explicou a Nasaldamus. — Sinto muito, mas não posso. Fui obrigada a prometer explicitamente que não revelaria seu nome a ninguém, nem mesmo aos editores.

— Então diga só para mim — sugeriu Nasaldamus. — Dominic, saia da sala.

Quasímodo parecia chocado com o pedido, mas pôs-se de pé e foi-se arrastando porta afora, olhos no celular.

— Ok, Mira — tentou Nasaldamus, a pronúncia correta do nome dela sempre um pouco ameaçadora no contido círculo de sua boca. — Agora somos só você e eu. Minha porta está fechada. E sei guardar um segredo. Então, qual é o problema em me dizer?

— Fiz uma promessa — disse, sentindo-se uma desgraçada e imaginando como seria o mundo em que o editor de um jornal diria "só você e eu".

— Você não está investida de poderes para fazer esse tipo de promessa.

— Foi o único jeito.

Nasaldamus jogou o corpo contra o encosto da poltrona e a encarou.

— Bem, você não tem a reportagem, de modo que a sua promessa não valeu de nada.

Uma pergunta! Ela tinha de fazer uma pergunta. Precisava deixar que ele a orientasse, que a tirasse dessa encrenca, que encontrasse uma solução.

— Será que existe algo que eu possa fazer para que se torne publicável?

Ele falou sem pensar. Mas também Nasaldamus nunca tinha de pensar sobre o que falava, porque ele nunca escutava mesmo o que lhe diziam.

— Entre em contato com as garotas.

— O quê?!

— Entreviste as garotas. As duas. Depois volte aqui e vamos discutir se você tem ou não uma reportagem para publicar.

Mira saiu da sala, acabada, atemorizada, sentindo como se o mago lhe tivesse pedido para lhe trazer a vassoura da Bruxa do Oeste. Tentou se consolar com seu mantra de sempre. *O fracasso não é uma opção. O fracasso não é uma opção.* Porém, tinha medo de que até o sucesso fosse arriscado nessas condições, tinha medo de que pior do que não conseguir o que lhe fora pedido seria consegui-lo.

Capítulo 33

Ao voltar para o escritório, Infante e Nancy deram de cara com dezenas de caixas de papelão empilhadas ao redor de suas mesas, criando divisórias antes inexistentes.

— Os registros médicos — explicou Lenhardt. — Cortesia do Departamento de Assistência aos Menores. Começaram a chegar uns 20 minutos depois que vocês saíram. É sempre assim, não? No momento em que decidimos que podíamos sobreviver sem eles, o pessoal de lá encontrou as caixas.

— Um bocado de registros, hem? — constatou Infante, indo direto para uma caixa e remexendo o conteúdo com a ponta do dedo.

— Posso imaginar que aí estejam vinte anos de registros. Fico me perguntando se entenderam o mandado ou se estão se lixando que tenham como rotina violar os direitos de privacidade de todos os registros que passaram um tempo com eles. O infeliz com quem falei disse que queriam ajudar no que fosse possível.

— Essa não é a frase mais assustadora do mundo? — perguntou Infante. — "Somos do governo e estamos aqui para ajudá-lo."

Nancy não abriu a boca, de pé e rodeada pelas caixas, agarrando com força o saquinho com o brinco. Ela fez questão de que Ronnie Fuller visse o saquinho em sua mão e até perguntou se ela sabia do que se tratava. "Um brinco?", perguntara Ronnie. Havia algo de intenso na voz dela, como se não estivesse acostumada a dar as respostas corretas, e foi só.

— Você quer que eu leve isso para o laboratório no 11º andar? — perguntou Infante a Nancy.

— Obrigada. Seria ótimo.

— O que era aquilo? — perguntou Lenhardt, assim que Infante saiu.

— Um brinco. Encontramos perto da escada. Descobrimos que uma das câmeras de segurança do lado de fora de uma das saídas da Value City não estava funcionando direito. O gerente do shopping a retirou e fingiu que ela não existia porque acharam que a mãe da menina desaparecida poderia entrar com uma ação contra eles.

— São poucas as chances de se conseguir alguma resposta com aquilo.

— Sei disso. É é tão comum que a mãe não será capaz de identificá-lo. Mas estamos cobrindo todas as possibilidades.

— Muito bom.

Lenhardt voltou para sua sala. Nancy ficou ali em meio às caixas por quase um minuto antes de ir atrás dele. Ele parecia estar esperando por ela.

— Quer falar alguma coisa comigo, Nancy?

— Uma repórter... não sei como ela conseguiu o número do meu bip. Enfim, ela me ligou e sabia das coisas. Eu repetia "nada a declarar", mas ela fazia um jogo, concluindo que o fato de não dizer nada significava que confirmava o que ela dizia; e se dizia alguma coisa era porque confirmava... fiquei sem saber como agir...

— Que tipo de coisas, Nancy?

— Ela sabia que estávamos investigando as garotas, as que mataram Olivia Barnes. Ela sabia os nomes delas. Disse também que ia publicar uma reportagem dizendo que estávamos ouvindo o depoimento delas.

— Bem, não há nada que possamos fazer a respeito.

— Mas se a história for publicada, as pessoas vão pensar que fui eu. Que fui eu quem vazou a informação.

— E...?

— E eles não vão querer mais trabalhar comigo.

— Infante acha que você conversou com a imprensa?

— Não, ele sabe que não fiz isso.

— Bem, agora também sei. E vou avisar ao tenente e ao capitão sobre o que aconteceu. Então, por que tanta preocupação?

Nancy balançou a cabeça, temerosa de que sua voz soasse densa se tentasse falar em seguida. Antes de entrar para a academia, seus tios tiveram uma conversa com ela e a ensinaram a não chorar. "Você é uma estátua, está vendo?", ensinou Stan Kolchak. "Não pode sentir nada. Não pode ouvir nada, mesmo", explicou Milton Kolchak. "Fixe o olhar a meia distância e finja que é feita de pedra."

Ela era uma estátua. Ela não iria chorar na frente de Lenhardt. Afinal, ela respondeu:

— Você não foi correto comigo, sargento.

Lenhardt pareceu surpreso, magoado até:

— O que você quer dizer com isso?

— Quando você nos passou na frente, alterando o rodízio... você disse a Infante que era porque Jeffries era fraco. Mas isso aconteceu depois de Cynthia Barnes ter lhe ligado. Você fez com que eu trabalhasse neste caso porque você sabia.

— Sabia do quê, Nancy? Que foi você quem encontrou Olivia Barnes? Muita gente sabe disso. Afinal, você recebeu um bocado de atenção por causa disso, não foi mesmo?

— É... alguma.

— E, além do mais, por que isso me faria colocar vocês na frente no rodízio? Que razão teria para isso?

Ele não estava negando, percebeu Nancy. Estava fazendo com que ela repensasse a sequência dos fatos. Por que será que Lenhardt fazia questão de que ela trabalhasse neste caso?

— Você está me testando.

— Como?

— Você queria ver se... se as coisas que eles dizem a meu respeito é verdade.

— O que eles dizem sobre você, Nancy?

Ela era uma estátua. O olhar fixo a meia distância, recusando-se a trocar olhares com o chefe.

— Ei, Nancy?

— Eles dizem que gosto de atenção. Dizem que preciso ser a estrela o tempo todo. E quando era uma policial igual a tantas outras, diziam que não podia aguentar a mesmice e, por isso, faria qualquer coisa para chamar a atenção. Qualquer coisa.

— Qualquer coisa inclusive um escândalo por ter sido molestada por um colega?

— *Não, não fiz.*

Não por causa desse fato, completou dentro de sua cabeça. Em outras épocas, sim, ela buscara a atenção e desejava-a intensamente. Atenção, mais do que comida, era o que mais queria naquela fase e por mais que a recebesse, nunca se sentia satisfeita. Explicações para essa tendência? Isso ela não tinha. Desconfiava, inclusive, de que não lhe trazia nada de positivo, que se tratava de um vício como qualquer outro e do qual precisava sempre mais, e mais, e mais. Os dias em que não recebia a ligação de um repórter ou um pedido para dar uma entrevista para um canal de televisão lhe pareciam sem graça e tristonhos.

— Diga-me que não procurou a imprensa e vou acreditar em você. Afinal, essa não é a razão para eu querer que você trabalhe neste caso, Nancy. Não posso me dar ao luxo de usar meu cargo como um exercício de aprimoramento do caráter do meu pessoal, nem para proceder a uma análise psicológica dos meus detetives. — Chegou até eles o barulho característico de uma caixa caindo ao chão e, em seguida, uma enxurrada de impropérios na voz de Infante. — Você acha que tenho disposição para passar um minuto sequer naqueles recônditos escuros de sua mente? Nem pensar!

— Cynthia Barnes lhe pediu que fosse eu? Ou você tinha outro motivo para me fazer trabalhar neste caso?

— Cynthia Barnes mencionou você, é verdade. Ela não só se lembrava de você como sabia que trabalhava aqui. Mas a ideia foi minha. E designei você para o trabalho pelos motivos que já disse e vou repetir: porque você é boa no que faz.

— Hã?!

— *Muito* boa. E poderia ser melhor, Nancy. Você é insegura. Sem dúvida você é ótima em encontrar coisas no chão: estojos, brincos. Mas não é muito boa na hora de lidar com as pessoas. E dou à sua visão apurada mais uns dez anos antes que comece a falhar; e sem poder contar com essa sua qualidade, então preciso que você passe a ser ótima em outra área, ok?

— Mas por que este caso específico?

— Recebo uma ligação, a mulher do outro lado da linha diz que precisamos investigar as duas garotas que mataram a filha dela. Aí penso: Nancy pode fazer isso. Ela consegue conversar com moças de 18 anos porque não terá medo delas, nem ficará preocupada se elas vão agarrar a sua bunda. E o Jeffries, bem... Jeffries é um merda.

— Então você não estava me testando, para ver se telefonaria para a imprensa para lembrá-los de que fui eu quem achou o bebê dos Barnes?

— Não. Mas vamos ser sinceros, Nancy. Você gostou de toda a atenção que recebeu naquela época, não? E sentiu saudades daquele assédio.

— Não. Sim. Não sei. Tive medo de que tivesse... chegado ao apogeu aos 22 anos. Mas sabia que ainda não era uma boa policial. De repente, as pessoas queriam que eu fosse... fosse um prodígio. E então, quanto mais atenção recebia, mais os policiais me detestavam e mais necessitava de atenção para compensar o ódio deles.

— Lembro-me de você na televisão — disse Lenhardt. — Parecia ter 12 anos.

— Éramos chamados de "heróis do nosso tempo". E não passava de uma cadete rebelde. Ninguém gostava de mim, ninguém queria trabalhar comigo, e então aquela capitã, Dolores Dorsey, chega para mim e diz: "Venha trabalhar para mim na zona noroeste, vou cuidar de você."

— Conheci Dolores quando ela era patrulheira na zona norte. Poderia ter-lhe dito que a única pessoa de quem Dolores alguma vez cuidou foi dela mesma. E você sabe no que isso faz com que ela se transforme, Nancy?

— No quê?

— Num ser igual a todos os outros.

— Você não é assim.

— Ah... não se engane. Talvez faça as mesmas coisas, só que de forma diferente. Consigo ver mérito em ter detetives que aprendem seu ofício e o realizam direito. Algumas pessoas querem resultados rápidos. A galinha dos ovos de ouro; lembra-se da fábula? Dolores levou você para a zona noroeste para tirar proveito de toda a exposição, toda a glória que você recebia. Só que tudo parou por ali mesmo, porque você era apenas uma garota idiota que deu um golpe de sorte. Então Dolores resolveu sacrificar você e... surpresa, surpresa... lá dentro não havia ouro nenhum.

— Ela disse que não tinha alternativa. Ela insistia em que se não reportasse o que estava acontecendo, poderia mais tarde vir a entrar com uma ação e que por isso era obrigada a proceder pelos canais oficiais.

— E você acreditou nela?

— Às vezes. Houve momentos em que pensei que ela queria me fazer passar vergonha e me humilhar, mas nunca entendi o porquê.

— O mais provável é que nem mesmo ela soubesse, Nancy. Mas isso aconteceu quatro anos atrás e num departamento diferente. Ninguém mais se lembra de nada, a não ser você.

Um comentário isolado de Infante, um que não havia chamado muito a atenção dela na hora, voltou:

— Sargento, você pode me contar o que aconteceu no caso Epstein?

— Não.

— *Não?*

Ela poderia ter esperado "não agora" ou "quando estivermos tomando uma cerveja", mas nunca ocorreu a Nancy que Lenhardt se recusaria a responder uma pergunta de um de seus detetives.

— Não. Já afastei esse caso da minha cabeça e não vou trazer esse assunto à tona de novo. Há coisas que são melhores quando esquecidas.

Nancy retornou a sua mesa. Como seria bom se funcionasse desse jeito! Ela adoraria que alguém lhe dissesse "Esqueça isso" e pronto. Tudo passava. Deveria existir uma pílula para isso — Desmemoriol. Quatro anos se passaram e ela ainda se lembrava de cada detalhe: a descoberta da pichação, os operários saindo para remover a porta, a total humilhação de ver a porta sendo carregada no caminhão, sem nada que cobrisse aquela palavra, para ser levada para a Chefatura de Polícia. "Por que não pintamos a porta, simplesmente?", Nancy havia perguntado à capitã. "Há certos procedimentos a serem seguidos nesses casos", a capitã respondera apressada, "e está fora das minhas atribuições". E Nancy: "Tudo bem. Não dou a mínima. Vou mostrar a esses caras que eles não vão conseguir me deixar chateada por causa de uma bobagem dessas."

Mas não foi bem assim. A porta do banheiro feminino foi levada embora para ser analisada pela Corregedoria, ainda carregando o rabisco "Polaca". Nancy não estava bem certa se deveria se sentir mais ofendida pelo uso pejorativo da palavra ou por denegrir suas origens. Imagine o que seu avô não teria feito com o indivíduo que se atrevesse a uma afronta dessas. Ela, porém, era obrigada a trabalhar com o autor daquilo, levando tudo na brincadeira, com um sorriso. Mas quando a história chegou aos jornais, devidamente expurgada, é claro, todos presumiram que tinha sido ela a informante, que tinha dado uma grana para o repórter publicar a reportagem.

E era a mais pura verdade. Antigos hábitos são duros na queda para mudar. Envergonhada pela forma como fora tratada e castigada mesmo sendo a vítima, deu uma gorjeta ao colunista do jornal que havia sido bom com ela, na ocasião em que ficara famosa por ter encontrado Olivia Barnes. Mas a história escapou ao controle e Nancy foi repudiada como se sofresse de uma doença altamente contagiosa. Então, o município era o único lugar ao qual ela podia ir quando todo mundo ficou sabendo que ela havia denunciado outro policial. Desde o começo seu instinto estava certo. Ela tinha de aguentar firme, não desistir.

Infante ergueu a caixa que caíra no chão e começou a passar os olhos nos registros.

— Holly está examinando o brinco — contou. — Mas ela acha difícil conseguir tirar alguma informação dali. "Ah", disse-me ela, "se fosse um piercing de nariz, aí talvez tivéssemos uma chance. E também se fosse um de língua, com resíduo de saliva". Pelo menos é o que ela diz.

— É muita informação...

— É... muita — concordou Infante.

— Tantas quanto o problema que temos diante de nós.

— Verdade, mas esses relatórios estão aqui, nós estamos aqui, então, fazer o quê? Talvez Holly consiga alguma coisa do brinquinho. E não consigo imaginar nada mais para fazer, muito menos ir para casa. Trabalhar num caso sem um corpo é a pior coisa do mundo!

— É mesmo.

Sentou-se à sua mesa de trabalho, pegou um relatório e começou a examiná-lo. Mas levou alguns segundos para que seus olhos entrassem em foco, largando o passado para trás.

Capítulo 34

Alice era um bebê quando Helen Manning decidiu, em questão de minutos, comprar a casa da Nottingham Road. "Uma decisão só é impulsiva se for errada", ela gostava de sustentar, e nunca ninguém jamais a ouvira dizer que estivesse arrependida de ter comprado o antigo e charmoso chalé de dois andares plantado num terreno enorme, no meio de casas de tijolo geminadas e prédios de apartamentos caindo aos pedaços. Durante anos, comparou sua casa com aquelas que serviam de tema para os painéis que enfeitavam a fachada dos tradicionais prédios da zona leste de Baltimore, que normalmente tinham no primeiro plano um lago com cisnes. Mais recentemente, porém, as pessoas começaram a notar que a casa de Helen tinha uma semelhança impressionante com as paisagens mostradas naqueles quadros de forte apelo comercial e que estavam à venda nos shoppings — por mais absurdo que pareça — pintados por aquele artista que afirmava ser o pintor da luz. Helen ficava muito, mas muito chateada com esse comentário.

Para Ronnie Fuller, que jamais vira os tais painéis e que estivera presa enquanto o tal pintor da luz abria lojas no shopping e uma empresa de vendas por catálogo, a casa das Manning fazia parte de um conto de fadas, um lugar tão gostoso e tão encantador que ela não ficaria surpresa se mordesse uma telha e descobrisse que era feita de pão de mel. Indiferente aos sinais evidentes de abandono e aos estragos que demonstravam a falta de um homem em horário integral por ali, Ronnie só via as coisas que Helen havia feito para dar à casa um ar singular: estátuas partidas de um verde-acinzentado em meio às rosas silvestres, o muro dos fundos do terreno carregado de madressilvas, as venezianas de madeira da janela pintadas de cor-de-rosa, fazendo contraste com as molduras verdes-acinzentadas. Segura como a casa da gente; mas essa máxima só significava alguma coisa para Ronnie quando ela olhava para a casa de Helen Manning.

Esta noite, a porta da frente estava aberta, mas a porta de tela trancada. Ronnie ficou parada na pequena varanda, escutando o zumbido dos ventiladores pela casa. Como sempre, o som estava ligado e tocava uma música de bom gosto. Era a seleção de Helen para o fim de tarde e início da noite. Só após a meia-noite é que ela se permitia tocar os discos de sua juventude, diminuindo o volume em consideração aos vizinhos. Eram discos de vinil mesmo, não CDs, que botava no velho toca-discos. "Se cuidar bem de suas coisas, elas vão durar para sempre", Helen lhe dissera mais de uma vez, pois Ronnie era desleixada com seus pertences. Não fazia de caso pensado, mas era descuidada, sim.

Helen tivera muito esmero com suas coisas antigas. A casa da rua Nottingham estava repleta de livros, roupas, até brinquedos, como bichinhos de pelúcia da Alemanha, que ela afirmava não se poder comprar hoje em dia nem por 100 dólares. Havia também jogos de tabuleiro antigos, como Banco Imobiliário e Jogo da Vida; um ônibus vermelho de dois andares de Londres; acrobatas de papier mâché do México; brinquedos de corda em metal; bonecas Barbie ainda nas caixas.

Os melhores brinquedos eram, sem dúvida, as casinhas da Ratinha da Cidade e a da Ratinha do Campo, que às vezes Helen deixava que a menina apanhasse da prateleira superior da estante da sala de visitas e colocasse com cuidado sobre o tapete. "De qual você gosta mais?", Helen perguntara a Ronnie, e essa acreditara que se tratasse de um teste. A maioria das meninas escolheria a Ratinha da Cidade, por causa do dossel da cama em veludo vermelho, espelhos em moldura prateada e vestidinho de cetim cor de laranja. Alice adorava a Ratinha da Cidade. Por isso, Ronnie respondeu a Ratinha do Campo, que usava um avental quadriculado e carregava uma vassoura. "Ela também é a minha favorita", concordou Helen.

A Helen que veio atender à porta nesta noite era, para Ronnie, igualzinha à Helen de sete anos trás. Entretanto, a iluminação tanto interna como externa era bem fraquinha. Usava calça Capri laranja forte, sapatilhas pretas e uma camisa masculina com estampas havaianas também em tons laranja. Ela estava linda.

— Clássico — disse Ronnie, embora não fosse essa a palavra que planejara dizer assim que a visse.

Helen sorriu.

— Olá, Ronnie — disse com uma pequena fungada, como se estivesse com alergia.

— Oi, He... Helen.

Ela sempre fora Helen; nunca senhora Manning, mas fazia tanto tempo que não dizia esse nome... Nunca mais falara sobre Helen a ninguém, nem mesmo com a médica. Era o segredo entre elas, Helen havia dito, e Ronnie obedeceu.

— Você se transformou numa linda mulher. Sempre achei que ia ficar bonita.

— Não sou nada disso — respondeu sem pensar.

— Você devia fazer as sobrancelhas e prender o cabelo para trás. Mas você é linda mesmo. Aproveite seu corpo. Ele não será assim para sempre, embora hoje isso seja difícil de acreditar. O metabolismo sempre dá as caras. Aconteceu comigo aos 30 anos, na mosca.

— Hum... — Essa conversa estava deixando Ronnie confusa. Ela havia esperado algo mais significativo da parte de Helen. Um abraço? Um pedido de desculpas? Tudo, menos conversar tendo uma porta de tela para mosquitos entre as duas, com Helen tão estranhamente distante, falando sobre as sobrancelhas, os cabelos e o corpo de Ronnie, o que era constrangedor. — Estou procurando Alice.

— Não acho que Alice queira falar com você, Ronnie.

Ela está louca para me ver. Esse foi um pensamento não verbalizado, mas que lhe tocou o coração de um jeito tão cristalino quanto a voz do cantor que se espalhava pela casa. Alice queria ver Ronnie da mesma forma que Ronnie queria ver Alice.

— Ela está em casa? He-Helen?

— Não, e não sei onde ela está. Também não sei por onde ela anda nem o que faz.

— Ela não trabalha?

— Ela diz que não consegue arranjar um emprego. Mas como você conseguiu, presumo que esteja mentindo.

Será que a indelicadeza de Helen foi mesmo intencional? *Se alguém tão imbecil quanto Ronnie conseguiu um emprego, então qualquer um consegue. Mas*

Helen nunca fora propositalmente cruel com ela; às vezes, apenas descuidada. Provavelmente o que quisera dizer é que se uma tinha se dado bem, a outra também poderia.

— E o que ela faz, se não está trabalhando?

— Diz que fica caminhando. Para perder peso. Embora, e isso fica entre nós, ela nunca tenha estado tão gorda. Acho que não foi uma boa ideia quando me dispus a aceitar os genes do pai dela. Só entre nós, viu?

Só entre nós. Essa era uma frase mágica. *Só entre nós, Ronnie, acho que você é quem realmente tem muita imaginação. Só entre nós, Ronnie, acho que você tem pendor artístico. Só entre nós, Ronnie, às vezes me pergunto se um espírito do mal não trocou você por Alice quando nasceram. Já ouviu falar de crianças que são trocadas na maternidade? Porque você é bem mais parecida comigo do que ela. Alice é uma boa menina, uma menina meiga, mas você é cheia de vida, Ronnie. Você não tem medo de nada, não é, Ronnie? Só entre nós, Ronnie, nós somos muito parecidas... farinha do mesmo saco.*

Mas as palavras não pareciam ter a menor importância para Helen.

— Você acha que Alice vai chegar daqui a pouco? É quase noite.

— Não sei, Ronnie. Mas não acho que você deva ficar por aqui.

— Você não... — sua voz quebrou um pouco.

— Oh, não, baby, estou muito feliz em vê-la. Verdade. Mas uma repórter esteve aqui há cerca de uma hora. Ela quer escrever uma reportagem sobre você e Alice. O que acontece é que Alice tem uma advogada. Uma esperta dessa vez. Bem... tem aquela bobona de novo, mas agora ela trabalha com outra que é uma raposa. E elas vão cuidar da minha baby. Elas me prometeram que vão dar um passa-fora tão grande naquela repórter que ela não vai nem cogitar em botar o nome de Alice no jornal. Você tem um advogado?

— Não *fiz* nada de errado! — depois se lembrou de tudo que Helen sabia. — Não desta vez.

— Bem... existe o fazer e o não fazer nada de errado. Às vezes os inocentes precisam até de mais proteção de um advogado do que os culpados. Essa repórter..., ela insistia que tinha condições de fazer uma reportagem sem que fosse preciso declarações formais. Talvez ela esteja blefando. Não saberia dizer. Tudo que sei é que não falei nada para ela, e se eu fosse você, também não abria a boca.

— Aonde Alice vai, He-Helen? Quando sai para caminhar.

— Não sei. Não sei mesmo. — A repetição revelou a mentira.

— Por favor, Helen. *Por favor.* — E pela primeira vez pronunciou o nome de Helen sem gaguejar.

Helen curvou-se na direção da tela, mais precisamente na altura da testa de Ronnie. E se tocariam, ou quase, se Ronnie inclinasse a cabeça um pouco para a frente.

— Ela nunca me disse, mas eu a vi uma vez quando voltava do supermercado. Ela vai até a piscina. Caminha de um lado para o outro no clube e fica observando as pessoas. Muito triste, não?

Ronnie se virou para ir embora, mas depois se lembrou do que vinha querendo perguntar a Helen desde que voltara para casa:

— Helen... você se lembra das madressilvas?

— Você quer dizer...

— Da época em que fiz um refresco de madressilva e montei uma pequena banca para vendê-lo? Como se fosse limonada?

Alguns sentimentos estranhos afluíram ao rosto da mulher.

— Claro que sim, Ronnie. Claro que me lembro. Você tentou espremer o sumo das flores num jarro com água e açúcar.

— E ficou com um gosto horrível. E deixei sua trepadeira totalmente nua. Mas você nem se incomodou nem ficou brava comigo.

— A ideia era muito boa — disse Helen. — Devia existir um refrigerante de madressilva. Você sempre teve ótimas ideias, Ronnie.

— Você acha mesmo?

— Tinha sim, baby. Ideias sensacionais.

Passava das 20 horas. Infante e Nancy ainda liam os relatórios médicos, esperando por aquele momento em que a prostração daria lugar à exaustão e poderiam ir para casa sem sentimento de culpa. De vez em quando, Nancy já não se lembrava do que estava procurando e se pegava lendo fichas de alguém de nome Martin ou Moore, sobre ataques de asma e catapora, como se fosse um romance. Aí tinha de voltar a prestar atenção, procurando uma pista de Alice Manning.

— Aposto cinco pratas como o arquivo de Alice Manning nem mesmo está aqui. Para mim, bem... estou me divertindo com esse passeio turístico pelo sistema judiciário para menores infratores. Não foram poucos os adolescentes que estiveram detidos nesses vinte anos. Vai ver já esbarramos com alguns deles por aí.

— Parece que já ouvi falar deste Charles Maddox.

— É... a impressão é a de que já conhecemos todos eles. É isso que estou dizendo. Ei, este aqui é o Metheny.

— Há uma ficha sobre aquele psicopata?

— Não, não é esse não. Mas tenho de confessar que *isso* seria interessante.

— Eles em geral começam torturando animais, esses assassinos em série. Ou torturam animais ou praticam incêndio criminoso.

— Puxa vida, Infante, aquelas duas semanas na sede do FBI realmente não foram em vão. Você poderia aprender isso assistindo às séries sobre justiça no canal A&E.

— Vá embora!

— Isso é tudo que você quer! Opa, acho que estou lhe devendo 5 dólares. Acabei de encontrar um arquivo com o nome Manning.

Ela abriu a pasta e checou o primeiro nome e a data de nascimento. Era a mesma pessoa.

— Dermatite alérgica. Infecção do trato urinário, infecção por cândida, infecção por cândida...

— Devagar! Tem gente *comendo* aqui — disse Infante, indicando um saco de batatas fritas e um refrigerante em que consistia seu jantar.

Nancy caiu na gargalhada, se perdeu na leitura e enfim recomeçou de onde parara.

— *Mamma mia!* Essa infeliz precisa de uma receita de Monistat para o resto da vida. Ela deve ter predisposição para... puta que pariu!

— O quê?

— Fodeu. Fodeu.

— O que foi?

— Alice Manning teve um bebê. Três anos atrás. Como se consegue parir uma criança num reformatório?

— Como se fica grávida numa prisão para menores?

Lenhardt devia estar escutando por trás da porta entreaberta, porque se materializou ao lado da mesa de Nancy, esticou a mão para receber o relatório e mergulhou por inteiro no conteúdo.

— Mesmo nas instituições para menores, funciona do mesmo jeito que no mundo aqui fora. Os óvulos têm um encontro amoroso com o esperma.

— E Lenhardt continuou a folhear o documento. — Por que vocês acham que Middlebrook está fechado para reforma? Aquilo é pior do que esgoto.

— É, mas mesmo...

— Sempre se encontra um jeito quando se tem vontade. Darwin, a sobrevivência dos mais aptos a satisfazerem suas necessidades e todo esse blá-blá-blá — E continuou a leitura. — Parece que ela conseguiu disfarçar a gravidez até entrar no sexto mês. Na cabeça deles, ela era uma garota gorda com tendência para candidíase. E foi assim, e ela nunca contou quem era o pai. Essas informações estão em branco. Um prato cheio como fofoca, mas será que tem alguma coisa a ver com o caso em questão, detetive?

— Ela teve o bebê há três anos. Não é isso que diz aí no relatório? Essa criança, seja lá onde estiver, teria uns 3 anos.

— E...? — perguntou Lenhardt, sem o menor sinal de desafio na voz. Ele apenas queria ouvir os caminhos da mente de Nancy.

— Essa é a idade da menina desaparecida.

Ela se parece com alguém que você conhece? Nancy havia indagado a Ronnie Fuller, ao empurrar a foto de Brittany Little para a outra extremidade da mesa.

Alice, respondera Ronnie. *Ela se parece com a Alice.* Depois, Ronnie mudara de opinião, quando Nancy insistira em saber como isso era possível. Mas a intuição de Ronnie fora pura e automática. Não a filha de Cynthia e Warren Barnes. *Alice.* Ela não se parecia com a Alice que Nancy conhecera, mas Ronnie havia conhecido uma outra Alice, a garotinha. Ronnie carregava em sua mente uma outra Alice.

— Sabemos pelo teste de DNA — disse Lenhardt — que a menina é filha biológica de Maveen Little.

— *Nós* sabemos disso — concordou Nancy. — Mas não Alice. Tudo que ela sabe é que teve uma criança que não está com ela. Talvez a criança tenha sido entregue para adoção, talvez tenha morrido, talvez os avós a estejam educando. Mas na casa das Manning não há nenhuma criança.

— Mas por que sequestrar Brittany Little?

— Uma menina que perdeu sua boneca pode vir a tirar a boneca de outra. E Alice nunca negou ter levado Olivia Barnes.

* * *

Helen Manning estava sentada na penumbra da sala de visitas. Desejou que tivesse alguma erva em casa, mas não estava bem certa de se iria fumar, mesmo que tivesse. Alice saberia agora do que se tratava. Talvez sempre tivesse sabido. Houve época em que a mãe achava que a filha era dócil e obediente, sem nunca questionar nada. Mas essa ideia se perdera havia muito tempo, sete anos atrás.

Ela tinha certeza de que, desta vez, Alice estava envolvida. *Ser enganada uma vez vá lá, mas duas?* — essa era a diferença entre o passado e o presente. Sete anos atrás, Helen continuou vivendo a própria vida, alheia à desgraça que caíra sobre uma casa a poucos quarteirões da sua, permitindo-se fazer as racionalizações que lhe davam condições de suportar o que havia acontecido: a criança desaparecida era um bebê, não uma aluna da escola primária como Alice; o bebê desaparecido fora deixado sozinho; o bebê desaparecido fora levado pela babá ou por alguém com uma aversão irracional à família da vítima. Circulava inclusive, sem a menor justificativa, que o bebê havia sido sequestrado por vingança contra o juiz. Mesmo naquela época, Helen compreendia que as pessoas precisam inventar esses tipos de desculpas para seguir vivendo suas vidas.

Ela era de opinião que havia se saído bem na proeza de contar para a filha o que essa precisava saber sem deixar de ser sincera consigo mesma. Afinal, jamais se esquecera de que o pai de Alice não morrera num acidente de carro, enquanto a filha aceitava essa informação como um dogma. A dócil Alice ficara feliz em não pressionar a mãe sobre esse assunto, para não forçá-la a empilhar outras mentiras sobre a mentira original. Uma criança atenciosa, que se satisfazia com histórias sobre encontros amorosos e um inexistente pedido de casamento.

E havia também as mentiras que Helen dissera para os pais, depois que Alice fora presa. Mas é verdade que Alice participou desse terrível evento? *Sim, mas só por ser fraca e muito impressionável.* Ela está ciente do que fez? *Não totalmente.* Por que ela não fez com que a outra garota parasse? *Ela diz que não estava presente.*

Helen se lembrava claramente da noite em que Olivia Barnes morrera. Não que ela soubesse que a pobrezinha estava sendo assassinada naquela hora, mas Alice estivera especialmente carinhosa durante o jantar, rindo de tudo que Helen falava, admirando-lhe a roupa, fazendo perguntas sobre as pinturas — o que era uma novidade. Ela havia mexido na caixa de bijuteria e pedido para brincar de se fantasiar de mãe. Depois, meio que se desculpando, pedira à mãe para ler para ela.

— Quantos anos você acha que tem?

— Sei que posso ler sozinha — respondera Alice. — Mas você lê tão bem, parece uma representação.

As duas se deitaram na cama de Helen e leram trechos de capítulos dos livros *A definição de delicioso* e *Glinda de Oz*, o livro favorito da mãe, dentre todos os livros de Oz. Leram também livros para bebê como *A cozinha noturna*, de que Helen gostava mais do que *Onde vivem os monstros*. Alice já não precisava rir do garoto sem roupas que cruzava os céus, embora ela tivesse colocado o dedo sobre a ilustração — apenas uma vez — nas partes íntimas do menino.

"Que horas são?", perguntava Alice a toda hora à mãe. Oito horas, 20h45, 21 horas, 21h20, 22h15. "Que horas são?" *Hora de ir para a cama*, disse Helen quando já passava das 23 horas. Enfiou a menina na cama e desceu as escadas, feliz com o mundo e consigo mesma. Havia feito um bom trabalho como mãe solteira. Alice era uma gracinha, mesmo se fosse insegura e fizesse de tudo para conseguir a aprovação de todos. Mas haveria de passar como o tempo. Helen ficaria atenta.

Passava da meia-noite quando Helen escutou uns ruídos estranhos vindo do quintal e foi dar com Ronnie toda espremida debaixo dos galhos de madressilva. Só então entendeu por que Alice queria ficar lendo e estava tão preocupada com a hora. Estava montando seu álibi. Queria que a mãe fosse capaz de dizer onde ela estava e o que fazia em todos aqueles minutos, até meia-noite.

Alice tinha de arranjar um álibi, porque sabia que Ronnie ia matar Olivia Barnes naquela noite. Sabia que Ronnie mataria Olivia naquela noite em particular, e naquela hora predeterminada, pois fora Alice quem a persuadira a matar Olivia. Essa foi a versão que Ronnie confidenciou a Helen entre soluços sufocantes, agachada entre os ramos de madressilva, sete anos atrás, e Helen jamais duvidou dessa história nem por um instante.

Capítulo 35

Alice enfiou os dedos pelos buracos do alambrado e pressionou o rosto na grade até sentir o metal contra a bochecha; ainda assim, pouco se podia ver deste ponto da cerca. Aqui, no fim da face norte do clube de natação, havia uma quadra de basquete e um antigo campo para se jogar *shuffleboard*, mas essas áreas ficavam desertas depois que o sol se punha. A piscina estava situada numa elevação do terreno, para lá deste vale malcuidado, e a sede do clube era um pouco mais afastada. Enfim, com nada para ver, o risco de ser vista era nulo e foi por isso que Alice escolhera este ponto em particular para as visitas noturnas que fazia quase diariamente.

Mas havia muito para se ouvir, sobretudo numa noite como esta, em que a garotada da natação estava tendo uma festa com dança, a recompensa mensal por todos aqueles 15 minutos em que deixavam a piscina para os adultos. A combinação de água e concreto redundava em sons puros que Alice achava estranhos, fragmentos de conversa e de música, a voz grave do contrabaixo reverberando nos alto-falantes. "Já disse para você *parar*." "Diane pensa que está abafando, mas não está não." "Tivemos de dirigir até Washington para procurar os brincos que combinavam." A tagarelice era feminina; as explosões de gritos e de risada, masculinas.

"Que *fedor!*" Essa aparente reclamação, dita por uma garota em tom divertido, não passava mesmo de uma brincadeira, mas fez com que Alice checasse, mais uma vez, o matagal que a rodeava e que lhe subia até os tornozelos. Mas não havia nada com o que se preocupar.

Na primeira vez que estivera ali, Alice ficou admirada ao ver como o clube da natação ficava perto do caminho que ela fazia à noite pelas ruas de Ten Hills. Parecia tão afastado quando ela era criança... mas aqui estivera ele, o tempo todo, separado por uma vegetação rasteira e ervas daninhas. Foram os sons da piscina que a trouxeram até esse ponto, depois de bolar um jeito de passar pelos jardins e pelas entradas de carro de algumas casas até chegar ao terreno baldio que servia de proteção extra ao clube. Na primeira vez, foi preciso muito sangue-frio, mas Alice aprendera a despistar, variando o caminho que pegava a cada noite. Também preparou uma mentira que estava na ponta da língua, pronta para se alguém viesse reclamar que ela estava invadindo propriedade alheia. Diria que procurava por uma gata ou um cachorro. Nada mais sério do que isso. Pois se dissesse estar procurando pelo irmãozinho ou irmãzinha, as pessoas poderiam se preocupar. A gata de mentira era preta com uma mancha branca no peito e usava uma coleira com uma plaquinha prateada que a identificava como Stella. O cachorro imaginário era da raça collie e se chamava Max.

Até este dia, ninguém perguntara nada. Fora vista algumas vezes com curiosidade: uma dona de casa que regava o jardim, um homem que fumava escondido num canto de sua propriedade. Alice, uma figura sem atrativos e gorda, podia passar por invisível. Houve uma época em que ser assim a fazia infeliz, até que um dia conheceu alguém que a achava atraente, admirava os olhos dela e amava seu corpo. Mas quando ela precisava invadir a casa dos outros para chegar a seu destino, ser comum era uma mão na roda.

Ouviu um farfalhar vindo do terreno baldio atrás de si e virou-se pronta para contar sua mentira. *Um collie chamado Max, uma gatinha Stella. A gata tem uma coleira azul. Nós lhe demos o nome de Stella porque minha mãe dizia que sempre quis ter uma gatinha de nome Stella, de modo que ela poderia ir para o quintal à noite e chamar bem alto: "Stella." E ela acha graça nisso. Não consigo entender.* Helen havia mesmo comentado com Alice que Stella seria um belo nome para uma gatinha. Mas ela era alérgica a gatos.

A pessoa que vinha na sua direção era magra e não muito alta. Alice não precisou ver o rosto para concluir se tratar de Ronnie Fuller. Não precisaria inventar desculpas para ela por estar ali. Não seria o caso de desperdiçar uma boa mentira com Ronnie.

— O que está fazendo aqui? — perguntou Alice, a voz suave, mas agressiva.

Esse fora o tom de voz de Ronnie, aquele que usava para ameaçar e intimidar quando elas eram crianças, na época em que Alice tinha certo medo de Ronnie. Hoje esse medo estava praticamente vencido. Agora tinha raiva.

— Procurando por você.

— Nós não devíamos conversar.

— Não é uma regra. — O tom da voz de Ronnie soou mais alto, como se não estivesse muito certa. — Não é... — procurou a palavra — uma condição ou coisa assim. É mais como... como um conselho.

— Um bom conselho. Para mim. Se eu não me meter com você, então não terei problemas.

— Não fui eu... não fiz... não fiz nada.

— Será? A polícia acha que sim. Eles me fizeram um monte de perguntas sobre você e a menininha que desapareceu.

— Não *fiz* nada — repetiu Ronnie.

— Aconteceu bem perto de onde você trabalha.

— E perto de onde milhares de outras pessoas trabalham, eu acho.

A área ao redor da piscina ficava iluminada à noite, mas não havia iluminação perto da grade, de modo que Alice não podia ver as expressões no rosto da outra. A Ronnie do passado costumava reagir com um tapa ou um beliscão quando alguém não concordava com ela, ou então abria um berreiro. Alice ficou desconcertada ao notar que esta estava impassível. Alice se preparou para enfrentar a Ronnie do passado com as armas de outrora: as palavras. Um turbilhão de palavras até que ficasse confusa. Agora, porém, ela parecia estar à vontade com as palavras.

— Há apenas uma pessoa como você que trabalha perto do Westview.

— Do que você está falando?

— Uma ladra de bebê. Uma assassina de bebê.

A voz de Ronnie estremeceu.

— Você sabe que eu nunca quis...

— Mas fez. Apertou o travesseiro contra o rosto dela até que a bebê parou de respirar. Isso faz de você uma assassina. Não eu. Eu não estava presente. Lembre-se. Nem estava lá.

— A ideia foi sua. — Mas foi ficando cada vez mais hesitante, revelando sua insegurança. — Foi você quem me mandou fazer.

Alice fez voz de afetada reprovação:

— Se Alice lhe mandasse pular de um edifício, você obedeceria? Se Alice lhe ordenasse que brincasse com fósforos, você obedeceria? Se Alice lhe dissesse que...

— *Cala a boca.*

A voz alta e aguda de Ronnie era quase um grito que podia chegar até a piscina. Por um ou dois segundos a impressão era a de que todos estavam prendendo a respiração, inclusive as duas, à espera de alguma reação. Logo depois recomeçou o vozerio vindo da piscina e ninguém veio na direção delas.

— Não estou interessada em conversar sobre o que aconteceu no passado — disse Ronnie, arrastando cada palavra como se elas machucassem.

— Acabou, e não dá para mudar o que foi feito. Mas o que está acontecendo agora... se foi você, vai ter de contar para eles. Você tem de levar a polícia ao local onde está a menininha desaparecida e contar para a mãe dela onde a filha está. Você não pode pôr a culpa em mim.

— Por que não?

— Porque não tenho nada a ver com este caso.

— Bem... da última vez não fiz nada e fui punida.

Alice usou um tom de voz frio e firme, aquele que usava quando era pressionada a dar respostas que não desejava dar. *Você tem de nos contar o que foi que aconteceu, Alice. Por quê? Para tomarmos as providências, punirmos o homem que fez isso.* Mas quero que ele continue fazendo. Eu o amo e não quero que ele seja castigado. *Você não pode amá-lo. Por quê? Porque ele não ama você.* Mas ele me ama, ele disse que me amava. *Alice, precisamos saber o que aconteceu. Por quê?*

— A ideia foi sua — disse Ronnie.

— Então prove!

— Você me disse o que fazer e como fazer. Você disse que tinha de ser feito.

Alice deu de ombros, o olhar fixo na piscina.

— Olhe, não ligo a mínima para o que aconteceu no passado — a voz de Ronnie cada vez mais desesperada. — Estou preocupada com o que está acontecendo agora. Se você não disser a verdade, a polícia vai continuar aparecendo no meu trabalho e vou acabar sendo despedida. Ou o jornal vai fazer uma reportagem sobre nós...

— É mesmo? — Alice imaginara que tanto os jornais quanto a televisão divulgariam notícias sobre elas, mas não tão depressa.

— É mesmo. Fui ver Helen e ela disse...

— Por que você foi falar com minha mãe?

— Porque estava procurando por você. E Helen disse...

Ela odiava escutar o nome da mãe na boca de Ronnie. Queria arrebatá-lo da outra, gritando "Bobeou, dançou", que era a cantilena que as crianças duronas entoavam quando roubavam picolés ou outras guloseimas dos menores.

— Você não deveria chamá-la assim. Nem mesmo agora. Ela é minha mãe. Ela é adulta.

— Helen disse...

— Ela é minha mãe. Não é a sua. Você tem a sua mãe e também um pai. Tudo que tenho é uma mãe. Ela é minha. Fique longe dela. Por que simplesmente não desaparece? Nem mora mais na casa ao lado... Não há razão para você ficar por aqui.

— Eu só... — Ronnie começou a gaguejar e se perdeu, do mesmo jeito que acontecia na sala de aula, quando as perguntas da professora vinham depressa demais. E quando Ronnie ficava para trás, nunca mais conseguia entrar no ritmo.

— E minha mãe não aprovava você.

— Alice...

— Ela sentia pena de você. Por isso é que me obrigava a brincar com você, por isso é que deixava você frequentar a nossa casa.

— Eu não...

— Porque ela ficava triste de ver como a sua família era horrível e malvada e pelo fato de você não ter amigos de verdade. Mas ela nunca gostou de você. Até fazia troça de você pelas costas.

— Não. Não, ela nunca faria uma coisa dessas.

Alice imaginara que suas últimas palavras fossem enlouquecer Ronnie; mas não; em vez disso, calou-se de repente, pensativa, perigosamente perto de assumir o controle.

— Ela gostava de mim. O tempo todo ela me falava do quanto gostava de mim. Que entre nós duas, a mais parecida com ela era eu.

Agora foi a vez de o grito de Alice cortar o ar da noite:

— Ela não disse nada disso. Não disse. Não disse. Você é uma grande mentirosa. Você sempre foi uma mentirosa e uma perdedora, a garota que ninguém queria como parceira para nada. Minha mãe jamais poderia gostar de você.

Mais uma vez as vozes que vinham da piscina se calaram. Expectativa. Depois retomaram. Alice voltou a falar mais baixo.

— Sabe por que você fez o que fez? Sabe por que eu disse para você fazer aquilo?

— Você disse que a bebê estava doente e triste...

A voz de Alice, embora baixa, era triunfante:

— Inventei tudo aquilo. Porque sabia que eles a levariam embora. Achava que eles iam prender você para o resto da vida e que nunca mais teria de vê-la. O que não sabia era que você seria esperta o bastante para roubar um brinquedo meu, a minha caixinha de surpresas, e largar lá. Se não fosse por isso, poderia dizer que jamais estive lá e eles acreditariam em mim, porque seria a minha palavra contra a sua.

— Eu não... nunca... a caixinha de surpresas não era o que eu queria...

De repente, luzes de lanterna começaram a varrer os caminhos através do matagal, tremulando pela grade e vindo parar a poucos centímetros de onde Alice e Ronnie estavam.

— Alice? Alice Manning? — chamou uma voz feminina.

— É a polícia — disse Alice entre os dentes, os olhos brilhando de excitação. — Eles vieram buscar você. Eles sabem quem você é e o que você fez. Eles vão botar você atrás das grades para o resto da vida. E os jornais vão publicar reportagens sobre você e todo mundo vai ficar sabendo. Ronnie Fuller matou um bebê. Ronnie Fuller, e ninguém mais. Agora ela sequestrou outro bebê e provavelmente vai matá-lo também.

— Não fiz *nada* disso.

— Vou dizer a eles que você me contou tudo. Vou dizer também que você disse que levou a garotinha, que a retalhou em pequenos pedaços e atirou tudo num incinerador. Vou dizer que você fez tudo isso porque ela é meio negra e você odeia os negros, sempre odiou, igualzinho à outra vez. E também que me contou o quanto odeia quando negros e brancos têm um filho. Vou contar para eles...

Mas Ronnie não esperou para ouvir o resto das invencionices de Alice. Deu-lhe as costas e correu para longe das luzes, indiferente às raízes retorcidas debaixo dos pés. Corria com uma surpreendente graciosidade por entre as árvores quase sem fazer barulho algum.

— Depressa, ela está fugindo! — gritou Alice na direção das luzes das lanternas. — Estamos aqui. Perto da grade. Rápido!

Parecia que dezenas de pessoas corriam na direção dela, mas eram apenas duas. Os mesmo detetives que tinham conversado com ela na outra noite, até que Sharon apareceu.

— Alice Manning? — perguntou a voz feminina, como se já não soubesse quem era.

— Ronnie estava bem aqui. Ela está fugindo. Ronnie me disse...

Os detetives se viraram e fizeram as luzes de suas lanternas brilharem em várias direções. Mas Ronnie escapara tão rápido que já não havia nada para ser visto.

— Vamos mandar uma patrulha para a casa dela — disse a mulher, que tinha a mão sobre o punho de Alice. Mas por que segurava Alice quando na verdade deveria ir atrás de Ronnie?

— Queremos conversar com você — disse o detetive. — Queremos lhe fazer umas perguntas sobre uma questão que encontramos em seu arquivo do Middlebrook.

— Que arquivo?

— Seu relatório médico.

— Hum...

— Você se incomoda de vir conosco até a delegacia? — a detetive fez com que a frase soasse como um pedido, mas Alice percebeu que não era bem assim. — Você pode ligar para a sua advogada de lá, se quiser. Mas precisamos mesmo conversar com você.

Alice voltou o olhar para a grade. Os adolescentes que estiveram na piscina agora olhavam na direção do matagal, as mãos protegendo os olhos, tentando entender o que se passava em meio às luzes e vozes que vinham do lado de lá da grade em que estava Alice. Ela na verdade não conhecia nenhum deles, mas talvez sim. Suas antigas colegas do colégio St. William of York poderiam estar entre aquelas garotas de biquíni. Um dos rapazes poderia ser o namorado dela, se ela já não tivesse um. Imaginou-se fazendo de uma daquelas moças sua confidente: "Tenho um namorado que é seis anos mais velho que eu. Ele tem uma caminhonete para entregar mercadorias, me leva para passear e quer se casar comigo." Essa última parte não era exatamente uma verdade, mas tinha um fundo de verdade. Ele se casaria com ela se ela dissesse a ele que era necessário. Ele faria qualquer coisa que ela pedisse. Da mesma forma que Helen, e Sharon, e até mesmo a nova advogada, aquela mulher horrorosa e que tinha um cheiro ruim. Pelo menos dessa vez, todos tinham de fazer o que ela dissesse.

Era legal estar no controle, prestes a obter o reconhecimento que merecia. Finalmente, todos ficariam sabendo de tudo que o mundo lhe fizera e ela seria recompensada. Provavelmente ficaria muito rica quando tudo isso acabasse, sem esquecer de que seria famosa. Seria convidada para programas de entrevistas e uma maquiadora profissional cuidaria de seu rosto e talvez escolhesse o que ela iria vestir.

Todavia, se lhe fosse permitido escolher, se pudesse mudar sua vida e tudo que lhe acontecera, seu único desejo seria ter 18 anos e ser magra o bastante para usar um biquíni.

— Vocês compararam o sangue? — perguntou ela aos detetives, curiosa por saber como eles conseguiram chegar na frente dela, não que isso fizesse grande diferença. — Foi assim que descobriram. Vocês pegaram o sangue dele?

Os detetives se entreolharam sem dizer nada, apenas esticaram as mãos para ela a fim de ajudá-la a atravessar o matagal, como se ela não soubesse o caminho de ida e de volta melhor que qualquer outra pessoa. Foram subindo até a margem da estrada, Alice no meio e os detetives a segurando firmemente pelos braços. Era como em *O mágico de Oz*, pensou Alice, exceto que eles não vinham saltitando.

Capítulo 36

— Ela é minha filha — disse Alice. — Vocês não podem prender uma pessoa por pegar a própria filha.

— É claro — disse Nancy —, só que ela não é sua filha. E mesmo que fosse, isso não lhe dá o direito de sequestrá-la, machucá-la e escondê-la num lugar que não seja seguro.

— Ela é minha filha — disse Alice com enfado, como se a conversa não passasse de uma grande chatice. — Levei muito tempo para encontrá-la e agora que a tenho, vocês não podem me obrigar a devolvê-la. E quero que fique bem claro que nunca quis dá-la para adoção.

— Alice...

Sharon colocou a mão no ombro da moça, que a repudiou no ato. À esquerda dela, Rosario Bustamante revirou os olhos e passou-os pela sala de interrogatório, na esperança de que, do nada, um bar se materializasse. Chegara numa onda de vapores de gim, Nancy não pôde deixar de observar, mas nada evidenciava que a advogada estivesse alcoolizada. A aparência dela era desgrenhada, mas não mais do que Sharon, que estava pronta para ir para a cama quando foi convocada à delegacia.

— Ela é a minha filha — repetiu Alice. — Soube no momento em que a vi.

Alice não parava de repetir isso inúmeras vezes como uma ladainha, recusando-se a raciocinar e indiferente às provas em contrário oferecidas pelos detetives. Quando lhe disseram que a análise de DNA comprovara que Brittany Little era, sem a menor dúvida, filha de Maveen Little, Alice deu de ombros e disse: "Há um erro aí. É melhor checar de novo." Ao lhe perguntarem onde estava a menina, ela respondeu que não revelaria o local até que concordassem que ela era sua filha.

E nisso as horas foram se passando. Eram quase 23 horas.

— Olhe, isso não vai funcionar — disse Sharon. — Façam uma proposta. Quem sabe uma contravenção?

— Que contravenção? — A voz de Nancy estava rouca de exaustão e soava dez anos mais velha do que quando acordara esta manhã. Mas o resultado não era mau de todo. Seria bom se pudesse fazer essa voz quando tivesse vontade. — Ela praticamente confessou que sequestrou a menina. Não há como voltar atrás nesse ponto.

— Ela está confusa e é muito sugestionável. Ela não sabe o que está falando.

— Sei exatamente o que estou falando — disse Alice. — Aquela garotinha é minha filha. Eles a tiraram de mim para que ninguém descobrisse o que havia acontecido quando estava no Middlebrook. Mas agora todo mundo vai ficar sabendo.

Frustrada com a teimosia de Alice, Nancy se retirou da sala de interrogatório. Helen Manning estava sentada ao lado de Infante, tomando um refrigerante, despreocupada, mais parecendo estar matando tempo numa sala de professores. Infante tinha a barba grande e as pálpebras eram de um azul muito escuro. Os cabelos estavam oleosos de tanto que ele os alisava para trás com as mãos. Parecia um lobisomem à beira da exaustão. Nancy deu-lhe um tapinha no ombro e, com um gesto de cabeça, indicou que era a vez dele na sala de interrogatório. Tinham se revezado a noite toda, rendendo um ao outro. Lenhardt chegou a aparecer por lá, mas até mesmo o sargento teve de admitir que não tinha nada a acrescentar ao interrogatório. Nancy e Infante eram como dançarinos maratonistas: obrigados a arrastar os pés até o fim ou ser desclassificados.

— Que história é essa sobre o bebê, Sra. Manning? — perguntou Nancy ao deslizar para a cadeira que Infante acabara de deixar vaga. — Por que Alice acha que essa menina é filha dela?

— Por favor, me chame de Helen. Para mim, Sra. Manning é a minha mãe.

Ela havia feito esse pedido antes, e mais de uma vez, mas Nancy não deu bola.

— Por que Alice acha que essa menina é filha dela?

— Não... ela não acha não, de *verdade*. Ela é muito fixada nesse assunto, mas sabe que a filha dela foi dada em adoção. Ela acha que a adoção não foi legal porque ela nunca disse quem é o pai. Mas considerando as circunstâncias em que minha filha se encontrava, eu tinha procuração para agir em seu nome. Se ela não tivesse escondido a gravidez de mim até os seis meses, eu a teria forçado a abortar.

Nancy não se surpreenderia se viesse a saber que Alice escondera a gravidez exatamente por esse motivo.

— Ela engravidou enquanto estava na instituição para menores?

— Isso mesmo. Assustador, não? Imploramos para que Alice nos dissesse quem era o pai. Pois, Deus tenha compaixão de nós, o sujeito ainda pode estar por lá, atacando outras vítimas. Mas ela foi de uma teimosia... cismou que o homem a amava. E com certeza foi o que ele disse a ela. Não é sempre assim? Foi uma confusão danada para que conseguíssemos que o juiz permitisse a adoção. Mas Sharon ajudou.

— Então quem adotou a criança?

— Não foi Maveen Little. Essa não é a filha de Alice.

— Sabemos *disso*. — Era muito difícil dissimular a raiva que sentia por Helen Manning. Mas qualquer sinal de irritação apenas magoaria a mulher, resultando num acesso de choro que redundaria em mais lentidão. — Mas a senhora sabe quem a adotou? Foi uma adoção pública?

— Não, foi confidencial. Eu queria que Alice superasse essa fase, esquecesse tudo isso.

— Então por que Alice está tão convencida de que Brittany Little é sua filha?

Helen Manning mentia tão mal e tão descaradamente, que havia quase um fascínio pervertido nisso. Agora, por exemplo, seus olhos vaguearam até as placas acústicas do teto, como se elas fossem o item de decoração mais fascinante que ela já vira.

— Não faço a menor ideia.

— Olha, temos sido muito pacientes com a senhora, Sra. Manning.

— Helen.

— Temos sido muito pacientes com a senhora, Sra. Manning — repetiu Nancy. — Não a estamos tratando como cúmplice desse crime, nem a acusando de proteger sua filha ou de reter informações das quais precisamos. Mas esse momento vai chegar, mais cedo do que se pode imaginar. Já se passou o tempo em que a senhora poderia esconder alguma coisa de nós, seja lá qual for o motivo.

— Alice não confia em ninguém, nem mesmo em mim. — Helen inclinou-se na direção de Nancy: — Ela sempre foi um pouco dissimulada. Discreta. E ela não é a mais... bem, a mais normal das mulheres. Isso pode ser
apenas um devaneio. Ela bem pode não ter nada a ver com o sequestro. Ela
pode ter achado que a garotinha é dela só por tê-la visto na televisão e tudo
acabou embaralhado em sua cabeça.

— Mas por que ela haveria de imaginar uma coisa dessas?

Helen soltou um suspiro e mirou noutra direção. Agora seus olhos se
detiveram num pôster na parede, um aviso para usar cinto de segurança.

— Você tem de entender. Ela anda obcecada por esse assunto desde que
voltou para casa. *Onde estava o bebê dela? O que aconteceu com ele? Como pude
entregá-lo? Por que não fiquei com a criança e a criei?* Ela não parava de perguntar. A verdade, que a criança fora dada para adoção e eu não tinha a menor
ideia de onde ela estava, não conseguia satisfazê-la. Ela continuava me per-
seguindo para obter respostas. Tive de lhe dizer qualquer coisa.

— E...

— Inventei uma história que pudesse pôr um ponto final nessas dúvidas. Então disse que tinha visto a neném dela na área de Catonsville. Há casas tão bonitas por ali, no antigo estilo vitoriano... Tinha certeza de que Alice
gostaria. Contei a ela que a neném tinha pais maravilhosos e que era linda,
com o tom de pele café com leite e cabelos alourados que caíam em cachos.
E... e que ela tinha uma marca de nascença no ombro esquerdo, no formato
de um minúsculo coração.

— E como a senhora conseguiu descrever uma criança tão parecida com
Rosalind Barnes? Pura coincidência?

— Bem... sim e não.

Havia uma denguice sedutora em Helen Manning quando espreitava
Nancy com olhos redondos, como se ela fosse uma criança habituada a ser
desculpada pelas estrepolias.

— Um dia, vi a outra mãe no mercado, na época em que Alice voltou para
casa.

— A outra mãe?

— Você sabe. Cynthia Barnes. Aquela da filha que Alice... — os olhos
de Helen Manning flutuaram até o teto por um segundo, mas desta vez não
buscavam uma mentira. Interrompeu seu discurso para permitir que Nancy

tivesse a chance de acompanhar seu raciocínio. — E, então, ela estava com essa garotinha. E aí pensei comigo mesma: essa menininha não existiria se não fosse Alice.

— Quê?!

— Pense comigo: a mãe, Cynthia Barnes teve um bebê aos 40, quatro anos depois que a outra menina morreu. O que não quer dizer que eu esteja tentando arranjar desculpas para o que Alice fez. Mas os fatos estão aí. Morre uma criança e a culpa foi da minha filha. Isso para mim sempre foi um ponto pacífico. Mas outra criança nasce, uma criança linda, e tenho dúvidas se ela existiria se não fosse Alice. Minha filha ajudou aquela linda criatura a vir ao mundo. De certo modo, claro. Então não vi mal nenhum em usar a descrição daquela criança para aplacar a tristeza da minha filha.

— Mas e quanto à marca de nascença? De onde a senhora tirou isso?

Nancy estava pensando numas informações que haviam chegado nos últimos quatro dias, histórias sobre outras garotinhas de cabelo encaracolado que haviam desaparecido e sido logo encontradas. Uma delas, na biblioteca de Catonsville, aparecera com a camiseta virada do avesso. Devia ter sido Alice, à procura do suposto coraçãozinho.

— Ah... eu inventei. Expliquei a Alice que a marca era como um pequenino traço de seu próprio coração e ela ficou muito feliz em saber que sua filha sempre teria esse coraçãozinho.

Helen Manning encarou Nancy com olhos brilhantes e cheios de esperança, como se esperasse ser aplaudida por sua incrível imaginação e delicadeza. Nancy não disse nada, nem se incomodou em pedir licença ao se levantar e entrar mais uma vez na sala de interrogatório.

Em questão de minutos, uma derrotada Alice Manning finalmente se desaferrou de todos os segredos que mantinha acorrentados, tanto os antigos como os não tão antigos. Contou sobre o homem que a seduzira, o homem a quem ela protegera porque amava, um homem que agora faria tudo que ela lhe ordenasse, sob a ameaça de divulgar o seu nome. Comentou a respeito de suas caminhadas por Baltimore, procurando por uma menininha de cabelos alourados cacheados, uma garotinha com a marca de nascença que sua mãe lhe descrevera. Brittany Little não tinha um sinal em formato de coração,

383

mas uma mancha bem grande nas costas. Alice concluiu que o sinal devia ter mudado de lugar desde que a mãe o havia visto pela última vez.

Quando Alice encontrou a menina que acreditava ser sua, escondeu-se no banheiro e esperou que o pai da criança viesse buscá-las, trazendo roupas novas. Chamado às pressas pelo celular, enquanto trabalhava na sua atual profissão de jardineiro, fez um corte profundo na mão ao guardar as ferramentas, possivelmente por causa do nervosismo, sem saber o que mais temia: o amor de Alice ou as ameaças dela. A ferida abriu de novo quando cortou o cabelo da menininha com a tesoura de jardinagem. O sangue na camiseta era dele e Alice presumiu que o teste de DNA provaria que era compatível com o da menina desaparecida. Ela acreditava que a polícia havia achado o pai da menina e, por intermédio dele, chegado a ela. E ainda acreditava nisso, mesmo agora. E ele a havia levado para casa a tempo de Sharon se encontrar com ela para jantar.

— E depois, o que aconteceu?

— Ele levou a filha para a casa dele, lá no sul, para esperar.

— Esperar o quê, Alice?

A moça era uma fonte inesgotável de surpresas para Nancy. O que ela esperava que acontecesse? O que ela desejava? Uma vida nova ou a sua antiga vida?

— Íamos provar que ela era nossa filha, fazer com que a devolvessem. E talvez nos dessem algum dinheiro, também, porque fora errado o que fizeram comigo. Rodrigo estava trabalhando para o estado quando nós... nos conhecemos. Deixaram que eu engravidasse e depois tiraram a minha filha de mim. Nunca disse que eles podiam. Queria que ela estivesse comigo.

— Por quê?

Alice não podia acreditar que Nancy fosse tão burra assim:

— Porque ela é minha.

— Você disse que eles foram para o sul. Você quer dizer Maryland? Virginia? Algum lugar ainda mais afastado? Precisamos saber onde a menininha está, Alice.

Ela começava a responder quando Rosario Bustamante cobriu a boca de Alice com a mão carregada de anéis encardidos.

— Antes que ela continue — disse a velha advogada — vamos discutir o que vocês estão dispostos a fazer para a minha cliente agora que ela resolveu colaborar.

* * *

A casa na cidade de Waldorf era alugada e estava caindo aos pedaços. O tipo de moradia que ia passando de um inquilino a outro e cujo proprietário empurrava para cima dos recém-imigrados com a maior tranquilidade, na certeza de que nunca reclamariam. Até os imigrantes legais não conheciam seus direitos nem atinavam que canos quebrados e tinta à base de chumbo não eram coisas que fossem obrigados a aguentar. Rodrigo Benitez era imigrante legalizado, mas nem todos que dividiam a casa com ele estavam na mesma situação e foi por isso que eles desapareceram noite adentro através das mesmas plantações de fumo em que alguns deles encontraram o primeiro trabalho.

Uma senhora idosa foi deixada para trás com uma criança no colo. Ela não sabia por que Rodrigo havia trazido essa menina e ordenado que cuidasse dela. Ele lhe dissera que era sua filha e que a mãe da criança estava em maus lençóis. Também jurara não ter feito nada de errado, apesar de os indícios sinalizarem o contrário: estava nervoso e durante o fim de semana ficara num entra e sai muito estranho. Então, na noite passada, Rodrigo simplesmente desaparecera e foi então que ela entendeu que seu neto havia mentido. Ele estava em apuros, o que significava que ela também, e seria meramente uma questão de tempo até que os policiais chegassem e lhe enchessem de perguntas. Enquanto isso, a criança chorava e gritava pela mãe sem parar e também balbuciava outras coisas que a *abuelita* não conseguia entender, embora fosse bastante atenciosa com a menina.

Ela havia prometido a Rodrigo cuidar da pequena, a qualquer preço. Por isso, quando a polícia chegou, segurava com força a criança contra o peito e sacudia a cabeça, sem conseguir nem mesmo entender o espanhol enferrujado de um dos homens uniformizados. E a menina a agarrava de volta. Tinha 3 anos e durante quatro dias havia sido levada para longe da mãe, para uma casa com cheiros desconhecidos, e agora podia entender que alguém estava ali para levá-la embora, de novo. Assim, esse lugar antes desconhecido transformara-se em desejável, uma ilha de certezas, mesmo que as pessoas ali falassem palavras misteriosas, repletas de vogais, e lhe dessem de comer uma comida pastosa marrom, que se parecia com pudim, mas que não era doce. Brittany Little estava colada à senhora, se recusando a largá-la, até que uma mulher loura com um rosto redondo e cansado esticou-lhe os braços e chamou-a pelo nome.

— Está tudo bem, Brittany. Sua mãe está ali fora, esperando por você. Venha para sua mãe, Brittany.

Maveen Little reencontrou-se com a filha num carro de polícia, na porta de uma casa em ruínas, em Waldorf. Foi um momento confuso, incoerente mesmo, com a mãe mais histérica do que agradecida, as emoções fora de sincronia de tanta fadiga e preocupação. Nancy entendeu como ela devia estar se sentindo. A criança fora encontrada. A terça-feira cedeu lugar à quarta-feira e Nancy ainda tinha de providenciar a prisão de Alice antes de ir para casa. Ainda assim, foi ela quem decidiu viajar 80 quilômetros para estar presente em um momento como esse. Ela não precisou que Lenhardt lhe dissesse que os policiais de homicídios têm poucas, e preciosas, oportunidades de ver suas vítimas com vida.

O chefe devia estar pensando a mesmíssima coisa, pois disse:

— Mais alguns casos como este e vamos ter de fechar as portas.

— Mais alguns casos como este — disse Nancy — e vou ter de arrumar um emprego de vendedora na Circuit City.

A bem da verdade, ela nunca se sentira tão realizada no trabalho quanto neste exato momento.

O escritório de relações-públicas da polícia concederia uma entrevista coletiva durante a manhã seguinte, provavelmente a tempo de a notícia ser veiculada nos noticiários do meio-dia. Nancy planejava estar dormindo a essa hora, deixando a descrição do ocorrido a cargo do porta-voz oficial. Era assim que funcionava no município de Baltimore. Os detetives faziam o trabalho e o escritório responsável pelo contato com a mídia transmitia os resultados. O pessoal da televisão estaria tão focado na notícia de última hora que provavelmente não iria muito fundo nos porquês de tudo que acontecera. O *Beacon-Light* teria de se contentar em encontrar um ângulo da história que não estivesse obsoleto no dia seguinte.

Que sensação boa de revanchismo: foder o jornal e aquela garota que tentara uma trapaça para cima dela.

Ronnie Fuller levou quase duas horas caminhando até sua casa, depois de fugir das luzes das lanternas no matagal. Foi por alamedas e ruelas, só se aventurando a caminhar na Rota 40 quando era absolutamente necessário. Ao chegar à casa da St. Agnes Lane, ficou parada na calçada em frente, olhando de um lado e de outro da rua para ver se havia um carro da polícia por ali. A casa estava às escuras; os pais deviam ter saído; e não havia nenhuma radiopatrulha à vista. Foi pé ante pé até a porta da frente. De repente, deu um salto quando um pequeno retângulo de papel veio voando até o chão. Havia sido enfiado na fresta entre a porta e o batente.

"Mira Jenkins, *Beacon-Light*", estava escrito na frente do cartão. No verso, em letra de imprensa, alguém escrevera: "Preciso muito falar com você. Ligue para mim!"

Ronnie entrou em casa e subiu as escadas praticamente engatinhando. Entrou em seu quarto. Iria dormir.

Deitou-se, mas não conseguiu dormir. Não parava de pensar em Alice e em suas ameaças e humilhações. Alice era capaz de levar uma pessoa a fazer coisas terríveis. Alice não teria grandes dificuldades em fazer com que as pessoas acreditassem que Ronnie havia sequestrado essa menininha e a retalhado. O jornal sabia o nome dela, o que comprovava o que Alice lhe dissera, e ia escrever sobre ela. Alice sempre arranjava um jeito de conseguir tudo à sua maneira.

Você será o pai, eu a mãe e esta aqui é a nossa filha.

Foi assim que a brincadeira começou, e no início era mesmo divertido. Elas iriam brincar de cuidar da bebê que acharam. Ela morava numa casa bem grande, disse Alice. Os pais iriam provavelmente dar às duas meninas uma montanha de dinheiro por a terem encontrado e cuidado dela. Mas poderia levar um ou dois dias até que fosse oferecida uma quantia como recompensa; então precisavam cuidar bem da bebezinha, até chegar a hora.

— *Quanto dinheiro vai ser?* — Ronnie ficou imaginando.

— *Muito* — respondeu uma Alice confiante. — *O bastante para eu estudar o ano que vem no St. William of York.*

— *E eu também?*

— *Não* — disse Alice, distraída. — *Você ainda terá de frequentar uma escola pública. Mas talvez consiga comprar um carro novo para sua mãe.*

Foi no segundo dia que a bebê ficou doente e inquieta. Alice deixou de conversar sobre a recompensa e passou a prever o tipo de vida que um bebê doente teria numa casa enorme em que tudo o mais — a não ser o próprio bebê — era perfeito.

— *Ninguém gosta dela* — Alice não cansava de repetir numa voz carregada de tristeza. — *Ninguém gosta dela.*

— *Será que não é melhor nós levarmos a menininha de volta para casa?* — perguntou Ronnie. — *Vamos ligar para alguém e contar onde ela está.*

— *Eles vão abandoná-la na varanda de novo, na esperança de que outras pessoas a levem embora. Eles não a querem. Ela não é bonita e chora sem parar. Eles querem é que ela desapareça.*

A noite estava quente, e mais ainda no quarto sem janelas. Sem conseguir dormir, Ronnie decidiu tomar um banho de banheira com a água morna, que era o que fazia quando precisava se acalmar. Trancou a porta do banheiro, muito embora a casa estivesse vazia. Despiu-se, entrou na banheira e olhou com desagrado para o próprio corpo. Jamais gostou de ter seios tão fartos, que pareciam uma bobagem e um descabimento numa garota magricela. Clarice perguntara uma vez se eram falsos. Até o pai lhe lançava uns olhares, embora não de forma libidinosa. Ele parecia angustiado, como se temesse por Ronnie, como se soubesse como os outros homens reagiam quando estavam perto dela.

Você será o pai, eu a mãe e esta aqui é a nossa filha.

No papel de pai, Ronnie ficou responsável por levar a comida para a casinha e Alice por dar de comer à menininha, que não estava gostando nada do que elas lhe ofereciam e chorava sem parar. O cocô ficou verde e foi assim que descobriram que a bebezinha estava doente. Mais assustador do que ela chorar seria ela *não* chorar.

No terceiro dia, a bebê ficou apática e triste, provavelmente por estar se alimentando mal, mas Alice insistiu dizendo que elas não podiam levar a criança de volta. A garotinha estava morrendo. Era apenas uma questão de tempo. Ela era uma bebê doente e os pais a haviam largado fora de casa na esperança de que alguém tirasse esse peso de suas mãos. O curioso é que Ronnie sempre se recordava do trecho: *peso de suas mãos*. Ela nunca ouvira isso antes.

— *Você tem que cuidar dela* — dissera Alice a Ronnie. — *Você tem que ajudá-la. Se você usar um travesseiro e depois jogar fora, ninguém vai ficar sabendo. Vão pensar que ela morreu durante o sono. Isso acontece a toda hora. E ela vai morrer de qualquer maneira. É uma crueldade deixá-la sofrer.*

— *Não podemos levá-la de volta?*

— *Tarde demais* — respondeu Alice. — *Vão pensar que a culpa foi nossa. Mas não foi. Você tem que fazer isso, Ronnie.*

Entretanto, ela não usou um travesseiro. Chegou a levar um, seguindo as ordens de Alice, o que estava na sua cama, ainda com a fronha do Scooby-Doo. Mas na hora lhe pareceu errado botar uma coisa tão grande sobre um rosto tão pequeno. Em vez disso, colocou a mão sobre a boca e o nariz achatado da menininha e foi contando a própria respiração, até que a respiração da bebezinha parou. *Um um mil, dois um mil, três um mil.* Foi assim que lhe ensinaram a contar os segundos quando estava no quarto ano e a senhorita Timothy, uma professora laica, mandou que os alunos apoiassem a cabeça sobre a mesa e levantassem as mãos quando achassem que já havia passado um minuto. *Quatro um mil, cinco um mil, seis um mil.* Ronnie não levantou a mão até que começou a ouvir risadinhas pela turma. Ela havia se esquecido de contar e 90 segundos se passaram até que ela se deu conta de que podia fingir que contava. *Sete um mil, oito um mil, nove um mil.* Ronnie teve a impressão de que os olhos da menininha, que nos últimos dois dias haviam estado tristes e dispersos, encontraram os dela em sinal de gratidão. Ela sabia que era uma criança doentinha e desprezada. Ela queria morrer. *Dez um mil, onze um mil, doze um mil.*

Quando o corpo ficou imóvel e a criancinha, quieta, Ronnie se deu conta da enormidade do que tinha feito e da impossibilidade de desfazer. Em vez de entrar em casa rastejando pela janela do banheiro, manobra que vinha usando para entrar e sair naquela semana, resolveu se esconder entre as raízes de madressilva no quintal das Manning, esperando ser descoberta. Sabia que, de uma forma ou de outra, Helen acabaria por achá-la. E foi o que aconteceu, levada ao esconderijo pelos soluços da menina. E lá ouviu a história de Ronnie sem fazer nenhum comentário ou crítica, embalando-a em seus braços.

Foi Helen, não Ronnie, quem teve a ideia de que ela deveria levar a caixinha de surpresas para a casa da floresta, de modo que as pessoas acreditassem em Ronnie quando ela dissesse que Alice também estivera lá. Helen compreendeu melhor do que ninguém que a filha sabia mentir direitinho. Mas se um dos brinquedos de Alice estivesse no local, se Ronnie contasse o que havia acontecido na festa e sobre como voltaram para casa juntas... então, e só então, as pessoas talvez acreditassem no que Alice tinha feito. Helen dissera, Helen prometera.

— *Não posso desfazer o que foi feito* — disse Helen, acalentando Ronnie e acariciando-lhe o cabelo. — *Mas posso garantir que Alice não vai sair dessa impune. Vou conseguir que se faça justiça.*

Ronnie sabia que Alice conseguira o que queria: fazer com que Ronnie fosse embora. Mas ela teve de ir embora também, e esse era o rancor que guardava até hoje. Alice não iria descansar até que conseguisse vê-la atrás das grades de novo. Alice era a boazinha; Ronnie era a menina má, e Alice continuaria batendo nessa tecla. Se ela soubesse que sua mãe ficara a favor da outra, isso somente a tornaria mais determinada a mandar Ronnie embora. Nunca a deixaria em paz; e paz era tudo que Ronnie queria. Ficar em paz.

O cabelo de Ronnie, que ela havia prendido no cocuruto com um pregador, estava começando a se soltar, e ela resolveu se sentar para arrumá-lo. Sem querer, seu ombro tocou na navalha que o pai usava para se barbear, que acabou caindo ao lado da banheira. Com certeza a mãe a usara para raspar as pernas, o que sempre deixava o pai bastante irritado. Ronnie correu a navalha pelas próprias pernas, que ainda mostravam as cicatrizes de quando tinha o hábito de se ferir. No começo, a automutilação não fazia parte de nenhum plano. Não no começo. Ela adorava a sensação de rasgar a própria carne, o gosto do sangue que se acumulava debaixo das unhas. Ter de abrir mão desse adorável vício tinha sido o preço a pagar para ficar na unidade Shechter, mas fora difícil. Sentia falta da sensação de êxtase ao arrancar sangue do próprio corpo, de atacar os lugares em que a pele coçava ou estava irritada. Fora obrigada a parar porque queria permanecer em Shechter. Poderia recomeçar agora, se quisesse. Aquelas regras haviam perdido a validade.

Cortar as veias provou ser trabalhoso, mas não tão difícil quanto havia sido naqueles anos todos, quando se arranhara, se mordera e ferira a própria pele a unhadas. A pele dos seus pulsos lhe trouxe à lembrança as fatias bem finas, quase transparentes, de queijo parmesão que a mãe cortava quando preparava uma macarronada. O queijo era duro na casca coberta de cera e difícil de ser removida; no entanto, frágil no interior.

Afinal, o sangue começou a correr e Ronnie se recostou, apoiando os braços nas laterais da banheira. *Ninguém vai me furar, ninguém, a não ser eu mesma.* Sorriu ao se recordar da expressão de espanto no rosto da detetive; aliás, uma reação muito parecida com a da mãe de Maddy, todos aqueles anos atrás, quando o punho de Ronnie foi parar no queixo dela. Aquilo tinha sido bem legal!

Ah... se apenas ela tivesse mais tiradas legais, mais e melhores palavras que pudesse ligar umas às outras de modo que as pessoas a compreendessem e ficassem sabendo quem era ela de verdade. Ah... se pudesse ser como Alice, que nunca se confundia no que tinha de dizer... e que, de fato, passou a acreditar tão piamente em tudo que dizia que suas histórias bem podiam ser verdadeiras. Alice acharia um jeito de se vingar pelo que Ronnie lhe dissera hoje à noite, ou então diria que era uma mentira, ou que não ouvira direito. Talvez viesse a aceitar que Helen tivesse entregado a Ronnie a caixinha de surpresas, mas não naquela noite em especial, nem por um determinado motivo. Alice era muito esperta e varria para debaixo do tapete os fatos que não se encaixavam na sua versão de uma história. Ronnie viu Alice, lá na casinha, varrendo o chão com uma vassoura que ela insistira em levar, pouco se importando por estar apenas jogando a poeira de um lado para o outro. E Helen jamais admitiria que a caixa de surpresas fora ideia dela. Então... duas contra uma. Mesmo a sós com Ronnie, Helen não falara diretamente sobre a verdade que as unia, o segredo que só as duas compartilhavam. E "nós" era mais uma maneira de dizer *só* entre nós.

E além do mais, nada, nem mesmo a compaixão recolhida de Helen, poderia mudar o dado crucial de quem era Ronnie. A garota que matara um bebê. Ronnie, não Alice. Ela podia pedir "desculpas" um milhão de vezes, podia ir para uma prisão de adultos para o resto da vida, virar freira, dar duro e acabar como gerente do Bagel Barn, casar e ter filhos. Ela podia fazer de tudo, só não podia refazer o passado, apesar das promessas de sua médica. Era o que ela era, tudo que ela era e tudo que sempre seria.

Sentia-se tonta, o cabelo escorria para a água, mas ela não mais se incomodava. Aos poucos, seu peito seguiu o destino das mechas de cabelo. A água da banheira ficou rosada, como se alguém tivesse colocado nela gotas de óleo de rosas.

Ronnie ficou matutando se lutaria com a água quando essa começasse a lhe cobrir o rosto ou se mudaria de ideia no último minuto.

Não mudou.

Quinta-feira, 8 de outubro

Capítulo 37

— A data está errada.

— O que você disse?

— A data. Está errada.

— Acho que sei o dia em que minha filha nasceu: oito de outubro. Hoje. Por isso estou aqui. Hoje é aniversário da minha filha.

— Não, do dia em que ela... que ela... a segunda data. Dezessete de julho, sete anos atrás. Aquele foi o dia em que ela *desapareceu*. Mas não... bem, não é absolutamente certo.

Cynthia Barnes seguiu o gesto titubeante do dedo de Nancy Porter: dezessete de julho, sete anos atrás. A detetive estava correta. Como fora acontecer esse erro? Ela e Warren foram tão cuidadosos com os preparativos para o enterro da filha. Esse, afinal, seria o único ritual que planejariam para ela. Algumas decisões pareciam intermináveis: a escolha da lápide; o tipo de cerimônia religiosa; se a escultura em baixo-relevo de um carneiro deveria ficar na parte superior do frontispício, para que na parte de baixo fossem gravados uns versos de William Blake. Nada de poesia, decretara Cynthia, afinal. O curto tempo de vida de Olivia era mais eloquente do que qualquer parelha de versos jamais escrita.

Então como fora acontecer esse *equívoco*? Estaria Olivia morta para seus pais desde o momento em que desaparecera? Teriam Cynthia e Warren perdido as esperanças e, em assim fazendo, perdido também sua filha? Cynthia ainda não havia superado essas crises de consciência.

E o que isso sinalizava — agora ela percebia — era que nunca se livraria delas, nem queria ficar livre delas. Esquecer e perdoar, o antigo adágio aconselhava, embora a maioria das pessoas trocasse a ordem, botando o carro do perdão na frente dos bois do esquecimento. Mas caso você cismasse em não querer esquecer uma coisa e, em vez disso, remoesse um fato com todos os seus mínimos horrores, então você teria de ser um santo para perdoar. Cynthia jamais aspirou à santidade.

— Não é assim tão importante — disse Nancy. — É que a data sempre me vem à cabeça.

Você se lembra, pensou Cynthia, *porque foi crucial para a sua vida*. Mas ela já não se valia do privilégio de dizer o que quisesse. Podia não ser santa, mas também não era nenhuma Sharon Kerpelman, felizmente.

— Eu optei por me lembrar desse dia.

— Vai ver é melhor assim — disse a detetive, sem perceber as segundas intenções de Cynthia. Nancy deixava escapar um bocado de nuances. — Fiquei comovida quando você concordou com que eu a acompanhasse neste ano.

Na verdade, Cynthia não concordara com nada disso. Ela simplesmente mencionara seus planos no contexto de uma desculpa, uma justificativa para não se encontrar de jeito nenhum com Nancy. De novo, uma pessoa mais intuitiva teria percebido a falta de sinceridade do convite e recusado.

— Você fez muito para a nossa família, presumo. Sei que minha filha está em segurança, que aquelas moças não estão querendo machucá-las nem se virar contra nós. E preciso saber disso para poder viver em paz.

Nancy assentiu.

— Dá para notar. E também posso ver que em geral você consegue o que quer, de um jeito ou de outro. Não é mesmo, Sra. Barnes?

Talvez a detetive seja mais esperta do que deixa aparentar.

— O que está querendo insinuar, Sra. Porter? — Cynthia nunca chamara Nancy de nada tão formal como "detetive". Não era um título real, como o de seu pai, ou algo que se obtém por meio de um diploma.

— Nada, não estou insinuando nada. Só estou refletindo sobre o fato de que o que parecia ser uma coincidência, a semelhança entre a menina desaparecida e a sua filha, foi tudo menos isso.

— A culpa não é minha — respondeu rápido e secamente, como uma criança na defensiva. — Foi Helen Manning quem provocou tudo isso, ao se apropriar das características da minha filha para a neta que ela nunca conheceu nem nunca quis conhecer, se você quer saber.

— Concordo com você — disse Nancy. — Não creio que Helen Manning tivesse interesse em ser mãe, que dirá ser avó.

— Fiz bem em ligar, pensando bem...

— Você é muito boa ao telefone.

Não havia nada a se dizer sobre isso.

— Vejamos — começou Nancy, eliminando itens de uma lista enquanto tocava os dedos da mão esquerda. — Você ligou para o meu chefe e depois para mim, embora não fosse a minha vez, de acordo com o rodízio. Imagino que tenha ligado também para a repórter e a tenha deixado toda agitada. Porque, na verdade, você não estava preocupada com a menina desaparecida. Queria apenas se certificar de que todos soubessem quem eram Alice e Ronnie e o que elas haviam feito. O desaparecimento de Brittany Little lhe deu a oportunidade que procurava.

Cynthia deu de ombros, como se o assunto fosse tão insignificante que nem mesmo merecesse um comentário.

— Chegou mesmo a me telefonar.

— Você já disse isso.

— Não, quero dizer *antes*. Aquelas mensagens no meu celular, logo depois que Alice foi liberada... aquilo foi obra sua.

— Como haveria de saber o número do seu celular?

— Não sei ao certo. Mas a única coisa que sei é que a minha mãe recebeu uma ligação há uns meses, de uma senhora que estava organizando uma reunião de ex-alunos do Kenwood High School. Potrcurzski, bem, esse é um nome fácil de se encontrar na lista telefônica. E foi por esse nome que você me conheceu, naquela época. Minha mãe passou o meu celular e o telefone da minha casa, mas nunca recebi convite algum para a tal reunião.

— Eu estava certa. No fim, eu estava certa.

— *Meio* certa — disse Nancy, num tom absolutamente seco, que causou admiração em Cynthia.

— Fiquei realmente penalizada com o que aconteceu com Ronnie Fuller — disse ela, e o sentimento era tão sincero quanto conseguiu exprimi-lo.

Sentia pena da mãe da garota, que tinha uma aparência tão acabada no noticiário da noite, a verdadeira corporificação do que seria o oposto do alívio pelo fim de uma fase difícil na vida. Até Helen Manning deu a impressão de estar genuinamente pesarosa com a notícia da morte de Ronnie, deixando transparecer uma intensidade de sentimentos que pegou Cynthia de surpresa. Ela sempre acreditara que a mulher não seria capaz de se importar com ninguém mais a não ser consigo mesma.

Ainda assim, Ronnie Fuller seria para sempre a pessoa que matou Olivia, e Cynthia não poderia sentir tristeza alguma por a moça ter partido deste planeta.

— Se você quer saber, o que me irrita é que a outra não está numa situação tão difícil assim. Mas o sistema judiciário é imperfeito. Pelo menos é o que insistem em me dizer, desde quando ele falhou comigo.

— Alice estava numa posição confortável para negociar um acordo — disse Nancy com um suspiro de lamento. — Seu cúmplice desapareceu, provavelmente fugiu do país, tornando-se, assim, o bode expiatório perfeito. De uma hora para a outra, esse sujeito que ela elogiava e considerava o amor de sua vida se transforma num facínora que a estuprou no depósito das ferramentas enquanto ela devia estar cuidando do jardim. Não posso condenar o procurador do estado por não querer levar o caso perante um corpo de jurados. Ela poderia ser julgada inocente. Pelo menos assim ela está em liberdade condicional.

— Sharon Kerpelman ataca de novo. Ela deve estar muito orgulhosa de si mesma.

Nancy se permitiu esboçar um leve sorriso.

— É, pode ser que sim, se ela não tivesse vendido a alma a Rosario Bustamante. Encontrei-me com ela no tribunal hoje de manhã. Ela está dando um duro danado, representando a pior espécie de escória.

— E você está querendo dizer que Alice Manning não fazia parte da escória?

— Para você, sim. Num cenário mais abrangente, ela é uma amadora. Já estive em salas de interrogatório com indivíduos realmente perigosos. E Alice Manning não é um deles. — Nancy fez uma pausa, distraída com os próprios pensamentos.

— E o que dizer de Helen Manning? Se ela não tivesse contado para a filha aquela mentira estúpida como desculpas para as próprias faltas... — Talvez Cynthia não lamentasse o que acontecera a Ronnie Fuller, mas ainda lhe era difícil tecer comentários sobre o suicídio da moça. — Foi Helen Manning quem começou isso tudo; ela e suas mentiras. Aliás, como é que ela vai indo?

— Segue vivendo, porque não vê as coisas do jeito como você as vê e porque tem certeza de que fez tudo com a melhor das intenções. Helen Manning é uma mulher com tendência a se autovalorizar.

— É não é isso que acontece com a maioria de nós?

— Não na mesma proporção.

Cynthia observou que Nancy colocara a mão na altura da barriga redonda e grande que se escondia por baixo de uma saia azul-marinho, num tecido de algodão não apropriado para a estação.

— Você está...

Nancy seguiu o olhar de Cynthia:

— Oh! Não. Indigestão. A pizza que comi no almoço. Não estou grávida, não. — E sorriu. — Ainda não.

— Está tentando?

— Mais ou menos. Pelo menos *não* tentando de todas as maneiras.

— É difícil, não?

Nancy deu uma risada:

— Para falar a verdade, gosto muito do meu marido, então para mim é um prazer.

— Não, o que queria dizer na verdade é se cuidar de um filho não seria difícil para uma detetive da Homicídios?

— Impossível, provavelmente.

— Mesmo que você consiga uma creche e as horas... bem, acho que você vai ficar maluca, sabendo todas essas coisas horríveis sobre as pessoas e ainda trazendo uma criança para este mundo. Não sei como você conseguiria.

— Como você conseguiu — perguntou Nancy — sabendo de tudo que sabe?

Cynthia quis presumir que Nancy estivesse se referindo à morte de Olivia, ao estado de infelicidade, à insensatez de trazer outra criança para este mundo após ter perdido a primeira. Mas a detetive podia muito bem estar se referindo ao que Cynthia sabia a respeito de si mesma.

— Olhe, tenho hora marcada no dentista. O que você queria comigo era alguma coisa específica?

— Só mantendo contato — disse Nancy. — De um modo muito estranho sou grata a você. Considerando o passado de Alice, talvez ela tivesse machucado a garotinha caso descobrisse que não era sua filha. Fico feliz por termos conseguido encontrá-la naquela hora. Só lastimo que Ronnie Fuller tenha sido arrastada pela loucura.

— Você acha que eu devia me sentir culpada?

Nancy pensou um pouco e respondeu:

— Não, na verdade, não.

E Cynthia se deu conta de que Nancy Porter era uma daquelas criaturas bizarras que dizem exatamente o que pensam, na maioria das vezes. Ela não viera aqui para provocá-la, nem para culpá-la, nem queria transferir para Cynthia qualquer sentimento de culpa que tivesse por causa da morte de Ronnie. Viera aqui não só para deixar bem claro que ninguém a tinha feito de boba como também para oferecer algo parecido com uma bênção. Considerando uma futura maternidade, ela compreendia. Quase.

Nancy foi embora, caminhando sobre saltos grossos fora de moda, na cadência que se costuma usar para acompanhar enterros. Quando engravidasse, seria uma daquelas mulheres que se largam, cujos corpos cedem e não conseguem encontrar o caminho de volta do mundo das cintas pós-parto. E, ainda assim, não daria a mínima para isso, Cynthia suspeitava. Estaria tão feliz que nem se incomodaria com os quilos a mais.

Finalmente sozinha, Cynthia foi se despedir direito da filha e depois ficou um tempo conversando com Deus. Começou obediente e humilde, mas logo se viu dando a Ele todo tipo de ordens, repetindo a lenga-lenga do que estaria disposta a aceitar ou não. Alguns hábitos eram difíceis de ser largados. Mas prometeu a Deus que, de agora em diante, confiaria nas decisões Dele do que era certo e do que era errado. Em Deus e homens como o pai, por mais imperfeitos que fossem. Ela imaginara que a justiça fosse um lenitivo, algo que ela pudesse criar e aplicar em suas próprias feridas. Mas apenas serviu para transformá-las em carne viva.

Mais tarde, neste mesmo dia, ao voltar do dentista para casa, pegou o caminho da rua Nottingham, um outro hábito difícil de largar. Mas simplesmente tinha necessidade de vigiar Alice Manning. Mesmo sem querer, Cynthia passou a conhecer os detalhes da rotina da moça e, portanto, sabia que a essa hora era quase certo que ela estaria descendo no ponto do ônibus da Edmondson Avenue e caminhando devagar com aquele inconfundível passo para lá e para cá, como um pêndulo.

Ah... lá estava ela, vindo pela calçada com uma mochila nas costas e, na mão, uma sacola de mercado de plástico azul, que balançava para a frente e para trás, bem parecido com o jeito como as crianças carregam a merendeira. Alice estava ainda mais gorda e havia pintado o cabelo de vermelho, possivelmente para que não fosse reconhecida na faculdade em que estudava. No entanto, tinha dado uma entrevista àquela repórter, Mira Jenkins, nesta mesma semana, e posado para uma grande fotografia. Então, qualquer um que tivesse algum interesse saberia que o cabelo dela agora estava vermelho. Mira havia lhe telefonado e perguntado se ela gostaria de fazer algum comentário. "Não falo com repórteres", Cynthia lembrou à jovem, que estava tão cheia de si pela sorte que batera à sua porta que nem percebeu a piada. Ela agora trabalhava na sede do jornal, conforme dissera a Cynthia. Estava cobrindo assuntos do Juizado de Menores, um setor criado especialmente para ela.

— Juizado de Menores... — Cynthia teve muita vontade de perguntar a Mira: "É uma forma menor de justiça, como um hambúrguer júnior é apenas uma versão reduzida do hambúrguer normal?", mas calou a boca.

Pelo menos Alice teve juízo o bastante para não sair sorrindo na foto. Tinha o rosto triste e sério, com os dedos entrelaçados nas costas de uma cadeira posta à sua frente para camuflar a gordura. Ela estava arrependida, conforme declarou a Mira e aos leitores. Arrependida de tudo que havia feito. Mas também ela sempre fora tão facilmente influenciada pelos outros... Primeiro por Ronnie, depois por Rodrigo. Ela tentaria ser mais forte daqui para a frente. Seria ela mesma, sem se preocupar em agradar aos outros. Tudo que queria, afirmou, era ser boazinha e tirar notas boas na faculdade. Estava pensando em seguir a carreira de enfermeira, ou então de professora, como a mãe. Deus nos ajude, pensou Cynthia, no caso de esse desejo vir a se concretizar. A última coisa de que o mundo precisava eram *duas* Manning inconsequentes, descarregando suas loucuras em quem tivesse o azar de passar perto delas.

Enquanto Cynthia tinha os olhos vidrados no jornal daquela manhã de outono, Rosalind se aproximou:

— Quem é essa? — perguntou, cutucando a foto de Alice Manning com os dedinhos roliços. — Quem é essa mulher?

Os rostos colados, mãe e filha examinaram a foto. Palavras passaram pela cabeça de Cynthia. Palavras verdadeiras, porém inadequadas. Pronunciar o nome daquela moça, contar a história lhe teria dado o poder que sempre almejara: fazer o jogo do conto de fadas e-viveram-felizes-para-sempre que Helen Manning usara para consolar a si e à filha. Será que o pai da Bela Adormecida alguma vez mencionou a fada má depois que o feitiço se quebrou e, menos ainda, admitiu sua arrogância? Será que a filha do dono do moinho reconheceu que Rumpelstiltskin, cumprindo sua promessa, fez dela uma rainha e que foi ela quem não cumpriu a sua parte no acordo? Diga o nome dele e ele se dividirá em dois. Diga o nome e o assunto estará encerrado.

— Uma moça, apenas uma moça — disse Cynthia a Rosalind, virando a página.

Este livro foi composto na tipologia Chaparral Pro,
em corpo 11,3/15,7, e impresso em papel off-white 80g/m²,
no Sistema Cameron da Divisão Gráfica
da Distribuidora Record.